KB146619

소설, 때때로 맑음 2

소설, 때때로 맑음 2

이재룡 비평에세이

현대문학

차례

일러두기

1. 이 책에 실린 글은 현재 『현대문학』에 연재 중인 동명의 에세이 19회-38회분(2014년 9월-2016년 11월)을 묶은 것이다. 이후 진행 중인 연재 글 또한 이어서 단행본으로 출간될 예정이다.
2. 본문에 나오는 도서명은 한글과 원제 병기를 기본으로 했으며, 국내에 번역·출간된 도서는 한글로만 표기했다. 인용문의 경우 필자가 직접 번역한 것으로 국내에 출간된 도서의 내용과 다를 수 있다.
3. 필자가 언급한 주요 텍스트들은 참고 문헌으로 따로 정리해두었다.

뱀, 코끼리, 그리고 나귀

대중교통의 요금은 두 가지 방식으로 매겨진다. 첫 번째는 이동 거리에 따라 요금을 달리 부과하는 방식이다. 서울이나 파리에서 지하철을 타면 구간별로 요금이 달라지는 것이 이런 식을 따른 것이다. 두 번째 방식은 탑승할 때 시간이 찍혀서 탑승 횟수나 거리와 무관하게 일정 시간 동안 승차권이 유효하도록 하는 식이다. 승차권을 손에 쥔 사람은 요금 방식에 따라 하루 일정을 공간적으로 따지거나 혹은 주어진 시간에 맞춰 행동하게 마련이다. 어느 도시나 똑같진 않지만 대체로 프랑스에는 우리처럼 구간별 요금제가 흔한 반면 독일은 유효 시간제를 따른다. 예컨대 프랑스에서는 구간의 경계선만 유의한다면 시간에 구애받지 않고 노닥거릴 수 있지만 독일에서는 가급적 자주 시계를 봐야 한다. 프랑스가 화가의 천국이고 독일에 음악의 대가가 많다는 것을 승차권에서 유추한다면 조금 과장일까? 삶에 탑승한 우리가 손에 쥔 승차권은 명백히 유효 시간이 정해져 있다. 그리고 그 시간 동안 얼마나 돌아다니는가는 각자의 능력과 꿈에 달려 있다. 거칠게 말하면 우리 인간은 모두 독일식 승차권을 들고 삶에 탑승한 셈이다. 그런데 곰곰이 생각하면 일단 시간이 한정되면 아무리 발버둥 쳐도 우리가 발 디딜 수 있는 공간 역시 제한되기는 마찬가지이다. 똑같은 휴가 시간을 갖지만 목줄에 매인 개처럼 살았던 처지보다는 먼 곳을 유람한 친구가 부럽기 마련이다. 서른두 편의 작품을 남긴 소설가 로맹 가리는 주어진 승차권을 충분히 만끽한 작가이다. 폴란드에서 유대인으로 태어나 프랑스에 정착한 후 아프리카 등지에서 전투기 조종사로 2차 대전에 참전했고 전쟁이 끝나자 외교관 자격으로 유럽과 북남미 등지에서 근무했을 뿐만 아니라 틈틈이 전 세계를 여행한 그는 삶의 공간을 충분히 누린 경우에 속한다. 다만 끝으로 자살을 택했으니 유효 시간만큼은 자의적으로 축소한 셈이다. "나는 늙지 않을 것이다. 나와 하느님이 맺은 계약에 그런 조항이 있기 때문이다. 그런데 내가 얼마나 무신론자인지는 하느님이 잘 아실 것이다."

로맹 가리의 소설 중 제목이 다소 긴 『이 경계를 지나면 당신의 승차권은 유효하지 않다』(1975)는 파리의 지하철역에서 볼 수 있는 경고문이다. 이 소설의 주인공은 젊은 애인을 육체적으로 감당하지 못한다는 자괴심으로 괴로워하는 노인(쉰아홉 살이면 노인 축에 낄까?)이다. 경제적, 육체적 파산을 앞둔 주인공은 사망보험금이라도 남기기 위해 자신을 죽여줄 청부 살인을 기획하지만 소설은 친구와 애인의 도움으로 새 삶을 모색하는 해피엔딩으로 마무리된다. 소설에서는 주인공 곁에서 사랑과 배려를 아끼지 않았던 젊은 여인 로라가 있었던 반면, 작가의 배우자인 스물네 살 연하의 여배우 진 시버그는 1979년 9월 8일 자동차에서 시신으로 발견되었다. 위의 소설과 연관해서 혹자는 로맹 가리가 생각한 승차권의 의미가 남성성, 좀 더 노골적으로 말하면 성적 능력이며 그것이 돌이킬 수 없으리만큼 쇠락했기에 자살했다고 짐작한다. 예컨대 미셸 투르니에는 『외면일기』에서 로맹 가리의 자살을 이렇게 개탄했다. "일부 남자들—특히 어니스트 헤밍웨이, 로맹 가리—은 성적으로 무력해졌다고 느꼈기 때문에 자살한 것 같다. 이런 멍청한 짓을 보면 맥이 빠진다. 그리고 일정한 수준의 어리석음은 죽음으로 죗값을 치를 수도 있다는 생각이 든다. 한계를 넘어선 인간은 스스로 자신에게 사형을 집행한다. 정의가 실현된 것이다. 요새는 비아그라가 이런 종류의 드라마에 종지부를 찍었다. 한심하고, 한심하다!" 로맹 가리가 발기부전으로 자살했다고 단정 짓고 그 어리석음을 탓하는 투르니에가 다소 매정해 보이기도 한다. 하지만 미셸 투르니에는 『흡혈귀의 비상』에서 로맹 가리에게 한 장을 할애하여 호의적 해설을 한 바 있다. '자기 뒤의 생'이란 소제목을 붙인 이 해설에서 투르니에는 로맹 가리의 작품에서 노년이 경험과 지혜를 축적한 긍정적 가치로 부각되었으며 그것은 유대교적 특징이 반영된 것이라 해석했다. "에밀 아자르의 이 노인애老人愛는 어떤 유대애Sémitophilie와 조화롭게 결합하고 있다. 사실 유대교는 지혜, 무사무욕, 선량함의 가장 고위한 미덕이 피어나는 나이인 늙음의 가치를 높게 평가한다. 성경에서 여호와는 특히 선택된 사람을 영속시키기 위해서 나이를 벗어난 노인들—아브라함, 보아스—에게 말을 건넨다." 『자기 앞의 생』의 저자는 소설 제목과 달리 항상 자기 뒤의 생을 뒤돌아보며 삶의 의미를 반추했던 작가였다는 해석인데 과연 로맹 가리는 지나간 세월과 체험을 반추하며 자전적 작품을 누구보다 많이 남긴 소설가이다.

삶의 의미

로맹 가리는 1차 대전이 발발한 1914년에 태어나 1980년 세상을 등졌다. 전쟁 발발 100주기를 기념하기 위해 2014년에 풍성하게 쏟아져 나온 1차 대전 관련 서적 틈에 로맹 가리의 신간 두 권이 끼어 있다. 그중 하나가 작가의 절친한 친구 로제 그르니에의 서문이 붙은 『내 삶의 의미』인데 이것은 로맹 가리가 자살하기 두 달 전에 라디오 방송국에서 구술한 것을 글로 옮긴 것이다. 마치 죽음을 예고하듯 "또 다른 자서전을 쓸 만큼 내 앞의 생이 많이 남지 않았다"며 자신의 삶을 회고한 이 책은 4장으로 나뉘어져 있고 많은 부분이 그가 마흔세 살에 쓴 자서전 『새벽의 약속』, 예순한 살에 발표한 『밤은 고요하리라』와 겹친다. 또 다른 신간 『죽은 자의 술Le vin des morts』은 작가가 스무 살에 시도한 첫 장편소설이다. 유명 출판사에서 거절된 이 원고는 로맹 가리의 후기작에 부분적으로 차용되었지만 생전에는 끝내 빛을 보지 못했다. 로맹 카체프란 본명으로 단편소설 「폭풍우」를 발표했지만 무명작가에 불과했던 로맹 가리는 당시 스웨덴 여기자 크리스텔과 깊은 사랑에 빠져 있었다. 연상의 유부녀 크리스텔과 우여곡절을 겪고 끝내 결별을 맞은 로맹 가리는 1938년 초고에 불과한 『죽은 자의 술』을 그녀에게 선물했다. 『새벽의 약속』에서 작품의 제목만 언급된 이 원고는 작가가 죽은 지 10여 년이 지난 1992년 경매 시장에 나와 세상에 알려졌다. 난삽한 줄거리에다 훼손된 글자도 적지 않은 바로 이 작품이 작가 탄생 100주기를 기념하기 위해 필립 브르노의 해설이 덧붙여져 출간된 것이다. 정리하자면 2014년에 발간된 작품 중 『죽은 자의 술』은 로맹 가리가 소설가로서 큰 야심을 품고 시도한 첫 장편소설이고 『내 삶의 의미』는 자살을 두 달 앞둔 사람이 남긴 마지막 육성을 글로 옮긴 것이다. 전자가 긴 마라톤의 출발선에서 신발 끈을 조이는 스물세 살의 청년이라면 후자는 늙고 지친 나머지 경기를 포기하는 노인인 셈이다. 그 노인의 육성부터 먼저 듣기로 하자.

1장 '새벽의 약속', 2장 '군대에서 외교계로', 3장 '외교계에서 영화계로', 4장 '내 삶의 의미'라는 제목의 네 장으로 구성된 『내 삶의 의미』는 우선 그의 출생에 관련된 이야기로 시작된다. 서문에서 로제 그르니에가 지적했듯 그의 자서전에도 소설적 상상력이 발휘되어 곳곳에 과장과 허구가 가미되었다. 생을 마감하는 유언장과 같은 이 작품 역시 로맹 가리의 생부에 관련된 정보는 여전히 수수께끼로 남는다. 예컨대 "나는 배우인 부모 사이에서 1914년 러시아에서 태어났다"라는 고백은 수정되어야 한다. 작가의 행적을 따라 러시아, 폴란드, 프랑스, 미국 등지에 흩어진 자료를 조사한 전기작가 미리암 아니시모프에 따르면 작가는 당시 폴란드령인 빌노, 현재 지명 빌뉴스에서 태어났고 호적상의 아버지는 모피 중개상이었다. 어머니가 임신한 상태에서 결혼한 셈이니 호적상의 아버지는 예수의 아버지 요셉처럼 그와 아무런 혈연관계가 없다. 『새벽의 약속』 『밤은 고요하리라』

그리고 『내 삶의 의미』에서 로맹 가리가 고백한 출생 배경은 모두 조금씩 어긋나며 작가의 상상이 지어낸 탄생 신화에 불과하다는 것이 전기작가 아니시모프의 최종 결론이다. 1차 대전에 동원된 그의 의부는 1921년에 귀향했고 1925년 로맹 가리의 어머니와 이혼한다. 작가가 열네 살 때인 1928년 그의 어머니는 프랑스 니스에 도착해서 메르몽이라 불리는 호텔에서 일하게 된다. 그리고 유대교와 가톨릭 등 어느 종파에도 속하지 않았다는 주장과 달리 유대 교당에 보관된 기록을 조사한 결과 작가는 유대교의 할례와 세례를 받았다. 남편과 이혼한 작가의 어머니는 어린 아들에게 훗날 프랑스의 외교관, 작가, 학술원 회원 등 남들이 부러워할 지위에 오를 것이란 미래를 강박적으로 반복했다. 폴란드에서 태어난 유대계 아들이 훗날 뭇 여인들의 마음을 사로잡는 멋진 프랑스 신사가 되길 바라는 어머니의 꿈은 보바리 부인의 허영심만큼이나 황당무계한 것이었지만 어린 로맹 카체프는 어머니의 꿈을 반드시 실현하리라 굳게 다짐한다. 유대인이란 (하늘의) 뿌리와 어머니와 맺은 (새벽의) 약속은 그의 항로를 인도하는 등대가 된다. 법학을 공부한 후 공군에 입대하여 2차 대전에 참전한 세월을 합쳐 군대에서 보낸 세월이 7년이고 외교관으로 17년을 보냈으니, 그의 전성기는 군인과 외교관으로 보낸 셈이다. 여배우진 시버그와 결혼하고 LA 주재 프랑스 영사로 재직하며 할리우드를 드나들던 시절을 회고한 것이 3장에 속한다. 로맹 가리가 청소년기를 보냈던 남프랑스의 니스에는 공산주의 혁명을 피해 프랑스로 이주한 러시아 망명객들이 많았다. 그들을 통해 그는 일찌감치 공산주의의 실상을 파악한 터였고 냉전 시절을 국제 외교무대에서 보내면서 더욱 철저한 반공주의자가 되었다. 1961년 영문으로 기고한 기사에서 그는 무엇보다도 공산주의의 천박함을 꼬집었다. 현시대 인간을 특징짓는 것으로 성욕, 허기, 그리고 천박함을 꼽으며 공산주의는 이를 고루 갖췄고 특히 흐루쇼프가 유엔 연설 중 구두를 벗어 단상을 내리친 장면을 본 후 그의 구두가 20세기를 기념하는 대표적 유물로 남을 것이라 비판했다.

어디에서든 염문을 뿌리고 다녔던 그는 소련의 위성국이었던 불가리아에서 겪은 일화를 털어놓았다. (『밤은 고요하리라』에서 고백했던 일화와 세부적 표현까지 일치하니 실제로 겪었던 사건일 것이다.) 불가리아에서 로맹 가리는 젊은 여자와 정사를 나눴는데 그 여자가 공산당 끄나풀이었다. 로맹 가리는 정사 장면을 몰래 찍은 사진을 들이밀며 프랑스 대사관의 전문電文을 해독하는 암호를 넘기지 않으면 사진을 공개하겠다는 협박을 두 명의 불가리아 관료로부터 받았다. 로맹 가리는 사진에 찍힌 자신의 모습이 마음에 들지 않는다고 불평하며 다른 여자를 데리고 와서 재촬영을 해달라고 요구했다. 프랑스를 대표하는 외교관으로서 남성적 정력이 떨어진 모습이 공개되는 것은 수치이니 다시 한 번 기회를 달라고 요구하는 그를 본 공산당 관료는 당황한 나머지 협박을 포기했다고 한다. 로맹 가리는 동구권에 파견된 외교관, 특히 동성애자 외교관들이 이런 식의 협박에 시달렸다고 증언한다. 그가 장황하게 털어놓은 소화笑話에는 자신의 남성적 위력을 과시해서 공산주의를 이겼다는 자부심이 깔려 있다. 모순과 역설로 점철된 그의 삶을 관통하는 일관된 태도가 바로 반공주의와 남성성이다. 홀어머니가 강조했던 남성다움은 전쟁을 겪으며 단단해졌고 국경을 넘나들며 벌였던 연애 행각은 전쟁 무용담과 흡사했다.

여성성의 옹호

여성, 특히 페미니스트라면 남자가 자랑스레 늘어놓는 군대 무용담과 여자 정복담에 질색하게 마련이다. 이 책의 전체 제목이자 마지막 장의 소제목인 '내 삶의 의미'의 결론에서 로맹 가리는 자신의 삶에서 가장 중요했던 가치를 토로했다. "나의 관심을 끄는 유일한 것은 여자이다. 잠깐, 조심해야 한다. 여자들이 아니라 여성, 여성성이라는 뜻이다. 내 삶의 가장 큰 동기, 가장 큰 즐거움은 여자들, 여자에게 바친 사랑이다. 이 주제에 대해 사람들이 뭐라 떠들든 간에 나는 유혹자와는 정반대의 인간이다. 이것은 완전히 알맹이 없는 이미지이고 나는 생리적, 심리적으로 어떤 여자를 유혹할 능력이 없는 사람이다." 그는 이 구술 자서전에서도 『새벽의 약속』에서 회고했던 어머니의 편지 일화를 되풀이했다. 전투기 조종사로 생사를 넘나드는 아들에게 어머니는 규칙적으로 격려 편지를 보냈다. 당뇨병으로 죽음을 예감한 어머니는 미리 편지를 써두고 자신이 죽은 후에도 일정한 간격을 두고 편지를 보내라고 부탁해두었다. 전장에서 훈장을 달고 귀향한 후에야 어머니의 죽음을 안 작가는 어머니의 뜨거운 모성애에 오열했다고 고백한다. 위의 진술에 이어지는 그의 여성관을 다시 따라가보자.

> 그런 식으로 이뤄지는 것이 아니다. 여자와의 관계는 소통이지 어떤 차원의 기술적 술수를 통한 소유가 아니며 어머니의 이미지를 기반으로 한 내가 쓴 모든 작품에서 내가 영감을 받은 것은 바로 여성성, 내가 여성성에 대해 품고 있는 열정이다. 나를 종종 페미니스트와 갈등관계에 빠뜨리는 대목은, 내가 이 세상의 첫 번째 여성적 목소리는 바로 예

수 그리스도라고 주장했기 때문이다. 연약함, 그 연약함과의 공감과 사랑은 여성적 가치이며 그 가치를 처음 발설한 사람은 남자인 예수였다. 그런데 수많은 페미니스트들은 내가 여성적이라 간주하는 특징들을 부정한다. 사실상 그들은 나처럼 불가지론자가 예수라는 인물에게 그토록 집착한다는 사실에 항상 놀라고 있다. (……) 살아오면서 내가 한 것 중 가장 가치 있는 일은 나의 모든 책, 내가 쓴 모든 글에 여자를 육체적, 감정적 차원에서 인물화하거나, 혹은 약자의 찬양과 옹호를 통해 여자를 철학적으로 인물화한 것이든 간에 여성성에 대한 나의 열정을 도입한 것이다. 왜냐하면 인권이란 약자에 대한 권리를 옹호하는 것과 다름없기 때문이다. 내게 나의 삶의 의미가 무엇이었냐고 묻는다면, 나는 여성성의 육화 그 자체를 구성하며, 여성적인 것을 지니고 있는 예수의 말씀에 있다고 항상 대답할 것이다. 예술적 가치를 감상하기 위한 것이 아니라면 교회에 한 번도 발을 들여놓은 적 없는 나 같은 사람이 하는 말이라 아주 이상하게 보이겠지만. 기독교가 남자의 손아귀에 빠지지 않고 여자에게 갔더라면, 오늘날 우리는 전혀 다른 삶과 사회와 문화를 가졌을 것이다.

로맹 가리는 항상 여성의 가치를 옹호하며 경쟁과 효율성, 폭력과 억압을 낳은 가부장적 사회는 이제 그 파탄을 자인하고 모성적 가치에 기반을 둔 새로운 사회를 건설해야 한다고 역설했다. 말년에 토로한 여성주의와 더불어 그의 1956년 〈공쿠르상〉 수상작인 『하늘의 뿌리』에 끼어 있는 일화를 비교하면 흥미로운 구석이 발견된다. 이 작품은 문학에서 처음으로 생태주의를 전면에 부각시켰고 할리우드에서 영화로 만들어졌을 만큼 로맹 가리가 자부심을 가졌던 작품이다. (비록 〈공쿠르상〉을 받았지만 많은 등장인물과 난삽한 줄거리로 인해 할리우드용 시나리오에나 어울리는 졸작이란 비판도 없지 않았다.) 밀렵꾼에 대항하여 코끼리 보호에 굳건한 소명의식을 지닌 모렐이 핵심 인물인데 그가 털어놓은 일화를 들어보자.

그는 독일군 수용소에 감금되었던 시절에 만났던 "여태껏 보았던 사람들 중에서 가장 용감한 친구"였던 로베르에 대한 이야기를 들려준다. 좌절과 비관에 빠진 수용소 동료들 사이에서 그는 마치 곁에 아름다운 귀부인이 있다는 듯 "상상의 여자에게 팔을 내준 채 막사를 가로질러 가더니 그 여자에게 침대 위에 앉으라는 시늉"까지 했다. 당연히 사람들은 "로베르가 보이지 않는 여자에게 비위를 맞추는 걸 얼빠진 얼굴"로 바라보았다. 그러자 로베르는 이런 숙녀 앞에서 예의를 갖추지 않거나 막돼먹은 행동을 하는 자는 용서하지 않겠다고 선언했다. 사람들은 처음에는 일종의 놀이처럼 받아들여 언행을 조심하고 인간으로서의 품위를 지키기 시작했지만 머지않아 수용소에서 기적이 일어난다. 죽음을 앞둔 짐승처럼 행동하던 사람들이 모두 독일군의 야만적 취급에 굴복하지 않는 문명인으로 되돌아온 것이다. 이런 사태에 놀란 독일군 지휘관은 그 여자를 막사에서 내보내라는 엉뚱한 명령을 내린다. "자네들 사기를 그렇게 진작시킨 그 보이지 않는 아가씨를 나에게 넘겨. 자네 동료들에게 그 여자는 가장 가까운 부대 창녀촌으로 보내져서 우리 병사들의 육체적 욕구를 충족시켜줄 거라고 설명하겠네." 막사에서는 동료들 사이에서 이 여자를 내보낼지 말지에 대한 토론이 벌어졌고 마침내 그녀를 독일군에게 내주지 않겠다고 선언한 로베르는 한 달 동안 독방에 수감되었다. 독방에서 풀려났을 때에 그의 몸무게가 20킬로그램이 줄고 손톱이 빠져 있었지만 "눈에는 패배의 흔적이 없고 본질적으로 변한 것이 없었다". 그는 밀실 공포를 극복하고 독방생활을 견딘 비결을 동료에게 털어놓는다. "한 가지 생각이 떠올랐어. 기진맥진했을 때 나처럼 해봐. 아프리카를 가로질러 달리는 자유로운 코끼리를 상상해봐. 벽도, 철조망도, 그 아무것도 거칠게 없는 수백 마리의 경이로운 짐승을."

여자와 코끼리를 상상하며 인간의 존엄과 자유를 되

찾았다는 소략한 도덕적 훈계 같은 이 대목을 그의 또 다른 소설 『그로칼랭』과 연결하면 흥미로운 연상망이 형성된다. 『그로칼랭』의 주인공 미셸 쿠쟁은 고아 출신으로 단조로운 직장생활에 지친 현대인이다. 마음에 둔 여자가 있지만 소심한 탓에 사랑 고백도 머뭇거리고 동료들의 평판도 좋지 않다. 나쁜 평판에 일조한 것은 독신인 그가 그로칼랭이란 왕뱀과 함께 살기 때문이다. 주인공은 자신의 몸을 둘둘 말아 포옹하는 왕뱀의 품에서 사랑과 평화를 느끼고 마침내 자신도 왕뱀의 식량이었던 쥐를 생식하기에 이른다. 보이지 않는 여자, 코끼리, 그리고 뱀으로 이어지는 이 동화 같은 이야기에 대해 『죽은 자의 술』의 서문을 쓴 필립 브르노가 해석의 실마리를 제공한다. 로맹 가리는 위에서 인용한 것처럼 여성성을 옹호하면서도 강력한 남성다움에 집착했다. 그에게 여성이란 야만적 상태에 빠진 거친 남자를 문명인으로 만드는 이상적 존재이다. 그 여성을 성적으로 만족시키지 못하는 상태에 빠진 노인은 승차권이 무효화된다는 강박에 시달리기도 한다. 필립 브르노는 다소 거친 정신분석적 접근이지만 뱀과 코끼리(의 코)가 남근의 대체물이라 해석한다. 그것은 정밀한 텍스트 분석이 뒷받침된 해석이라 수긍할 구석이 많고 특히 『자기 앞의 생』을 위시한 작가의 전 작품에 반복되는 이미지를 고려하면 그의 해석은 앞뒤가 그럴듯하게 들어맞는다. 예컨대 『그로칼랭』에서 작가는 왕뱀이 "아름답고 특히 코끼리 코와 닮았다"고 묘사하며 뱀과 코끼리 코의 등가성을 드러내는가 하면 바구니에서 머리를 들고 나오는 뱀을 본 여자 청소부는 주인공을 향해 "사디스트, 노출증 환자"라고 욕하며 경찰에 신고하겠다고 위협한다. 뱀과 남근, 그리고 주인공 남자를 싸잡아 동일시하는 대목은 주목할 만하다. 스무 살부터 스물세 살까지 쓴 엉성한 초고에 불과한 『죽은 자의 술』을 출간할 가치가 있다고 판단하고 해설까지 곁들인 필립 브르노는 이 습작품에는 로맹 가리의 전작을 해석할 수 있는 열쇠가 잠재해 있다고 주장한다. 얼핏 이 작품은 문학성을 따질 가치도 없을 만큼 구성이나 문체가 난삽하고 허술하게 보인다. 출간본은 가독성을 높이기 위해 장을 나눠 소제목을 붙였지만 여러 개의 에피소드가 뒤엉킨 이 처녀작이 출판사에서 거절되고 평생 개작을 거듭했음에도 불구하고 생전에 로맹 가리가 출간하지 않은 것도 당연하다고 판단된다.

미친 자가 쓴 글

니스에서 고등학교를 마친 19세의 로맹 가리는 1933년

엑스대학 법학과에 입학했다. 그 무렵부터 그는 『죽은 자의 술』을 쓰기 시작했다. 다음 해에 파리로 올라온 그는 1935년 2월 15일 그의 첫 단편소설 「폭풍우」를 잡지에 발표하고 석 달 후인 5월 24일 단편소설 「작은 여자」를 발표한다. 그는 엑스대학 시절에 시작한 『죽은 자의 술』을 다시 붙잡고 1937년에야 마무리한다. 드노엘 출판사에 원고를 보냈으나 거절되었는데 출판사 사장 로베르 드노엘은 이 묘한 내용의 원고를 당시 유명한 정신분석가 마리 보나파르트에게 분석을 의뢰했다. 프로이트에게 4년간 치료를 받고 그의 제자가 되어 거의 최초로 프랑스에 정신분석을 도입한 마리 보나파르트는 특히 에드거 앨런 포의 작품을 정신분석한 것으로 유명하다. 출간을 거절하는 편지와 더불어 마리 보나파르트의 분석 결과를 받은 로맹 가리는 "나는 거세 콤플렉스, 배변 콤플렉스, 시체애호 증세, 그리고 자잘한 일탈 증세를 갖고 있는데 오이디푸스 콤플렉스만 빠져 있다. 그 이유가 매우 궁금하다"고 회고했다. 그리고 저명한 정신분석가의 편지를 받자 유명 인사가 된 양 우쭐한 기분이 들어 친구들에게 자랑했다고 덧붙였다. 『내 삶의 의미』에서 회고한 바에 따르면 "이를 읽은 로제 마르탱 뒤 가르는 이 책은 미친 자, 혹은 광견병에 걸린 양이 쓴 것"이라고 했다. 과연 어떤 내용이기에 이런 평을 들었을까.

소설의 주인공 튤립은 지하 공동묘지로 짐작되는 이상한 미로에 빠져 출구를 찾아 헤맨다. 그 와중에 그는 무수한 시체들과 만나 대화를 나누고 시체들이 생전의 출신성분과 직업에 따라 사후에도 똑같은 버릇과 관습에서 벗어나지 못하는 광경을 목격한다. 지하세계는 지상의 거울이며 시체는 산 자들의 추한 모습이 더욱 과장된 존재로 그려진다. 살아 있는 시체들 중에서 경찰과 창녀가 큰 비중을 차지하고 그 외에도 수녀, 1차 대전에서 전사한 군인, 유아성애자인 초등학교 교사, 죽어서도 자살을 시도하는 자살자 등과 만나는데 한결같이 살점이 거의 부패한 해골들로 묘사되어 지상의 인간세계를 그로테스크한 풍경으로 풍자한 작품으로 읽힐 수 있다. 소설은 튤립이 시체들의 난교 장면을 목격하다가 빈 술병을 껴안고 공동묘지 무덤에서 깨어나는 것으로 마무리된다. 그래서 독자들은 처음부터 읽었던 내용이 술 취한 자가 무덤 위에서 잠들었다가 꾼 하룻밤 꿈 이야기란 것을 파악하게 된다. 정신분석가가 지적했듯 이 텍스트에는 분담糞談 취향과 그로테스크한 시체 묘사가 흥건하게 물들어 있다. 첫 장은 카드 놀음을 하다가 말다툼을 벌이는 두 시체의 이야기이다. 지하 무덤으로 떨어지는 첫 문장부터 읽어보자.

튤립은 공동묘지의 철책을 기어올라가 건너편으로 둔탁하게 떨어졌다. 그는 투덜거리며 금세 일어나 절룩거리다가 십자가에 부딪치자 넘어지지 않으려고 필사적으로 십자가에 매달렸다. 속임수를 쓰다니! 갑자기 아주 가까운 데에서 탁한 목소리가 들렸다. 화들짝 놀란 튤립은 십자가를 놓고 컴컴한 구멍 속으로 펄쩍 뛰어내렸다. 속이다니! 화를 내는 똑같은 목소리가 다시 들렸다. 뭐라고, 내가 무슨 속임수를 썼다고? 튤립은 울먹이며 물었다. 잠깐 침묵이 흘렀다.

이 목소리의 주인은 카드 놀음을 하다가 서로 속임수를 썼다며 말다툼을 벌이는 두 구의 시체이다. 죽은 후에도 속고 속이는 두 시체는 이 소설의 부제인 부르주아를 대표하는 인물이다. 튤립은 경찰과 마주치고 다시 생전에 몸을 팔던 모녀를 만난다. 죽어서도 모녀는 서로 튤립을 유혹한다. 튤립이 거절하자 어린 딸은 어머니에게 "푹신한 베개가 있다고 말해봐! 그리고 아주 음탕한 짓도 해줄 수 있다고…… 빨리, 빨리. 뭔가를 보여줘야지! 그냥 가려고 하잖아. 어머니 창녀는 치마를 들치며 여길 봐요, 라고 외쳤다. 엉덩이를 보여줘! 잘 벌려야지! 딸이 외쳤다". 이어지는 대화는 죽음과 음란, 타나토스와 에로스가 뒤엉킨 그로테스크한 분위기를 자아낸다. 우리글로 옮기기 거북한 부분을 조금 건너뛰어 '그리스도와 아기와 성냥'이란 소제목이 붙은 대목을 읽어보자. 튤립은 어두운 동굴묘지를 헤매다가 어린 소녀를 만난다.

거기 누구야? 손들어, 그렇지 않으면 쏜다! 겁에 질린 튤립이 쉰 소리로 외쳤다. 그는 성냥을 그었다. 그의 손끝에서 떨리는 불꽃이 뾰족하게 일어났다. 어린아이였다. 맨발이었고 키에 비해 너무 큰 셔츠 차림이었다. 아이는 옷 안에 푹 파묻힌 모습이었다. 반짝거리는 안광만 보이는 아이의 눈은 뚫어져라 작은 성냥 불빛만 응시하고 있었다. 커다란 검은 십자가가 아이의 가슴 위에 얹혀 있었고 십자가의 그리스도도 눈을 뜨더니 떨리는 성냥 불빛을 호기심 어린 눈길로 바라보았다. 저러다가 손가락을 데일 거 같지? 아기가 그리스도에게 물었다. 아니, 그럴 것 같지 않아. 그리스도는 불빛에서 눈길을 떼지 않고 대답했다. 그러면 그 전에 성냥불이 저절로 꺼진단 말이지? 그래, 내 생각으로는 그럴 거 같다니까. (……) 그러면 우리 내기할까? 아기가 물었다. 아니. 그리스도가 반대했다. 나는 내기 같은 거는 절대 하지 않아. 종교가 그것을 금하거든. 맞다. 아기가 대답했다. 그걸 미처 생각하지 못했네. 그런 실수를 할 수는 없지. 그리스도가 엄하게 꾸짖었다. 조금만 생각을 하고 살면 그런 바보 같은 제안은 하지 않을 텐데 말이야! 화내지 마. 아기가 말했다. 나는 절대로 화내지 않아! 그리스도가 격분해서 반박했다. 종교가 그걸 금하니까! 그리스도는 불빛에서 눈길을 떼지 않았다. 그런데 내기에 뭘 건다고 했지? 그가 퉁명스럽게 물었다. 주머니칼! 아기가 재빨리 대답했다. 한판 하자! 그래 한 번 붙는 거야! 그리스도가 동의했다. 그리스도가 성냥 불꽃을 응시하자 금세 불이 꺼졌다. 자, 칼을 내놔야지! 그리스도가 의기양양하게 말했다. 아! 아니야! 아기가 반박했다. 그럴 수 없어. 이번에도 네가 또 기적을 일으켰잖아! 헤헤헤헤! 그리스도가 겸연쩍게 웃었다. 그냥 웃자고 한 거야. 내게 내기를 걸면 어떻게 되는지 가르쳐주려고. 떨리는 튤립의 손끝에서 또 다른 성냥불이 어둠 속에서 켜졌다. 자! 또 해봐! 기적을 한 번 더 일으켜봐! 아기가 요구했다. 싫어! 그리스도가 심각하게 거절했다. 나는 한 번에 하나씩만 일으키거든!

모녀 창녀, 그리스도와 아기 같은 에피소드뿐 아니라 지하세계에서 튤립이 만나는 시체들은 대개 노소老少가 짝을 이룬 경우가 많다. 특히 장님 시체를 인도하는 어린아이가 등장하는 또 다른 에피소드에서 볼 수 있듯 늙은이와 아이의 조화, 노소간의 화목한 관계에서 우리는 로맹 가리의 대표작 『자기 앞의 생』을 떠올리지 않을 수 없다. 노인의 말 상대이자 지팡이 노릇을 하는 아이의 이미지는 이 작품의 어린 주인공 모모로 형상화된다. 로자 아주머니가 죽자 시신을 지하실에 숨기고 향수를 뿌려서 악취를 막으려고 발버둥 치는 마지막 대목은 이미 『죽은 자의 술』에서 그 원형을 찾을 수 있다. 로맹 가리는 어린 시절 어머니가 관리하던 메르몽호텔에서 살았다. 소설에 등장하는 여러 시체들은 그 호텔에 드나들거나 장기 투숙했던 경찰, 창녀, 전직 군인들에게서 영감을 받은 것이다. 그는 일찌감치 어린 나이에 여러 부류의 어른들을 접했고 그들의 언어를 익혔고 어른세계의 위선과 부패와 허세를 눈여겨보았던 것이다. 메르몽호텔은 어머니와 함께 보낸 어린 시절의 추억이 깃든 곳이라 작가에게 그곳은 곧 어머니를 떠오르게 만들기도 했다. 산을 등진 해안도시란 점에 착안해서 바다mer와 산mont을 합성한 메르몽Mermont이란 호텔 상호는 훗날 로맹 가리의 두 번째 부인 진 시버그의 이름과 묘하게도 겹친다. 스웨덴 출신의 부인 이름인 진은 요정을 뜻하는 단어 djinn과 발음이 같고 시버그와 발음이 같은 Seeberg는 스웨덴어로 바다와 산을 의미하기 때문이다. 이 작품의 해설을 쓴 필립 브르노는 예술에서 발휘되는 광기와 천재성을 연구한 정신과 의사이자 문학평론가이다. 그의 관점에서 본다면 『죽은 자의 술』은 정신분석 이론을 확인할 수 있는 금광이나 다름없다. 얼핏 부조리극의 대사를 연상시키는 산 자와 죽은 자의 대화는 논리만으로는 쉽게 해독되지 않고 시체, 무덤, 섹스, 노인에 대한 빈번한 암시를 풀이하는 데에 정신분석학이 도움이 될 것이다.

카멜레온

카멜레온을 빨간 양탄자 위에 놓으면 피부가 빨간색으로 변한다. 노란 데에서는 노란색, 파란 데에서는 파란색으로 변한다. 그런데 체크무늬 양탄자에 올려놓는다면? 카멜레온은 미쳐버린다. 로맹 가리가 반복해서 즐긴 농담이다. 그가 평생 충직하게 존경했던 드골 장군 앞에서 이 농담을 했더니 드골은 당신은 미치는 대신 작가가 되었지 않았느냐고 반박했다고 한다. 그는 익명, 가명, 필명을 빈번히 바꿔가며 변신을 거듭했고 뒤늦게 프랑스 국적을 취득한 후 군인, 외교관, 소설가, 영화감독, 시나리오작가로 직업을 바꿨을 뿐 아니라 연인 관계의 여인은 넥타이만큼이나 자주 갈아치웠다. 그가 활발히 활동하던 시절 프랑스의 지식계와 평단은 대체로 좌익이 대세였던 반면 그는 노골적으로 반공주의자를 자처했다. 여성성을 옹호한다며 페미니스트에게 반박하면서도 양성평등을 완벽히 이룬 곳은 소련인데 공산주의가 추구하는 것이 우리에게도 통용된다면 그것이 정상인가,

라며 얼핏 보면 남성우월주의에 수구보수를 덧칠한 태도를 견지하기도 한다. 소련에서 엄동설한 새벽부터 여자가 홀로 눈을 치우는 모습을 보고 공산주의를 더욱 증오한 로맹 가리를 어떤 이데올로기를 앞세워 비판해야 할까. 로맹 가리는 남자가 나귀를 타고 여자는 그 뒤를 걸어서 따라가야 하는 아랍의 풍습이 옳다고 주장하는 것이 아니라고 강변한다. 카멜레온 농담처럼 로맹 가리의 나귀 농담을 들어보자. 아내를 앞세워 걷게 하고 뒤에서 나귀를 타고 따라오는 아랍 남편을 본 로맹 가리는 드디어 이곳에서도 여권이 신장된 것이라 생각했으나 남편이 말한다. "여기에는 지뢰가 묻혀 있기 때문이죠."

정치적 차원만 떼어놓고 본다면 로맹 가리는 모든 형태의 전체주의, 물질주의를 반대할 뿐 아니라 어쩌면 정치 행위의 유익성 자체를 부정하는 회의주의자에 가깝다. "오슬로에서 노르웨이 학술원이 〈노벨평화상〉을 주려고 이 시대의 역사에 아무런 기여도 한 적 없는 벙어리에 귀머거리, 거기에다가 팔도 다리도 없는 인물을 찾고 있다는 것을 당신은 아시는지?" 그는 가장 충실한 드골주의자였다. 드골이야말로 1968년 지식인과 젊은이가 합세하여 권좌에서 끌어내린 구세대의 상징이 아니었던가. 〈공쿠르상〉을 두 번씩이나 받은 유일무이한 작가이지만 에밀 아자르의 정체를 둘러싼 호기심에 가려져 정작 그의 작품은 제대로 평가받지 못했다. 프랑스를 지키기 위해 목숨을 걸었던 레지스탕스였음에도 불구하고 어떤 평론가는 "그는 프랑스에는 도움을 주었는지 모르지만 프랑스어에는 기여하지 못했다"며 그의 언어구사 능력을 트집 잡았다. 심지어 그가 1956년 『하늘의 뿌리』로 〈공쿠르상〉을 받자 알베르 카뮈가 그의 소설을 고쳐주거나 대필했을 거라는 추측도 나돌았다. 너무 순진하리만큼 자신이 믿는 불멸의 가치, 예컨대 인류애, 우정, 신뢰, 연대와 같은 윤리적 덕목을 지칠 줄 모르고 주장했던 것이 젊은 세대의 눈에는 식상해 보였을 수도 있다. 비아그라를 운운했지만 그의 작품에 호의적이었던 미셸 투르니에도 로맹 가리 작품을 관통하는 일관된 가치를 이렇게 평한다. "사람들은 앙드레 지드가 한 말을 알고 있거니와, 그 말에 따르면 좋은 감정들을 가지고는 좋은 문학을 만들 수 없다고 한다. 에밀 아자르는 이 법칙의 예외가 되려고 작정을 하고 왔다고도 말할 수 있을지 모른다." 로맹 가리의 글을 접한 평론가와 독자를 난처하게 만드는 대목을 미셸 투르니에는 이렇게 짚는다. 즉, 당연하고 오래된 가치, 새로울 것이 전혀 없는 구호를 주장해서 독자들은 무시하려 들었지만 거기에 천재성까지 곁들인 이 복잡한 작가를 어떻게 대우해야 할지 난감한 노릇이다.

사랑의 적정가適正價

파스칼의 『팡세』는 원본은 없고 이본으로만 존재하는 고전이다. 작가가 기독교를 옹호하기 위해 여러 단상을 기록해두었지만 원고를 미처 정리하지 못하고 죽었고 나중에 가족이 원고를 모아 출간했으나 그 원고의 순서는 영원한 비밀로 남았기 때문이다. 여러 학자가 나름의 논리에 근거해서 단상의 순서를 주장했지만 아직 합의된 정설이 없는 탓에 『팡세』에 실린 글의 순서는 책임 편집자에 따라 다르고 우리네 번역본도 제각기 단상의 순서가 다르다. 파스칼이 죽은 지 200여 년이 흐른 1843년, 『사랑의 정념에 대한 논고*Discours sur les passions de l'amour*』란 원고가 발견되었다. 파스칼이 직접 쓴 수기본이 아니라 필경사가 베낀 필사본인데 그 끝에 "이 원고의 저자는 파스칼이다"라는 언급에 입각해서 당시 권위 있는 문예지에 실리게 되었다. 『팡세』는 단상의 순서가 논쟁거리이지만 이 원고는 아예 그 진위 여부를 두고 아직껏 정설이 확립되지 않았다. 당시 많은 학자는 이 원고가 진본이라 판정했지만 위서라는 주장도 만만치 않다. 진본파의 주장은 이 글의 내용과 문체가 『팡세』와 일맥상통하고 특히 파스칼이 20대 초반에 겪은 사랑의 체험이 담긴 단상이라고 추정한다. 반면에 위서파들은 이 원고가 『팡세』와 지나치게 유사하며 일관성의 과잉 그 자체가 위서의 증거라고 반박한다. 다시 말해 누군가 의도적으로 모작을 하지 않는 한 이토록 파스칼의 다른 작품과 유사할 수 없다는 것이다. 이와 비슷한 사례를 염두에 둔다면 사실 위서파의 주장도 일리가 있다. 예컨대 랭보의 미발표 원고를 두고 진위 논쟁이 벌어졌을 때도 랭보 전문 학자가 문체와 이미지가 지닌 일관성, 유사성을 근거로 진본임을 주장했지만 나중에 위서라고 판명되었다. 누구인가 악의를 지니고 모작하지 않는 한 랭보가 그토록 랭보답게 시를 쓸 리 없기 때문이다. 채플린이 채플린 모방대회에 나갔다가 낙방했다지 않은가. 진위 여부를 접어두고, 혹은 위작이라 치더라도 이 글이 지닌 몇 가지 흥미로운 측면 덕분에 일독에 값한다.

이 글은 진본파가 그 근거로 내세울 만큼 『팡세』와 호응하는 부분이 산재한다. 예컨대 여기에서도 파스칼은 인간의 정신을 기하학적 정신과 섬세한 정신으로 나눈 후 두 정신의 상보성을 강조한다. 알려졌다시피 파스칼은 수학과 물리학 등 자연과학에서 조숙한 천재로 명성을 떨친 후 20대 초반 당대 상류사회에 첫발을 내딛었다. 거칠게 말하면 어린 시절 오로지 수학적 정밀함만을 숭배하던 애송이 천재가 우아한 말솜씨와 처세술에 능한 상류사회를 접한 후 자신에게 부족했던 정신의 또 다른 측면을 발견하여 보다 유연하고 성숙한 정신 자세를 익혔다. 그래서 『팡세』에서 그는 엄밀하고 견고한 진리를 추구하는 기하학적 이성뿐 아니라 현실에 유연하게 적응하는 섬세한 정신도 필요하다고 인정했다. 기하학적 정밀성에서 아름다움을 느꼈던 그가 인간 냄새를 풍기는 현실에서도 지적 환희를 누릴 줄 알게 되었던 셈이다. 『사랑의 정념에 대한 논고』가 주제로 삼은 이성 간의 사랑에 관한 그의 주장에서도 유사한 태도를 보인다 : "정신의 명료성은 정념의 명료성을 유발한다. 그렇기 때문에 위대하고 명료한 정신은 열심히 사랑하고 자신이 사랑하는 것이 무엇인지 분명하게 구분한다." 그의 표현을 조금 풀어 말하면 사랑을 하려면 자신이 무엇을 사랑하는지, 혹은 싫어하는지를 나누는 분별심이 선행되어야 하며 호불호를 따지는 분별심은 바로 이성의 기능에 속한다는 것이다. 고로 이성에 근거한 사랑만이 그 동력을 잃지 않고 열렬히 지속될 수 있다는 것이 파스칼의 생각이다. 그런데 이 대목은 클레오파트라의 코를 운운한 저 유명한 『팡세』의 한 구절과 약간 어긋난다. 파스칼은 우리가 목숨마저 내던지는 사랑의 근거가 얼마나 허망한지 증명하고자 연인의 코를 예로 들었다. 첫눈에 반해 사랑을 위해 목숨을 걸게 만든 여인의 코가 한 치만 낮았더라도 과연 그런 사랑이 시작될 수 있을지 파스칼은 반문한 것이다. 언필칭 공격적 비관주의로 채색된 『팡세』의 전반부에서 파스칼은 세속적 가치의 허망함을 조목조목 비판한 다음 후반부에서 영원한 가치를 지닌 기독교로 귀의하는 것의 필연성을 도출한다. 반면에 그의 '사랑론'에서는 행복한 삶에는 반드시 이성 간의 사랑이 필요하다는 점을 역설한다. "한 생애는 사랑으로 시작해서 야심으로 끝날 경우에 행복하다!"는 구절에서 파스칼은 야심과 더불어 사랑을 행복의 필수 조건으로 꼽는다. 범박하게 말해서 행복하려면 출세도 필요하지만 연애도 빠뜨릴 수 없다는 뜻이다. 연애를 호사로 여기고 치열한 취업 전쟁에 뛰어든 요즘 젊은이, 혹은 직장과 사랑을 동시에 끌고 가며 힘겨워하는 현대인이 부딪치는 절실한 문제를 17세기를 살았던 파스칼도 겪었던 모양이다. 그러나 "사람들은 사랑과 야망을 하나로 연결시키지만 둘 사이에는 아무런 연관성이 없다. 오히려 하나가 다른 것을 약화시키거나 심지어 파괴한다"고 덧붙인다. 그리고 조금 건너뛴 후에 파스칼은 당시의 시대상을 반영한 관점에서 사랑과 야망을 다시 거론한다. "남자는 동등한 조건이 아닌 여자를 사랑하기도 한다. 신분이 낮은 여자를 사랑하면 그 조건 때문에 사랑의 불꽃이 더욱 커지기도 한다. 귀부인을 사랑할 경우에는 야망이 사랑의 시작을 동반할 수도 있다. 그러나 얼마 후 남자는 주인 행세를 한다. 독재자는 동반자를 용납하지 않는다." 파스칼의 사랑론과 관련해서 그 진위는 학자들의 의견이 갈리지만 적어도 그 내용이 17세기 귀부인과 예술가가 나눴던 대화에서 가장 자주 화제가 되었던 연애관, 다시 말해 17세기 프랑스 특정 계층의 사랑을 보여준다는 데에는 모두 동의한다. 당시 파리에서는 귀부인들이 사랑방에 예술가와 철학자를 초대하여 다양한 주제로 대화를 나눴고 파스칼은 젊은 시절 약 2년간 그런 사교계를 경험했다. 사랑방에 초대된 남자는 대체로 학식이나 예술적 안목이 걸출한 중산층 계급이었고 그들을 통해 삶의 지평을 넓히고자 원하는 여자들은 귀족 계층이었다. 그들 사이의 연애는 비교적 흔한 일이었고 그것은 당시 소설이나 그림에서 즐겨 다루는 소재였다. 요즘 식으로 말하자면 신분과 재산이 다른 남녀 사이의 사랑을 언급한 것이다. 이런 조건을 모두 감안해서 파스칼이 꼽는 진정한 사랑의 조건 중 하나는 지속성이다. "위대한 영혼은 결코 자주 사랑하지 않는다"라는 말에서 그가 방점을 찍는 단어는 부사 '자주'이다. "사랑에는 나이가 없다. 사랑은 항상 막 태어난 아기이다. 시인들이 그렇게 말한 것처럼 우리는 사랑이란 아기라고 상상한다. 우리는 시인에게 묻지 않더라도 모두가 그것을 느낀다." 요약건대 사랑은 흔히 말하듯 눈에 콩깍지가 씐 맹목적인 것이 아니라 우선 이성의 인도가 필요하며 일단 시작된 사랑은 남녀의 노력을 통해 구축해가는 과정이 중요하다는 것, 특히 지속성이 뒤따라야 한다는 것이 파스칼의 사랑관이었던 셈이다.

그의 사랑론이 흥미로운 것은 신과 인간의 문제와 같은 주제에 몰두했던 철학자가 사랑이라는 세속적 주제에 눈길을 돌렸다는 데에 있다. 남녀 간의 사랑은 모든 예술과 문학이 빈번하게 다루는 주제였던 반면 철학자의 본격적 주제로 대접받은 적이 드물었다. 1988년에 발간된 『사랑의 철학』은 G. 지멜의 글 중에서 사랑과 관련된 부분만 발췌하여 프랑스어로 번역한 책이다. 19세기 말에서 20세기 초반까지 발표된 지멜의 저작 『돈의 철학』 『가족의 사회학』 등에서 이성 간의 사랑을 다룬 부분만 발췌한 일종의 선집이지만 제목과 달리 그의 책은 결혼제도, 매춘, 유혹의 심리학과 같은 현상을 다루면서 부차적으로 남녀 간의 사랑을 언급하거나 사랑을 관능과 정서로 나눠서 분석했지만 결국 사랑의 본질이 심리학, 사회학의 개념으로 환원되는 것은 불가능하다는 고백으로 이어진다. 사랑을 사회학에서 다루는 사회제도

나 심리학, 정신분석의 주된 분석 대상인 욕망, 충동으로 환원하여 설명하려던 지멜의 시도는 결국 사랑의 변죽만 울리다 만 꼴이 되었다. 철학이나 사회학은 분석의 대상을 범주화하고 다시 그것의 본질을 보편적 개념으로 체계화하는 데에 이르지 못하고 결국 마지막 부분에는 사랑과 관련된 단상, 아포리즘을 열거하는 것으로 마무리되었다. 2009년에 발간된 A. 바디우의 『사랑 예찬』도 사정은 비슷하다. 파스칼이나 지멜이 체계화하지 못한 채 결국 파편적 단상 형식을 빌려 사랑론을 펼쳤다면 바디우는 대담 형식을 통해 사랑의 몇 가지 측면을 논구했다. 그는 "타자를 가장 은밀하고 깊게 체험"하는 것이 사랑이라고 정의하고 서로 다른 두 사람이 만나 차이의 관점에서 세계를 해석하는 기회를 갖는 것이 사랑의 중요한 기능 중 하나라고 주장한다. 그리고 사랑의 담론에서 흔히 만남을 가장 중요한 주제로 삼지만 실은 그 만남을 지속하며 우연한 사건을 필연적 지속성으로 구축하는 일이 그보다 더 중요하다고 바디우는 생각했다. 그에 따르면 사랑한다, 라는 동사에는 항상 영원히, 라는 부사가 함축되어 있다. 대담 형식을 빌린 탓인지 그는 철학자로서는 드물게 자신의 체험을 근거로 상대방에 대한 충실성을 사랑의 가장 중요한 요건으로 들기도 했다.

성급한 결론일지 모르지만 사랑에 관한 담론은 파스

칼 이후로 한 치도 나아가지 못한 것 같다. 용어만 달라졌을 뿐 결국 솜털을 벗은 장삼이사라면 능히 알 만한 것들이 아닐까. 차라리 철학자의 굴레를 벗고 체계화의 강박에서 자유로운 소설가, 예컨대 파스칼 키냐르의 『은밀한 생』이 사랑에 대해 더 많은 진실을 발언한 것은 아닐까. 다만 이 작품마저도 얼핏 소설의 형식만 차용했을 뿐 등장인물, 줄거리를 무시한 채 단상과 아포리즘만 무성하다. 사랑은 체계적 개념화에 저항하는 탓에 그저 순간적 단상으로 표현될 수밖에 없는 것일까. 사랑이 철학, 사회학, 심리학, 정신분석, 나아가 생리학의 대상이 될 수는 있지만 우리에게 가장 설득력을 발휘하는 장르는 유행가이다. 혹시 버스에 무심히 앉아 있다가 귀에 들어와 가슴을 울리는 유행가 한 구절이 사랑의 핵심을 요약하는 것은 아닐까. 긴 강론보다 한마디의 말로 표현될 수밖에 없는 것, 만남의 환희나 이별의 슬픔은 보편적 개념으로 체계화될 수 없는 개별적, 주관적 체험이기에 철학보다는 문학이 사랑의 정의인 "가장 깊은 타자 체험"을 실감 나게 전달하는 유력한 장르가 아닐까. 사랑의 당위나 현상, 혹은 사랑의 유형이나 효과에 치중한 철학과 달리 우리가 생각하고 나아가 체험한 사랑의 진실을 담는 데에는 문학이란 형식이 더욱 적절한 것은 아닐까.

설거지가 사랑을 죽인다

브리지트 지로Brigitte Giraud가 2007년에 발표한 작품집 『사랑은 대단한 게 아니다』는 열한 편의 단편소설을 모은 것이다. 원제 'L'amour est tres surestime'를 직역하면 '사랑은 매우 과대평가되었다'이다. 우선 제목부터 수상한데 마치 사랑이 객관적 평가의 대상이 될 수 있다는 전제가 깔린 듯한 느낌을 준다. 이런 느낌을 과장한다면 사랑도 시장의 상품처럼 수요와 공급의 법칙에 따라 적정가가 결정되는데 그 현재 가치가 시장에서 고평가되었다는 주식 전문가의 진단처럼 들리기 십상이다. 사랑의 가치는 대체로 한 개인의 주관적 판단에 좌우되며 따라서 그 가치는 개별적이자 절대적이라는 상식에 위반되는 제목이다. 철학자들의 공통된 의견에 따르면 사랑은 한 존재의 전체가 또 다른 존재의 전체에 총체적으로 몰두되는 것이기 때문에 그 가치를 평가할 제3의 객관적 기준이 부재할 수밖에 없다. 어쨌거나 이 작품집에 수록된 개별 작품은 평균 6쪽 정도에 머무는 분량이라 최소한의 등장인물이 등장하는 한순간의 정경을 날렵하게 그린 스케치에 가깝다. 그리고 철학자가 입을 모아 사랑의 구성 요소로 꼽은 지속적 구축이 아니라 해체와 파괴를 그린다는 점에서 작가가 포착한 사랑의 풍경은 한

결같이 고요하고 쓸쓸하다. 우선 작품집의 첫 단편소설의 제목부터 '사랑은 끝났다'이며 그 첫 문장은 "그것은 사랑의 종말이며 당신은 그것을 모르고 있다"이다. 그다음을 읽어보자. "그는 저기 창가에 서 있고 당신은 그가 햇살을 가로막고 있는 것이 불만이다. 당신이 보고 있는 것은 그가 아니라 그가 가로막은 햇살이다. 그것은 그렇게 시작된다. 그는 저기 있는데 그의 존재 자체가 당신을 불편하게 만든다." 사랑의 종말은 타자의 존재 그 자체가 불편해지면서 시작된다. 그리고 그 해체 과정은 떨어뜨린 유리잔처럼 한순간의 방심으로 산산이 부서지는 것이 아니라 서서히 하찮은 일상에 마모된다는 데에 그 특징이 있다. 사랑이 조그만 먼지가 모여 단단한 보석으로 결정되는 수정화 과정, 혹은 구축 과정이라면 그것의 해체는 역순으로 진행된다. "설거지가 사랑을 죽이는 것 같다. 당신은 한 번도 그것을 믿은 적이 없고 그런 진부한 이미지에 갇히는 것을 거부했다. 그러나 그의 담배 연기가 짜증 난다. 그것이 징후이다. 당신은 그 징후의 해석을 거부한다." 이제 화자는 설거지뿐 아니라 사랑을 죽이는 사소한 일상, 누구도 피해 갈 수 없는 숙명인 그 일상을 하나씩 나열한다.

여기에서 이인칭으로 지칭된 당신은 익명의 독자 모두를 지칭하는 복수일 수도 있고 화자가 자신을 객관화하여 호칭하는 것일 수도 있다. 이인칭 대명사 "당신"은 사랑의 해체 과정에 독자를 모두 공범이나 희생자의 자리로 초대한다.

> 그것이 도래하는 것을 당신은 전혀 보지 못했고 당신은 그를 더 이상 사랑하지 않는다. 당신은 확인해보고 싶다. 확실히 해두어야 한다. 그러나 의심이 든다. 사실상 당신은 그를 사랑하고 또 동시에 사랑하지 않는다. 그것을 결정해야 하는데 그 때문에 짜증이 난다. (……) 분명한 것은 당신이 아직도 그에게 정을 느낀다는 점이다. 그런데 더 이상 사랑하지 않을 때에 그런다고들 한다. 정을 느끼면 느낄수록 사랑을 덜하게 된다고 하지 않던가? 그런데 이 둘 사이의 차이점을 누가 콕 집어 말할 수 있을까?

이제 당신은 그 정을 붙잡고 키워서 사랑을 다시 구축해보려고 시도한다. 함께 극장에 가고 여행도 떠난다. 혹은 영화를 되돌려 보듯 머릿속을 스크린 삼아 첫 만남, 첫 전화 통화, 첫 여행, 첫날밤을 되풀이해서 비춰 본다. 난방도 시원치 않고 습기가 가득 찼던 첫 신혼집도 떠올린다. 그래도 모든 것이 부질없었다. 그가 지니고 있던 사랑의 자원이 고갈되었다. 당신은 그의 속을 다 파먹었고 이제 그는 조개의 빈 껍질일 따름이다. 그리고 당신은 자문한다. “누가 조개껍질을 사랑할 수 있는가?”

남과 여

1966년에 개봉한 「남과 여」는 세계적 인기를 누렸고 그해 칸영화제 〈황금종려상〉을 받기도 했다. 각기 배우자를 잃고 아이를 키우는 남녀가 학부모 입장에서 우연히 만나 사랑에 빠지는 줄거리도 인상적이지만 영상을 감싸는 음악이 오래도록 기억에 남는다. 여자 주인공이 과거를 회상하는 장면에서는 남미의 보사노바에 흠뻑 빠져 감미로운 노래를 낮게 흥얼거리는 남자가 등장한다. 불꽃같은 삶을 살다 간 남자를 잊지 못하는 여주인공의 쓸쓸한 표정은 더욱 인상적이었다. 그 영화에서 젊은 홀아비 역을 맡았던 남자 주인공 장루이 트랭티냥은 미카엘 하네케 감독의 2012년 작 「아무르」에서 치매로 삶의 불꽃이 수그러드는 늙은 아내 곁을 지키는 노인 역에서 다시 볼 수 있었다. 그의 딸 마리 트랭티냥도 아버지의 피를 이어받아 배우로 입신하여 여러 영화에서 두각을 드러냈고 게다가 젊은이들 사이에 큰 인기를 끌었던 가수와 사랑에 빠져 대중의 부러움을 샀다. 남자 가수는 검은 욕망이란 뜻을 지닌 록밴드 ‘누아르 데지르’의 리드 싱어였고 인권 운동, 반세계화에 앞장선 의식 있는 연예인으로 젊은이들의 인기를 독차지했다. 특정 정당에 가입한 것은 아니지만 노래를 통해 프랑스 극우 정당과 비정한 자본주의적 경쟁을 비판하는 입장을 견지했기에 편의상 좌익 예술가로 간주해도 무방할 것이다. 두 아이를 둔 유부남이란 사실은 이 사랑 이야기에서 그다지 중요한 대목이 아니었다. 가수와 사랑에 빠진 그녀의 행로에서 「남과 여」의 여주인공의 모습이 얼핏 겹쳐지기도 했을까, 아버지의 후광과 더불어 재능, 부, 명성, 거기에 사랑까지 거머쥔 마리 트랭티냥은 현대판 동화의 여주인공이나 다름없었다. 그러나 2003년 7월 27일 그녀가 주인공이었던 이야기는 성인용 잔혹 동화로 끝나고 말았다. 리투아니아의 작은 도시에서 그녀가 혼수상태에 빠졌다는 뉴스가 프랑스에 전해졌고 응급수술을 받은 후 파리로 후송되었지만 며칠 후 그녀는 숨을 거두었다. 부검으로 밝혀진 사인은 구타였다. 남자 친구였던 가수에게 맞은 뭇매, 특히 코를 주저앉힌 안면 가격이 직접적 사인이었다. 브리지트 작품집의 아홉 번째 이야기 「기다림의 여름」은 마리 트랭티냥의 소식에 황망해진 어느 여인의 독백이다. 이번에도 앞선 이야기처럼 사랑의 종말을 다루지만 종말의 방식이 다르다. 이 사랑은 서서히 마모되지 않고 순식간에 산산조각이 난다.

마리 트랭티냥이 죽어가고 있는 중이다. 그녀는 파리로 돌아오는 비행기에 타고 있다. 두 시간 전 그녀를 태운 비행기가 빌니우스를 이륙했다. 그녀는 밤에 도착할 것이다. 그녀는 사나흘 전부터 혼수상태에 빠져 있다. 나는 매 순간마다 그녀를 생각한다. 나는 집에 있다. 일이 손에 잡히지 않는다. 7월 말경이고 집을 옮긴 후 이삿짐을 풀었다. 아무 일도 일어나지 않았다. 날씨가 더웠다. 갑자기 폭우가 쏟아졌다. 정원의 나무가 바람과 우박에 쓰러질 것만 같다. 늦게 일어났다. 라디오를 켰다. 마리 트랭티냥의 죽음을 알리는 뉴스를 들을까 두려웠다. 베르트랑 캉타, 그가 어디에 있는지 모른다. 그가 손에 수갑을 찬 채 리투아니아 경찰에 이끌려 호텔의 복도에서 끌려가는 모습이 텔레비전에 나왔다. 머리를 숙이고 있었다.

현실에서 사랑이 귀해지니 사람들은 그것을 꿈에서 찾는다. 눈 뜨고 꾸는 꿈을 위해 꿈같은 사랑 이야기가 우리에게 공급되고 우리는 이제 사랑이 아니라 그것을 보상해줄 사랑 이야기에 갈급한다. 수십 년 전 영국 왕세자의 결혼식은 전 세계에 중계되었고 환갑을 앞둔 여자조차 그 방송에 몰입했었다. 그리고 세월이 지난 후 파리의 어느 도로에서 교통사고로 급사한 여자의 소식이 세계에 전해졌다. 날로 각박해진 세상살이가 두려워 사랑을 포기한 젊은이들은 아마도 현대판 공주인 스타들의 사랑 이야기를 들으며 사랑의 부재를 견딜지도 모른다. 그러나 "마리가 죽던 날, 베르트랑도 죽었다. 우리는 말문이 막혔고 방금 벌어진 그 사건으로 인해 죄의식을 느꼈다. 평소와 마찬가지로 그것을 말리지 못한 우리 모두가 죄인이다. 우리가 할 수 있는 말은 이것뿐이다. 내가 바로 베르트랑이라고. 바로 우리가 그 돌이킬 수 없는 짓을 저질렀다고. 우리의 생각이 짧았었다. 우리는 이해하고 싶은 욕구로 몸살을 앓았다. 위로받고 싶은 욕구로. 여름은 더 이상 똑같은 여름이 아니었다. 그것은 종말의 여름이었다. 사랑의 종말, 음악의 종말, 영화의 종말. 사랑에 대한 환상의 종말. 우리 가슴속에서 무엇인가가 죽었다". 그 후로 사람들은 누구도 남자 가수의 노래를 듣지 않았고 텔레비전에서도 마리가 등장한 영화는 방영되지 않았다. 다만 딸의 죽음으로 슬픔에 빠져 동정을 샀던 여배우의 어머니가 쓴 회고록이 불티나게 팔렸다. 소설은 이쯤에서 끝났지만 이 사랑 이야기는 여전히 이어졌다. 프랑스에 송환되어 7년형이 언도된 남자 가수는 형기의 절반쯤 복역한 후 풀려났다. 애인을 살해한 그는 본부인의 집으로 돌아갔지만 2010년 그 부인마저 목을 매어 자살했다. 헝가리 출신으로 가수의 열성 팬이었던 부인이 친정에 보낸 편지가 나중에 공개되었다. 남편의 상습적 구타에 시달려 자신도 마리처럼 죽임을 당할 까 두려운 나머지 자살을 택했다는 유서였다. 남편은 가수 활동을 재개했고 예전처럼 인권과 세계 평화를 노래하는 의식 있는 가수 생활을 변함없이 이어갈 것이다.

사랑하는 방법을 잊은 사람들

마지막으로 이성의 손목을 잡아보았던 것이 언제였더라. 커피 잔을 사이에 두고 이야기를 나눴던 것이 언제 적 일이었던가. 자전거 타는 법은 한 번 익히면 평생 잊지 않는다지만 사랑의 기술은 그렇지 않은가 보다. 참된 영혼은 사랑을 "자주" 하지 않는다는 파스칼의 말을 상기한다면 우리 모두는 사랑에 서툴러야 정상이다. 또는 혹독한 금단증세를 겪은 후 오랜 시간을 견딘 사람에게 남의 담배 연기는 맵고 써야 정상이다. 일곱 번째 사랑 이야기는 사랑하는 방법을 잊은 사람들의 이야기이다.

그를 위해 준비했던 첫 번째 식사가 기억난다. 2년간의 슬픔과 고독이 지났을 때에 한 남자가 식사를 위해 나의 집에 왔다. 한 남자가 나의 삶에 도착한 것이다. 우리는 서로를 거의 알지 못한 상태였고 그가 나를 데려다주었던 차 안에서 키스를 한 번 했을 뿐이다. 그가 건물 앞까지 나를 데려다 주었지만 나는 그다음 단계를 제안할 수 없었다. 그가 키스를 하려던 순간에 어색한 표정을 지으며 여자를 품 안에 안는 습관이 사라졌다고 했다. 그는 서툴렀고 팔꿈치로 백미러를 쳤다. 그러나 사랑 이야기의 서막이 항상 그러하듯 서툴고 어색한 몸짓은 우리의 보물이었다. 나는 좌석에 깊숙이 몸을 웅크렸고 그가 방금 했던 말이 묘하게 가슴속에 메아리쳤다. 더 이상 습관이 없다고……. 아마도 그는 존재가 위축되고 사지에 쥐가 났다고 말하고 싶었는지도 모른다. 아마도 사지가 절단된 것처럼 느껴진다고 말하고 싶었는지도. 자신의 능숙치 못한 몸짓에 대해 사과하려고 그의 입에서 튀어나온 이 짧은 문장을 통해 나는 그가 오랫동안 주인 없는 몸이었고 그에게 내가 까맣게 모르는 어떤 여자가 예전에 있었다는 사실을 알 수 있었다. 솔직히 말하자면 나는 습관과 사랑이 가깝게 동행하는 것을 그다지 좋아하지 않는다. 아무 대꾸도 하지 않거나 속으로만 웃는 것으로 그치지 않고 나도 겉보기에는 평범한 몇 마디를 하고 말았다. 나는 그의 고백에 "나도 마찬가지예요"라고 마침표를 찍었다. 우리는 비겼다. 우리는 이렇게 상황을 요약했다 : 사랑하고 사랑받는 습관이 더 이상 남아 있지 않은, 길 잃은 두 존재가 사랑으로 귀환했다. 아주 먼 데에서. 사랑을 다시 시작하기 위해 그토록 긴 시간이 필요했던 두 존재가.

습관과 사랑이 나란히 동행하는 것을 좋아하지 않는 이 화자는 무엇이 사랑을 파괴하는지 알고 있다. 습관이 사랑의 치명적 적임을 그녀는 지난 사랑을 통해 깨달았던 터였다. 그래서 더 이상 습관이 없는 남자를 다시 만난 후 "집으로 돌아온 후 뜬눈으로 밤"을 꼬박 새울 정도로 그녀의 가슴은 두근거렸다. 사랑은 깨지기보다 닳아 없어진다는 것을 깨달은 여자는 습관을 두려워했다. 2년의 고독 끝에 여자는 남자를 위해 저녁상을 차리는 습관도 잃어버렸다. 2인용 식사를 위한 장보기도 어색했다. 남자들은 대체로 붉은 육류를 좋아하지만 첫 만남에 붉은 소고기는 너무 "짐승" 같은 느낌이 들어 피하고 차선책으로 송아지를 골랐다. 음식 준비에 몰두하다가 자신을 준비하는 데에 소홀하게 되는 함정도 요령껏 피했다. 그래서 우선 식사 자리에서 입을 옷부터 세심히 골랐다. "그는 영화의 한 장면처럼 미처 문을 닫기도 전에 키스부터 했다. 좁은 현관으로 들어오다가 서로 밀치고 부딪치자 우리 사이가 습관이 되지 않았다는 사실을 재확인했다. (……) 그때까지도 이 남자가 정녕 내 마음에 드는지 확신이 서지 않았다." 허둥지둥 첫 번째 상을 차리고 어색한 대화를 나누다 보니 점차 두 사람은 예전의 습관을 되찾는다. 두 사람의 몸짓, 말, 상황이 모두 예전 습관의 재현임을 깨닫는다. 그리고 다음 날 아침 그녀는 남은 음식을 쓰레기통에 버리며 사랑을 다시 할 수 없는 사람이 되었다고 중얼거린 뒤 "예전의 우울한 모습으로 되돌아간다".

1960년 알제리에서 태어난 브리지트 지로는 이 작품집으로 2007년 〈공쿠르 단편문학상〉을 수상했다. 〈공쿠르 문학상〉은 우리에게 가장 잘 알려진 장편소설뿐만 아니라 시, 전기, 처녀작, 단편소설에도 수여된다. 『사랑은 대단한 게 아니다』를 통해 브리지트 지로는 사랑이라는 공통 주제를 프리즘으로 분광시켜 열한 가지 색깔을 보여주었다. 그 색깔은 대체로 어둡고 쓸쓸하다. 한 폭의 찬란한 그림보다는 같은 병을 달리 앓은 환자들을 관찰한 임상 기록에 가깝다. 다만 마지막 열한 번째 작품 「시간이 흐르고」만이 홀로 남은 사람이 사랑의 영원성을 다짐하는 독백이다. "이것은 당신과 나 사이의 문제가 아니겠지요. 혹은 달리 말하자면 나와 나 사이의 문제이지요. 왜냐하면 당신이 없어진 이래 나는 어둠 속에서 나 홀로 말하는 습관이 생겼기 때문이지요." 결국 사랑은 홀로 남겨진 사람이 어둠 속의 빈자리를 향한 독백으로 마무리된다.

두 죽음을 둘러싼 재수사

◇

1846년 3월 25일 "경찰서장과 평복 차림의 남자가 사무실로 들어왔다. 졸고 있던 경찰들은 깨어났고 각자 정신없이 일을 하다가 깜짝 놀랐다는 듯이 자리에서 일어났다". 서장은 정년퇴직을 앞둔 수사반장 들레보아Delevoye와 신참 수사관 르미Remi를 따로 불러내더니 동행한 남자를 소개했다. 평복 차림의 남자는 루앙 의과대학의 교수 라리비에르 박사인데 이틀 전 그가 겪었던 묘한 사건을 털어놓았다. 그의 말은 대충 이렇게 요약되었다. 그가 루앙 근교의 작은 마을 용빌에 응급환자가 발생했다는 전갈을 받고 서둘러 갔더니 젊은 여자가 의식불명상태로 누워 있었다. 그녀의 남편이라는 사람은 그 마을에서 유일한 의사였는데 음독 환자라면 일단 손가락을 목에 넣어 토하게 하는 기본적 조치를 취하지 않고 해독을 한답시고 이상한 물약을 투입해서 상황을 악화시킨 터였다. 의사인 남편보다는 곁에 있는 약사가 나서서 허접한 의학 지식을 늘어놓는 것으로 미뤄보아 그나마 응급조치도 아마 약사가 주도한 것으로 짐작되었다. 의사 남편은 아내가 유서를 남기고 음독자살을 시도한 것이라고 설명했다. 다만 그보다 한발 앞서 도착한 의사 카니베가 환자의 몸 몇 군데에 있는 멍 자국을 지적했지만 아마 단말마의 고통으로 몸부림치다가 가구에 부딪쳐 생긴 상처일 것이라고 했다. 그런데 혼수상태의 환자가 돌연 눈을 부릅뜨고 입술을 달싹거리더니 힘겹게 "자살이 아니라 타살"이라고 라리비에르 박사에게 말한 후 숨을 거두었다. 그래서 라리비에르 박사는 루앙 경찰서에 신고해서 수사를 의뢰한 것이다.

수사관 르미는 검시관을 대동하고 현장에 출동했다. 스물여섯 살가량의 젊은 여인의 시신을 부검하고 혈액과 위에 남아 있는 음식을 채취한 검시관은 사인을 타살보다는 자살 쪽으로 생각했다. 검시관은 고인이 임신 5개월이었다고 수사관에게 귀띔해주었으나 남편이나 주변 사람들에게는 비밀로 해두기로 했다. 졸지에 아내를 잃고 빚쟁이에게 병원과 집을 빼앗길 처지에 놓인 남편은 심문이 불가능할 정도로 절망에 빠진 터라 더 이상의 충격을 줄 수 없었다. 검시관은 고인의 남편을 아는 눈치였다. 중학교 시절에 전학 왔던 샤를이라는 동창생인데 모자 때문에 선생과 학생들에게 웃음거리가 되었던 일이 기억났던 것이다. 퇴직 후의 편안한 노년을 꿈꾸는 수사반장은 마을의 동요를 염려하여 일단 매장 허가서를 발급했다. 가톨릭 교리에 따르면 자살자는 교회 장례를 치를 수 없음에도 불구하고 브르니생 신부가 선선히 교회장을 수락한 것도 르미의 생각에는 미심쩍었다. 수사관은 장례식에 모인 마을 사람 하나하나를 관찰하며 혐의점을 찾아야 했다. 조문객 중에서 약국의 심부름꾼인 쥐스탱을 제외하고 진정 고인의 죽음을 슬퍼하는 사람이 없었다. "불쌍한 여자야, 사실 남편이 재미라곤 찾아볼 수 없는 인간이니까." "돈이 원수야. 그따위 허접한 것에 돈을 펑펑 쓰더니." "행실이 나빴어. 그런 짓의 끝이 항상 이렇지." 장례 행렬이 지나가는 골목 어귀에서 기웃거리는 낯선 남자 하나가 눈길을 끌었다. "큰 키에 맑은 눈빛, 긴 금빛 콧수염이 노르망디 지역의 먼 조상인 바이킹 전사를 떠오르게 하는 외모였다. 어디에서 튀어나온 사람인가?" 수사관 르미가 궁금해서 동네 이장인 튀바슈에게 물었지만 모른다고 했다. 그때 수사반장이 말했다. "저 사람은 내가 알지. 루앙의 의과대학 교수 아쉬 플로베르의 두 아들 중 하나인데 자기가 문재를 타고났다고 믿고 소설을 쓰려고 하지. 여기에는 무슨 일로 얼굴을 내민 거지? 소설의 소재를 찾으려고? 큰 입을 벌린 메기 같은 놈, 눈앞에 지나가는 것을 닥치는 대로 집어삼킨 후 토해내는 놈이야. 상종하지 말아야 할 인간 족속들이야."

위의 내용은 필립 두멩크Philippe Doumenc가 2007년에 발표한 소설 『엠마 보바리의 죽음에 대한 재수사*Contre-enquête sur la mort d'Emma Bovary*』의 도입부에 해당한다. 이 소설은 플로베르의 원작 『마담 보바리』를 바탕으로 작가가 나름 근거 있는 논리와 자유로운 상상력을 발휘한 추리소설풍의 작품이다. 의사의 제보로 시작된 수사에서 신참 수사관 르미는 엠마를 둘러싼 주변 인물을 차례로 소환하여 심문하고 진술서를 작성한다. 르미는 우선 엠마가 음독한 비소라는 독약이 한 차례의 복용만으로는 사망에 이르는 경우가 드물다는 사실에 의심을 품는다. 흔히 농촌에서 쥐약으로 사용하는 비소는 인명을 살상할 만큼 독성을 발휘할 수 없는 터라 비소를 이용한 기존의 범죄자는 비교적 장기간에 걸쳐 피해자의 음식에 독약을 넣어 범행에 성공한 사례를 기억하고 있었다. 르미는 수사반장과 함께 금사자여인숙에 임시 수사본부를 차리고 피해자의 주변 인물을 하나씩 소환했다. 그는 우선 전반적인 마을 사정에 밝은 이장 튀바슈의 진술을 청취했다. 그에 따르면 5년 전 용빌로 이사 와 개업한 의사 보바리는 다소 멍청해 보였지만 성실한 직업인이었고 아내도 무척 사랑했다고 했다. 다만 점차 환자 수가 줄고 특히 안짱다리를 곧게 펴는 수술에 실패한 후 마을에서 신망을 잃었다고 증언했다. 시골 마을에서는 발군의 미모를 지닌 덕분에 뭇 남자의 시선을 끌었던 그의 부인이 바람을 피운다는 소문이 자자했다. 최근에 각종 사치품을 공급하며 동시에 고리대금, 어음 등을 취급하던 사채업자 르뢰에게 걸려들어 재산을 모두 차압당해 결국 엠마가 자살에 이르렀다는 것이 이번 사건에 대한 이장의 판단이었다. 그녀에게 종부성사를 해주었던 브르니셍 신부는 자살이라는 표현보다는 그저 우발적 사고라고 주장했다. 신부의 말에 따르면 보바리 부인은 어린 시절 수도원에서 교육을 받은 독실한 기독교 신자라서 자살이 얼마나 큰 죄악인지 알기 때문에 그녀의 사인은 자살일 수 없었다.

수상한 마을

마을 이장 튀바슈의 증언은 원작 『마담 보바리』를 충실히 요약한 것이다. 혹은 그의 입장은 19세기 중반 프랑스의 공식적, 관료적 이데올로기가 반영된 것이다. 젊은 여인의 돌연한 죽음으로 마을 분위기가 흉흉해진 터인데 사인이 타살로 밝혀져서 그들의 이웃에 살인자가 살고 있다는 소문이 돌면 공공의 안녕과 민심을 책임지는 관료 입장이 난처해지기 때문이다. 수사관 르미는 우선 사망의 직접적 원인인 비소의 출처로 의심되는 약사 오메를 소환하고 약국을 조사한다. 직접적 사인을 제공한 약사 오메를 먼저 수사하고 그녀를 죽음으로 몰아넣은 고리대금업자 르뢰를 소환하는 것이 자연스런 수사의 순서였다. 우선 르뢰의 입장은 명료했다. 자신은 사업가이기 때문에 채권자의 죽음으로 얻을 이익이 없고 따라서 엠마를 죽일 이유가 없다는 것이다. 르뢰는 수사관에게 은근히 남편의 뒤를 캐보라고 암시한다. 남편 샤를은 이 사건에서 완전히 뒷전에 물러난 희생자이며 평소에도 무색무취한 멍청이처럼 보였지만 그의 첫 번째 부인도 석연치 않은 이유로 죽었다는 점을 르뢰는 지적했다. 빈털터리 의사가 병원을 차린 것은 순전히 그의 첫 번째 부인 덕분이었는데 그녀가 어느 날 갑자기 죽는 바람에 10대의 젊은 여자와 재혼한 것이다. 전부인은 샤를보다 스무 살 이상 연상에다가 외모나 성격, 그 어느 것도 젊은 샤를이 결혼할 이유가 없는 여자였다. 샤를은 그녀가 죽기 전에 이미 젊은 엠마와 눈이 맞아서 부인의 질투를 불러일으켰다는 정황도 포착되었다. 그리고 떠도는 소문에 의하면 엠마가 이미 임신 중이었던 터라 부인이 죽자마자 샤를이 재혼을 서둘렀다고 했다. 게다가 돈이라면 영혼이라도 팔 것 같은 르뢰는 한술 더 떠서 "엠마처럼 예쁜 여자는 마음만 먹었다면 얼마든지 돈을 마련할 수 있었다"고 추측했다. 르뢰는 무엇을 암시한 것일까. 원작 소설 3부는 엠마가 돈을 마련하기 위해 동분서주하는 과정에 큰 부분을 할애했다. 그녀가 찾아간 사람 중에는 불륜 상대였던 로돌프, 레옹뿐 아니라 공증인 기요멩도 끼어 있었다. 로돌프와 레옹으로부터 급전을 얻으려다 헛걸음하고 절망에 빠진 보바리 부인에게 하녀 펠리시테는 이렇게 권했다. "저 같으면 기요멩 씨를 한번 찾아가보겠어요." 보바리 부인은 단걸음에 기요멩을 찾아갔다.

"왜 지금까지 저한테 한 번도 의논하러 오시지 않았습니까?" 하고 그는 또 말했다. "모르겠어요" 하고 그녀는 말했다. "왜 그랬어요, 대체? 제가 무서웠던가요? 그러고 보니 원망을 해야 할 건 거꾸로 제 쪽입니다! 우리 서로 접촉이 별로 없었네요! 그렇지만 저는 당신의 충실한 종입니다. 그 점 의심하지 않으시죠?" 그는 손을 내밀어 그녀의 손을 잡고 미친 듯이 키스를 하고 나서 그 손을 자기 무릎 위에 올려놓았다. 그러고는 한껏 감미로운 말을 속삭이면서 그녀의 손가락을 살살 만지작거렸다. 그의 김빠진 목소리가 시냇물 흐르듯 귓가에 소곤거렸다. 번쩍거리는 안경 너머 그의 눈동자에서 불꽃이 튀었다. 그의 두 손이 엠마의 소매 속으로 뻗쳐와 팔을 더듬었다. 그의 헐떡거리는 숨결이 볼에 느껴졌다. 그녀는 남자가 지겹도록 싫었다. 엠마는 벌떡 일어나며 말했다. "선생님, 전 기다리고 있어요!" "뭘 말입니까?" 하고 공증인은 얼굴이 파래지며 물었다. "그 돈 말이에요." "하지만……." 이윽고 너무나 강렬하게 끓어오르는 욕정을 이길 수 없는 듯 그는, "예, 좋습니다" 하고는 무릎을 꿇고 실내복이야 어떻게 되든 상관하지 않은 채 그녀 곁으로 다가갔다. "부탁입니다. 가지 말아주세요! 당신을 사랑합니다!" 그는 그녀를 끌어안았다. 보바리 부인의 얼굴이 금세 새빨개졌다. 그녀는 무서운 얼굴로 소리를 지르며 뒤로 물러났다. "남이 처한 곤경을 이용해서 함부로 대하는군요. 당신은! 저는 동정을 구하러 왔지만 몸을 팔지는 않아요!"

1856년의 원작자 플로베르는 엠마가 겪은 치욕과 몰락을 이 대목쯤에서 멈췄지만 2007년의 필립 두멩크는 불륜의 길로 들어섰다가 벼랑 끝에 몰린 여주인공이 과연 기요멩의 제안을 쉽게 거절할 수 있었을지 의문을 품는다. 엠마의 불륜은 과연 시골 면서기 레옹과 바람둥이 로돌프에서 멈췄을까. 젊은 경찰관 르미의 수사가 진전될수록 19세기 마을에서 벌어진 은밀한 타락상은 차마 소설로 옮길 수 없을 만큼 참담했다. 약사로 수사망이 좁혀지자 약사 부인이 나서서 자신이 엠마를 독살했다고 자수한다. 보바리 부부가 처음 마을에 도착했을 때부터 그녀의 미모에 정신이 나간 약사 오메는 탐욕스런 눈길로 엠마를 훔쳐보았지만 그녀는 오메를 거들떠보지도 않고 젊은 레옹과 사랑에 빠졌다. 게다가 농촌 공진회를 계기로 바람둥이로 소문난 로돌프의 품에 안긴 엠마를 보고 약사 오메는 더욱 자존심이 상했다. 그러나 그는 집요하게 기회를 노렸고 마침내 엠마가 돈에 쪼들려 곤경에 빠지자 마수를 뻗쳤다. 달콤한 사랑을 꿈꿨지만 불륜마저도 결혼생활의 연장처럼 시들해졌던 엠마는 결국 약사의 집요한 금품 공세에 넘어갔다. 그것이 르미가 밝혀낸 또 다른 사실이었다. 그뿐만이 아니었다. 한 여인이 시골 마을에 야기한 풍속의 타락은 걷잡을 수 없을 정도였고 그 타락의 중심에 로돌프가 있었다. 로돌프는 위세트의 대저택에서 수시로 음란한 모임을 주선했고 조용한 시골 마을 용빌뿐 아니라 루앙의 권세가와 사교계 여자들이 그의 집에서 밤새도록 질탕한 파티를 즐겼던 것으로 밝혀졌다. 엠마는 그 모임에서 루앙시市의 명망가들을 쉽게 접할 수 있었고 그중에는 당연히 라리비에르 박사도 끼어 있었다.

오늘도 엄마는 여태 살아 있다

TV에서 방영되는 영화를 보다가 절반쯤에서 까무룩 선잠이 든다. 잠결에도 귀는 열려 있어서 영화의 배경음악과 더불어 배우의 대사가 꿈결에 끼어든다. 선잠의 꿈속에서 배우가 나타나고 나도 그 줄거리 속에 끼어들기도 한다. 영화의 줄거리와 나의 욕망이 뒤엉켜 뒤죽박죽 어수선한 한 편의 몽상극이 전개된다. 선잠에서 깨어나면 꿈도 영화도 끝난다. 몇몇 학자가 제안한 '트랜스픽션transfiction'이라는 현학적 용어를 풀이하자면 하나의 서사가 독자의 욕망과 부딪쳐서 발생한 또 다른 서사를 뜻한다. 트랜스픽션의 작가는 대체로 명작의 반열에 오른 고전을 바탕으로 작품 속의 한 인물이나 작은 일화를 확장, 변형하는 방식으로 새로운 텍스트를 만들어낸다. 『엠마 보바리의 죽음에 대한 재수사』에서 소설가 필립 두멩크는 일단 원작을 매우 꼼꼼하게 읽은 후 원작의 인물과 상황을 최대한 유지함으로써 개연성을 확보하면서도 과감한 상상력을 발휘했다. 「플로베르는 거짓말을 했는가?」라는 후기에서 작가는 흥미로운 상상을 펼친다. 엠마 살해 사건의 진상은 당시 미풍양속을 해치고 자칫 평화로운 시골 마을을 붕괴시킬 만한 파괴력을 지녔기에 당국은 서둘러 자살 사건으로 처리했다. 우연히 시골 마을의 장례식을 구경했던 소설가 플로베르는 이러한 공식 기록을 바탕으로 소설을 썼다. 그나마도 당시 종교와 풍속을 해친다는 혐의로 재판에 회부되자 작가는 "엠마 보바리는 나 자신이다"라는 말로 아예 사건 자체를 순수한 허구라고 둘러댔다. 이 작품의 묘미는 수사관 르미가 원작의 빈틈을 헤집는 과정을 통해 독자로 하여금 고전 반열에 오른 『마담 보바리』를 재독하게 만드는 데에 있다. 이런 형식의 소설 중에 걸작은 2014년 카멜 다우드Kamel Daoud가 발표한 『뫼르소, 살인사건』이다.

이 소설의 첫 문장 "오늘도 엄마는 여태 살아 있다"는 독자의 웃음을 자아낸다. 문학사에 기록된 가장 유명한 인치피트 "오늘 엄마가 죽었다"가 연상되어야만 지을 수 있는 웃음이다. 그다음 구절도 읽어보자. "그녀는 더 이상 아무 말도 하지 않지만 할 말이 아주 많을 것이다. 이 사건을 너무 자주 곱씹다 보니 이제 사건 자체가 거의 기억나지 않는 나와는 정반대이다." 이 소설의 화자는 알제의 해변에서 뫼르소에게 살해된 아랍인의 동생이다. 그의 형 무사Moussa는 알제리의 이방인 뫼르소에게 살해되었지만 저 유명한 알베르 카뮈의 『이방인』에서는 이름도 없이 소설 내내 아랍인이라고만 지칭된 인물이다. 화자에 따르면 이 사건은 전 세계에서 가장 유명한 살인 사건 중 하나이며 그의 형 무사가 피살되고 뫼르소가 처형당함으로써 두 명의 죽음을 낳은 사건이지만 그 누구도 무사를 기억하지 못한다. 너무 억울해서 프랑스어를 배워 하소연하고 싶었지만 이미 "살인자는 너무 유명해졌고 그의 이야기는 너무 잘 쓰여서 흉내 낼 엄두도 나지 않았다. (……) 총알이 발사되는 장면을 묘사하는 데에 그는 시적 기술을 사용했다! 그의 세계는 아침 햇살처럼 정확하고 깔끔한 명료함으로 조각되었고 향기와 지평선으로 윤곽이 그려졌다. 유일한 그늘, 그것은 바로 아랍인의 그늘, 저세상에서 온 피리를 부는 유령처럼 모호하고 두루뭉술한 대상이었다". 하긴 알베르 카뮈의 여러 작품에 식민지 지배자의 태도가 잠재되어 있다고 비판하는 경우가 없지 않다. 예컨대 에드워드 사이드는 『문화와 제국주의』에서 "프랑스 군대의 알제리 시민에 대한 세티프Sétif 대학살이 1945년 5월에 일어났다. 즉 카뮈가 『이방인』을 집필하던 시기 내내 프랑스에 대항하는 알제리 민족주의의 길고 긴 유혈 저항으로 점철된 수많은 사건이 일어났다. 카뮈가 프랑스 젊은이로서 알제리에서 성장하기는 했지만 그의 전기작가에 따르면, 그러한 투쟁의 상황 대부분을 외면했든가 아니면 그러한 상황을 알제리의 회교 토착민에 반대하는 독특한 프랑스적 의지를 솔직하게 언어와 이미저리와 지역적 이해로 바꾸었다"고 지적했다.

『뫼르소, 살인사건』을 쓴 카멜 다우드는 1970년 알제리에서 태어난 아랍인이지만 프랑스어로 소설을 쓴다. 카뮈의 소설을 바탕 삼아 트랜스픽션을 쓴 이 작가의 태도도 에드워드 사이드와 유사하다. 『오리엔탈리즘』의 저자는 "카뮈의 소설에서 뫼르소가 아랍인을 죽였지만 그 아랍인은 아버지와 어머니는 차치하고라도 이름도 없고 역사도 없다"고 지적한 바 있다. 카멜 다우드는 이 소설을 통해 그 이름 없는 아랍인에게 이름과 사연을 부여했다. 소설의 화자는 사건이 일어난 지 반세기가 넘도록 알제리의 어느 술집 구석에 앉아 아무나 붙잡고 하소연한다. "결코 아무도 표하지 않을 조의를 기다리며 그는 술집에 앉아 죽은 형을 대신하여 이야기를 하고 있다." 화자가 특히 분노했던 점은 살인자의 무심한 태도였다. 그는 태양과 바다와 돌에 대해서는 그토록 섬세하고 감각적으로 설명했지만 한 사람의 생명을 앗아간 행동, "그 범죄는 장엄한 무심함 그 자체였다". 그 이후 형은 형체도 없이 썩어 사라졌지만 사람들은 "살인은 없었고 단지 태양 빛이 강렬했다는 것을 증명하기 위해 무진 애를 썼다".

그가 알고 있는 사건의 진상은 간단했다. "사건을 이야기하기 전에 우선 줄거리를 간단히 요약해주겠어. 글을 쓸 줄 아는 한 남자가 이름조차 없는 한 아랍인을 죽이고 그것은 존재하지도 않는 어떤 신의 탓이고, 자기가 방금 땡볕 아래에서 깨달은 어떤 것 탓이며 바다의 소금기 탓에 눈을 감을 수밖에 없었던 탓이란 거야. (……) 그리고 70여 년 동안 세상 사람들은 서둘러 희생자의 시신을 치우고 살인의 현장을 비물질적 박물관으로 만들어버린 거야." 그는 밤마다 꿈속에서 형을 만났다. "망자의 왕국에서 솟아올라 그의 수염을 잡아당기며 오! 내 동생 하룬, 너는 왜 이 상태를 그대로 내버려두느냐? 나는 네 형이다." 하룬은 프랑스어를 배워 형을 무명의 세계에서 끌어내어 그에게 이름을 부여한 후 만천하에 억울한 사정을 토로해야 할 의무감을 느꼈다. 『이방인』을 해석했던 수많은 학자들은 아랍인과 뫼르소 사이에 여자가 개입했으리라 상정했다. 범죄의 이면에는 항상 여자가 끼어 있고 아랍인이 프랑스인에게 위협적이었다면 필경 누이동생의 명예가 걸려 있었기 때문이리라 짐작했다. 그러나 화자 하룬은 "단언컨대 우리에겐 누이가 없었고 무사와 나 하룬, 이렇게 형제 외에는 갈등의 화근이 될 만한 누이가 없었다"고 주장한다. 어쩌면 무사가 사랑했던 어떤 아랍 여자가 이 사건에 연루되었을 수도 있다. 프랑스인에게 땅도 잃고 우물과 밭과 가축까지 빼앗긴 피식민지 남자들이 목숨 걸고 지킬 것은 그들의 여자만 남은 셈이었다. 아랍인 남자들이 금과옥조로 삼는 그 명예감, 그 "명예에 대한 예민하고 그로테스크한 의식"이 불행의 원인일 수도 있다. 어쨌거나 『이방인』의 독자는 하룬이 짐작하는 범행 동기 중 그 어느 것도 단정적으로 지목할 수 없다. 왜냐하면 지루한 재판 과정에 온통 할애된 이 소설의 2부에서 희생자의 신원에 대해서는 그 누구도 궁금해하지 않았다. 판검사와 변호사는 뫼르소가 어머니의 장례식장에서 울었는지, 졸았는지, 커피를 마셨는지, 마리라는 여자와 동침을 몇 번이나 했는지 등 범행과 무관한 사안만을 따졌다. 희생자, 범행 동기, 심지어 살인의 증거인 시신의 행방조차 언급되지 않았다. 하룬에 따르면 형의 비보를 들은 어머니와 동생이 바닷가로 달려갔지만 시신은 파도에 휩쓸려 사라진 뒤였다. "왜 사람들은 아랍인을 죽여서가 아니라 어머니의 죽음에 대해 울지 않았다는 이유로 그를 심판했는가." 하룬은 그날 이후 남들처럼 동화책을 읽으며 유년기를 보내지 못하고 거의 강박처럼 그날의 사건을 되풀이하는 어머니의 하소연만 듣고 자랐다. 프랑스어를 배워 『이방인』을 무수히 읽었던 덕분에 코란보다 소설을 훤히 외우게 되었다. 어머니는 형의 죽음만을 슬퍼한 나머지 살아남은 하룬을 외면하고 심지어 미워하고 있었다. 1942년 여름, 가장이나 다름없던 장남 무사가 죽은 후에 어머니와 화자는 극빈상태에서 고향을 등졌다가 1962년 알제리가 독립하자 알제로 돌아왔다. 1830년 알제리를 자기

땅으로 만든 프랑스인, 아랍인들이 이방인이란 뜻인 '루미'라고 불렀던 프랑스인들은 130여 년 만에 제 나라로 돌아갔다. 다만 해방 후에도 알제리에 잔류한 프랑스인들이 있었고 그들은 전과 다름없이 커다란 저택과 농장을 운영했으며 알제리인을 하녀로 부렸다. 가난한 어머니는 그런 프랑스인의 집에서 하녀 노릇을 했다. 어느 날 밤 어머니는 하룬에게 그 프랑스인을 죽여달라고 했다. 그것은 어머니의 해원解寃이었고 하룬이 오랜 저주에서 벗어날 유일한 길이었다.

나는 방아쇠를 당겨 두 번 발사했다. 두 발. 하나는 배, 하나는 목에. 어머니가 내 뒤에 있었고 나는 어머니의 시선을 느꼈다. 그녀의 시선은 마치 나의 등을 떠미는 손, 나를 붙잡아 세워 팔을 뻗게 해서 내가 겨냥을 하는 순간에 나의 머리를 살짝 숙이게 만드는 손처럼 느껴졌다. 방금 내가 죽인 남자는 얼굴에 놀란 표정을 짓고 있었다. (……) 이것은 살인이 아니라 범행의 재연이었다.

오후 두 시의 햇살이 아니라 한밤중 달빛 아래에서 그는 어머니를 하녀로 고용한 프랑스인을 아무 이유 없이 죽였다. 하룬은 곧바로 경찰서에 끌려가서 심문을 받았다. 그러나 경찰은 심드렁했다. 치열하고 잔인했던 독립

전쟁 동안에는 무위도식했던 하룬이 이제 와서 프랑스인을 죽인 이유를 경찰은 이해하지 못했다. 그것은 "쓸모없는 살인" "무의미한 살인"이었기 때문에 누구의 관심도 끌지 못했고 경찰은 곧바로 그를 풀어주었다. "내가 처형되는 날, 많은 구경꾼이 몰려와서 증오의 함성으로 나를 맞아주길"이라 했던 뫼르소의 마지막 희망, 명성, 사치마저도 그에게는 허용되지 않았다. 식민지 전쟁 시절에 그랬더라면 해방 후 독립군이란 명예와 더불어 연금까지 받았을 테지만 그는 경찰의 말대로 쓸모없는 살인을 저질렀을 뿐이었다. 소설은 "오늘 엄마는 여태 살아 있지만 그게 무슨 소용 있는가? 그녀는 이제 아무 말도 하지 않는다. 그리고 아마도 나는 말을 너무 많이 한 것 같다. 그것은 처벌을 받지 않은 살인자들의 가장 큰 결점이다. (……) 나도 구경꾼이 많이 몰려와 그들의 증오가 야만스럽기를 얼마나 원했던가"로 마무리된다.

널리 알려진 소설, 전설, 민담 등을 해체, 재구성하는 트랜스픽션은 위의 사례처럼 소설에만 한정되지 않고 영화, 연극까지 장르를 넘나들며 다양한 실험이 시도되었다. 얼핏 재능 있는 작가가 심심파적 삼아 즐기는 여기餘記처럼 보이지만 트랜스픽션에는 원작의 정교한 독해가 선행되고 거기에 창조적 상상력이 덧붙여지는 까닭에 해체비평의 한 유형으로 간주되기도 한다. 트랜스픽션을 패러디나 혼성모방과 구별하려는 학술적 논의가 시도될 만큼 작품도 축적되었고 특히 영화계에서는 그 수법을 연구하여 서사의 활력을 찾으려는 노력도 경주되고 있다. 위에서 언급한 『뫼르소, 살인사건』은 2014년 〈공쿠르상〉 최종심에 올라 리디 살베르의 『울지 않기』와 경합을 벌인 결과 아홉 명의 심사위원 중 네 표를 얻었으나 다섯 표를 얻은 『울지 않기』에 간발의 차이로 수상의 영광을 넘겨주었다. 『엠마 보바리의 죽음에 대한 재수사』를 쓴 필립 두멩크는 1989년 『남쪽의 계산대』로 〈르노도상〉을 받은 바 있었다. 『마담 보바리』와 『이방인』을 밑글hypotexte 삼아 덧글hypertexte을 쓴 두 작가의 성취가 문학의 변두리로 취급되지 않고 본격문학으로 대접받은 증거이다.

어머니의 청춘

어머니는 1921년 3월 14일에 태어났다. 주변 사람들은 그녀를 몽세, 혹은 몽시타라고 부른다. 내게 자신의 젊은 시절을 이야기해주는 지금 어머니는 아흔 살이다. 기억은 흐려졌지만 어머니는 삶을 발견했다는 1936년의 여름에 대해서는 절대적으로 완벽하게 기억하고 있었다. 그녀의 시간은 1936년 8월 13일 아침 여덟 시에 멈춰버린 것 같았다.

2014년 〈공쿠르상〉을 받은 『울지 않기』는 아흔 살의 어머니가 딸에게 들려주는 이야기이다. 작가 리디 살베르는 이 이야기에 그 어떤 가공의 인물도 개입시키지 않았다고 주장하지만 소설에서 허구를 배제했다는 대목은 근래 유행하는 오토픽션을 떠오르게 한다. 작가의 어머니는 전쟁과 가난의 먹구름이 낀 세월을 견디었지만 그 어두운 삶에 딱 한 번 구름 틈 사이로 잠깐 햇살이 비춘 적이 있었다. 그래서 어머니의 삶은 그 섬광을 기준으로 전후가 갈렸다. 그 이전의 15년은 기다림의 세월이었고 이후 75년의 여생은 그 햇살을 끊임없이 추억하며 지낸 셈이다. 화자의 어머니는 스페인의 작은 마을에서 태어나 프랑스로 이주했다. 이방인이란 따돌림이 싫어서 정련된 프랑스어를 구사했던 어머니이지만 옛이야기를 들려줄 때는 간간이 스페인어가 끼어든다. 두 개의 언어가 뒤섞인 소설에서 어머니의 개인사를 조명하기 위해 『달빛 아래의 거대한 묘지*Les Grands Cimetières sous la lune*』를 쓴 조르주 베르나노스의 음성이 더해진다. 스페인 내전을 기록한 베르나노스의 책은 이 소설 곳곳에서 인용되며 어머니의 삶을 역사적 맥락에 위치시킨다. 그 시절 어머니가 누렸던 자유의 물결은 작가의 마음에 이름 모를 "경이와 유치한 환희"를 불러일으킨 반면 "인간들의 밤과 증오와 분노를 목격한 베르나노스가 묘사한 끔찍한 이야기는 오랫동안 잠자고 있다고 믿었던 더러운 사상을 오늘날에 되풀이하는 몇몇 잡놈들을 보면서 느꼈던 나의(작가의—필자 주) 두려움을 되살아나게 했다". 소설은 작가가 어머니의 이야기에서 느낀 환희와 두려움을 풀이한 것이다. 거칠게 요약하면 환희는 스페인 내전 중 어린 소녀가 공화주의자들이 점령한 도시에서 느낀 잠깐의 자유였고 두려움은 파시즘의 폭력에서 비롯된 것이다. 그리고 위의 인용문에서 밑줄 칠 곳은 오랫동안 잠들었던 '더러운 사상이 오늘날 되풀이'된다는 대목이다. 1936

년 스페인에서 벌어졌던 이야기가 지금 프랑스에서 폭넓은 공감을 자아내는 이유가 여기에 있다.

1936년 스페인

1936년 여름 스페인의 조그만 마을에서는 무슨 일이 벌어졌던 것일까? 지주와 소작농으로 양분된 계급사회가 대대손손 이어졌고 그 전통을 떠받치는 교회가 일상생활을 짓누르는 고요한 마을이 술렁거리기 시작했다. 교회와 군부를 등에 업은 프랑코 장군이 일으킨 쿠데타가 내전으로 번지고 있는 상황에서 마을 주민들은 곧 들이닥칠 혁명군을 어떻게 받아들일지 갑론을박을 벌이고 있다. 무정부주의자 호세는 마을 자치회를 구성하고 토지 집산화를 통해 혁명을 완수하자는 주장을 한 반면 공산주의자 디에고는 일단 정세를 관망하고 파쇼 군부부터 무찌르자고 제안한다. 디에고는 무정부주의자와 노동조합원이 주축이 된 집산화와 자치제가 성공하면 그간 공화파를 돕던 유럽 국가, 특히 소련이 등을 돌릴 것이며 토지를 집산화하는 결정은 너무 성급하고 그에 따른 결과가 심각할 수도 있다고 설명했다. 토지대장을 불사르고 토지를 몰수하여 나눠 갖자는 호세에게 환호했던 마을 주민들은 이틀 밤을 자고 나자 그런 세상의 실현 가능성에 의심을 품는다. 멍청한 바쿠닌 추종자들이 혁명을 망칠 것이란 디에고의 주장이 농민들의 귀에 더욱 논리적이며 현실적으로 들리기 시작했다. "저 유명한 공동체 안에서 모든 사람이 착하고 충실하며 정직하고, 너그럽고 똑똑해진다고? 웃기는 소리야! 모든 갈등이 기적처럼 사라지고? 호세와 같은 무리들은 이혼 옹호자들이라고! 일부다처제를 주장하기도 하지!" 마을 주민들은 전통적으로 기독교 신자이며 비록 가난하지만 조그만 땅이라도 소유한 사람은 과격한 토지 집산화를 두려워했다. 마을에는 질서와 규율이 필요하다는 공산주의자 디에고의 말이 주민들에게 설득력을 발휘했다.

이 마을 풍경이 바로 당시 스페인 사회의 축도일지도 모른다. 군사혁명에 반대하는 공화파는 이념적으로 공산주의, 무정부주의, 조합주의, 점진 개혁주의 등 사분오열되어 있었다. 교회와 군부로 대표되는 우파는 한몸처럼 움직인 반면 좌파는 레닌파, 트로츠키파, 노조파, 무정부주의파, 그리고 이런 혼란을 틈타 스페인 중앙정부로부터 독립된 국가 설립을 꿈꾸는 분리주의자 등으로 나뉘어 있었다. 그런데 과격한 무정부주의를 주장하는 호세를 존경 어린 눈으로 바라보는 소녀가 있었다. 호세의 여동생 몽세였다. 가난한 농부의 딸 몽세는 어머니의 손에 끌려 대지주 하이메 집안의 하녀로 들어갔다. 하이메에게서 "겸손한 아이"라는 호감 어린 인물평을 들은 몽세는 기쁘기는커녕 심한 모욕을 느꼈다. 그녀에게 겸손은 굴종과 동의어로 들렸기 때문이다. 부자가 베푸는 관용과 자비가 15세의 가난한 소녀에게는 모욕이었다. 부자들이 보기에 세상에는 가난한 사람들이 널려 있는데 그들은 두 부류로 나눠진다. 좋은 거지는 부자가 베푸는 선의를 받아들여 고분고분한 반면 나쁜 거지는 그들이 내민 손을 뿌리치고 심지어 침을 뱉는다.

군부 쿠데타의 주역인 프랑코 장군이 보기에 사회주의자, 공산주의자, 무정부주의자가 이 나쁜 거지에 속했다. 나쁜 거지들은 몽세처럼 모두 모욕감을 느꼈고 그 모욕은 분노로 부풀었다. "1936년 스페인에는 모욕받은 사람들로 넘쳐났다." 몽세가 대지주 하이메를 만났을 때 그의 손에는 프랑코 장군이 일으킨 쿠데타와 관련된 기사가 실린 신문이 들려 있었다. "볼셰비키의 침공을 막는 둑을 세우고 민주주의와 사회주의 속으로 몰락 중인 위대한 스페인을 구하기 위해 젊은 프랑코 장군이 지휘봉을 잡기로 결정했다"는 내용이었다. 이 기사는 당시 스페인, 나아가 간전기間戰期 유럽이 처한 상황을 묘사한 것이다. 1차 대전의 후유증, 그리고 1930년 가속화된 경제 위기로 실업자가 증대했지만 의회민주주의는 그 혼란에 대처하지 못한 채 분열되어 있었다. 시장경제가 무너지고 정치권이 분열된 유럽은 파시즘이 발호하기 좋은 토양을 제공했다. 보수주의 혁명이라는 모순어법을 내세운 파시즘을 논리적으로 정의하는 것은 어렵지만 그들이 권력을 잡으면 감옥에 공산주의자와 무정부주의자가 넘쳐난다는 것은 역사적 진실이다. 그 당시 프랑스 소설가 베르나노스는 오로지 물가가 싸리라는 기대만으로 스페인에 머물고 있었다. 보수적 기독교가 프랑스의 정체성이라 굳게 믿었던 베르나노스는 프랑코가 이끄는 군부 세력에 자원입대한 아들을 자랑스레 여겼다. 그러나 금세 그는 명백한 진실을 외면할 수 없었다. "그는 민족주의 군부가 체계적인 숙청을 감행하고 교회 신부들이 성부와 성자와 성신의 이름으로 그 만행의 죄를 사해주는 것을 목격했다. 스페인 교회는 군부 학살자의 창녀가 되었다." 국토의 3분지 1을 소유한 스페인 교회는 좌익이 준동하여 기득권이 흔들리는 것을 원치 않았다. 자유와 평등을 주장하는 수많은 노동자를 한곳에 몰아넣고 대학살을 벌였던 군인들에게 신부들은 보속補贖을 주었고 양심의 가책에서 벗어난 학살자들은 편한 잠을 잘 수 있었다.

애국 애족을 독점한 보수우익과 교회 신부가 공모한 대학살을 목격한 베르나노스는 『달빛 아래의 거대한 묘지』에 그 현장을 기록했다. 그리고 "그 진영에 속한 사람들 중 그런 용기를 낸 자는 그가 유일했다". 프랑코주의자, 소위 스페인 민족주의자들이 숙청 대상으로 삼은 사람들의 명단을 인용해보자.

> 1) 십자가를 부정하는 자, 무신론자 2) 신앙생활을 게을리하는 자 3) 해방운동에서 이탈한 자 4) 세속 교육기관(즉 비종교, 무상 교육기관)에서 양성된 교사, 자본주의의 적, 선량한 양심을 타락시키는 자, 민족의 도덕적 질서에 재앙인 무신론자와 무정부주의자 5) 국가에 적대적인 정당, 혹은 노동조합에 가입한 자 6) 주먹을 치켜드는 모습이 발각된 자 7) 저임금에 대한 반항심으로 주먹을 치켜든 모습이 발각된 자 8) 공화주의 비행기가 지나가는 모습을 보고 환호한 자 9) 겉으로는 프랑코를 찬양하지만 뒤에서는 욕하는 자 10) 무지한 민중의 폭동 성향을 부추기는 시인, 작가, 예술가 11) 기타

여기 열거된 조항, 그 촘촘한 그물에 걸리는 사람들은 반민족주의자, 매국노, 빨갱이, 무정부주의자 등의 혐의로 무자비하게 처형되었다. 프랑코 장군은 스페인의 상황을 기독교와 무신론자, 민족주의와 국제 공산주의 사이의 투쟁으로 규정했고 프랑스, 영국을 포함하여 대다수의 주변 유럽 국가들은 프랑코의 쿠데타를 묵인했다.

프랑코는 독일의 히틀러, 이탈리아의 무솔리니, 포르투갈의 살라자르의 군사원조를 받아 공화파를 탄압했다. 프랑코에 저항했던 사람들은 딱히 특정 이념지도에 속하지 않는 일반 시민이었다. 쿠데타가 일어나자 시민들은 무력한 정부에 무기를 요구했고, 정부는 시민들에게 무기고를 개방했으며 일반 군인들에게는 혁명군에 복종할 의무를 면제해주었다. "공산주의나 무정부주의에 속하지 않았던 시민들은 며칠 만에 스페인의 절반과 여섯 개의 대도시를 장악했다." 그리고 1936년 6월 스페인의 수많은 농촌 마을은 자율적 공동체로 변했다. 그것은 "중앙정부의 통제에서 벗어났고 경찰서, 법원도 없고, 주인도 돈도 교회도 없었으며 교회와 관료제와 세금도 사라졌지만 그 모든 것은 완벽한 평화 속에서 이뤄졌다". 그 짧았던 순간은 필경 인류가 역사상 단 한 번 체험했던 평화와 자유였다.

국제여단

몽세의 오빠 호세는 소작농의 아들로 태어나 15세 때부터 대농장에서 일용 노동자로 일했다. "온종일 하이메의 농장에서 힘에 부치는 노동을 한 뒤에 푼돈에 불과한 품삯을 부모에게 주는 것이 큰 기쁨"이었던 아이가 공화파가 점령한 도시 레리마에 다녀온 후 달라졌다. 어머니가 보기에 그는 마치 갓 태어난 아기처럼 변해버렸다. 18세의 젊은 혈기는 거기에서 난생처음 들은 자유, 혁명, 공동체 등과 같은 단어에 매료되었고 주먹을 치켜들며 혁명가를 부르는 법을 배웠다. 어머니는 호세의 반기독교적 태도를 걱정하지만 호세는 어머니에게 되묻는다. "예수는 무정부주의자였어요. 하느님과 돈을 동시에 섬길 수 없다는 교리를 배우지 않았나요? 예수는 부의 공유와 분배를 주장하는 쪽에 가담하지 않았나요?" 호세는 성경을 펼쳐 어머니에게 『사도행전』 3장 44절을 읽어준다. "믿는 사람은 모두 함께 지내며 그들의 모든 것을 공동소유로 내어놓고 재산과 물건을 팔아서 모든 사람에게 필요한 만큼 나누어주었다." 호세는 어머니를 조롱하며 자기는 성경의 말씀을 그대로 따를 따름이라고 주장한다. 그리고 그것을 실현하는 것을 혁명이라 부른다고 덧붙인다. 그가 목격했던 해방 도시에서 교회는 파괴되거나 인민전선 사무실로 개조되어 있었다. 다만 도시 곳곳에서 공화파 민병대가 신부를 학살하고 수녀를 강간하는 만행은 굳이 어머니에게 전하지 않았다. 주변 유럽 국가, 특히 가톨릭 국가인 프랑스마저도 스페인 교회의 수난을 외면했다. "이런 위선에 대해 베르나노스는 형용

할 수 없는 구역질을 느꼈다." 호세는 시골 마을에서는 더 이상 혁명을 이룰 수 없다고 생각하고 여동생을 데리고 도시로 간다. 1936년 6월 30일 몽세는 오빠를 따라 트럭 짐칸에 오른다. 그리고 오누이가 발견한 도시는 혁명 그 자체였다.

거리에는 그들이 결코 겪은 적이 없고 앞으로도 겪을 수 없을 환희, 경쾌함, 행복한 어떤 것이 대기에 떠돌았다. 카페는 붐비었고 상점은 활짝 열렸으며 거리를 나돌아 다니는 행인들은 술에 취한 것 같았고 마치 평화 시절인 듯 모든 것이 완벽하게 잘 돌아갔다. 단지 아직 치우지 않은 거리의 바리케이드, 파괴된 교회와 그 앞에 굴러떨어진 성상들만이 전쟁의 참상을 환기시켰다.

거리에는 파시즘을 저지하기 위해 전 세계에서 민병대에 지원한 젊은이들로 넘쳐났고 미국인, 영국인, 프랑스인들이 서툰 스페인어로 동지애를 나누었다. 몽세는 난생처음 민병대가 징발한 호화판 호텔과 대저택에서 호사를 누렸지만 호세는 점차 우울해졌다. 전과를 자랑하는 외국 민병대의 허풍 앞에서 그는 스페인 사람으로서 굴욕을 느꼈고 전쟁의 폭력성은 피아彼我 구분 없이 고스란히 인류의 본성을 드러내는 것임을 확인했기 때문이다. 그는 결국 자원입대를 포기하고 고향 마을로 돌아가기로 결심한다. 반면 몽세는 프랑스에서 온 멋진 의용군을 만나 첫눈에 사랑에 빠진다. 16세의 몽세는 '앙드레'라는 이름만 아는 국제여단 자원군과 하룻밤을 보내고 1936년 8월 13일 아침 여덟 시에 그와 헤어진다.

이별

"우린 헤어지는 게 아니니까 작별 인사를 할 필요도 없어. 난 당신과 함께 있는 거야. 어서 가." 어린 시절에 보았던 영화 중 가장 기억에 남는 작별 장면 중 하나이다. 흐느끼며 매달리는 여자를 말에 태워 보낸 후 남자는 기관총대를 굳게 잡는다. 내가 「누구를 위하여 종은 울리나」를 종로의 한 극장에서 본 것은 1972년 무렵이었다. 이 작품은 1943년에 제작되었으니 우리네 최초 상영은 내가 본 것보다 훨씬 앞섰으리라 짐작된다. 이 영화를 재개봉한 세기극장은 묘하게도 영화가 끝나기 얼마 전부터 천장에 붙은 수은등이 서서히 극장 안을 푸르스름하게 밝혔다는 것이 기억에 남는다. 그래서 엔딩 크레디트가 나올 무렵이면 극장은 거의 완전히 환해져버렸다. 그 어설픈 실내등은 영화 감상에 방해가 될 뿐 아니라 특히 마지막 장면을 망쳐버리기 십상이었지만 짧은 머리의 잉그리드 버그만의 눈물은 뿌옇게 반짝거렸다. 영화 속의 잉그리드 버그만은 얼굴을 마주하면 코가 먼저 닿을 텐데 과연 어떻게 키스를 할 수 있을지 걱정할 만큼 순진한 처녀였다. 어린 관객의 수준으로 본다면 외국인이 남의 나라 내전에 끼어들어 다리 폭파에 목숨을 거는 사정에 대해서 요령부득이었다. 더 나아가 한편이었던 민병대원들 사이의 미세한 태도 차이도 어린 눈에는 제대로 보이지 않았다. 그 속사정, 특히 호세와 몽세가 발견한 해방 도시와 국제여단의 사정은 조지 오웰의 『카탈로니아 찬가』를 읽어야 어느 정도 상상할 수 있을 따름이다.

의용군 체제의 핵심은 장교와 사병 간의 사회적 평등이었다. 장군에서부터 사병에 이르기까지 모두가 똑같은 보수를 받았고, 똑같은 음식을 먹었고, 똑같은 옷을 입었고, 완전한 평등관계를 유지하며 함께 생활하였다. 사단을 지휘하는 장군의 등을 툭 치며 담배 한 대를 달라고 하고 싶으면 그렇게 해도 무방했다. 아무도 그것을 이상하게 생각하지 않았다. 어쨌든 이론적으로는, 모든 의용군이 위계가 아니라 민주주의를 원칙으로 삼았다. 물론 명령에 복종해야 한다는 것은 알았다. 그러나 명령도 윗사람이 아랫사람에게 내리는 것이 아니라 동지가 동지에게 하는 것임을 인식했다. 장교도 있고 하사관도 있었으나 일반적 의미에서의 군사적 계급은 없었다. (……) 새로 모병한 의용군 병사들이 군기가 안 잡힌 무리였던 것은 사실이었다. 그러나 그것은 장교들이 사병들을 동지라고 불러서가 아니라 신병 부대라는 것이 원래 규율이 잡히지 않은 무리이기 때문이다. 실제로는 민주적이고 혁명적인 규율은 예상했던 것보다 믿을 만했다. (……) 혁명적 규율은 정치적 의식에 달려 있다. 왜 명령에 복종해야 하는지 이해하는 것에 달려 있다는 뜻이다.

과연 정치의식만으로 전쟁터에서 군대 조직이 유지될 수 있었을지 의문이지만 어쨌거나 우리의 주인공 몽세는 그 국제여단에 자원한 프랑스인 앙드레와 잊지 못할 밤을 지냈다. 살아 돌아오리라 장담할 수 없는 군인을 전선에 보내는 여인의 심정이 과연 어떠했을지 쉽게 짐작할 수 없다. 이름만 알 뿐 성조차 모르지만 그녀는 남자의 이름을 앙드레 말로라고 믿고 싶어 한다. 『왕도』 『인간의 조건』을 쓴 프랑스 소설가 앙드레 말로는 스페인 내전에 국제여단 공군으로 참전하여 그 체험을 기반으로 『희망』을 썼다. 훗날 영화로 제작되어 고평되었지만 여배우의 눈물, 심지어 천장의 수은등까지 기억나는 것과 비교한다면 말로의 영화는 지루하게 이어지는 항공 촬영 장면을 제외하곤 나의 기억에 아무것도 남지 않았다. 로버트 조던과 마리아는 종소리와 더불어 영원히 헤어졌고 앙드레도 "안녕"이란 아침 인사만 남기고 몽세 곁을 떠났다. 다른 점이 있다면 몽세는 그 인연을 통해 임신을 하게 된다. 당시 스페인에서 처녀 임신은 용납될 수 없었기에 부모는 서둘러 혼처를 구하는데 묘하게도 임신한 몽세를 기꺼이 아내로 맞이한 남자는 무정부주의자 호세와 경쟁적 동지인 디에고였다.

소설의 후반부는 부잣집 아들이지만 공산주의자가 된 디에고에게 초점이 맞춰진다. 디에고는 대지주 하이메가 외간 여자와 사랑에 빠져 얻은 아들이었다. 소설 첫머리에서 몽세가 경멸했던 하이메가 젊은 시절 순정을 기울인 여자는 가난한 점원이었다. 신분 차이를 견디지 못해 의부증에 빠진 여자는 디에고를 낳은 후 정신병원에서 죽는다. 하이메는 혼외 자식일지언정 그를 상속자로 소중히 키웠지만 외부 시선이 곱지 않았다. 아버지에 대한 반항심, 혹은 출신 배경에 대한 열등감에서 비롯되었는지 디에고는 대지주 상속인에 어울리지 않는 공산주의자가 된다. 혼전 임신을 감추기 위해 결혼한 남편에게 심드렁했던 몽세는 시아버지 하이메에게서 의외의 인간적 모습을 발견하고 호감을 느낀다. 호세는 마을로 진격하는 프랑코 군대를 저지하기 위해 디에고와 함께 전선에 뛰어들었다가 시체가 되어 돌아온다. 호세는 등에 총을 맞아 죽었는데 그 범인은 바로 공산주의자 디에고라는 소문을 듣고 몽세는 결국 내전을 피해 프랑스로 이주한 40여만 명의 스페인 사람에 끼어 프랑스 남쪽의 작은 마을에 정착해서 두 딸과 더불어 아흔 살을 맞아 파란만장했던 삶을 털어놓는다.

불치병

앙드레 말로, 헤밍웨이, 조지 오웰, 베르나노스 등 스페인 내전을 기록한 소설가는 적지 않지만 화자가 여성인 경우는 드물다. 베르나노스가 기독교의 위선과 좌우 진영의 폭력성을 모두 고발한 반면 나머지 남성 주인공들은 한결같이 정치적 이상과 대의명분을 앞세웠다. 특히 애국심과 민족주의는 극우 파시스트의 전유물이었지만 『울지 않기』의 여성 화자 몽세에게는 그것이 부질없는 허상에 불과했다. 내전의 참상을 들려주던 몽세가 문득 딸에게 묻는다.

> 민족주의자들이 누구인지 알겠니? 어머니가 불쑥 물었다. 나는(소설가 리디 살베르이다—필자 주) 민족주의가 그 단어 속에 불행을 품고 있다는 것을 조금 이해하기 시작한

것 같았다. (……) 프랑스 혹은 다른 어느 나라에서나 그 단어는 항상 연쇄적 폭력을 유발했다. 이 대목에 대해 역사는 참담한 교훈을 남겼다. 쇼펜하우어는 천연두와 민족주의가 이 시기의 두 가지 병인데 첫 번째 병은 오래전에 치유했으나 두 번째 병은 불치병이라고 선언했다. (……) 니체는 이보다 섬세하게 규정했는데 교역과 산업, 책과 문학의 교류, 고급 문화의 공동체, 지방과 국가의 빠른 변모 등 이런 조건이 필연적으로 유럽 민족국가의 경계를 약화시키고 그 지속적 교류의 결과로 잡종, 즉 유럽인이 탄생할 것이라 했다. 그러나 증오와 원한을 부추기며 민족의 가치를 유지하려는 한 줌의 광신자들이 잔존하리라는 점도 덧붙였다.

베르나노스도 "민족이란 단어의 남용을 거부하며 민족이란 단어는 자신의 정체성에 대해 아무것도 가르쳐 주는 바가 없다"며 "민족주의의 깃발을 내세우는 사람들은 자국 민족과 타 민족을 선별하려는 기획, 인간을 차별하고 서열화하는 체제를 만들고자 하는 의도를 숨기려는 부류이며 그런 기획을 민족-인종차별주의"라고 선언했다. 히틀러와 무솔리니는 종전과 더불어 무너졌지만 1936년 군부 쿠데타로 '국민운동'의 우두머리가 된 프랑코는 1975년 사망할 때까지 스페인의 총통으로 군림했다. 민족우월주의에 기반한 애국심과 그 변종인 파시즘은 지난 세기 유럽의 불치병이었다. 최근 몇몇 유럽의 지식인들은 파시즘이 발호한 1930년대의 상황이 지금 유럽에서 재현되는 것을 우려하고 있다. 역사적 맥락과 상황이 그때와는 달라졌지만 고조되는 경제 위기, 실업, 인종차별주의, 배타적 국가주의 등이 1930년대 파시스트 위기와 유사하다고 경종을 울리는 정치학자가 적지 않다. 그들에 따르면 유럽의 뿌리 깊은 질병인 반유대주의가 인종차별의 불씨가 되었고 볼셰비키에 대한 두려움이 파시즘의 성장을 방관하게 만들었다. 그것을 대체한 신민족주의와 반이슬람 정서가 예사롭지 않다. 프랑스에만 한정해도 처음에는 무시할 만한 수준이었던 극우정당 '국민전선'의 위세가 가공할 속도로 커져가는 중이다. 결국 공산주의는 민족주의로 귀결되는 무익한 우회로에 불과했다는 우려가 기우만은 아니었던 셈이다. 글머리에서 인용했던 대목을 다시 읽자면 '오랫동안 잠자고 있다고 믿었던 더러운 사상이 오늘날에 되풀이'되기 때문에 이 소설은 공쿠르 심사위원의 주목을 받았다고 생각된다.

작가의 어머니 몽세는 하룻밤에 만리장성을 쌓은 국제여단 단원 앙드레가 앙드레 말로라고 믿고 싶어 한다. 앙드레 말로가 아니면 어떠하랴. 헤밍웨이, 베르나노스, 조지 오웰의 선택과 헌신은 존중되어야 한다. 또한 국제여단의 폭력과 허세에 회의를 느낀 나머지 입대원서를 찢어버린 호세의 입장도 똑같이, 혹은 더욱 값진 것으로 평가되어야 한다. 파시즘에 맞서 공산주의자와 더불어 싸웠지만 프랑코나 히틀러보다도 스탈린에 의해 더욱 많은 수의 무정부주의자가 학살되었다는 것은 그간 좌익 지식인들이 굳이 밝히려 하지 않았던 역사적 진실이다. 스페인 내전 당시 좌익의 분열과 갈등은 조지 오웰의 『카탈로니아 찬가』에서도 언급될 만큼 스탈린, 트로츠키, 무정부주의 등의 노선의 차이에서 비롯되었으며 그 정도가 심각했던 모양이다. 무정부주의자는 히틀러뿐 아니라 스탈린과도 싸워야 했던 셈이다. 〈공쿠르상〉 수상이 결정되자 일간지 『리베라숑*Libération*』을 비롯한 좌익 계열의 평론이 시큰둥했던 것도 이런 사실과 무관하지 않을 것이다. 소설가 리디 살베르는 스페인 내전을 피해 남부 프랑스에 정착한 부모 사이에서 1948년에 태어났다. 문학 학사를 마치고 다시 의과대학에 진학하여 정신과 의사로 지내다가 1970년대 말부터 소설을 발표했다. 1997년 작 『유령들의 회사*La compagnie des spectres*』는 〈공쿠르상〉과 경쟁하려고 제정된 〈11월상〉, 월간 문예지 『리르*Lire*』가 뽑은 〈그해의 최고 소설상〉을 받았다.

이상한 사건

2014년 여름 프랑스에서는 소설가가 모델로 전업한 듯한 기현상이 벌어졌다. 게다가 단시간 내에 가장 많은 잡지의 표지를 장식하는 신기록을 세웠다. 월간 문예지 『마가진 리테레르』 2014년 8, 9월호를 필두로 각종 문예지를 거쳐서 시사지의 표지도 소설가 에마뉘엘 카레르의 얼굴이 큼지막하게 차지했다. 그의 신작 『왕국*Le Royaume*』이 그만큼 화제의 대상으로 떠올랐기 때문이다. 영국의 『가디언』은 그를 "프랑스에서 가장 중요한 작가"라고 치켜세웠고 미국의 『워싱턴포스트』는 그의 신작이 〈공쿠르상〉을 받지 못한 것은 심사위원의 직업적 실수라고 꼬집었다. 〈공쿠르상〉은 놓쳤지만 월간 문예지 『리르』, 시사 주간지 『르포엥』, 일간지 『르몽드』 등이 선정한 그해의 최고 문학상을 받았으니 이 작품의 중요성은 충분히 인정되었고 이와 더불어 소설가가 협소한 문단뿐 아니라 일반 대중의 관심을 두루 끌었다는 사실만으로도 문학적 사건으로 기록될 만하다. 하지만 그는 갑자기 부상한 문단의 샛별이 아니라 1986년에 발표한 처녀작 『콧수염』으로 평단에 강한 인상을 남겼고 이 소설이 영화화되어 일반 대중의 환호를 받았으며 〈페미나상〉과 〈르노도상〉을 받은 중견 작가이다. 그 후 가족을 살해한 범인을 취재, 분석하고 7년간의 악전고투 끝에 2000년에 발표한 『적』은 그의 작품세계의 전환점으로 간주된다. 이 작품도 영화화되어 대중의 환호를 받은 이후 그는 영화와 텔레비전 연속극의 작가로도 활동을 겸하고 특히 2000년 이후 허구가 아니라 생존 인물의 전기, 혹은 자신의 삶을 소재로 삼은 자전적 작품만을 고집하고 있다. 우선 그의 처녀작을 살펴보자.

기발한 발상과 흥미로운 전개로 주목받은 소설 『콧수염』의 주인공은 어느 날 아침 문득 오랫동안 기르던 콧수염을 깎았다. 갑작스러운 변화로 아내에게 즐거운 놀라움을 선사하려던 의도와 달리 아내는 전혀 눈치채지 못한 듯 아무런 언급도 하지 않는다. 다소 실망한 채 출근하여 직장 동료의 반응을 살폈지만 놀랍게도 그들마저 콧수염의 변화에 대해 무심하자 슬슬 조바심이 일었다. 참다못해 아내와 친구에게 달라진 외모에 대한 품평을 요구하자 그들은 입을 모아 주인공이 한 번도 콧수염을 기른 적이 없었다고 대답한다. 주변 사람들을 놀라게 하려고 수염을 깎았지만 오히려 그들이 선수를 쳐서 자신을 놀린다고 생각한 그는 주변의 반응이 농담이 아닌 것을 파악하자 점차 회의와 착란에 빠지기 시작한다. 게다가 아내와 친구가 그에게 정신과 치료를 권하자 주인공은 그들이 내연 관계를 맺은 후 자신을 미친 사람으로 몰아 정신병원에 감금하려는 것이라 판단하고 급기야 프랑스를 떠나 홍콩으로 도망을 친다. 한동안 홍콩에서 무위도식하던 중 아내가 불쑥 나타나 마치 그동안 함께 관광여행을 했던 것처럼 행동하자 그는 현실과 망상을 구분하지 못하는 지경에 이르러 면도칼을 들고 입술과 턱을 베어버린다. "그는 아무것도 보이지 않고 아무 느낌조차 없는 상태에서 칼을 한쪽 귀에서 다른 쪽 귀로 움직이며 턱 아래를 잘랐다. 쿨럭쿨럭 쏟아지는 소리, 배—위에 있던 거울이 깨졌다—와 다리의 경련을 압도하면서 정신은 마지막 순간까지 긴장해 있었다. 긴장해 있던 정신은 이제 모든 게 끝나고 제자리를 찾았다는 확신이 들자, 비로소 평정을 되찾았다"*라는 문장으로 그의 첫 소설은 마무리된다. 『콧수염』이 무료한 일상을 깨기 위해 저지른 장난이 심각한 정체성의 위기를 가져오는 것으로 전개되었다면 『적』은 근친 살해라는 엽기적 실화를 다룬 작품이다.

* 엠마뉘엘 카레르, 『콧수염』, 전미연 옮김, 열린책들, 2001년, pp. 220-221.

1993년 1월 9일 스위스 접경의 한적한 마을에서 가장을 제외한 전 가족이 목숨을 잃는 화재가 발생한다. 하루아침에 가족과 집을 잃은 가장 장클로드 로망은 마을에서 신망 높은 의사이자 유엔 산하 세계보건기구 고위 연구원으로 알려진 인물이었다. 의과대학 시절부터 곁을 지키던 친구 뤼크는 화상으로 입원한 로망의 쾌유를 기도했다. 그러나 며칠 지나지 않아 화재의 희생자 장클로드 로망이 가족을 살해한 후 집에 불을 지른 방화범으로 밝혀지고 방화에 앞서 부모까지 살해한 흉악범으로 드러난다. 이보다 2년 전에 장인이 계단에서 떨어져 죽은 사건도 그가 저지른 범행이란 혐의를 받았고, 치과의사였던 정부의 돈을 가로챈 후 숲 속에서 죽이려 했던 살인미수도 범행기록에 추가되었다. 수사와 재판이 진행되면서 알려진 것과는 다른 장클로드 로망의 정체가 양파껍질처럼 차례로 벗겨진다. 그는 의과대학을 졸업하지도 않았고 유엔 기구에 근무한 적도 없었다. 18년간 아버지를 속이고, 대학 시절에 만났던 친구와 아내를 속이고, 혼외 관계를 유지했던 정부를 속이고, 마을 사람들을 속이며 살았던 그는 의사 행세를 하며 돈이 궁해지자 가족과 친지에게 투자를 권유하고 그 돈을 가로채서 생활했다. 그는 진실을 고백할 기회를 미루다가 마침내 정체가 들통 날 위기에 처하자 주변 사람들을 한꺼번에 살해한 것이다. 1954년생인 그는 종신형을 선고받아 복역 중이며 2015년 1월부터 감형의 기회가 주어진다. 소설가 카레르는 이 사건을 접하고 흥미를 느껴 수감 중인 장 클로드 로망을 면회하고 그의 재판 과정을 취재한 기록을 '적'이란 제목으로 출간했다. 이 책에는 소설이라는 장르 표기가 빠져 있다. 그는 실제 생존했던 인물의 삶과 사건 내막을 글로 옮기는 일로 관심을 돌렸고 그 이후의 작품에서는 소설이라는 장르 표기가 지워졌다. 2014년 작 『왕국』도 실존했던 인물을 다룬 글이므로 굳이 분류하자면 『적』과 유사한 범주에 속한다. 그가 흥미를 가진 인물은 폴과 뤼크이다. 폴Paul, 피에르Pierre, 뤼크Luc는 프랑스에서 흔한 이름이지만 해당 인물이 성서에 등장할 경우 각기 바울, 베드로, 루가로 표기된다. 『왕국』에서 작가가 다룬 인물이 초기 기독교의 사도인 바울, 루가, 베드로, 요한이다.

유령들

거의 벽돌 두께만 한 630쪽 분량의 『왕국』은 서문과 후기를 포함해 4부로 나뉘어진다. 서문에서 작가는 이 글을 쓰게 된 동기와 맥락을 설명한다. 이 작품을 쓰게 된 것은 2011년 봄으로 거슬러 올라간다. "그해 봄, 나는 텔레비전 연속극의 대본 작업에 참여했다. 그 뼈대는 다음과 같다. 어느 날 밤, 작은 산골 마을에 죽은 자들이 되돌아온다. 무슨 이유로 그들이 돌아왔는지, 또한 다른 이들도 아닌 딱히 그들만이 어떻게 되돌아왔는지 사람들은 알지 못한다. 그들도 자신이 죽었다는 사실을 모른다. (……) 그들은 좀비도 아니고 흡혈귀도 아니다. 환상 영화가 아니라 사실주의 영화이다. 아주 진지하게 이런 질문을 하는 것이다. 이런 일이 실제로 벌어진다면 어찌 될까? 부엌에 들어갔더니 3년 전에 죽은 당신의 어린 딸이 전날 밤에 무슨 일이 있었는지 아무런 기억도 나지 않지만 아무튼 늦게 귀가해서 꾸중을 들을까봐 걱정하며 시리얼을 먹고 있다고 치자. 당신이라면 어떤 반응을 보일 것인가? 구체적으로 어떤 행동을 할 것이며 무슨 말을 할 것인가?" 작가는 장클로드 로망 사건을 다룬 이래로 허구적 이야기를 다루지 않았다. 그런데 제작자가 예컨대 이런 발상으로 연속극 대본을 부탁했을 경우 작가는 어떻게 이야기를 풀어나가야 할까? 나중에 '돌아온 사람들Les Revenants'이란 제목의 텔레비전 연속극으로 만들어지긴 했지만 처음 이 대본의 집필에 참여한 작가는 한 줄도 쓰지 못한 채 전전긍긍하다가 실제로 이런 사건이 벌어졌다는 데에 생각이 미친다. 그리고 자신과 같은 처지에 처했던 사람들을 떠올려본다. 프랑스어 '돌아온 사람' 즉, 저승에서 이승으로 돌아온 자를 우리말로 간단하게 유령이라 지칭할 수 있다. 저승에서 이승으로 되돌아온 사례는 바로 성경에 기록되어 있다. 기록영화 시나리오 작가 입장에서 '돌아온 사람들'의 이야기를 써야만 하는 자신의 처지가 신약성경을 쓴 사도들의 처지와 유사하다고 생각했다. 이제 아무도 산타클로스의 존재는 믿지 않지만 2000년 전의 부활 사건은 아직도 수많은 인간이 굳건히 믿고 있다면, 도대체 그 힘은 어디에서 비롯되었는지 궁금했다. 게다가 작가는 25년 전 열렬한 가톨릭 신자였다. 대략 3년 동안 그는 주일미사뿐 아니라 매일 성당에 드나들었고 고해성사도 빼놓지 않았다. 수시로 성경을 읽었고 특히 『요한복음』의 매 구절마다 자신의 생각을 정리해서 기록한 노트가 스무 권이 넘었다.

"한마디로 말해서 1990년 가을, 나는 은총을 받았다. 지금은 이런 표현을 쓰는 것 자체가 거북살스럽지만 당시에 나는 이렇게 표현했다." 그에게 종교는 한 시절에 앓았던 질병, 혹은 세월이 지나 얼굴마저 흐릿해진 첫사랑과 비슷한 것이었다. 작가가 그 노트를 다시 꺼내본 것은 2005년이다. 그는 심각한 정신적 위기를 겪은 지난 10년 동안 두 명의 정신분석가와의 상담을 거쳤으나 증세는 호전되지 않은 터였다. 마지막으로 만난 정신분석가 프랑수아 루스탕에게 치료를 부탁했으나 거절당했다. 앞서 언급했던 두 작품 『콧수염』과 『적』을 고려한다면 아마도 그는 정체성의 위기에 빠졌던 것으로 짐작된다. 자신이 진실이라고 믿고 있는 자아의 상이 남에 의해 부정되거나 자신이 거짓으로 꾸민 자아의 모습을 남이 믿도록 만드는 인물들의 이야기에 몰두하며 그는 과연 자신의 진실이 무엇인지 고민하지 않을 수 없었다. 작가는 기둥이나 나뭇가지를 보고 대뜸 저기에 목을 매면 과연 튼튼하게 버티어줄지를 상상하는 지경에 이른다. 물에 빠진 자의 마지막 손끝에 닿은 동아줄인 양 정신분석가 루스탕에게 매달렸지만 의사는 작가에게서 "불치병 환자의 우월감"을 꿰뚫어 보았다. 우울증 환자는 입으로는 고통을 호소하지만 막상 의사가 자신을 치료하는 것에 무의식적 저항을 하게 된다. 매번 자신의 치료에 실패하는 의사를 보며 환자는 의사를 이겼다는 무의식적 승리감을 즐긴다는 것이 루스탕의 진단이었다. "흠, 자살을 언급하셨죠. 요즘에 자살은 그다지 평판이 좋지 않지만 가끔 그것이 해결책이기도 하죠"라고 했다. 그리고 한동안 침묵하더니 "그게 아니라면 당신은 살아갈 수 있을 것입니다"라고 덧붙였다. 환자에게 자살을 권하는 것은 일종의 극약 처방이었다. "라캉만이 제안할 법한 과감한 제안"이 불현듯 그의 눈을 뜨게 만들었다. 그는 자신을 신앙의 길로 인도했던 대모 자클린을 회고하며 그녀를 그가 평생 만났던 사람 중 가장 위대한 인물로 꼽는다. 자클린은 "지식에 의존하지 말고 읽어보라"는 당부와 함께 신약성서의 통독을 권했다.

비서가 된 의사

1부 「위기」가 성경을 다시 읽게 된 작가의 개인사를 회고한 데에 할애되었다면 '그리스 50년-58년'이라는 부제가 붙은 2부 「바울」에서는 본격적으로 작가의 성경 해석이 전개된다. 그는 흔히 공관복음서를 쓴 세 명의 저자 마태오, 마르코, 루가에 집중하며 특히 루가의 집필 방식에 주목한다. 그리고 이에 앞서 성경을 대하는 자신의 태도를 고백하는 것으로 말문을 연다. 『왕국』을 쓰는 시점의 작가의 입장은 회의론자, 불가지론자이다. 그의 정의에 따르면 불가지론자란 "진실의 반대말은 거짓말이 아니라 확신이라고 생각하는 사람"이다. 신앙 문제를 두고 격렬히 왈가왈부하는 것이 신자와 무신론자의 태도라면 불가지론자는 아예 신앙 문제를 논외로 치자는 축에 속하는 사람이며 그런 태도야말로 한때 그가 최악의 경지라고 판단하고 그렇게 될까 두려워했던 인간이었다. "그렇다면 그냥 완전히 접어둔 사안일까?" 그렇지 않았다. 그는 여전히 버리지 못한 채 한쪽에 방치된 스무 권의 노트에 뒷덜미를 잡힌 채 살고 있었다. 그래서 그는 다시 신약을 펼쳐 들었다. "예전에 내가 신앙인으로 추구했던 길을 오늘날에는 소설가로서 다시 따라가야 할까? 역사가의 입장으로? 아직 모르겠고 단칼로 입장을 정리하고 싶지 않다." 그러나 전반적으로 그가 추구했던 태도는 역사가였던 것으로 보인다. 글머리에서 유독 루가의 태도를 주목했기 때문이다. 작가는 루가를 『사도행전』을 쓴 저자로 보고 바울이 신도들에게 보낸 편지 중 대부분을 받아쓴 바울의 수행비서로 여겼다. 유명한 다마스쿠스의 회심 이후 열정적 선교 활동을 펼쳤던 바울은 신심은 깊었으나 성정이 급하고 어눌했던 반면 그의 말에 조리를 부여하고 세련된 어휘로 옮겨 적은 비서가 바로 지식인 루가였으리라 작가는 판단했다. 심지어 바울의 편지 중 일부는 아예 바울의 뜻과 다르게 루가가 위조했을 가능성까지를 암시했다. 예컨대 고린도인들에게 보내는 바울의 편지 중 한 통이 그렇다. 바울은 유대인뿐 아니라 비유대인까지 기독교인으로 포섭하며 선교 활동에 열중했는데 그가 당시 신도를 모았던 핵심 논리는 종말론에 가까웠다. 바울은 예수의 재림과 왕국 건설이 임박했으니 당장 회개하고 예수를 맞을 준비를 하라고 촉구했다. 그의 말에 회심한 사람들이 바울을 중심으로 모여 초기 교회를 구성했는데 바울의 장담과 달리 재림이 일어나지 않자 루가가 개입해서 교리의 초점을 인내심과 충실성으로 이동시킨 것이다. 작가는 4부 「후기」에서 마태오, 마르코, 루가의 복음서를 비교하면서 예수의 행적과 무관하게 덧붙이거나 누락한 부분을 찾아낸 후 그것의 문학적 의미를 되새긴다. 그중에서도 특히 전직 의사이자 지식인이었던 루가의 글에 주목하였고, 예수의 행적에 디테일한 묘사를 곁들여 현장감과 사실성을 드높인 그의 필력을 고평한다.

스탈린과 트로츠키

3부 「조사」에서 저자는 본격적으로 초기 교회와 그 주역들을 역사가의 관점에서 조사하는데 이는 『왕국』에서 가장 흥미로운 대목이기도 하다. 바울과 그의 제자들의 갈등부터 시작해서 예루살렘을 중심으로 팔레스타인 지역에 남아 있는 기독교인과 바울의 갈등에 초점을 맞춘다. 작가는 시쳇말로 베드로와 야곱이 세력을 잡은 예루살렘이 기독교의 본사이며 바울이 개척한 비유대 지역을 해외 지사쯤으로 묘사하고, 본사와 해외 지사의 갈등을 일종의 마케팅 전략의 차이로 설명한다. 혹은 기독교의 고객을 순수 유대인에 한정한 본사와 갈등을 빚고 박해받은 바울을 트로츠키에 비유하기도 한다. "본사에서는 가장 큰 불신을 받으며 주변인, 반항아로 간주되는 바울은 각지에 퍼진 해외 지사에 오만한 편지를 돌린다. 베드로, 야곱, 요한이 주장하는 모든 원칙들은 이제 낡아빠진 것들이라서 앞으로는 다른 것에 눈을 돌려야 한다"고 해외 지사장들에게 설명했던 것이다. 이것은 마치 "러시아 황제의 장교였던 자가 스탈린에게 서방세계에 마르크스-레닌주의를 전파하기 위해 백지 위임장을 요구하는 것"과 유사한 것이라고 작가는 주장한다. 예루살렘에 가려는 바울은 "모스크바에 가서 공산당 전당대회장에 들어가 자, 이제 계급투쟁은 끝났고, 프롤레타리아 독재도 끝났고, 마르크스주의는 죽었다. 마르크스주의 만세!"를 외치는 사람이나 다름없다는 것이다. 예루살렘에 남아 있는 예수의 직계가족과 후계자들과 전교 활동으로 지중해 연안을 떠도는 바울과 그 추종자 간의 갈등은 본사와 지사, 세계 혁명과 일국 혁명의 갈등과 유사하지만 그것은 유대인과 비유대인의 갈등으로 요약될 수 있다. 성서의 진위나 필자들 사이의 갈등이 독서의 흥을 돋우어주지만 『왕국』에서 작가가 가장 강조했던 부분은 결국 예수의 말로 귀결된다. 이에 비하면 복음서의 저자들 중 마르코가 원조이고 나머지는 적당히 마르코의 글을 요약하고 가필과 윤색을 거친 유사품이란 추정도 본질에서 벗어난다. 예수의 말을 들은 로마 병사의 감탄처럼 "이처럼 말했던 사람은 아무도 없었다!" 지금은 딱히 신자가 아니라도 새롭지 않을 예수의 말이 2000년 전에는 가히 충격적이었던 모양이다. 저자가 길게 인용한 부분을 요약하면 기존 가치관의 전복이다. 빈자가 부자이며 병든 자가 튼튼하고 낮은 자가 높은 자라는 예수의 말은 로마 병사뿐 아니라 2000년 후에 태어난 작가 에마뉘엘 카레르에게도 가장 충격적인 말이었다. "우리 사회, 모든 인간 사회는 피라미드이다. 맨 꼭대기에는 중요한 사람들이 있다. 부자, 권력자, 아름다운 자, 똑똑한 자, 모든 사람이 우러러보는 자들이 있게 마련이다. 중간쯤에 아무도 거들떠보지 않는 사람들이 있다. 그리고 그 밑에는 노예, 바보, 없는 것만도 못한 자들이 있다. 중간에 있는 사람들조차 깔보며 우쭐거릴 수 있는 그런 낮은 자들이다. (……) 예수는 제자들의 발을 씻어주었다." 신이 만든 세상이 이토록 불평등하고 불의할 수 있는지 한탄하는 사람들에게 작가가 권하는 예수의 행적이다. 다만 소설을 마무리 짓는 지점에서도 작가는 과연 기독교의 가치에 충실했는지 자문하며 "모르겠다"란 말로 결론을 유보한다.

보수 반동의 혁명

『왕국』에서 긴 부분을 할애한 성서의 형성 과정, 초기 교회와 사도들의 뒷이야기 등은 비기독교 독자에게는 흥미로운 비사처럼 읽히지만 주일학교에 한두 번이라도 드나든 사람이라면 식상한 내용일 것이다. 우리네 같은 형편에서는 기독교가 궁금하고 그도 아니면 교회 안에서 무슨 짓을 하는지 호기심이 생긴다면 어렵지 않게 해결될 수 있다. 거리에서 문득 걸음을 멈추고 둘러보면 치과보다 교회의 십자가가 찾기 쉬운 것이 우리네 풍경이다. 서구, 그것도 2000년간 기독교가 세력을 떨쳤던 프랑스라면 두말할 나위 없다. 다만 지금의 문학, 혹은 지식인 사회에서 신앙 간증이나 성경 이야기는 부른 적은 없으나 가사는 귀에 익은 철 지난 유행가이다. 그런 탓에 오히려 『왕국』이 프랑스 독자에게서 의외의 호응을 받았을 것이다. 중년 독자에게 성경 이야기는 교리문답에 시달리던 아련한 유년기를 떠오르게 하며 향수를 불러일으켰을 것이다. 지식인 사회에서는 18세기 계몽주의 시대에 청산한 줄 알았던 기독교의 유령이 되살아난 것 같은 불쾌한 느낌을 자아냈다. 근래 적지 않은 작가가 진지하게 기독교의 부활을 소재로 소설과 사상서를 펴내는 현상을 포스트모던한 복고주의, 보수 반동의 혁명이라 비판하기도 한다. 보다 매섭게 비판하자면 에마뉘엘 카레르의 『왕국』은 프랑스 사회의 보수화, 우경화에 편승한 발 빠른 행보의 일환이라 평가할 수도 있다. 미셸 우엘벡의 『복종』과 더불어 『왕국』이 프랑스 문학의 빈곤을 드러내는 징후가 아닐지 우려된다.

화양연화

창가의 화분에서 하룻밤 사이에 치자꽃이 활짝 피었다. 은은한 향기도 잠깐일 테고 이제 지는 일만 남았다. 봄빛이 무안하게 누렇게 시든 꽃잎은 오래 입다 버린 속옷처럼 초라하다. 가장 아름다운 모습을 사진에라도 담아둘 걸 그랬다. 사람도 살다 보면 붙잡아두고픈 순간이 있고 나중이 되면 그리워하게 마련이다. 한 사람의 생애를 글로 옮긴 전기를 읽다 보면 누구에게나 그런 화양연화가 있다. 또한 화가의 붓에 포착된 한 여인의 모습이 그렇다. 「제비꽃 여인」은 에두아르 마네 덕분에 한 여인의 꽃다운 시절이 영원히 남아 있는 경우이다. "검은 옷을 입은 여자이다. 백조처럼 긴 그녀의 목을 모자의 리본이 감싸고, 무광택의 그녀 가슴을 살짝 드러낸 드레스는 까마귀의 날개처럼 새까만 색이 찬란하다. 그 검은색이 그녀 눈빛까지 검게 채색했으나 거기에 감춰진 황금빛 시선마저 지우진 못했다."

그녀의 시선은 여느 모델과는 사뭇 다르다. 헐값에 부

동자세를 취한 여자의 지루함과 무심함이 아니라 그녀는 예술의 본질을 훔쳐보려는 열망으로 달아올랐기 때문이다. 그것은 자신을 그리는 화가의 모습을 집요하게 관찰하는 주체적 시선이다. 그녀의 검은 눈에는 당시 비판과 찬사를 한몸에 받았던 마네의 붓질 하나하나를 놓치지 않고 배워보려는 화가, 창조의 비밀을 훔쳐내려는 창작가의 열망이 담겨 있다. 「제비꽃 여인」의 주인공은 베르트 모리조이다. "제비꽃을 든 베르트 모리조, 이 그림은 하나의 신비이다. 한 여인의 신비. 한 삶의 신비. 한 남자와 한 여자의 신비. 두 사람 사이의 관계의 진실을 둘러싸고 있는 신비."

2000년에 출간된 전기 『베르트 모리조, 검은 옷을 입은 여자의 비밀*Berthe Morisot : Le Secret de la femme en noir*』은 이 신비를 풀기 위해 헌신한 또 다른 여성 작가의 결과물이다. 소설가로 출발했지만 주로 전기에서 필력을 발휘한 도미니크 보나Dominique Bona는 2013년 프랑스 학술원의 회원이 되었다. 그녀가 발표한 소설도 여러 문학상을 받았지만 그녀의 해박한 지식과 분석력이 고루 발휘된 분야는 전기이다. 시대의 영웅과 위인을 다룬 여타 전기와 달리 도미니크 보나의 글에서 특히 부각되는 것은 여인들의 삶이다. 역사, 그중에서도 예술사의 큰 자리는 주로 남성들이 차지한 탓에 거목의 그늘에 가려 온전히 평가되지 못한 여성을 찾아 그들의 삶과 작품에 정당한 자리를 찾아준 것이 그녀 전기의 덕목이다. 남성 위주의 역사에서 뒷전에 머문 인물 중 그녀가 눈길을 돌린 작가가 베르트 모리조이다. 그 선택은 정당했고 그녀의 조명을 받은 베르트 모리조의 삶은 찬

「제비꽃 여인」
Edouard Manet, *Berthe Morisot with a Bouquet of Violets*, 1872

란했다. 다만 베르트 모리조의 삶에 찬란이란 단어를 사용하는 데에는 약간의 설명이 필요하다. 까만 머리, 까만 눈이 인상적인 그녀는 주로 검은 옷을 입었는데, 그래서 그런지 색을 다루는 것이 직업이었던 그녀의 삶을 관통하는 주된 색깔은 검정색이다. 벨라스케스, 고야의 색깔로 예술사에 기록된 스페인의 검은색, 그것에 매료된 마네가 집중적으로 연구했던 검정색은 인간의 오욕칠정과 희로애락이 한데 멍울진 정열의 색깔이다. 게다가 이차원 평면에 입체감을 부여하는 원근법과 농담법 등, 르네상스의 위대한 발명품에 거스르는 마네가 고른 가장 평면적 색깔이 바로 검정색이기도 하다. 납작한 평면을 더

욱 납작하게 만들어 오로지 선과 색만으로 존재하는 마네의 그림에 가장 이상적 색깔이 검정색이다. 그것은 마네의 색일 뿐 아니라 베르트 모리조의 색이기도 하다. 전기에 따르면 유복하고 풍족한 환경에도 불구하고 그녀의 내면에는 깊은 우울이 깔려 있었기 때문이다. 오르세 미술관을 비롯한 전 세계 미술관에서 마네, 모네, 드가, 르누아르 등 뭇 인상파 화가들 사이에 당당히 존재를 과시하는 베르트 모리조는 보들레르, 말라르메, 발레리의 칭송을 한몸에 받았지만 그 화폭에 내장된 사연과 비밀은 무심한 맨눈에 쉽게 드러나지 않는다. 전기작가는 베르트와 관련된 증언, 편지와 같은 문서뿐 아니라 그녀의 그림, 특히 그녀가 모델로 표현된 마네의 작품을 꼼꼼히 해독하며 그녀의 삶을 복원했다. 여성은 미술학교의 문턱을 넘을 수 없던 시절에 태어나 개인화실에서 습작기를 거쳐 인상파의 일원으로 500여 점의 작품을 남겼지만 사망진단서의 직업란에는 "무직"으로 표기된 베르트 모리조의 삶을 요약해보자.

여성의 교양

1841년 1월 14일 프랑스 중부 부르주에서 1남 3녀 중

막내딸로 태어난 베르트는 열 살 무렵부터 그림을 배웠다. 목수 집안에서 태어나 건축기사가 된 그녀의 아버지는 결혼과 더불어 관계官界로 진출한다. 명문가 출신인 아내의 후원 덕분에 관료로 승승장구하고 마침내 파리에서 고위 세무관으로 안정된 상류층 인사가 된 베르트의 아버지를 전기작가는 마지못해 일하는 공무원, 욕구불만의 남편, 실패한 예술가라고 정의했다. 그의 아버지에게 "중요한 것은 가족, 정직성, 타인으로부터 받는 존경심, 아이들의 교육과 좋은 예절"이었고 "귀족적 덕목인 명예보다는 의무감과 존경심이 베르트와 나머지 자매들의 교육관을 관장했던 엄격한 가치였다". 훗날 예술가가 되어서도 이러한 가치관은 베르트의 삶과 작품을 관통했던 일관된 것이었다. 당시 부르주아 풍습에 따라 모리조 집안의 세 딸은 피아노 연주와 더불어 여성 교양의 일환인 그림을 배웠고 이 과정에서 베르트는 미래의 규수가 아니라 예술가를 꿈꾸게 된다. 어머니가 주관했던 사랑방 모임에는 당대의 예술가, 철학자가 드나들었고 그중 작곡가 로시니는 세 자매의 음악성을 높이 평가했다. 장녀 이브는 부모의 뜻에 따라 혼기에 맞춰 결혼하여 가정을 이룬 반면 둘째 딸 에드마와 막내딸 베르트의 그림은 규수 교양의 수준에서 그치지 않았다. 피아노 교습을 받던 베르트는 벽에 걸린 앵그르의 그림을 본 이후 더 이상 음악이 귀에 들어오지 않았다. 그러나 당시 여자는 정규 미술학교에 드나들 수 없었다. "여자에게 정규 미술학교의 입학이 허락된 것은 1897년부터였다. 베르트 모리조가 죽은 지 2년이 지난 후이다." 그러니 그녀가 전문적 화가가 된다는 것은 애초부터 불가능했다. 그래서 그녀에게 그림을 가르쳤던 화가 귀샤르는 그녀의 꿈을 "재앙" 혹은 "혁명"이라며 그녀의 장래를 걱정했다. "귀샤르는 취미로 그림을 그리는 여타 제자와 달리 그녀에게서 진정한 소명의식, 의지, 불꽃을 파악했다. 그래서 심지어 그녀의 어머니에게 이것을 경고해야만 한다는 의무감까지 느꼈다. '이들은 화가가 될 것입니다. 이것이 무엇을 의미하는지 아십니까? 귀댁과 같은 대 부르주아 집안에서 이런 일이 벌어진다면 그것은 혁명이고, 심지어 재앙이라고 말하고 싶습니다'라고 편지에 썼다."

훗날 베르트가 정규 살롱전에서 낙선한 인상파들의 모임에 가입하자 귀샤르는 더욱 불안해하며 부디 딸이 그 건달들 무리에서 벗어나게 하길 간곡하게 충고했다. 예술에 조예가 깊던 아버지의 묵인과 어머니의 후원에 힘입어 에드마와 베르트 자매는 여러 화실을 전전하며 미술 교육을 받고 특히 풍경화로 일가를 이룬 코로, 그리고 앞서 언급한 귀샤르에게서 영향을 받는다. 베르트가 정규 미술학교에 다니지 못한 것은 그녀의 예술을 위해서는 축복이었다. 당시의 미술대학 교수는 그리스 로마 신화와 성서에 박학한 인문학자이자 동시에 르네상스의 산물인 원근법과 채색법의 대가들이었다. 그들에게 그림은 신화나 성서의 일화를 가장 실감 나게 전달하는 도구에 불과했다. 훗날 인상주의자로 불리는 작가들 중 그 누구도 정규 미술대학을 제대로 졸업한 사람은 없었다. "미래의 인상주의자들은 대개 미술학교의 학생이었다. 그러나 그 누구도 졸업장을 받지 못했다. 모네와 드가도 잠깐 드나들었을 뿐이다." 그들은 비교적 자유로운 개인화실에서 개성을 발휘할 수 있었지만 그곳에서도 교육의 근간은 명작의 모사였다. 하물며 마네가 6년간 머물렀던 화실의 스승 토마 쿠튀르의 구호도 "이상과 비개성!"이었다. 현실의 피안을 보는 눈, 신화와 성서를 바라보며 자신의 개성을 숨긴 채 대가의 기술을 답습하는 것이 당시의 미술 교육이었다.

개인화실에서 습작기를 거쳤던 베르트도 그런 화풍에서 자유롭지 못했고 당시 교육 방식에 따라 루브르박물관에서 고전 명작을 모사했다. 거기에서 베르트는 그녀의 삶과 예술에 결정적 영향을 끼친 남자를 만난다. 1868년 겨울 어느 날 판탱라투르의 소개로 만난 마네가 바로 그 주인공이다. 그 둘을 이어준 판탱라투르는 발이 넓은 사교적 인물로서 개성이 강한 인상주의 화가들 사이의 가교 역할을 했다. 습작기의 화가뿐 아니라 기성 작가들도 그림을 베껴서 교회나 상류사회에 팔아 생계를 유지하기 위해 루브르박물관에 모여들었고 판탱라투르 역시 자신의 작품보다는 모사품을 팔아 넉넉한 생활을 유지했다. 그러나 사실주의의 대가 쿠르베의 제자이기도 했던 판탱라투르는 "보고, 느끼고, 생각한 대로"라는 스승의 말을 굳게 믿었고, 베르트 모리조 역시도 쿠르베의 사실주의 입장에 공감했던 터였다. 지금에야 평범하게 들리는 쿠르베의 주장은 눈에 보이지 않는 신화나 성서 속의 인물을 관습에 따라 그리는 것을 거부하고 당대의 풍경과 인물에 눈을 돌리는 데로 이어졌고, 그것은 이른바 '현대예술'의 씨앗이 되었다. 루벤스의 그림을 모사하는 베르트를 본 마네는 그녀에 대해 "여자인 것이 아쉽다. 학술원 회원과 결혼하여 학술원에 불화를 일으키기에 딱 좋을 여자"라는 묘한 평을 남겼다. 예술적 열정을 스스로 실현할 수 없는 처지의 젊은 여자는 공식 예술가로 성공을 거둔 학술원 회원을 남편으로 삼아 자신의 좌절된 꿈, 혹은 허영심을 채울 테고, 예술적 반항심으로 가득한 아내와 관학파 남편은 십중팔구 평생 지루한 불화를 겪게 될 것이라고 마네가 예언한 것이다. 하지만 그의 예언은 크게 빗나갔다. 두 사람이 만났을 당시 베르트보다 여덟 살 위였던 마네는 자식까지 둔 유부남이었다.

그러나 두 사람의 관계는 마네가 쉰한 살에 죽는 날까지 이어진다.

당시 마네는 바티뇰 거리에 화실을 차리고 사진작가 나다르, 시인 보들레르, 소설가 졸라를 비롯해서 훗날 인상파로 지칭되는 모네, 드가와 친교를 쌓던 중견 화가였다. 그가 바티뇰 거리에서 겪은 일화 중 보들레르의 산문시와 관련된 것이 있다. 한때 마네는 수렵화가 알베르 드 발로와와 함께 라브아지에 거리의 화실을 나눠 썼는데 그즈음 두 화가의 잡일을 돕도록 열네 살의 알렉상드르라는 아이를 고용했었다. 마네의 「체리를 든 아이」의 모델이기도 한 알렉상드르는 붓과 팔레트를 씻는 등 화실의 잡일을 거들었는데 어린 나이에도 불구하고 술을 마시고 특히 단것을 좋아했던 모양이다. 어느 날 마네는 아이의 게으름과 음주벽을 꾸짖고 그를 해고하겠다며 으름장을 놓았고, 적빈의 처지라 자식을 거리에 내놓고 키웠던 부모에게 돌아갈 상황에 놓인 아이는 절망한 나머지 마네의 화실에서 목을 매 자살한다. 이 일화는 보들레르의 산문시집 『파리의 우울』 서른 번째 작품 「밧줄」로 남았다. 아이가 죽은 후 마네는 주변 이웃 사람들로부터 목을 매는 데 사용했던 밧줄과 못을 달라는 편지를 받는다. 심지어 아이의 부모마저 그 밧줄을 달라고 간청하자 마네는 자살자의 밧줄이 행운을 가져다주는 부적이라 믿는 이웃들, 그리고 그 밧줄을 팔아 돈을 챙기려는 부모의 비정한 이기심에 진저리 친다. 자살 사건은 실제로 일어났지만 밧줄을 둘러싼 일화는 아마도 보들레르가 덧붙인 것으로 짐작된다. 재혼한 어머니에 대한 원망 때문에 보들레르의 시에는 무정한 모성상이 자주 등장하고 천진난만한 가난한 아이와 부유한 어른들의 탐욕을 대비시키는 것도 그의 다른 시에서 반복되기 때문이다.

마네는 죽음의 기운이 서린 화실을 떠나 바티뇰 거리에 자리 잡고 그곳의 터줏대감 노릇을 한다. 금요일 저녁이면 화실에서 가까운 카페 게르부아에 화가와 시인이 몰려들어 술추렴을 했고 르누아르, 모네, 드가뿐 아니라 보들레르, 졸라, 말라르메와 같은 문인들도 바티뇰 거리 술집의 단골이었다. 바티뇰파라고 불릴 법한 이곳의 예술가들이 한꺼번에 모인 모습은 팡탱라투르나 바질의 그림에 그대로 표현되었다. 재색을 겸비한 베르트는 그 모임에서 단연 눈길을 끌었다. 베르트는 가난과 무시 속에서 자칭 "저주받은 예술가"로 살아가야만 했던 예술가 부류와는 달리 넉넉한 부모의 후원 덕분에 작품 판매에 연연하지 않고 그림을 그릴 수 있었다. 그래서 마네의 그림에 표현된 그녀의 어둡고 우울한 표정은 그녀가 처한 외면적 환경이 아니라 내면에 잠재된 어두운 불꽃에서 비롯된 것이다. 그녀의 반항적 성격은 당시 주류였던 관학파, 혹은 살롱 출품 위주의 화풍에 어긋났고 그 대목에서 마네를 비롯한 인상파 화가들과 의기투합할 수 있었다.

발코니

전기의 주연은 베르트 모리조이지만 그녀를 둘러싼 뭇 조연들의 이력도 여기에서 큰 부분을 차지한다. 베르트와 친분을 나눴던 화가, 시인들 중에서 가장 중요한 인물은 단연 마네이다. 베르트는 언니 에드마와 더불어 1864년부터 꾸준히 살롱전에 작품을 출품했으나 별다른 주목을 받지 못한 터였다. 자매 화가 중에서 그나마 스승의 칭찬을 받은 쪽은 오히려 언니 에드마였다. 그러나 에드마에게 있어서 그림은 부모의 뜻대로 그저 여성 교양을 쌓는 여기餘技에 불과했다. 전기작가의 표현에 따르면 에드마에게 예술적 재능은 있었을지 모르나 결정적으로 "성깔의 힘"이 부족했다. 반면에 베르트가 여성에게 불리한 사회적 환경을 견디며 끝내 붓을 놓지 않았던 것은 언니에게는 없던 타고난 강인한 성깔 덕분이었다. 당시 평론가들은 베르트를 몇몇 다른 여성 화가들과 뭉뚱그려서 "주부 화가"라고 지칭하며 작품에 대해서는 "색과 빛에 대한 섬세한 감각"을 지녔다는 언급에 그쳤다. 1865년 살롱전에 3559점의 작품이 전시되었고 그 중에서 마네처럼 화제가 되기란 쉽지 않았을 테니 모리조 자매가 그저 "주부 화가"로 치부된 것도 무리는 아니다. 딱히 주제의 외설적 성격 못지않게 이전과 전혀 달랐던 마네의 기법은 당대에 충격을 주었고 화가 중에는 들라크루아만이 "마네의 빛이 쇳조각처럼 당신의 눈에 들어온다"라며 그를 주목했다. 문인 중에서는 보들레르와 졸라가 그에게 변치 않는 지지를 보냈다. 이 가운데 마네가 루브르에서 명작 모사 중인 무명의 베르트를 만나 첫눈에 반했다는 증거는 어디에서도 찾아볼 수 없다. 아직 코로나 귀샤르 등 스승의 영향에서 벗어나지 못한 그녀의 작품을 마네는 거의 무시했고 베르트의 입장도 피장파장이었다. 안정적 구도와 조화로운 채색을 배웠던 그녀에게 마네가 재능 있는 작가로 보일 리 없었다. 게다가 베르트는 예술적 영감과 자유를 핑계 삼아 문란한 성관계를 누리는 예술가 무리에게 호의적이지 않았다. 모리조의 어머니는 자매가 그림을 그리는 동안 곁에서 뜨개질을 하며 언필칭 예술가 무리들과 딸들이 어울리지 못하도록 감시했다. 마네가 그나마 모리조 자매와 말을 섞을 수 있었던 것은 그가 부유한 법관 집안의 아들이며 다른 예술가와 달리 부르주아의 세련된 품격과 언변을 갖춘 화가였기 때문이다.

이런 맥락에서 자유분방한 예술가 무리로부터 거리를 두던 베르트가 곁을 주었던 화가는 마네와 드가뿐이었다. 각각 법관과 은행가의 아들인 터라 중산층의 교양과 예절을 갖춘 덕분에 베르트가 경계심을 풀고 대했던 것이다. 1869년 봄 에드마에게 보낸 편지에서 베르트는 "그에게서 무한히 나의 호감을 끄는 어떤 매력적 천성을 결정적으로 발견했다"고 고백한 것으로 미루어 보아 베르트는 마네의 사교적 성격과 친화력에 호감을 가졌던 모양이다. 그리고 마네의 모델 역할을 했던 순간을 베르트는 가장 행복했던 시절로 기억했다. 그녀는 마네가 죽은 후인 1883년 "그와 나누었던 우정과 친밀한 관계, 그 옛 시절을 나는 결코 잊지 못할 거야. 그의 앞에서 포즈를 취하면 그토록 매력적인 그의 정신이 긴긴 시간 동안 나를 깨어 있도록 해주었던 그 시절을"이라고 회고한 바 있다. 그러나 마네와 베르트 사이에는 또 다른 여자, 혹은 여자들이 있었고 그중 가장 주목해야 할 여자가 마네의 부인 쉬잔이다. 마네는 세 살 연상인 그녀와 1863년 정식으로 결혼했지만 두 사람의 인연은 어린 시절로 거슬러 올라간다.

그림을 팔아 생계를 유지했던 다른 화가에 비해 풍족한 조건을 누렸던 마네였으나 그의 이력, 특히 가족 관계를 살펴보면 그의 삶도 그리 평범하지 않았다. 전기작가가 조사한 몇몇 사항만 짚어보자면 그의 아버지 오귀스트 마네는 법률가였으나 말년에 매독에 시달리다 죽었다. 그는 아들에게 가업을 잇는 법률가를 권했으나 시험에 낙방하자 차선책으로 해군학교에 입학시키려고 했다. 그러나 마네가 그마저 낙방하자 해양 견습기간을 거친 후 입교자격을 얻게 해주려고 아들을 배에 태웠다. 마네는 6개월 남짓 배를 타고 브라질까지 갔었으나 폭력이 동반된 엄격한 선상생활을 견디지 못했다. 견습생에게 주어진 입교 기회마저 놓친 마네에게 아버지는 마지못해 아들이 택한 화가의 길을 허락했다. 다만 평범한 화가가 아니라 프랑스 정부가 인정하는 공식 화가, 뭇 사람의 존경을 받는 예술가, 학술원이나 예술원 회원이 되는 것이 아버지가 바란 마네의 미래였고 그것은 마네도 마찬가지였다. 그리고 바다를 포기하고 예술가의 길을 택한 아들에게 아버지는 피아노 선생을 구해 음악적 교양을 쌓도록 후원했다. 아버지가 데려온 피아노 선생이 바로 훗날 마네의 부인이 된 쉬잔 렌호프였다. 그녀는 13년간 마네의 정부였지만 마네의 주변 친구들 중 그 누구도 결혼 전까지 그녀를 만난 적이 없었다. 1863년 10월 보들레르는 마네의 결혼 소식을 듣고 그의 친구 카르자에게 이런 편지를 썼다. "마네가 내게 전혀 예상치 못한 소식을 전했네. 그가 오늘 저녁 네덜란드로 가서 부인을 데려온다는 거야. 아주 미인이고 아주 착한 예술가인가 보네…….” 마네는 네덜란드에서 신부뿐 아니라 아이도 데려왔다. 신부에게는 레옹이라 불리는 열한 살의 아이가 딸려 있었다. 호적에 오른 아이의 이름은 레옹 코엘라이다. 아이는 공식적으로 쉬잔과 코엘라의 아들이었으나 아버지는 누구인지 확인된 바 없고 마네의 집안에서 태어나 성장했으며 정작 본인도 자신의 이름을 군대 입영 영장을 받고서야 알았다.

마네의 삶을 파헤친 전기작가들, 특히 『인상주의자 연인들』의 저자 제프리 마이어스는 레옹을 마네의 아버지 오귀스트와 쉬잔 사이에서 태어난 아들이라고 추정한다. 그렇다면 마네는 아버지의 명예를 지키려고 쉬잔과 결혼하여 이복동생을 아들 삼아 키운 셈이다. 아버지가 죽자 결혼식을 올린 쉬잔과 마네 사이에 평생 아이가 없었다는 점, 그리고 혼인 후에도 마네는 레옹을 자신의 의붓아들로 입적하지 않았다는 점도 이런 추정을 부추긴다. 베르트가 마네를 만났던 1868년 열여섯 살인 레옹은 학업을 잇지 않고 드가의 아버지가 운영하는 은행에서 사환으로 일하고 있었다. “서른네 살이 되도록 한 점의 그림도 팔지 못하고 임대 수입과 어머니에게 떠넘긴 빚으로만 살았던 마네가 어린 레옹을 취업시킨 것은 무엇을 의미하는가?"라고 전기작가 도미니크 보나는 자문한다. 드가 덕분에 일찌감치 취직한 레옹은 훗날 은행가로 성공하여 재산가가 되었지만 그것은 마네가 죽은 후의 일이다. 생전에 마네에게 레옹은 어떤 존재였던가. 레옹 자신도 1920년 죽기 직전에 남긴 편지에서 "혈통의 비밀을 평생 알지 못했다"고 고백했으니 마네의 비밀은 영원히 어두운 그늘 속에 남을 수밖에 없다. 그늘 속의 인물이란 표현은 단순한 비유가 아니라 마네의 작품 「발코니」에서도 확인할 수 있다. 모리조를 만난 지 1년 후 1869년 살롱전에 출품한 이 그림에는 제목 그대로 발코니에 두 여자와 한 남자가 등장한다. 맨 앞 왼쪽에 앉아 있는 여자가 베르트 모리조이고 오른쪽에 서 있는 여자는 바이올린 주자 파니 클라우스이며 뒤에 서 있는 남자는 화가 앙투안 기메이다. 마네의 대표작 중 하나인 이 작품에 대한 예술사적 해설은 E. H. 곰브리치의 『서양미술사』에서 인상파를 이해하는 열쇠로 소개되었다. 특히 왼쪽 여자의 일그러진 코, 강한 햇살을 받은 하얀 얼굴의 코가 거의 납작하게 표현된 것에 주목하고 왼쪽 여인이 낀 장갑의 노란색과 난간의 녹색이 의미하는 혁명적 색채대비도 언급했다. 그런데 예술사가가 언급을 회피한 대목은 얼핏 놓치기 십상인 그늘 속의 인물이다. 어지간한 도판에서는 보이지도 않지만 이 그림에는 네 번째 인물이 숨어 있다. 강한 햇살에 노출된 세 인물에게 음료수를 대접하는 남자, 그늘 속에 숨겨진 채 주인공들에게 시중드는 남자아이가 바로 레옹이다. 이후의 마네 작품에서 점차 레옹이 그늘에서 벗어나도록 묘사되었으나 「발코니」에서 표현된 레옹의 존재는 시사하는 바가 적지 않다. 반면 「제비꽃 여인」을 비롯해서 마네는 베르트의 초상화를 열네 점이나 그렸다. 과연 그 둘 사이에 무슨 일이 있었던 것일까? 적어도 베르트는 마네에게 평생 제자이자 예술적 동반자, 그리고 모델이었다는 점은 확신할 수 있다. 또한 마네가 쉬잔에게 보낸 편지를 믿는다면 그는 부인을 가정의 든든한 기둥으로 믿고 사랑을 아끼지 않았다. 보불전쟁에서 입은 상처와 매독으로 한쪽 다리를 절단한 후 의식을 회복하지 못한 채 마네는 쉰한 살에 죽었다.

「발코니」
Edouard Manet, *The Balcony*, 1868-1869

결혼과 이별

베르트의 맏언니 이브는 1838년생이고 둘째 언니 에드마는 1839년생, 막내 베르트는 1841년생이다. 세 자매 중 맏언니는 일찌감치 안정되고 가정적인 공무원 테오도르 고비야르와 결혼하여 두 딸을 낳았다. 일단 맏언니 이브가 1877년 낳은 첫째 딸 제니Jennie의 이름을 기억해두자. 모리조 집안의 세 딸 중 이브를 제외한 에드마와 베르트의 결혼에는 마네가 개입되었다. 에드마와 베르트 중 화가 마네의 눈길을 끈 쪽은 에드마였다. 그림에서도 에드마는 동생보다 항상 한 발자국 정도 앞서 나아갔다. 살롱에서 선정된 작품 수에서 에드마가 앞섰다는 점은 그녀가 당시 대세를 이룬 고전적 화풍을 온순히 따랐다는 것으로 해석될 수도 있다. 에드마의 재능을 아깝게 여긴 드가는 그녀가 결혼한 후에도 독립예술가협회에 가입하라고 권유하기도 했다. 하지만 마네나 드가의 호감에도 불구하고 에드마는 미술을 천직으로 느낀 적도 없고 화가를 평생 신뢰하고 의지할 만한 남편으로 여기지도 않았다. 마네는 견습해군 시절에 한배를 탔던 친구를 에드마에게 중매하여 결혼에 이르도록 도왔다. 베르트의 어머니는 막내딸도 두 언니처럼 혼기를 놓치지 않도록 백방으로 애썼지만 베르트는 당시에는 노처녀 취급을 받는 스물여덟 살이 되도록 붓과 물감에만 매달렸다. 그녀에게 연서를 보냈던 화가 퓌비 드샤반에게 잠깐 관심을 쏟았으나 그는 이미 유부남이었고 베르트를 아내로 삼을 기미는 전혀 없었다. 어머니의 우려와 달리 1874년 12월 22일 베르트 모리조는 결혼식을 올렸다. 신랑은 마네의 동생 외젠Eugène이었다. 그 결혼을 통해 베르트 모리조는 마네 일가 사람이 되었다. 결혼 후 프랑스 여자는 처녀 적 성을 버리고 남편의 성을 따른다. 따라서 베르트 모리조는 당연히 마네 부인, 즉 마담 마네로 불려야 했다. 그런데 화가로서 그녀는 결혼 후에도 여전히 처녀 적 이름을 사용했다. 전기작가들이 꼽는 마네의 비밀 중 첫 번째가 레옹의 출생과 관련된 것이라면 두 번째는 베르트 모리조의 결혼과 관련된 것이다. 보다 과감한 상상과 거친 표현이 허용된다면, 마네는 아버지의 전철을 그대로 따랐다. 아버지의 정부와 결혼한 아들, 형의 정부를 아내로 둔 동생 등 그리스 비극에나 나올 법한 마네 집안의 복잡한 애정관계는 여기에서 접어두고 다음 세기의 애정 이야기로 넘어가자.

사람이 사람을 만나는 것은 자연스러운 일이며 남녀의 만남은 더욱 그러하다. 다음 이야기는 그런 흔한 일에 관한 것이지만 문학사에 각별히 기록된 중요한 사건이다. 1938년 2월 6일 오후 네 시, 칙칙한 외투를 입은 왜소한 남자가 파리 16구 아송시옹가 11번지 대저택의 철문을 두드렸다. "구부정한 어깨와 지친 표정에다가 세파에 닳은 그는 노인이라고 칭하기엔 뭣하지만 청춘은 이미 훌쩍 지난 나이이다." 주변의 권고에도 불구하고 노인티를 내기 싫어서 지팡이를 마다했지만 그에게는 고작해야 7년 남짓의 여생이 허락된 터였다. "국가가 수여한 최고 명예와 훈장을 받은 그는 콜레주 드 프랑스가 그를 위해 개설한 시학 강좌의 교수, 학술원 회원, 머지않아 〈노벨상〉을 받을 프랑스 제3공화국의 위대한 인물이었다." 각종 강연과 학술회의는 그를 모시지 못해 안달이었고 참석만으로 자리를 빛낼 모임에서 그는 달변과 지혜로 초대에 보답했다. 그러나 평생 시만 써서 부인과 세 자녀를 감당한 충실한 가장이었던 그는 항상 돈 걱정에서 벗어나지 못한 글쓰기의 수인이기도 했다. 새벽 다섯 시에 일어나 자신만을 위한 사색의 기록으로 시작된 하루는 시를 비롯해서 서문, 축사, 연설문 등 각종 장르의 글뿐 아니라 여러 행사로 채워진 터라 잠깐의 여백도 허락되지 않았다. 그러나 그는 이미 전설이 된 자신의 모습에 매몰될 만큼 어리석지 않았다. "잿빛이 감도는 파란 눈은 그의 매력에 일조했다. 그리고 커다란 회의주의가 깃든 미소. 그가 말하고 생각하는 모든 것에 곁들여진 매우 섬세한 유머"로 그는 사교계의 환심을 독점했다. 어느 오후에 남의 집 문을 두드리는 것 자체가 그에겐 하나의 모험이었다. 그의 스승이자 친구인 말라르메가 그 자리에 있었다면 그것으로 시를 썼을 법했다. 그 모험의 길에 첫발을 내디딘 사람은 예순일곱 살의 시인 폴 발레리이다. 그를 초대한 여자는 서른네 살의 변호사이자 사업가이다.

베르트 모리조의 전기를 쓴 도미니크 보나가 2014년에 발간한 신작은 이러한 장면으로 시작된다. '나는 너에게 미쳤다'라고 직역되는 이 신작 전기의 주인공은 폴 발레리이다. '폴 발레리의 위대한 사랑'이란 부제가 붙은 『나는 너에게 미쳤다*Je suis fou de toi*』는 노년의 시인이 자기 나이의 절반에 해당되는 젊은 여인과 사랑에 빠진 이야기를 집중적으로 추적한다. 시인은 이미 40년 전에 결혼한 터였다. 그 40년 동안 폴 발레리의 집 안 곳곳에 베르트 모리조의 작품이 걸려 있었다. 그 시인의 부인이 바로 앞서 기억해두길 당부했던 베르트의 조카 제니 고비야르이다. 그리고 1900년 결혼한 폴 발레리가 신방을 차린 곳은 바로 베르트 모리조가 살았던 집이었다. 그러나 이 전기의 주인공은 모리조 집안 여자가 아니다. 베르트의 조카이자 발레리의 아내인 제니는 잠깐 스치는 조연에 불과하고 주연은 잔 로비통Jeanne Loviton이다. 말년의 발레리를 7년간 미치게 만들었고 희곡작가 장 지로두의 애인, 출판사 사장 드노엘과 결혼을 약속한 후 일흔 살이 넘어서도 일본 외교관과 염문을 뿌린 여자가 주연이다. 그녀는 시인이 죽은 후에도 50년을 더 살다가 1996년 아흔세 살에 죽었다.

노인의 연적들

"여인의 삶에는 거의 항상 아버지의 뒤를 잇는 운명적 남자가 있다. 가족의 울타리를 벗어날 무렵 친구, 연인, 남편, 동료 같은 남자가 등장하고 소녀를 여인으로 변모시켜 이 세상의 문을 열어주는 피그말리온 같은 남자가 있게 마련이다."

흔히 여자의 운명을 뒤웅박이라고 하지만 이 문장에서 여인을 남자로 바꿔도 무방하다. 남자의 삶에 치명적 여인이 나타나 그의 운명을 바꾸는 경우는 소설뿐 아니라 현실에서도 흔히 볼 수 있다. 여자일지라도 어느 순간부터 삶의 고삐를 움켜쥐고 남자를 압도할 수 있다. 도미니크 보나가 2014년에 발표한 『나는 너에게 미쳤다—폴 발레리의 위대한 사랑*Je suis fou de toi : le grand amour de Paul Valéry*』은 시인이자 철학자 폴 발레리가 황혼기에 겪은 사랑을 기술한 전기이다. 제목으로 보아 주인공은 시인이지만 표지는 한 손을 허리에 짚고 밝게 웃는 여인의 사진으로 장식되었다. 1938년, 서른네 살의 여인을 만났던 폴 발레리는 예순일곱 살이었고 여생은 7년 남짓뿐이었다. 그녀를 만나고 돌아온 시인은 그의 노트에 "자연 다른 남자 다른 여자 평화"라는 암호 같은 메모를 남겼다. 전기 작가는 이 암호를 이렇게 해독했다. "자연 : 자연은 그녀를 너무 젊게, 그를 너무 늙게 만들어놓았다. 다른 남자 : 발레리는 그녀에게 연인이 있음을 눈치챘다. 파리에 퍼진 소문 덕분에 적어도 한 명의 연적이 있다고 생각했다. 또 다른 여자 : 발레리에게도 부인, 혹은 점차 관계가 소원해지긴 했지만 관능적 관계를 유지하는 또 다른 여자가 있었다. 여자는 단수보다는 복수로 표현해야 맞을 것이다. 그리고 끝으로 다른 것과 비교해서 만만치 않은 마지막 장애, 평화가 남았다. 그는 일종의 열반상태에 도달하기 위해 온 힘을 다해 유혹자에게 넘어가지 않으려고 저항했다. 그런 평화는 마치 숙명처럼 끊임없이 흔들렸다. (……) 그러나 불은 붙었다. 작은 불씨가 화재를 낳은 것이다." 작가의 표현에 따르면 '이성의 순수성을 본능으로 삼은' 노시인에게 화재를 일으킨 여자는 누구일까.

신원 미상의 아버지와 세 남자

그녀의 삶에서 손꼽을 수 있는 첫 번째 남자는 "신원

미상"이라고 기록되었다. 1903년 4월 1일에 태어나 이틀 후에 등록된 그녀의 출생신고 서류에 적힌 그녀의 아버지는 "이름을 확정할 수 없는 남자"이다. 어머니의 항목에는 나이 : 26세, 성명 : 쥘리에트 안 엘리자베트 푸사르, 직업란에는 예술가로 기록되었다. 당시 서민들이 즐기는 연극 무대에서 연기와 춤을 담당했던 것으로 추정되지만 대중의 기억에 남을 정도의 예술가는 아니었다. 신생아의 이름은 어머니의 성을 따라 잔 푸사르로 정해졌다. 어린 잔은 열 살까지 외가의 성으로 불렸고 사생아란 처지는 어린아이가 감당하기 어려운 무거운 짐이었다. 외가는 금속 세공사, 가죽 공예가 등 장인 계급에 속했지만 파리 변두리 하층민의 삶을 그린 에밀 졸라의 『목로주점』에 등장할 법한 인물들로 짐작된다. 그녀의 삶은 두 번째 남자의 등장으로 반전된다. 1913년 그녀의 어머니가 출판사 사장과 재혼하면서 그녀 이름은 계부의 성을 따라 잔 로비통으로 바뀐다. 법학 박사이자 법률서적 전문 출판사 사장인 계부는 어린 잔에게 새로운 성뿐 아니라 새로운 세계를 선사했다. 어머니의 재혼과 더불어 살던 집과 다니던 학교가 바뀌었을 뿐 아니라 그녀가 접하는 사람들도 달라졌다. 전기작가는 그녀와 관련된 사소한 자료도 꼼꼼하게 검토했는데 예컨대 그녀의 유아세례의 증인은 모두 공장 노동자, 하인, 장인이었던 반면, 그녀가 계부의 딸로 입적된 서류에 기록된 증인들은 모두 국회의원, 법학 교수 등이었다. 그녀 삶의 두 번째 남자는 이름과 재산과 명성을 그녀에게 안겨주었을 뿐 아니라 그녀의 진로까지 결정했다. 잔은 부유층이 다니는 사립학교로 전학한 후 법과대학에 진학했다. 1900년 12월 1일에 발효된 법 덕분에 여자에게도 법조계가 개방되었고 1907년 프랑스 최초의 여성 변호사가 탄생했지만 잔 로비통이 대학을 다니던 1920년대 프랑스 법과대학에서 여자의 비중은 여전히 5퍼센트를 넘지 못했다. 대학을 졸업한 후 잔은 변호사 사무실에 들어가 예비법조인이 된다. 그곳에서 만난 변호사 모리스 가르송은 그녀의 삶에 영향을 끼친 또 다른 피그말리온이다.

이제 막 대학을 졸업한 잔에게 아버지는 일자리를 주선해주었다. 1926년 1월, 그녀는 당시 악마의 변호사란 명성을 떨치던 모리스 가르송의 법률사무소에 들어간다. 서른일곱 살에다가 세 아이의 아버지인 모리스 가르송은 가업을 이어 변호사가 되었지만 천부적 달변가의 면모 외에도 독특한 취향을 지니고 있었다. 그는 악마학에 몰두해서 마녀, 밀교, 흑마술에 관한 전문가였으며 『악마에 대한 소론』을 집필하기도 했다. 그림에도 재능을 타고난 그는 식은 죽 먹기처럼 단순해 보이는 사건을 두고 지루한 다툼이 벌어지는 법정을 희화한 그림을 그리기도 했다. 뿐만 아니라 소설을 발표하고 자신이 쓴 희곡을 무대에 올려 직접 배역을 맡기도 했다. 그는 사람들의 이목을 집중시켜 그들을 설득하고 매혹하는 것을 즐기는 배우 겸 변호사였다. 잔 로비통은 그에게서 모든 것을 배운 후 미련 없이 그를 떠났다. 둘 사이의 육체적 관계에 대해 전기작가들의 의견은 일치하지 않는다.

1925년 8월, 대학을 갓 졸업한 스물두 살의 잔은 아버지가 마련한 휴가지에서 당시 유명한 소설가 피에르 프롱데를 만난다. 학벌과 능력을 증명할 수 있는 공식적 서류라고는 운전면허증밖에 없던 프롱데는 스물두 살에 희곡을 써서 당대 최고의 여배우 사라 베르나르를 찾아갔다. 무대에 올린 작품이 대성공을 거두자 그는 본격적으로 희곡과 연출, 심지어 배우까지 겸하며 프랑스의 무대를 장악했다. 무대뿐 아니라 여배우까지 섭렵하며 당시 한 잡지가 실시한 여론조사 결과 프랑스에서 가장 매력적인 남자 중 하나로 꼽혔다. 잔과 처음 만났을 무렵 그는 첫 번째 이혼에 성공한 후 두 번째 이혼을 도모하던 중이었다. 첫 번째 부인은 배우였고 두 번째 부인은 부르델의 제자인 조각가였다. "흙을 주물러서 괴이하고 고통스런 형상을 만들었던 조각가는 묘하게도 하늘에 대한 열정을 품었다." 그녀는 비행 기술을 배워 가장 과감한 여성 비행사가 되어 1934년 여성 비행사로서 최고 상승

고도 기록을 세우기도 했다. 그녀는 프롱데와의 결혼생활에 대해 "그다지 행복하지 않았음"이란 간결한 회고만 남겼는데 잔은 그 간결성을 주목했어야만 했다. 1927년 5월 24일 잔은 주변의 만류를 무릅쓰고 프롱데와 결혼식을 올렸다. 신부 측 증인 자격으로 모리스 가르송이 참석했다. 가르송은 잔의 결혼식 증인이자 훗날 이혼을 돕는 변호사 역할도 맡았다. 신랑 측 증인으로는 학술원 회원이자 시인이며 극작가인 장 리슈팽이 나섰다.

황금 창살

베스트셀러 작가의 부인이 된 잔은 여성 잡지의 1면 기사로 떠올랐고 당시 파리 상류층의 호사를 마음껏 누렸다. 다만 그녀에게는 자유가 허락되지 않았다. 가업을 물려받아 출판사를 경영하는 사업가이자 변호사였던 잔은 남편의 구속을 이해할 수 없었다. 프롱데는 훗날 그의 회고록에 "나는 내가 사랑하는 것을 위험에서 멀리 떨어뜨려놓기 위해 그것을 열쇠로 꽁꽁 잠가야 한다는 생각을 되씹었다"고 썼다. 전기작가는 잔에 대한 그의 태도를 이렇게 해석했다. "어머니의 때 이른 죽음이 그를 불안하게 만들었던 것일까? 그는 사랑하는 여인을 상실할

지도 모른다는 강박관념 속에서 살았다." 그는 항상 여배우들에 둘러싸여 유혹과 매력을 발산하는 즐거움과 더불어 매번 주연 여배우와 염문을 뿌리고 다녔으나 잔은 철저하게 집 안에 가두어두려고 했다. 잔은 그에게 "진열장 부인"에 불과했다. 게다가 그에 관한 나쁜 소문이 돌았다. 그의 두 번째 이혼을 도왔던 변호사 가르송은 "프롱데는 여자를 때리는 습관"이 있다고 회고했다. 결혼한 그해 가을 프롱데는 그가 희곡을 쓰고 무대에 올린 「파리의 연인들」의 주연 여배우와 염문을 일으켰다. 코르시카 출신의 스무 살 여배우 마리아 파벨은 부부의 휴가지에까지 따라올 만큼 공공연한 정부였던 반면 잔에게 정중한 눈길을 보내는 기자나 스키 강사에 대해 남편은 불같은 질투심을 발휘했다.

잔이 몇 차례 입원하여 긴 치료를 받은 것에 대해 전기작가는 남편의 폭행을 의심했다. 법률 지식에 밝았던 잔은 남편의 연애편지를 확보한 후 차근차근 이혼을 준비했다. 프롱데는 1930년 소설 『욕망 앞에 선 베아트리스』로 아내의 가장 아픈 곳을 때렸다. 잔은 오랫동안 감추었던 자신의 출생 배경과 어린 시절을 남편에게 털어놓았는데 프롱데는 그것을 이용해서 소설을 발표했고 이는 훗날 영화로 제작될 만큼 대중적 성공을 거두었다. 소설의 주인공 베아트리스는 사생아로 태어난 여성이다. 그녀는 "오로지 자신의 능력을 발휘하여 정상적인 사람들과 대등한 위치에 서려고 했다. 건전한 야심이다!" 계부의 도움을 받아 여주인공은 미모와 집념으로 신분상승을 꾀했다. 계부가 법학 박사가 아니라 의사인 것만 빼면 잔의 삶을 그대로 옮겨놓은 소설이었다. 계부는 베아트리스를 너무 사랑한 나머지 "그녀의 혼사를 방해하고 마침내 그녀를 자신의 부인으로 삼으려고 한다". 베아트리스를 진심으로 사랑한 남자, 흠잡을 데 없는 순수한 청년으로 그려진 인물은 소설가 자신을 모델로 삼았다. 잔과 그의 계부 로비통 박사는 이 소설을 어떻게 받아들였을까. 프롱데는 왜 이런 소설을 썼을까. 잔과 가깝게 지내던 시인이자 출판인이었던 오트클로크란 남자에 대한 질투심 때문에 문학을 통한 복수를 꾀한 것일까. 1935년 오트클로크가 의문의 죽음을 당하자 잔은 「착한 솔랑주」라는 단편소설을 써서 고인에게 헌정했다. 프롱데가 뭇 여인과 사귄 것에 대한 반발로 잔도 그에 못지않은 염문을 뿌렸다. 결국 겉모습만 화려한 결혼생활이 잔에게는 황금 창살로 가로막힌 감옥이었다. 잔은 별거를 선택했다. 두 사람은 센강을 사이에 두고 따로 살았고 변호사 모리스 가르송의 도움으로 1936년에 법적으로도 이혼이 완료되었다. 그러나 이미 5년 전부터 잔은 사실상 자유로운 이혼녀로 살고 있었다. 프롱데는 이혼 후 여배우 마리아 파벨과 결혼했지만 여전히 잔의 곁에서 그녀를 도왔으며 잔 역시 그를 '나의 어린아이'라 칭하며 연민과 애정을 감추지 않았다.

발레리의 연적들

이혼 직후인 1936년 어머니가 죽자 잔은 계부와 더욱 가까워질 수밖에 없었다. 물론 한지붕 아래 사는 것은 아니었지만 잔은 출판사 경영에 적극 개입하면서 계부와 긴밀한 관계를 유지했다. 전남편이 암시했던 유사 근친상간이 아닐지라도 계부는 잔의 가장 믿음직한 삶의 동반자였다. 1938년 독일과의 전쟁이 임박했음을 감지한 아버지는 남프랑스에 위치한 고성을 구입했다. 고성을 수리하고 꾸미는 데에 물질적 부담이 컸지만 잔의 자부심은 한층 높아졌다. 파리 빈민가의 삼류 여배우와 신원 미상의 남자 사이에서 태어나 변호사, 사업가로 상류사회에 진입한 후 틈틈이 소설을 써서 명성도 얻은 잔은 이혼과 더불어 다시 태어났다. 출판업을 겸하는 변호사이자 소설가로서 그녀의 남성 편력은 화려했다. 전기작가의 표현을 옮겨보자.

그녀의 남자 소비성향은 매우 다양하며 꽤나 엄격한 기준에 따랐다. 그녀는 일단 중요 인사들 중에서 애인들을 골랐다. 어느 분야에서든지 성공한 사람을 사랑했다. 그녀가 선호한 분야는 우선 작가군이었지만 변호사, 기자, 사업가에게도 호감을 보였다. 외교관(그중에는 일본 대사도 끼어 있다)도 외면하지 않았다. 그중에서 중량급만 꼽아보자면 우선 생존 페르스가 있다. 본명 알렉시스 생레제르는 잔의 눈높이에 딱 맞았다. 문단에서 매우 존경받는 작가이자 외교부 사무총장이었다. 국회의원 펠스의 부인과 공개적인 연인으로 알려진 생존 페르스는 그녀에게 국회의원 부인과 동등한 자격, 상류층 중에서도 가장 찬란한 최고위층에 들어가는 느낌을 주었다. (……) 그들은 1934년 파리 외교부의 웅장한 사무실에서 처음 만났다. 잔은 유람선을 타고 대서양을 건너 카리브 제도를 둘러보는 여행을 떠날 참이라 그곳을 잘 아는 시인에게 조언을 구하려고 찾아왔다. (……) 이틀 후에 잔은 여행을 떠났고 외교관 시인은 그녀가 방문할 나라의 대사관에 추천서를 보내 그녀의 여행에 편의를 제공했다. 여행에서 돌아오자 시인은 그녀 집 앞에 롤스로이스를 보내 파리 근교의 레스토랑에 초대한 후 여행 소감을 물었다. 둘 사이의 관계에 대해 다음과 같은 메모 이외에는 알 수 있는 것이 없다. "나는 당돌한 꿈을 내게 안겨주는 새로운 언어, 이 단순함, 이 엄격함, 이 고독의 세계에 단번에 뛰어들었다. 그와의 우정은 흠집 하나 없이 충실하고 수정처럼 단단했다."

전기작가는 발레리가 생존 페르스의 가치를 인정했지만 전혀 좋아하지 않았다는 점을 주목한다. 물론 폴 발레리의 연적은 생존 페르스에 그치지 않았다. 발레리에 앞서 잔의 애인이었던 장 지로두 역시 외교관이자 작가였다. 생존 페르스에게 직속된 외교 전권 대사이자 1938년 「엘렉트라」를 공연하면서 그는 극작가로서 전성기를 누리고 있었다. 당시 두 외교관은 잔이 아니라 이국적인 여인 하나를 두고 경쟁 중이었다. 본명 로사리아 아브뢰, 일명 리리타라 불리는 쿠바 출신의 여인으로, 한번 스치고 지나가는 남자마다 모두 그녀와 사랑에 빠졌다. 시인 레옹폴 파르그는 그녀에게 「고독」이란 시를 헌정했을 정도이다. 잔은 리리타의 자리를 탐냈지만 "두 작가의 삶에서 그녀를 따라잡거나 혹은 경쟁에 뛰어든다는 것은 쉬운 일이 아니었다". 잔은 지로두에게 그녀의 첫 소설 『아름다움, 중요한 이유』를 발송했고 그 결과는 예상 그대로였다. 「엘렉트라」의 작가는 곧 그녀에게 전화를 걸었고, 잔은 그를 프롱데와 결별한 후 홀로 살고 있던 아파트로 초대했다. 잔은 연인 지로두에 대한 인물평을 "과장된 성적性的 변덕"이라 요약했다. 까다로운 격식과 자잘한 이해관계에 얽매인 외교관의 삶에서 지로두는 문학과 몽상의 세계로 도피했고 뭇 여인들과의 사랑을 도피처 중 하나로 삼았다. 사교계에서 화려한 여성 편력을 자랑하는 그의 겉모습과는 달리 어두운 이면을 잔은 이렇게 표현했다. "그는 삶이 편안하지 않았고 열등감에 빠진 불행한 사람이었다. 드물게 속내를 털어놓을 때마다 그는 항상 눈을 감았다. 그러나 그 무엇으로도 그를 도울 수 없었다." 잔은 지로두가 한곳에 지긋이 머물지 못하는 뜨내기 애인이라는 것을 금세 눈치챘다.

잔의 연인 중에는 화가도 빼놓을 수 없다. "샤를 카무엥, 귀스타프 모로의 제자이지만 르누아르에게 큰 영향을 받은 이 야수파 화가"는 잔의 초상화를 남겼다. 화가는 그녀에게 매우 강렬한 인상을 받아 편지를 보냈다. 화가의 부인 샤를로트와 친구였던 잔은 답신을 집으로 보내지 못하고 우체국 사서함을 통해 전달했다.

발레리가 잔의 침실까지 가는 길에는 이렇듯 수많은 연적이 어둠 속에 매복하고 있었지만 노시인이 전혀 낌새조차 느끼지 못한 강적은 정작 따로 있었다. 이본 도르레스. 프랑스 제2공화국 시절 유명 정치인 쥘 페리의 질손인 이본은 잔처럼 법학뿐 아니라 철학과 경제학을 전공하고 스무 살에 결혼했지만 곧 이혼한 후 여러 분야에서 정력적인 활동을 펼쳤던 인물이다. 1936년 외무부에서 해외 문화공보부를 담당하기도 했고 1937년부터 영화 예술 담당관으로 직접 영화제작에 참여하기도 했다. 당시에는 획기적인 발상인 전화 문의 센터도 창설했는데 전화번호 세 자리만 누르면 정치, 경제, 시사, 심지어 일상생활에 필요한 실용적 지식에 이르기까지 모든 정보를 제공하는 서비스를 개설하기도 했다. 뛰어난 재능과 안목을 겸비한 여자였지만 그런 그녀에게도 아킬레스건이 있었으니 그것은 바로 잔이었다. 이본은 잔에게 깊은 사랑을 느낀 나머지 "공격적 동성애자"로서 그녀 곁을 평생 지켰다. 문자 그대로 남녀노소를 불문한 사람으로 구성된 연적들이 도처에 매복한 가시밭길에서 발레리는 겨우 몇 해 버티었을 뿐이다.

암살

"발레리는 자신과 잔과의 사랑에 세월의 무게가 무겁게 누른다는 사실을 인식했다. 1943년 4월 1일 잔은 마흔 살이고 그는 일흔두 살을 코앞에 두고 있었다. 잔은 가장 활기에 찬 시기였고 매 순간을 만끽하고자 했다. 발레리는 그녀에게 너무 큰 희생을 강요한 것이다. 자주 그녀 곁을 떠나야 하고 가족 문제나 공식적 활동으로 인해 만남은 항상 제한되었지만 그녀에게 여인네들의 일감을 끈기 있게 붙잡고 앉아 있을 페네로프의 소명의식이 일어날 리 없었다. 그녀는 생의 열기와 불꽃이 활활 타오르고 있었던 반면 폴 발레리는 눈에 띌 정도로 하루가 다르게 탈진해가고 있었다. 시간이 사랑하는 남자에게 가하는 폭행의 장면을 목도하는 것은 슬픈 일이었다. 지속적인 기침으로 지치고 말라 늘어진 육체는 두 발을 땅에 단단히 딛고 서 있는 육감적인 여인에게 결코 이상적 연인이 아니었다." 잔이 이 무렵에 만난 남자가 로베르 드노엘이었다. 벨기에 출신의 드노엘은 파리에서 가장 활력 넘치는 출판사의 사장이었다. 앙토넹 아르토, 루이페르디낭 셀린, 그리고 아라공과 트리올레 부부를 필자로 거느린 그를 만난 것은 1942년 12월 말경이었다. 잔보다 한 살 위인 드노엘은 "까만 곱슬머리에 까만 안경을 낀 얼굴이 영락없이 대학생"으로 보일 만큼 활기 넘치고 낙천적인 남자였다. 벨기에 출신의 여배우와 결혼하여 열한 살 된 아들을 둔 유부남이었지만 잔은 첫눈에 그에게 반해버렸다. 잔이 동성 연인인 이본에게 드노엘에 대한 사랑을 털어놓자 이본은 "네게는 머리를 기댈 수 있는 든든한 어깨가 필요해"라며 그녀의 사랑을 부추길 정도였다. 드노엘 곁에는 수많은 작가들이 몰려들었다. "그는 문학을 광고를 통해 판매하는 데에 선구자였다." 거의 최초로 신문, 잡지의 한 면을 통째로 사들여 광고했고 문학작품에는 보통 사용하지 않았던 "거대한" "미친 듯한"과 같은 과장된 형용사를 마다하지 않았다. 법률서적 전문 출판사를 경영하는 잔에게 그는 훌륭한 조언가, 동업자가 될 수도 있었다.

독일 점령기의 파리에는 인쇄용 종이가 부족했지만 드노엘은 능란한 수완을 발휘하여 독일로부터 자본을 유치하고 종이도 구해 왔다. 잔에게는 가장 이상적 연인이었고 그간 포기했던 재혼마저 꿈꾸게 만들었다. 발레리는 그런 사실을 까맣게 모르고 발길이 뜸해진 그녀의 마음을 돌리려고 편지와 시를 쓰고 있었다. 그는 늙었을 뿐만 아니라 병색도 짙었다. 의학적 진단과 무관하게 발레리는 자신의 병명을 잘 알고 있었다. 노화, 병, 가난, 고독 등 모든 고통을 한꺼번에 지칭할 수 있는 명칭은 잔, 바로 잔이었다. 그런 노인에게 1945년 4월 1일 잔은 마른벼락 같은 소식을 전한다. 그간 발레리에게 숨겨왔던 드노엘의 존재를 털어놓고 곧 그와 결혼식을 올린다고 선언한 것이다. 그날은 마침 부활절 일요일이었다. 발레리는 "부활의 그날, 그날이 나에게는 무덤 속으로 들어가는 날이었다"고 기록했다. 그리고 그해 7월 20일 발레리는 숨을 거둔다. 발레리가 마지막 순간에 쓴 글도 잔에게 보내는 편지였다. 잔이 보낸 편지는 발레리가 죽은 직후에 배달되었던 터라 그의 아내가 고인의 마음을 헤아려 그의 머리맡에 올려두었다. 잔은 발레리의 장례식에 참석하지 않았다. 가족에 대한 예의, 연인으로서의 품격을 지키기 위해서였다. 그의 임종 소식을 듣고 그녀는 "오후 내내 숲과 들판을 헤매며 울었다"라고 드노엘에게 보내는 편지에 썼다.

같은 해인 1945년 12월 2일 저녁 잔은 드노엘과 함께 식사를 한 후 극장에 가려고 차를 탔다. 중간에 타이어가 터져 드노엘은 차에서 내려 트렁크를 열어 연장을 꺼냈고 잔은 급한 마음에 택시를 부르러 근처 경찰서로 갔다. 택시가 귀하던 시절이라 경찰서의 도움을 받아 차를 부르는 것도 요령이었다. 돌아와 보니 자동차 근처에 사람들이 원을 이루어 모여 있었고 그 중심에 등에 총을 맞은 드노엘이 엎어져 있었다. 독일 점령기 동안 반유대주의자 셀린을 비롯한 부역자의 소설을 펴내고 독일 자본을 끌어들여 출판사를 운영했던 것이 해방 후에 드노엘의 발목을 잡았던 터였지만 대로에서 총을 맞을 줄은 몰랐다. 응급차로 병원으로 옮겨졌지만 드노엘은 끝내 숨을 거두고 말았다. 잔은 아내인 양 병원에서 사망과 관련된 서류절차와 유류품 정리를 도맡았다. 그러나 이번에도 장례식에는 참석하지 못했다. 장 지로두, 폴 발레리, 로베르 드노엘의 장례식에는 잔을 대신하여 항상 이본이 문상을 했다. 이본은 잔의 분신, 그녀 곁을 가장 오래 지킨 친구, 혹은 연인이었다. 잔은 1996년 7월 20일 아흔세 살에 죽었다. 폴 발레리보다 정확히 50년을 더 살았다.

객관적 우연

조르주 페렉이 1978년 발표한 『나는 기억한다*Je me souviens*』는 우리가 쉽게 잊고 지내는 과거의 사소하고 일상적 일을 한두 줄로 기록해서 480개 항목으로 정리한 짧은 작품이다. 저자에게는 각별할지 모르나 남에게는 무의미한 개인적 추억도 끼어 있지만 대개는 동시대를 살았던 세대라면 공유할 법한 사건과 물건을 나열한 것이다. 1973년 1월부터 1977년 6월까지 잡지에 연재했던 것인데 집필 당시에 그가 호출한 시절은 대충 1946년부터 1961년까지이며 간혹 2차 대전, 혹은 그 전쟁 이전에 해당되는 기억은 "객관적"이라기보다는 "개인적 신화"에 속한다고 작가는 고백한다. 예컨대 그의 세 번째 기억인 "나의 아저씨가 7070RL이란 차량 번호의 11마력 자가용을 타셨다는 것을 나는 기억한다", 혹은 여덟 번째 기억인 "오엑스 성에서 어느 외팔이 영국 사람이 탁구 시합에서 모든 이들에게 승리를 거둔 것을 나는 기억한다"는 대목은 페렉의 개인적 기억에 속하는 반면, "전쟁 직후 얼마 동안 있었던 노란 빵을 나는 기억한다"는 아마도 전후 궁핍한 시절을 겪은 세대라면 공유할 법한 사항이다. 우리네라면 초등학교 점심시간에 나눠주었던 딱딱한 분유 덩어리와 옥수수빵을 기억하는 세대가 있을 것이다. 또한 "하이라이프와 나자를 나는 기억한다"라는 스물여섯 번째 단락에 언급된 두 고유명사는 한 시절 유행했던 담배 이름이다. 우리 식으로 번역하면 "나는 아리랑과 청자를 기억한다"쯤이 될 것이고 서른다섯 번째 대목인 "세르당과 도퇴유의 시합을 나는 기억한다"를 다시 바꿔 말하면 "나는 김기수와 벤베누티의 시합을 기억한다"가 될 것이다. 아리랑, 청자, 김기수, 벤베누티는 특정 시절을 공유했던 사람들에게 세대적 공감을 환기시키는 기호, 아련한 향수를 터뜨리는 뇌관 같은 것이다. 다만 작품 속에서 언급된 인물, 사건, 사물을 모르는 독자에게 이 작품은 무용지물이거나 그저 골동품 가게의 재고목록 정도로 읽힐지도 모른다. 하물며 한국 독자에게 페렉의 480개의 추억 중에서 얼핏 들어본 적이라도 있는 것을 꼽으라면 대여섯 항목에 불과할 것이다. 예컨대 "흐루쇼프가 유엔 연설 단상을 구두로 내리친 것을 나는 기억한다"는 대목은 공산주의는 잔인할 뿐만 아니라 무례하기까지 하다는 대표적 사례로 나도 어린 시절에 들었던 기억이 난다. 소련의 수뇌가 1960년 10월에 저지른 일화를 내가 들은 것은 냉전 시절 초등학교 반공 수업에서였을 것이다.

수학자이자 문학 애호가인 롤랑 브라쇠르는 『나는 기억한다』의 이해를 돕기 위해 각 항목에 등장하는 인물, 사건에 대한 주석을 붙인 '나는 기억한다를 나는 기억한다'라는 제목의 책을 1998년에 발간했다. 그는 페렉의 『나는 기억한다』에 기록된 480개의 사항에 대한 주석과 사진을 첨부했을 뿐만 아니라 페렉이 착각한 부분까지 짚어냈다. 그중에서 위에서 인용한 "세르당과 도퇴유의 시합"에 대한 항목은 페렉이 착각한 부분이며 두 선수의 시합이 예고된 적은 있었으나 실제로 시합이 성사되지는 않았다고 지적하기도 했다. 그에 따르면 마르셀 세르당은 1948년 9월 21일 토니 제일을 누르고 세계 챔피언이 되었다가 1949년 6월 16일 제이크 라모타에게 챔피언 자리를 내주었다. "1946년 5월, 파르크 데 프랭스 경기장에서 세르당은 샤롱에게 판정승을 했다. 영화배우 장 가뱅도 객석에서 그 시합을 지켜보았다. 이 경기 이후에 세르당은 에디트 피아프와 사귀게 되었고 1948년 초 뉴욕에서 두 사람은 연인이 되었다." 딱히 그 시절을 겪지 않았던 세대라도 프랑스 사람들에게 세르당과 피아프의 사랑 이야기는 널리 알려져 있다. 소설, 전기, 영화를 통해 그것은 현대판 사랑의 신화가 되었기 때문이다.

남의 집 문 앞에서 태어나 거리를 전전하며 노래를 부르다가 가수가 된 에디트 피아프는 프랑스가 가장 사랑하는 여가수이며 그녀의 삶은 거의 신화가 되었다. 그 신화에는 권투 선수와의 사랑도 한 갈피 차지한다. 작고 가련한 여가수와는 대조적으로 탄탄한 몸집의 권투 선수 마르셀 세르당은 프랑스의 식민지였던 알제리에서 태어나 모로코에서 성장한 후 사각의 링을 휘어잡은 세계 챔피언이었다. "작은 참새"라는 별명으로 불릴 만큼 왜소한 여가수와 "모로코의 폭격기"라고 불리던 권투 선수의 사랑은 대중적 열광을 불러일으켰다. 참새와 폭격기의 사랑은 멕시코 벽화 화가 디에고가 프리다 칼로와 인연을 맺자 주변에서 코끼리와 비둘기의 결혼식이라 불렀던 것과 비슷한 만남이었다.

참새와 폭격기

권투 선수는 『나는 기억한다』의 백스물세 번째 항목에서 다시 언급된다. "바이올리니스트 지네트 느뵈가 마르셀 세르당과 같은 비행기에 탔다가 죽었던 것을 나는 기억한다." 이 항목에 대한 브라쇠르의 해설을 그대로 옮기면 "지네트 느뵈(1919-1949). 바이올리니스트, 다섯 살에 첫 연주회. 1935년 바르샤바 비에니아프스키 콩쿠르에서 다비드 오이스트라흐를 누르고 대상 수상. 마르셀 세르당과 지네트 느뵈는 1949년 10월 27일 아조레스 군도에서 비행기 사고로 죽었다. 마르셀 세르당은 미들급 세계 챔피언 타이틀을 탈환하기 위해 미국으로 가던 중이었다". 열 살 무렵의 페렉의 기억에 각인된 두 사람은 생일은 다르지만 기일이 같았다. 천재적 바이올리니스트로 주목받아 세계적 명성을 떨친 지네트 느뵈가 남긴 소수의 음반은 지금도 음악 애호가 사이에서 희귀 명반으로 대접받는다. 스포츠 스타와 명연주가는 그나마 페렉 덕분에 추억되었지만 그 사고로 생명을 잃은 나머지 탑승객은 누구였던가. 페렉의 사소한 기억에서조차 남지 않은 기타의 존재들, 빛나는 별 곁에서 존재조차 지워진 사람들, 마르셀 세르당 외 47명 사망이라고 기록되었으니, 오로지 숫자로만 남은 이들 하나하나의 사연과 꿈은 무엇이었을까.

2014년 한 소설가가 그 나머지 사람들의 삶을 추적, 기록, 정리하고 그 의미를 되살리는 소설을 펴냈다. 1986년생 아드리앵 보스크Adrien Bosc가 발표한 첫 소설 『별자리*Constellation*』는 그해 여러 문학상 후보에 올랐고 결국 〈프랑스학술원 소설대상〉을 받았다. 무명에 가까운 작가가 펴낸 첫 소설이 모든 주요 문학상의 마지막 후보작으로 오르는 신기록을 세운 이 소설은 작가가 2년여 에 걸쳐 자료조사를 했고, 운명, 기연, 개연성, 그리고 객관적 우연이라는 초현실주의적 개념을 숙고하게 만드는 힘을 지녔다. 돌올한 주인공은 없지만 31개의 장마다 제각기 다른 운명과 사연이 담담히 기록되었다. 먼바다를 제각기 떠돌던 등 푸른 고등어들은 무슨 인연과 사연으로 하나의 통조림 깡통 속에 몸을 맞대고 촘촘히 끼어 죽어 있는 것일까. 1949년 10월 27일 날렵한 금속성 기체에 몸을 실은 서른일곱 명의 사연을 들어보자.

할리우드의 황금 시절에 명성을 떨친 하워드 휴즈는 영화제작자뿐 아니라 비행기광으로도 알려졌다. 그는 2차 대전 중에 수송기로 활약했던 비행기를 전후 민간 항공기로 개조하여 "컨스털레이션"이라 명명한 후 미국과 유럽을 잇는 대륙 간 노선에 취항시켰다. "1949년 10월 27일 저녁 오를리공항 활주로에는 에어 프랑스 F-BAZN기가 미국으로 향하는 서른일곱 명의 승객과 열한 명의 승무원을 태운 채 이륙을 대기하고 있었다." 승객 중 단연 돋보이는 스타는 마르셀 세르당이었다. 그는 매디슨 스퀘어 가든 경기장에서 12월 2일 미국인 세계 챔피언에게 도전하여 타이틀을 되찾아올 셈이었다. 시합 기일에 넉넉히 앞서서 출국한 것은 미국 공연 중 뉴욕에 머물고 있던 그의 연인 에디트 피아프의 독촉 때문이었다. 마르셀 세르당이 주먹으로 미국 정복을 나섰다면 같은 비행기를 탄 사람 중 지네트 느뵈는 바이올린으로 미국의 마음을 사로잡으려고 대장정에 나섰다. 세르당 곁은 그의 매니저 조가 지키고 있었고 지네트 곁에는 그의 오빠이자 피아노 반주가 장 느뵈가 분신처럼 붙어 있었다. 오빠 외에도 또 다른 지네트의 분신이 당당하게 승객석을 차지하고 있었는데, 스트라디바리우스와 과다니니는 지네트가 항상 곁에 두는 두 개의 명기였다. 성좌를 의미하는 '컨스털레이션'에는 이렇듯 두 명의 대스타가 탑승했다. 파리에서 이륙한 비행기는 포르투갈의 군도 중 하나인 산타마리아섬에 들러 중간급유를 해야만 했다. 20시 6분, 파리의 오를리공항에서 이륙한 '성좌'는 2차 대전에 참전한 백전노장의 공군 출신 비행사들이 스타의 안전을 보장했다. 다음 날 새벽 2시 조종사는 산타마리아공항 관제탑에 연락을 취했다. 조종사는 45분가량 후에 도착할 예정이라며 일기상황을 묻고 착륙허가를 요청했다. 착륙허가가 떨어지자 1500미터 고도에서 천천히 하강하기 시작했고 1000미터에 이르자 관제탑은 풍향과 착륙 활주로 번호를 알려주었다. 2시 51분, 조종사는 관제탑에 "활주로가 시야에 들어왔다"라고 말했다. 다만 활주로가 맑고 시야가 확보되었다는 관제탑의 정보와 달리 주변은 짙은 안개에 싸여 있었다. 그리고 잠시 후

성좌가 착륙해야 할 활주로 1번은 여전히 비어 있었고 교신도 끊어졌다. 2시 53분, 관제탑에서 비상경보를 울렸다. 관제사들은 비행기가 바다로 추락한 것으로 추정하고 구조선을 띄웠으나 바다에서는 어떤 흔적도 발견되지 않았다. 항공 수색을 실시한 결과 비행기의 잔해는 군도 중 르동도산에 추락해서 "인디언의 봉화처럼 짙은 연기에 싸여 있었다". 생존자는 없었다. 구조대보다 앞서서 산꼭대기에서 불길이 치솟는 것을 본 르동도산의 농부들이 몰려와 기체 잔해에서 물건들을 훔쳐 갔다. 사체의 유품 중 바이올린 케이스가 있었지만 속이 비어 있었다.

살바도르 달리의 시계

케이 케이먼은 뛰어난 도박사, 다시 말해 사업가였다. 그는 기존의 게임에 뛰어들기보다는 새로운 게임을 상상하고 그 규칙까지 만들어냈다. 1932년 7월 어느 날 아침 그는 5만 달러를 들고 약속도 없이 다짜고짜 월트 디즈니의 사무실에 찾아갔다. 집을 저당 잡혀 융자를 얻고 서랍 속 잔돈까지 몽땅 긁어모은 전 재산을 도박판에 건 셈이다. 그는 기상천외한 계약을 제안했다. 이 계약서에 서명만 한다면 디즈니는 단 한 푼도 쓰지 않고도 매년 최소한 5만 달러를 벌도록 해주겠다는 내용이었다. 만화영화의 주인공을 이용한 캐릭터 상품을 만들어 발생하는 이익금을 반씩 나누자는 계약서를 내민 것이다. 만화 캐릭터 사업의 수익성에 무지했고 그렇지 않아도 재정난에 빠졌던 디즈니 형제는 반신반의하며 계약서에 서명했다. 1945년 만찬 석상에서 디즈니는 살바도르 달리에게 사랑 이야기를 만화로 그려달라는 제안을 했다. 시간의 신 크로노스가 평범한 여인과 사랑에 빠진다는 것이 디즈니의 초안이었다. 달리는 여덟 달 동안 만화가들의 도움을 받아 신과 인간의 사랑 이야기를 펼쳤지만 결국 영화로 제작되지 못한 채 몇 점의 초벌 그림만 남겼다. 디즈니는 살바도르 달리와 합작한 만화영화를 제작하려 했으나 초현실주의자의 초현실적 상상력 탓에 돈만 날린 셈이었다. 그러나 케이먼은 1932년 그해 크리스마스에 디즈니에게 2500만 달러를 벌게 해주었다. 물론 자신도 같은 금액의 수익을 거두었다. 그는 예술의 천재일지 모르나 사업에는 문외한인 살바도르 달리와 달리 문화 캐릭터를 상품화한 최초의 사업가였다. 그해 여름 그는 아이스크림을 담는 콘, 과자 등에 미키 마우스의 이름과 모습을 새겨 넣는 것만으로 500만 달러를 벌어들였고, 다음 해에는 아예 미키 마우스 잡지까지 창간했다. 미국이 경제 불황에 허덕이던 시절이었음에도 불구하고 그의 사업구상은 멈추지 않았다. 케이먼은 미키 마우스 시계를 생각해냈다. 문자판에 미키 마우스를 새겨 넣고 장갑을 낀 두 손은 시침과 분침으로 만들었다. 시장에 내놓자마자 뉴욕에서만 만 개가 넘는 시계가 팔려나갔다. 1935년 한 해에 250만 개가 팔려나가며 디즈니와 시계회사가 불황에서 벗어났다. 미키 마우스뿐 아니라 디즈니에서 제작한 모든 만화영화의 캐릭터가 상품화되고 그는 일확천금을 벌어들인 거부가 되었다. 특히 「백설공주」는 주인공뿐 아니라 다른 인물들까지 인기를 끌었다. 난쟁이가 일곱 명이나 되니 수익금은 더욱 늘어날 수밖에 없었다. 그중에서도 가장 어수룩해 보여서 정감이 가는 난쟁이 슬리피 하나의 초상권만으로도 그는 수만 달러를 챙겼다. 1949년 여름에는 미키 마우스 시계 판매량이 500만 개를 돌파한 기념으로 파티를 벌이기도 했다. 만화영화에만 몰두했던 월트 디즈니는 그제야 문화상품의 사업성에 눈을 뜨고 봉이 김선달 같은 케이먼에게서 사업권을 회수하려 들었다. 같은 해 10월 케이먼은 디즈니사의 또 다른 대작 「신데렐라」의 홍보를 위해 파리에 왔다. 그리고 미국으로 귀국 전에 친구에게 "나는 비행기에 대한 공포심이 있다네"라는 편지를 썼다. 10월 27일 그는 디즈니 형제와 어떤 조건으로 재계약을 할지 생각에 잠겨 영화광 하워드 휴즈가 개조한 비행기에 올라

탔다. 그의 죽음으로 디즈니사는 캐릭터 사업만을 전담하는 부서를 따로 만들어 몸집이 부푼 반면, 케이먼의 상징과도 같은 미키 마우스의 시계는 달리의 그림에서처럼 불에 녹아 흐물흐물해졌을 것이다.

목동과 여공, 그리고 마흔아홉 번째 희생자

성좌의 탑승자 명단에는 유명 인사, 사업가만 올라 있는 것도 아니었다. 세르당과 지네트처럼 그나마 행적을 알 수 있는 스타도 있었지만 프랑스 변경 출신도 끼어 있었다. 프랑스와 스페인은 피레네 산맥이라는 자연국경선으로 구분되지만 그 사이에 바스크라는 작은 국가가 자리하고 있다. 문명세계의 혜택을 거의 받지 못하는 산골 마을에 사는 주민 대부분은 남의 땅을 경작하는 소작농이나 양치기 신세를 벗어나기 어려웠다. 근면한 목동, 튼튼한 농사꾼이라고 평판 덕분에 바스크족은 1930년대부터 1960년대까지 미국의 대목장으로 이주했다. 150달러의 월급으로 그만한 카우보이를 구할 수 없었던 미국의 목장주는 바스크족에게 노동비자를 주선해서 값싼 인력을 구했다. 난생처음 산골을 벗어나 파리에 도착한 다섯 명의 바스크족은 에펠탑을 등지고 기념사진을 찍었다. 비록 고향을 떠나왔지만 몇 해만 고생하면 금의환향해서 자기 땅과 번듯한 집을 가질 꿈에 부풀어 있었다. 그들은 같은 비행기에 신문에서나 보았던 권투 챔피언이 탑승한 것을 보고도 자신의 눈을 믿지 못해 감히 다가가 사인을 부탁할 엄두를 내지 못했다. 당시 프랑스의 상류층, 혹은 세계를 활동 무대로 삼은 사업가들 틈 사이에 아메리칸 드림을 품은 노동자, 농민은 바스크족 외에 한 여공도 있었다. 스물여덟 살의 아멜리는 독일 쪽 프랑스 국경도시 뮐루즈 출신으로 가족 모두와 함께 면사 공장에서 일했다. 국경도시 뮐루즈는 몇 해 전까지만 해도 물하우젠이라 불리며 독일 깃발이 걸려 있던 곳이었다. 그녀는 다른 가족과 마찬가지로 면사 공장에서 실패와 물레 앞에서 젊음을 보낼 것이라 믿었다. 1948년 그녀에게 기적이 일어났다. 1930년대 미국의 공장에서 일자리를 찾은 후 사업에 성공한 대모가 그녀에게 초청장을 보낸 것이다. 대모 역시 면사 공장에서 일했던 경력 덕분에 미국 디트로이트에서 나일론 공장을 일으켜 사업가로 변신했고 그 후계자로 아멜리를 떠올렸다. 당시 나일론은 인류의 의생활에 혁명을 일으킨 첨단 소재였는데 특히 여자들에게 나일론 스타킹은 꿈의 명품이었다. 트뤼포 감독의 명작 「마지막 지하철」의 한 장면에서 여자는 곱게 화장한 뒤 다리에도 색조 화장품을 바른 후 발뒤

꿈치부터 정강이를 따라 까만 선을 그린다. 멋쟁이 여자라면 스타킹을 신어야 하지만 전쟁 기간 중 커피, 담배와 더불어 여성 스타킹은 희귀품 중 하나였다. 그래서 비록 스타킹을 신지 못했더라도 치마 아래로 드러나는 다리에 눈썹을 그리듯 까만 실선을 그려야만 화장이 완성되던 시절이었다. 프랑스의 면사 공장에서 미국의 나일론 공장으로 가는 것은 첨단을 달리는 직선도로였다. 산골 마을의 목동과 국경도시의 여공은 모두 아메리칸 드림에 부풀어 죽음의 비행기에 탑승한 셈이다. 이 사고로 모두 마흔여덟 명이 생명을 잃었는데 비행기에 타지도 않은 희생자, 마흔아홉 번째 희생자라 할 만한 사람도 있었다.

오스트리아 비엔나에 사는 마그리트 프로멜이 지네트 느뵈를 처음 본 것은 1931년 비엔나 국제 콩쿠르에서였다. 이 대회에 출전한 연주자 중 가장 나이가 어린 열세 살의 지네트 느뵈가 연주한 곡을 들은 후부터 그녀는 지네트 느뵈의 연주회를 어디나 따라다니는 팬이 되었다. 1935년 무렵부터 오스트리아에는 반유대주의가 퍼졌고 스테판 츠바이크의 이름이 공연 포스터에서 지워졌다. 나치가 비엔나교향악단을 장악했던 1938년에는 단원 중 유대인 바이올리니스트 클레멘스 헬스베르크가 총살당했는가 하면 여섯 명의 유대인 출신 단원이 암살

되고 열 명이 강제수용소로 이송되었다. 비엔나 9구 도서관 관장이었던 마그리트는 참전했던 남편마저 잃고 오로지 지네트의 음악에서 위안을 받았다. 그녀와 관련된 기사나 사진을 모아 스크랩북을 만들었고 그녀의 음반을 종일 되풀이해서 들었던 마그리트는 전후 지네트가 비엔나교향악단과 협연한다는 소식을 듣고 일곱 회의 공연을 한 번도 빠뜨리지 않고 찾아갔다. 마지막 공연에서는 지네트와 대화할 기회까지 얻었고 지네트는 열성 팬인 그녀에게 파리 주소를 전해주며 서로 편지를 주고받자고 제안했다. 마그리트는 1949년 10월 31일자 신문을 넘기다가 4면에 실린 비행기 사고 관련 기사를 읽게 된다. 그녀는 습관대로 지네트의 사진과 관련 기사를 오린 후 기사 밑에 "절망이다"라고 연필로 메모했다. 그리고 부엌으로 가서 가스관을 입에 물었다. 그녀 손에는 여전히 지네트의 사진과 기사가 들려 있었다. 자살 소식은 금세 기사화되었고, 마그리트는 비록 탑승자 명단에 오르진 못했지만 '성좌' 추락 사고의 마흔아홉 번째 희생자로 지칭되었다.

바이올린의 소용돌이

그의 아버지는 악기 수선공이었다. 오래된 악기, 특히

현악기를 보존하고 수리하는 일을 하는 악기 수선공은 연주가 못지않은 예술계의 영혼이다. 두 개의 판을 이어 붙인 바이올린 몸통에서 두 판을 연결시켜 진동을 일으키는 바이올린 부속품의 명칭이 프랑스어로 '영혼âme'이다. 공명통 속에 버티고 서 있는 손가락 크기의 나무 기둥, 그 영혼을 깎고 다듬어 두 개의 나무판을 이어줘야만 바이올린은 영혼을 담은 소리를 낼 수 있다. 지네트 느뵈는 미국 순회공연을 떠나기 전에 그녀가 소장한 두 대의 바이올린을 바틀로에게 맡겼다. 악기를 연주가의 주법이나 개성에 맞도록 수시로 조정하고 수선하는 것이 에티엔 바틀로의 역할이었다. 악기가 병들면 음악도 건강하지 못하기 때문에 악기장인을 '음악의 의사'라 부르기도 한다. 연주가의 주치의 격인 바틀로는 지네트 느뵈와 함께 미국으로 떠날 예정이었다. 스트라디바리우스와 과디니니, 이 두 대의 명기를 건강하게 수선하고 보존할 수 있는 사람은 바틀로뿐이었다. 그를 신뢰한 지네트는 같은 비행기로 미국행을 권했다가 금세 마음을 바꾸었다. 자신은 공연에 앞서 며칠간 연습 시간이 필요하니 나중에 따라와도 무방하다고 여유를 준 것이다. 그래서 바틀로는 10월 30일 선박 편을 예약했고 떠나기 이틀 전에 비행기 사고 소식을 접했다. 그가 깎고 다듬은 바이올린의 영혼도 사라졌다는 것 또한 신문을 통해 알았다. 그리고 33년이 지난 1982년 6월 30일 저녁 8시 30분, 프랑스 국영방송의 좌담회에 에티엔 바틀로가 초대되었다. 제목이 '바이올린의 영혼'인 그날 방송에는 아이작 스턴과 로스트로포비치도 초대되었지만 주인공은 에티엔 바틀로였다. 아이작 스턴의 연주가 끝난 후 대화는 자연스레 지네트 느뵈로 이어졌다. 그리고 다시 화제는 실종된 악기로 옮겨 갔다. 바틀로가 전해 들은 바로는 항공사 수색대가 사고 현장을 수습했을 당시 악기는 사라지고 케이스만 남았다고 했다. 나중에 어떤 농가에서 바이올린 줄을 뜯는 소리가 들려 찾아갔다가 항공사 직원이 "바이올린은 너무 낡아서" 활만 챙겨 돌아왔다고 했다. 틀린 말이 아니다. 지네트의 악기는 모두 수 세기가 지난 낡은 것이다. 사회자는 잠깐 뜸을 들이더니 깜짝 손님을 호출했다. 피아니스트 베르나르 링게생이 등장하여 바틀로에게 조그만 나무 조각을 건넸다. 그것은 바틀로가 수리했던 바이올린의 한 조각이었다. 피아니스트는 친구로부터 선물 받은 것이라고 했다. 사고 당시 포르투갈 주재 프랑스 영사가 바이올린에 얽힌 사연을 전해 듣고 하도 어이가 없어 다시 현장을 찾아가 농부를 만났다고 했다. 농부는 그제야 바이올린의 머리 부분을 그에게 건네주었고 베르나르는 나중에 그것을 영사로부터 선물 받았다고 했다. 농부는 낡은 바이올린에서 제법 장식적 멋이 나는 머리 부분만 떼어 간직했던 모양이었다. 모든 현악기의 머리 부분에는 소용돌이 모양의 장식이 달려 있다. 이 대목에서 소설가는 만 레이의 사진 작품을 떠올렸다. 「앵그르의 바이올린」이란 그의 작품은 벗은 여인의 뒷모습을 찍은 것이다. 몽파르나스의 여왕, 초현실주의자들의 연인이었던 키키Kiki의 등에는 까만 선으로 바이올린 몸통의 홈이 그려졌고 머리에는 터번이 씌어져 있다. 그 터번이 바로 현악기의 소용돌이 장식을 표현한 것이다. 작가의 연상은 여기에서 그치지 않는다. 만 레이의 작품을 소장했던 사람이 바로 앙드레 브르통이었다. 그리고 작가는 비행기 추락 사고를 둘러싼 삶과 죽음을 취재하며 그가 줄곧 숙고했던 운명, 숙명, 우연과 같은 것을 풀 수 있는 실마리를 앙드레 브르통이 주장한 '객관적 우연'이란 개념에서 찾는다. "인과율이란 필연이 발현된 형태, 즉 객관적 우연이라는 범주와 관련짓지 않고는 이해될 수 없다." 후기를 제외하고 31장으로 구성된 소설 『별자리』에서 작가가 끈질기게 추적한 주제가 바로 필연과 우연의 관계였다. 앞서 언급한 표현을 반복하자면 제각기 먼바다를 헤엄치던 존재들이 무슨 인연으로 같은 시간, 같은 장소에 모였다가 어떤 필연으로 같은 순간 세상을 뜨게 되었을까? 아드리앵 보스크의 『별자리』는 마흔아홉 편의 짧은 전기가 모여 한 편의 소설을 이루었다.

제각기 밝기와 크기가 다른 별들이 모인 것을 눈에 보이지 않는 선으로 연결시켜 별자리 이름을 붙이듯 묘하게도, 혹은 객관적 우연에 의해 '컨스털레이션'이란 이름의 비행기에 모인 마흔여덟 개의 별을 모아 그는 처녀작을 일궈냈다.

죽은 자의 이름

지난 세기 초, 프랑스 식민지였던 알제리에서 벌어진 일화 하나. 열여섯 살의 소녀가 동네 오빠와 사랑에 빠졌다. 그 이전에는 어떤 남자와도 사귄 적이 없었던 소녀는 그 오빠가 자신의 처음이자 마지막 사랑이라고 믿었다. 양쪽 집안에서도 그 사랑을 자연스레 받아들여 두 사람의 관계를 약혼한 사이처럼 여겼다. 여기까지는 동서고금에 흔한 이야기이다. 사라예보의 총성으로 시작된 1차 대전에 프랑스도 말려들어 남자는 소집령을 받고 동생과 함께 전쟁터로 떠났다. 그리고 3년이 지난 1917년 초 어느 날, 남자의 동생만이 휴가를 받아 고향에 들렀다. 그는 형의 약혼녀를 만나 형이 베르됭 전투에서 전사했다는 비보를 전했다. 초등학교 교사 월급을 모아 결혼식을 준비하던 그녀에게는 날벼락 같은 소식이었다. 그리고 동생은 그녀를 정원에 따로 불러내서 "형의 자리에 내가 있고 싶다"고 고백했다. 그 고백을 달리 표현하면 동생은 형의 약혼자에게 청혼을 한 셈이다. 애인의 죽음으로 혼란에 빠진 여자는 동생의 청혼을 받아들였다. 어쨌거나 그녀는 사랑했던 남자 집안의 식구가 되는 셈이니 양가도 두 사람의 결혼에 동의했다. 이렇게 형사취수가 합의된 후 동생이 휴가를 나온 1918년 2월 그녀는 교회에서 결혼식을 올렸고 며칠 후에 남자는 다시 전쟁터로 돌아갔다. 아직 소녀티를 벗지 못한 여자에게 결혼식과 더불어 남편과 지낸 며칠은 악몽으로 기억되었다. 초등학교 교사로 근무하며 모아두었던 돈은 결혼식과 남편의 휴가 비용으로 탕진되었고 훗날 남편이 젊은 여인을 정부로 두고 있었다는 소문도 듣게 된다. 그럴수록 여자는 첫 남자, 남편의 형, 그리고 죽어서 완벽해진 이상형이 더욱 그리워진다. 그녀는 첫아들을 낳자 아들의 이름을 전쟁터에서 죽은 첫 애인의 이름을 그대로 따서 '루이'라고 정한다. 탄생의 순간에 아기에게 부여된 것은 죽음의 흔적, 상실의 회환이었다. 루이는 죽은 삼촌, 혹은 어머니의 첫사랑을 대신하는 존재가 되었다. "나는 아주 어린 시절부터 어머니의 마음속에서 여전히 살고 있는 사랑하는 한 남자의 이름을 갖게 되었다." 자기를 바라보는 어머니의 시선은 그 자신이 아니라 그 너머의 다른 존재를 향한다는 느낌이 들었다. 어머니가 자신을 부를 때마다 루이Louis가 뤼Lui(삼인칭 남성대명사)로 들렸고 자신은 속이 텅 빈 투명인간이라는 생각이 들곤 했다. 이제 막 수컷 냄새를 피울 무렵 소년은 잠결에 이불을 더럽혔다. 몽정 자국을 본 어머니는 짐짓 모른 척 넘어가지 않고 "네가 드디어 남자가 되었어!"라며 감격했다. 어머니는 아들에게서 첫사랑의 부활을 보았던 것일까. 탄생과 더불어 죽은 사람의 역할을 해야만 했던 그 아들은 훗날 철학자 루이 알튀세르가 되었다. 1980년 11월 16일 잿빛의 일요일 아침, 알튀세르는 아내를 목 졸라 죽였다. 오랫동안 조울증을 앓았던 그는 재판정에 서는 대신 정신병원에 들어갔다. 『미래는 오래 지속된다』는 그가 재판정에 섰다면 했을 법한 진술을 정신병원에서 글로 옮긴 일종의 자서전이다.

자살의 유전

샬로테는 자기 이름을 읽는 법을 무덤에서 배웠다.

그녀는 첫 샬로테가 아닌 셈이다.

그녀의 이모, 그녀 어머니의 언니.

두 자매는 1913년 11월 어느 저녁 날까지 한몸처럼 붙어 살았다.

프란치스카와 샬로테는 함께 노래하고 춤추고 웃기도 했다.

『샬로테』는 다비드 포앙키노스의 열세 번째 작품으로 2014년 〈르노도상〉 〈고등학생이 선정한 공쿠르상〉을 받았다. 작가는 서문에서 "이 소설은 샬로테 살로몬의 삶에서 영감을 받았다. 그녀는 임신 중이었던 스물여섯 살에 살해당했다. 이 작품의 주요 참고도서는 그녀의 자서전 『삶, 혹은 연극?』이다"라고 밝혔다. 독일의 화가 샬로테 살로몬Charlotte Salomon은 1917년 4월 16일 베를린에서 태어나 미술대학을 다니다가 1943년 10월 10일 유대인 수용소에서 죽었다. 독일이 파시즘 열풍에 휘말리자 유대계였던 그녀는 프랑스 남부로 피신했다가 프랑스인의 손에 잡혀 독일에 인도되어 가스실에서 죽었다. 그녀는 수용소에 끌려가기 전에 죽음을 예감하고 일기 형식으로 묶은 그림과 글을 자신을 치료한 의사에게 맡겼다. 그녀의 작품을 보관했던 미국인, 그리고 살아남은 부모가 그것을 보존한 덕분에 그녀의 작품과 삶이 후대에 전해졌다. 『샬로테』는 그 내용보다 형식이 우선 눈길을 끈다. 한 문장이 끝날 때마다 행을 바꿨기 때문에 얼핏 이 소설은 아주 긴 장시처럼 보인다. 그러나 시에서 기대할 수 있는 압축적 표현이나 강렬한 이미지, 특히 프랑스 시의 고유한 운율법이 거의 지켜지지 않았다. 그래서 내용은 접어두고라도 잦은 행갈이가 평범한 산문에 겉멋만 가미한 것에 불과한 무의미한 시도라는 악평을 듣기도 했다. 그의 전작들이 대개 유쾌하고 재치가 넘치는 문장을 구사했고 자칫 재치와 경박이 뒤섞였던 탓에 다비드 포앙키노스에 대한 문학적 평가는 유보적이었으나 그는 현재 프랑스에서 "잘 팔리는" 작가이다. 깊은 슬픔이나 처절한 고독에서도 슬쩍 농담을 섞어 삶의 무게를 견디는 인물이 등장했던 전작에 비해 『샬로테』에서 작가는 시종일관 웃음기를 지워버렸다. 전체 8부 220페이지로 구성되고 각 문단에 일련번호를 붙인 작품 속 주인공은 샬로테이지만 일인칭 화자 포앙키노스가 끼어들어 해설을 덧붙인다. 그가 샬로테의 삶을 만나게 된 배경과 집필 동기에 대해 69페이지에서 설명한다. 그가 샬로테란 이름을 처음 접한 것은 2004년 독일에서였다.

그리고 나는 샬로테의 작품을 발견했다.

아주 대단한 우연으로.

나는 무엇을 보게 될지 전혀 몰랐다.

나는 박물관에서 일하는 한 여자 친구와 저녁식사를 해야 했다.

그녀는 이 전시회를 반드시 가봐야 할 거야, 라고 했다.

그녀가 했던 말은 이게 전부였다.

아마도 네 마음에 들 거야, 라고 덧붙였는지도 모른다.

그러나 그런 말을 했는지 확실치 않다.

그녀는 나를 전시실로 안내했다.

그리고 그 일은 즉시에 벌어졌다.

내가 찾아 헤맸던 것을 마침내 발견했다는 느낌.

내가 끌렸던 것의 예기치 못한 대단원.

나의 방랑이 나를 올바른 곳으로 인도한 것이다.

『삶, 혹은 연극?』을 발견한 순간에 나는 알았다.

내가 사랑했던 모든 것.

수년 전부터 나를 혼란스럽게 한 것.

샬로테의 삶을 기술하는 일은 그녀의 탄생 이전으로 거슬러 올라간다. 소설은 첫 번째 샬로테에 대한 이야기로 시작된다. 샬로테와 프란치스카 자매는 베를린의 유복한 가정에서 태어나 함께 웃고 함께 먹고 함께 노는 어린 시절을 보냈다. 다소 근엄한 아버지는 오로지 예술, 특히 고대예술에 심취한 나머지 현대의 모든 것은 고대의 먼지만도 못하다고 생각했고 "어머니는 다정하고 차분했지만 그 차분함은 슬픔과 이웃한 모호한 차분함이었다". 그리고 "모든 것은 느림에서 시작되었다". 샬로테는 생각이나 행동이 차츰 느려졌고 그녀 내면의 무엇인가가 그녀를 느리게 만들었다. 우울증의 대표적 징후 중 하나인 감속 증상이었다. 말과 행동이 느려지고 보통 사람보다 항상 한 박자 늦게 반응하거나 아예 세상과 단절한 무관심에 빠지기도 한다. "그러나 아무도 그 감속 증상을 눈치채지 못했다." 우울은 습기 찬 안개처럼 오랫동안 아주 천천히, 그러나 확실하게 그녀를 적셨고 11월 어느 추운 밤, 그녀는 마치 미리 정해놓은 갈 곳이 있는 사람처럼 가방을 싸서 조용히 집을 빠져나갔다. 그녀는 다리 위에 서서 한 치의 망설임도 없이 얼음장 같은 물에 뛰어들었다. 그리고 새벽에 그녀의 시체가 강가에서 발견되었다. 다음 날 신문에는 아무런 설명이나 이유도 없이 투신자살한 열여덟 살 여자의 죽음이 실렸다. "아버지는 침묵 속에 굳어졌고 여동생은 울었고, 어머니는 고통에 울부짖었다." 우울증은 전염병이다. 살아남은 사람은 죽은 자의 우울증에 감염되어 집 안에는 무거운 침묵이 오래도록 지속되었다. 다만 어머니만이 우울증이 전염병일 뿐만 아니라 유전병임을 알고 있었다. 법학 박사로 촉망받던 어머니의 오빠가 실연 때문에 스물두 살에 투신자살했고 아들을 그토록 허망하게 떠나보낼 수 없었던 할머니는 시신을 집 안에 붙잡아두었다. 그리고 부패에 따른 악취를 견디지 못할 지경에 이르러서야 장례식을 치렀던 악몽은 어머니의 머릿속에 깊게 각인되었다. 할머니가 죽자마자 며칠 후 어머니의 여동생이 강물에 뛰어들었다. 우울증과 자살은 샬로테의 외가에서 간단없이 이어지는 유전병이었다.

1차 대전이 발발하자 둘째 딸 프란치스카는 자원해서 전쟁터로 나가 부상병을 돌보는 간호사가 된다. 야전병원에서는 비명을 배경음으로 삼은 죽음이 일상이었다. 미모의 젊은 간호사는 죽음을 목전에 둔 남자들의 천사가 되었다. 천사는 자살한 언니 샬로테가 하늘을 바라보며 항상 꿈꾸던 모습이었다. 언니는 언제나 저 구름 너머 하늘에는 천사가 있고 자신도 천사가 되면 동생 프란치스카에게 하늘의 소식을 전해줄 거라고 약속하곤 했다. 묵묵히 부상병 곁을 지키던 프란치스카에게 야전병원의 군의관이었던 알버트 살로몬이 청혼한다. 부모는 처음에 망설였지만 그녀의 고집을 꺾을 수 없다는 것을 누구보다도 잘 아는 터였다. 결혼식은 올렸지만 남편은 곧 전쟁터로 떠나 프란치스카는 빈집을 지켰다. 남편이 전사하지만 않는다면 고독을 불평할 수 없었다. 이미 언니를 잃은 터에 남편까지 잃는 미망인이 될 수야 없었다. 그런데 남편을 잃은 여자에게 미망인이라는 당당한 표현이 있는 것처럼 언니를 잃은 동생에게도 합당한 명칭이 있어야 하지 않을까. "사전은 그런 단어를 수록하는 데에 인색했다." 1917년 4월 16일 그녀를 고독에서 해방시켜 줄 아기가 태어났다. "그런데 아기는 마치 자신의 탄생을 용납하지 않으려는 듯 끊임없이 울어댔다."

프란치스카는 언니를 기리기 위해 아기 이름을 샬로테라고 붙이려 했다.

알버트는 죽은 여자의 이름을 붙일 수 없다고 반대했다.

게다가 자살한 여자의 이름은 더욱더.

프란치스카는 분노하고 울고 절망했다.

그것이 언니를 계속 살게 하는 방법이라고 그녀는 생각했다.

제발 부탁이야, 이성적으로 생각해, 라고 알버트는 되풀이해서 설득했다.

속수무책. 그는 아내가 이성적이지 않다는 것을 누구보다 잘 알았다.

바로 그 점, 그 다정한 광기 때문에 그녀를 사랑하지 않았던가.

결코 한 번도 같은 모습의 여자이지 않았던 그녀의 태도 때문에.

자유분방했다가, 순종적으로, 다시 열정적이고 폭발적인 성격으로 변하는 그녀.

그는 싸워봤자 소용없다는 것을 느꼈다.

게다가 전쟁 중에 또 다른 싸움을 하고픈 사람이 어디 있겠는가.

그래서 아기는 샬로테가 될 것이다.

앞서 인용한 소설의 첫 줄처럼 샬로테는 자신의 이름이 활자로 써진 것을 무덤에서 처음 보았다. 프란치스카는 딸과 산책을 나가면 항상 공동묘지에 들러 언니의 무덤을 보여주었다. 그리고 천사, 하늘에서 보낸 편지 등등 언니에게서 들은 이야기를 샬로테에게 들려주었다. 남편은 아내의 묘지 산책을 말려보았지만 헛수고였고 그럴수록 남편은 병원 일, 의학 공부에 몰두했다. "너무 일만 하는 남자를 의심해야 한다. 무엇으로부터 도망치려는 것일까? 두려움 혹은 예감. 아내의 행동은 더욱더 불안정해졌다." 프란치스카는 종종 정신을 놓고 멍한 소진상태에 빠졌다가 벌떡 일어나 종일토록 거리를 산책하거나 집에 돌아와 피아노를 치는 흥분상태에 빠졌다. 조증과 울증을 오가는 어머니를 지켜보던 딸은 차라리 피아노를 치며 흥분하는 조증이 낫다고 생각했다. 다시 알튀세르의 말을 인용하면 어느 순간부터 아들은 아버지의 아버지가 되고 딸은 어머니의 어머니가 된다. 술에 취해 몸을 가누지 못하는 아버지를 부축하는 아들은 그 순간 아버지의 아버지가 된다. 노년에 갑자기 소녀 취향에 사로잡힌 어머니에게 옷을 골라주는 딸은 어머니의 어머니가 된다. 그녀는 어머니의 우울증에 서서히 적응했다. 야생 짐승을 길들이듯 어머니의 우울증을 길들였다. "이렇게 해서 예술가가 되는 걸까? 타자의 광기에 익숙해지면서"라고 작가는 자문한다. 샬로테가 여덟 살이 되었을 때 어머니의 병은 한층 깊어졌다. 그녀는 샬로테에게 "하늘나라는 모든 게 아름답고 내가 거기에 가서 그곳 소식을 편지로 전해줄게"라는 말을 반복했다. "너는 엄마가 천사가 되는 게 싫니?"라고 되물었다.

어느 날 밤 그녀는 베를린 의과대학 교수가 된 남편을 깨우지 않고 조용히 일어나 욕실에 가서 독약을 마셨다. 목이 타는 괴로움으로 절로 튀어나온 그녀의 비명에 놀란 알버트가 달려가 욕실 문을 부수고 들어갔다. 다행히도 그녀가 들이켠 아편의 양이 치사량에 이르지 않았는지 자살은 미수로 그쳤다. 그 일 이후 이제 혼자 내버려두면 무슨 짓을 저지를지 몰라 알버트는 아내를 친정으로 보냈다. 그리고 그녀의 자살 시도를 감시할 간병인도 붙여두었다. 그러나 친정집으로 돌아간 것은 어린 시절로 역행한 것이나 다름없었다. 프란치스카는 언니와 함께 지내던 방, 함께 놀던 마당, 함께 먹던 부엌으로 되돌아간 것이다. 어느 날 저녁 식탁에 둘러앉았는데 프란치스카의 자리가 비어 있었다. 불길한 예감이 든 어머니는 간병인에게 딸을 찾아 2층에 올라가 보라고 했으나 이미 늦었다. 마당에서 둔탁한 소리가 들렸다. 나가 보니 딸은 자기가 흘린 흥건한 핏속에 잠겨 있었다. 결국 그녀의 어머니는 오빠와 여동생과 두 딸을 자살이라는 유전병으로 잃었다.

아내를 잃은 알버트가 만난 두 번째이자 마지막 여자는 유명한 가수였다. 병원과 대학에서만 지내는 알버트는 유명 여가수 앞에서 주눅이 들어 말문을 열지 못했다. 파울리카라는 이름의 이 여자는 베를린 저명인사들의 구애를 받았고 특히 베를린 극장장이던 쿠르트 싱어가 열정적이었다. 그러나 기혼자였던 쿠르트 싱어와의 밀애는 금세 끝났다. 싱어의 부인이 파울리카의 얼굴에 독약병을 던졌기 때문이다. 그 이후 파울리카는 수줍은 외과의사의 구애를 받아들여 유대교 회당에서 결혼식을 올렸다. 신혼부부는 새집을 얻었고 샬로테는 새로 얻은 엄마가 싫지 않았다. 알버트 아인슈타인을 비롯한 유명 인사가 그들 집에 드나들었고 샬로테는 어머니가 출연하는 공연을 따라다니며 그녀와 관련된 신문기사를 정성껏 모았다. 애칭 파울라로 불리던 새엄마는 그간의 사정을 알고 샬로테를 보호하고자 했다. 자살의 계보로부터 딸을 빼내려고 애썼다. 오로지 "샬로테는 살아야만 한다"라는 굳은 신념으로 딸을 감쌌다. 작가의 표현대로 샬로테는 자신으로부터 벗어나야 살 수 있었다. 자기 아닌 다른 사람으로 변해야만 살 수 있는 사람이 샬로테였다. 말이 드물어지고 홀로 책만 읽는 딸이 걱정스럽지만 외가에 보내자는 남편의 뜻에 파울라는 극구 반대했다.

"당신은 딸들을 죽게 한 사람입니다. 이번만은 내가 내 딸을 지킬 것입니다"라고 파울리카는 샬로테의 외할머니에게 경고했다. 그런데 가수로서의 파울리카의 입지가 불안해졌다. 「카르멘」을 녹음한 후 당대 최고의 여가수로 대접받던 그녀가 이제 무대에 서면 박수 소리에 야유도 섞여 들렸다. 샬로테도 객석에서 그 야유와 증오를 목격했다. 주변 유대인들이 소리 없이 독일을 떠났다. 파울리카는 미국에서 노래할 수 있었고 뛰어난 외과의사인 알버트도 미국에서 쉽게 자리 잡을 수 있었지만 그들은 "우리의 조국은 독일"이라고 다짐했다.

증오의 정권

1933년 1월 증오가 정권을 잡았다.
파울라는 더 이상 대중 앞에 설 수 없었다.
알버트에게도 직업적 죽음이 찾아왔다.
유대인으로부터 받은 치료는 의료보험에서 제외되었다.
교수직도 박탈당했다.

샬로테는 학교에 조부의 출생증명서를 제출해야만 했다. 모든 학생은 삼대 혈통을 증명하는 서류를 제출해야만 했다. 어떤 이들은 그제야 자신이 유대인임을 발견하곤 했다. 불안해하는 샬로테의 기분전환을 위해 외할아버지는 여름방학을 이용해서 그녀를 이탈리아로 데려갔다. "예술가가 되는 여정에는 극적 전환점이 있게 마련"인데 샬로테의 경우에는 이탈리아 여행이 바로 그것이었다. 원래 고대미술 애호가였던 외할아버지는 폐허만이 진정한 인간의 문명이라 재확인했고 샬로테는 그림과 조각에 눈을 떴다. "1933년 여름 그녀는 진정으로 태어난 것이다." 그래서 독일로의 귀환은 더욱 고통스러웠다. 유대인은 학교에서 따돌림을 당하고 유대인 상점은 약탈되고 불에 탔다. 외할아버지는 독일계 미국인 오틸리 무어를 알고 있었다. 남편의 죽음으로 거부를 상속한 그녀는 프랑스 지중해 연안에 커다란 저택을 사서 유대인 난민, 특히 어린애를 수용하는 평화사업을 시작한 터였다. 그녀는 외할아버지의 박식과 교양을 존경했으므로 그곳으로 피신할 것을 간청했다. 오랜 망설임 끝에 샬로테의 외할아버지는 아내와 함께 독일을 떠나기로 결심한다. 샬로테는 아버지와 함께 베를린에 남았지만 고등학교 졸업을 한 해 앞두고 퇴학당한다. 그 무렵부터 유대인은 학교 출석조차 거부되었다. 미술학교에 진학하려는 꿈을 버리지 못한 샬로테는 "화구를 든 학생들이 드나드는 미술대학 근처를 배회했다. 고개를 들어 위를 쳐다보니 건물 지붕 위에는 커다란 나치의 깃발이 휘날리고 있었다". 그림의 꿈을 고집하는 샬로테를 위해 아버지는 개인화실을 물색해 등록해주었다. 그러나 "그곳의 교수는 미술이란 1650년에 멈췄다고 믿는 사람이었다". 개인화실의 선생은 샬로테에게 선인장을 그려보라고 하더니 가시의 숫자가 맞지 않는다고 그녀의 그림을 찢어버렸다. 그녀는 아카데미즘과 모더니스트의 중간쯤에서 자기의 길을 찾았다. "반 고흐를 마음 깊이 좋아했고, 샤갈을 발견했으며 '나는 저절로 그려진 것 같은 느낌을 주는 작품을 좋아한다'라는 말을 들은 후부터 에밀 놀데를 좋아했다. 뭉크도 좋아했고 당연히 코코슈카와 베크만도 그녀가 숭배하는 예술가 명단에 끼었다." "오로지 그림만이 중요했고 그림은 그녀의 강박관념이 되었다." 개인교습을 받은 후 샬로테는 미술학교에 작품을 제출하여 입학을 청원했다. 교수 루드비히 바팅은 그녀의 스타일에 당황하고 매료되었지만 동료 교수들을 설득하여 입학을 허락하는 데까지는 어려움이 많았다. 혼자 모든 책임을 지고 동료를 설득한 루드비히 교수 덕분에 마침내 샬로테는 베를린 미술대학에 입학한다. 1938년 베를린 미대 학생들은 주어진 주제에 따라 작품을 제출하는 공모전에 참여해야 했고 심사위원 교수는 이름을 가린 채 작품만으로 대상을 결정했다. 심사위원이 작품을 고른 후에 밀봉된 봉투를 뜯어보니 출품자는 샬로테 살로몬이었다. 시상식에서 유대인의 이름이 호명될 수는 없었다. 대상 수상자가 바뀌었지만 루드비히 교수는 심사과정의 뒷이야기를 전해주며 샬로테에게 위로와 용기를 주었다.

어느 날 저녁 청년 나치스 대원이 아버지를 끌고 갔다. 베를린 근교에 수용되었던 아버지는 파울리카의 노력 덕분에 넉 달 만에 간신히 풀려났다. 미국의 영화감독 빌리 와일더는 "아우슈비츠가 지나치게 낙관적이었으니 할리우드는 비관적이어야만 한다"고 했던가. 세상에서 가장 낙관적인 곳이 수용소였고 1938년 베를린의 유대인들은 낙관주의자, 혹은 낙관주의 중독자들이었다. 명백한 진실, 예정된 죽음을 애써 외면하려면 고단위 용량의 낙관주의가 필요했다. 근거 없는 희망마저 없다면 단 한 순간도 견딜 수 없었다. 샬로테 가족은 독일을 떠나기로 결심했다. 샬로테는 외할아버지가 먼저 자리 잡은 프랑스 남부로 떠났다. 그녀를 맞이한 외할아버지는 "나라는 전쟁 중이고 아내는 미쳤다"고 했다. 외할머니는 여러 차례 욕실에서 목을 맸던 터라 의사는 샬로테에게 "잠시라도 외할머니를 혼자 내버려두지 말라"고 했다. 어린 시절 어머니의 어머니 역할을 했던 샬로테가 이제 외할머니의 어머니 노릇까지 해야만 했다. 그러나 결국 외할머니마저 창밖으로 뛰어내렸고 1940년 3월 8일 장례식을 치르며 샬로테는 끈질긴 집안 내력을 다시 절감했다. 히틀러를 피해 몸을 의지했던 프랑스는 믿을 만한 나라가 아니었다. 의외로 쉽게 독일과 타협했고 그 틈을 타서 이탈리아군이 니스를 관리했다. 그리고 다시 대독협력 정부의 관리인 '자유지역'에도 독일군이 진입하자 분위기가 돌변했다. 그간 물러터진 이탈리아군에 비해 독일군은 체계적으로 유대인을 색출했다. 1943년 10월 10일 샬로테는 "노동이 인간을 자유롭게 한다"라는 구호가 써진 건물 앞에 섰다. 독일군은 집단생활을 하기 전에 위생상 목욕을 해야 한다며 유대인을 한 건물에 몰아넣었다. 그날이 샬로테가 지상에 머문 스물여섯 해의 마지막 날이다.

형식은 완전한 자유 그 자체.
그림과 이야기, 그리고 악보까지 덧붙였다.
그녀 작품의 배경음악.
바흐, 말러, 혹은 슈베르트, 그리고 독일민요를
들으며 우리는 여행하게 된다.
그녀는 그것을 창극이라 이름 붙였다.
음악도 있고 연극도 되고 또한 영화일 수도 있다.
작품의 구도는 무르나우나 랑으로부터 영감을 받았다.

평생 그녀가 받은 모든 영향이 거기에 다 들어 있다.
그러나 그 영향은 한 번도 존재하지 않았던 유일무이한
형식을 이루며
그녀의 찬란한 독창성 속에서 잊혔다.

샬로테 살로몬은 프랑스 남부에 피신했던 시절인 1940년 말부터 1942년 중반까지 18개월간 오틸리 무어의 충고에 따라 그림을 다시 그리기 시작했다. 몇 가지 기본색만을 사용한 그림 중간에 문학작품 인용문과 자신의 생각을 글로 표현하고 악보까지 곁들인 그녀 작품은 일종의 총체 예술이다. 독일군에게 체포되기 직전에 그녀가 신뢰했던 의사에게 스케치북을 건네며 "이것이 내 모든 삶이에요"라는 말을 남겼다. 그것은 그림이자 한 편의 소설, 그리고 음악이 배경으로 깔린 그녀의 자서전이었다. 하필 그 시절, 거기에서, 유대인으로, 그것도 감당하기 어려운 병력을 지닌 가족에게서 태어난 것이 그녀의 업보이다. 전후에 살아남은 부모가 간직하다가 암스테르담 유대인 박물관에 기증하면서 대중에 공개되었고 1000여 점에 이르는 그림 중 조너선 사프란 포어를 비롯한 몇몇 작가가 작품을 골라 2010년 그녀를 위한 전시회를 열었다고 한다. 다비드 포앙키노스의 이전 작품 중에 비틀즈의 일원이었던 존 레넌에 대한 전기가 끼어 있다. 그 작품은 정신분석의와 마주한 환자 존 레넌이 일인칭으로 서술한 소설 형식이었다. 그의 삶도 샬로테 못지않게 파란만장했지만 존 레넌은 생전에 예수보다 유명했던 반면 샬로테는 무덤조차 남기지 못한 채 죽었고 작품도 나중에야 알려졌다. 근래 들어 부쩍 프랑스 소설가가 자서전이나 전기 쪽에 눈길을 돌린다. 『샬로테』가 순수한 상상력의 소산이었다면 한 여자에게 한꺼번에 온갖 불행을 골고루 덮어씌운 것은 개연성이 떨어진다는 비난을 면치 못했을 것이다. 짧은 단문과 잦은 행갈이로 이뤄진 『샬로테』를 읽다 보면 숨이 턱턱 막힌다. 진정한 불행은 자연스러운 언어로 옮겨지기 어렵다. 아마도 소설가는 긴 설명보다 짧은 신음, 긴 침묵이 그나마 샬로테의 삶에 적절한 형식이라고 판단한 듯하다.

언어의 일곱 번째 기능

1980년 2월 25일 파리의 에콜 거리에서 60대 노인이 차에 치였다. 길가에 쓰러진 노인을 바라보며 운전사는 "그냥 바퀴 아래로 뛰어들었어요, 내 잘못이 아니라고요!"라고 소리쳤고 주변에 몰려든 사람들은 구급차를 부르려고 공중전화 부스를 찾았다. 얼마 후 그는 파리 근교의 병원으로 옮겨졌다. 사람이 차와 함께 살기 시작한 이래 차에 치어 죽는 일은 다반사였지만 파리 경시청 바이야르 경감이 이 다반사를 수사한 것은 차에 치인 노인이 롤랑 바르트였기 때문이다. 정년퇴직을 앞둔 강력계 수사관 바이야르에게 바르트라는 이름은 금시초문이었고 노인의 신원을 확인해준 미셸 푸코도 그에게는 번쩍이는 대머리 외에는 특이사항이 없는 사람이었다. 바르트가 혼수상태에 빠졌다는 소식을 듣고 병원에 몰려온 푸코, 솔레르스, 크리스테바, 베르나르 앙리 레비 등은 세계적 학자를 병원에서 푸대접한다고 소란을 피웠지만 경감이 이 사고에서 주목한 점은 이 노인이 사고 직전에 함께 식사한 사람이 미테랑이었다는 것뿐이었다. 미테랑은 머지않아 프랑스 대통령 선거에서 현직의 지스카르와 맞서야 하는 사회당의 대선 주자였기 때문이다. 노인이 재직하는 콜레주 드 프랑스도 중요한 학술기관이란 것쯤만 어렴풋하게 알 따름이었고 노인의 주변 인물이 모두 구조주의, 기호학과 연관되었다지만 그런 학문이 어디에 쓸모 있는지 짐작할 수 없었다. 혼수상태에 빠진 바르트는 그가 이해할 수 없는 헛소리를 늘어놓다가 마지막에 "에코"란 말을 남긴 후 숨을 거두었다. 그의 탐문수사는 우선 콜레주 드 프랑스, 그리고 거기에서 강의하는 미셸 푸코부터 시작되었다. 바르트의 죽음을 둘러싼 피의자들은 그가 이해하지 못하는 그들만의 언어를 사용하고 있었고 강력 범죄를 수사하던 그의 눈에 비친 언필칭 1980년대 초의 지식인은 세상에 쓸모없는 잡담에 열을 올리는 빨갱이들이었다. 고참 수사관인 그가 평범한 교통사고에 대한 수사에 투입된 것은 대선을 앞두고 사회당 후보에게 흠집이 될 만한 것을 찾기 위해서였다. 바이야르 경감은 피의자들을 찾아다니며 대화를 나눴지만 그들의 언어를 이해할 수 없었다. 그래서 그는 기호학을 전공한 젊은 교수 시몽을 찾아가 수사의 도움을 청한다. 우선 그는 시몽의 강의실에 몰래 들어가 청강을 해본다. 1980년 프랑스 파리의 기호학 강의실 풍경을 그린 대목을 읽어보자.

기호학

“오늘 강의는 제임스 본드와 관련된 문자와 숫자를 공부하기로 합시다. 제임스 본드 하면 무엇이 떠오르나요? 강의실에는 침묵이 감돈다. 강의실 구석에 앉아 있던 자크 바이야르만이 제임스 본드라는 이름을 알고 있을 정도였다. 제임스 본드를 지휘하는 상관의 이름이 뭐지요? 바이야르는 안다! 가장 먼저 손을 들고 큰 소리로 말하고 싶었지만 다른 학생들이 동시에 답을 했다. 상관의 이름은 M이다. M은 누구이고 왜 M일까? M은 무엇을 의미할까요? 대답이 없었다. M은 늙은 남자이지만 실은 여성적 인물입니다. M은 mother의 첫 글자이지요. M은 본드를 양육하고 보호하며, 본드가 실수를 하면 화를 내지만 항상 너그럽게 용서하는 사람이라서 본드는 주어진 임무를 완수함으로써 그에게 기쁨을 주려고 합니다. 본드는 행동하는 인물이지만 그는 홀로 싸우는 저격수가 아니죠. 그는 홀로 활동하는 고아가 아닙니다. 이력서상으로 그는 고아이지만 상징적 차원에서 그는 고아가 아닙니다. 그의 어머니는 영국이지요. (……) M은 영국의 비유적 재현물이고 영국을 대표하는 여왕은 본드가 가장 훌륭한 요원이라고 줄곧 칭찬합니다. (……) 그는 가장 강력한 현대적 신화이자 매우 대중적 환상의 산물입니다. 제임스 본드는 모험가이자 동시에 공무원입니다. 행동과 안정성. 그는 온갖 위반과 범죄를 저질러도 보호되고 처벌받는 일이 없어요. 그 유명한 살인면허가 있기 때문이며 거기에 붙은 숫자를 통해 우리는 문자에서 숫자 007에 대한 설명으로 넘어가게 됩니다. (……) 죽음은 계량화될 수 없지요. 죽음, 그것은 무無이고 제로이지요. 그런데 살인은 단순한 죽음보다 더한 것, 즉 타자에게 가하는 죽음이지요. 다시 말해 이중적 죽음이며 자신의 죽음 가능성도 매우 높지요. 더블 제로, 그것은 타자의 죽음과 자신의 죽음을 뜻하는 기호입니다."

시몽은 다시 7의 의미, 그리고 제임스 본드에게 첨단 무기를 제공하는 Q의 의미를 설명한 후 강의를 끝낸다. 바이야르 경감은 기호학의 전문 용어를 그에게 쉽게 통역하여 수사에 도움을 줄 수 있는 보조자로 시몽을 지목한다. 문학을 전공하고 기호학 입문 강의를 하는 시몽을 데리고 그는 바르트의 집을 찾아간다. 거기에서 시몽은 바르트가 죽기 직전에 읽던 책을 발견한다. 로만 야콥슨의 『일반 언어학 강의』의 한 페이지가 펼쳐져 있었고 거기에 바르트가 남긴 메모지가 끼어 있었다. 1970-1980년대 프랑스 문학 강의실을 드나든 학생이라면 한두 번은 들어 보았을 로만 야콥슨의 소통 모델, 그리고 언어의 여섯 가지 기능에 대한 설명이 기술된 페이지였다. 2015년 로랑 비네Laurent Binet가 발표한 『언어의 일곱 번째 기능*La septième fonction du langage*』은 구조주의가 유행하던 시절에 자주 인용되던 소통 모델과 언어 기능, 그리고 롤랑 바르트의 죽음을 소재로 삼은 소설이다. 기호학에 문외한인 바이야르 경감에게 시몽은 아주 쉽게 로만 야콥슨의 이론을 설명한다. 대부분의 프랑스 독자라면 그 대목을 읽으며 학창 시절로 돌아간 향수를 느낄 것이다.

언어의 일곱 번째 기능

"야콥슨은 19세기 말 러시아에서 태어나 언필칭 구조주의 운동의 기원이 된 사람이지요. 소쉬르(1857-1913), 피어스(1839-1914), 에름슬레브(1899-1956) 이후로 언어학의 창시자 중 가장 중요한 이론가일 겁니다." 이렇게 말문을 연 시몽은 소통이란 발신자와 수신자, 그리고 소통의 대상이 되는 메시지, 코드, 맥락 등이 필요하며 단어가 의미를 발생하는 문장이 되려면 수평축과 수직축에 따라 선택, 배열되며……, 운운 말을 잇는다. 이쯤에서 바이야르 경감은 슬슬 시몽의 강의에 싫증을 내기 시작한다. 그럼에도 불구하고 시몽은 야콥슨이 분류한 언어의 여섯 가지 기능으로 넘어간다. "참조적 기능이 언어의 첫 번째이자 가장 명백한 기능이죠. 언어는 무엇인가에 대해 이야기하기 위해 사용됩니다. 사용된 단어는 정보를 전달하고자 하는 주제와 관련된 어떤 맥락, 어떤 현실을 전달합니다. 언어의 '감정적' 혹은 표현적 기능은 발언 내용에 대한 발화자의 존재와 입장을 표명하는 것을 겨냥합니다." 시몽이 언어의 마지막이자 여섯 번째 기능인 언어의 시적 기능을 설명하자 바이야르는 묻는다. "그렇게 해서 여섯 개가 되는데 혹시 일곱 번째 기능은 없는가?" 시몽은 성경을 예로 들어 언어에 마술적, 혹은 주술적 기능이 있을 법하다고 가정한다. 그것은 언어의 수행적 기능이 더욱 강화된 것으로서 어떤 상황에서 화자의 언어 행위가 청자의 심리와 행동을 마음대로 조정할 수 있는 기능이다. 언어의 수행적 기능이란 예컨대 "방 안이 꽤 덥다"라는 말은 화자가 청자에게 방의 온도에 대한 정보를 전달하는 것이 아니라 청자에게 창문을 열어달라는 행동을 요청하는 기능이다. 그런데 이 수행적 기능이 더욱 절대화된 것이 주술적 기능인바, 이 기능을 파악하면 인간, 나아가 세상을 지배하는 요령을 얻게 된다고 소설가는 주장한다. 소설은 야콥슨이 일곱 번째 언어 기능을 발견하고 그것을 롤랑 바르트에게 전했다는 가정에서 출발한다. 현직 대통령 지스카르가 이 사건에 관심을 갖고 바이야르와 시몽을 대통령 관저에 초대한 것은 이 언어의 일곱 번째 기능을 간절히 원하기 때문이었다. 게다가 죽기 직전에 그의 경쟁자가 바르트를 식사에 초대하여 함께 대화를 나눈 것도 수상쩍은 대목이었다.

"경감, 바르트 씨가 사고를 당하던 날, 그가 소지한 서류를 도난당했소. 당신이 그것을 찾아주길 바라오. 국가의 안보가 걸린 문제요."

"각하, 그 서류가 정확히 어떤 것인가요?"

"국가의 안보가 걸려 있는 중요한 서류요. 그것이 악용된다면 예측하지 못할 피해가 발생하고 민주주의의 토대 자체를 위험에 빠뜨릴 문서인데 당신에게 더 이상 설명해줄 수 없어서 유감이오. 그러니 아주 은밀하게 수사해주시오. 당신에게 전권을 주겠소."

French theory

소설에서는 박사 논문을 준비하며 기호학을 강의하던 백면서생과 늙은 강력계 수사관이 이제 한 팀을 이뤄 지적 모험뿐 아니라 할리우드 액션영화 장면을 방불케 하는 폭력과 살인이 난무하는 사건에 연루된다. 소설의 무대는 대통령 선거를 앞둔 좌우 양 진영의 선거 대책회의 본부를 비롯해서 언어학자들의 학술회의, 대학 강의실, 그리고 동성애자들의 은밀한 모임까지 매우 다채롭다. 수사관과 그 조수는 움베르토 에코를 조사하기 위해 파리를 떠나 볼로냐로 갔다가 다시 오스틴과 설Searle의 제자를 만나러 미국으로 이동해야만 했다. 소설의 소제목만 봐도 1부는 '파리', 2부 '볼로냐', 3부 '이타카', 4부 '베니스', 에필로그 '나폴리'이니 수사관과 조수는 볼거리 많은 첩보영화의 주인공처럼 세계 명소를 누비고 다닌다. 그들이 만나야 하는 사람은 학자나 소설가에 한정된 것도 아니다. 바르트와 푸코가 동성애자인 것은 거의 공공연한 비밀이었다. 가난한 떠돌이 아랍 청년 아메드는 바르트가 마지막까지 관계를 유지했던 인물이다. 그래서 형사와 교수는 파리의 동성애 비밀 클럽을 탐문하는 등 프랑스 밑바닥 생활을 하며 지식인 동성애자의 연인 노릇으로 살아가는 가난한 젊은 아랍인까지 두루 접촉한다. 대통령 선거에 결정적 영향을 미치는 TV 토론회에서 미테랑을 부각시키기 위한 전략회의 장면에는 훗날 30대의 젊은 총리가 된 파비우스, 문화부 장관이 된 자크 랑, 체 게베라의 동반자였다가 매체학을 창시한 레지스 드브레 등이 둘러앉아 과연 현직 대통령 지스카르를 어떻게 궁지에 몰아넣을지 머리를 쥐어짠다. 남성 전용 사우나에서 젊은 남자와 정사를 즐기고 에이즈로 요절한 소설가 에르베 기베르도 푸코의 동반자로 등장한다. 아직 아내를 살해하기 전 시절이라 알튀세르와 그의 부인 엘렌도 바르트의 측근 인사로 수사 대상에 떠오른다. 한때 미국 대학가를 비롯해서 세계 지성계를 압도했던 일군의 프랑스 사상을 통칭하는 French theory의 주역들이 소설에 대거 등장하며 미국의 코넬대학에서 개최된 학술회의가 그 정점을 찍는다. 오랜 방랑 끝에 오딧세이가 귀향한 곳과 지명이 같은 이타카에 위치한 코넬대학에서 조나단 컬러가 주최한 학술회의에 프랑스 철학계의 거물들이 모인다. 촘스키가 개회연설을 한 후 엘렌 식수, 자크 데리다, 미셸 푸코, 펠릭스 가타리, 뤼스 이리가레, 로만 야콥슨, 프레데릭 제임슨, 줄리아 크리스테바, 리처드 로티, 에드워드 사이드, 존 설, 가이트리 스피박 등이 발표하는 회의이다. 주제는 "언어적 전환"이며 개회연설을 대충 요약하면 이렇다. 고래로 철학과 과학은 손을 맞잡고 기독교의 몽매주의와 싸웠으나 19세기 낭만주의의 도래로 영국을 제외한 독일과 프랑스의 철학자는 과학으로는 인간의 영혼을 파악할 수 없다고 주장하기 시작했다. 언필칭 대륙철학은 과학과 대립하면서 과학의 덕목인 명증성, 증거의 제시마저도 외면하고 점차 정신주의, 난해한 비교에 빠졌고 그 정점이 하이데거이며 데리다가 마지막 후손이다. 구대륙과 달리 영국과 미국은 여전히 철학의 과학적 정신에 충실하여 분석철학을 탄생시켰으며 설이 주장하는 바가 바로 그 객관적 명증성을 간직한 철학이다.

철학을 포함한 인간의 모든 문제가 언어에 귀결된다는 것을 뒤늦게 깨달은 프랑스 철학자가 이제 미국 대학에 합류하기 시작했다. 푸코, 데리다, 들뢰즈, 라캉은 정작 프랑스보다 미국에서 유명세를 떨치며 미국 문학계와 지성계에서 그들은 "포스트잇"으로 통했다. 몰락 위기에 몰린 인문학자, 특히 영문학 비평계는 아무 데나 라캉의 한 구절, 들뢰즈의 한마디를 끼워 넣어 글의 품위를 높이는 데 몰두하여 프랑스 철학자가 미국 비평계에서 편리하게 여기에서 떼었다가 저기에 다시 붙이는 포스트잇 구실을 하게 된 것이다. 프랑스 이론은 일종의 지식계의 명품으로 통용되었고 위신재의 지위를 톡톡히 누리는 프랑스 이론가들은 미국 학술회의의 단골 고객이 되었다. 프랑스의 철학은 대서양을 건너면 "문학화"되어 전문 철학자보다도 비평가들이 애용하는 방언이 되었고 대학평가제도로 서열화에 시달리는 미국 대학은 프랑스의 명품을 수입해서 전시하는 데에 열을 올렸다. 이러한 현상을 지식사회학적 관점에서 분석한 논문에 따르면 데리다의 글, 혹은 그와 관련된 비평은 1975년을 기점으로 프랑스보다 미국에서 훨씬 많이 발표되었고 "바르트-라캉-푸코-알튀세르라는 4중주 악단"은 미국 순회공연 덕분에 철학보다 비평계에서 50퍼센트 이상 인용되었다. 미국 대학은 수직 서열화 경쟁이 치열해짐에 따라 어느 대학이 더 자주 데리다를 초청하여 강연회를 여는지가 순위를 높이는 데 기여할 정도였다. 대학 특성화에 주력해서 버클리, 버팔로, 뉴욕대학은 푸코에 집중했고 예일, 코넬, 어바인대학은 데리다에 판돈을 걸었다. 이런 현상은 프랑스 철학자 프랑수아 퀴세의 저서 『프랑스 이론』에서 낱낱이 분석되었다. 프랑스 철학의 문학화는 미국의 변방인 우리네에서도 그다지 다르지 않다. 프랑스 철학자는 국내 불문학회지보다 우리네 시와 소설을 다루는 현장비평에 더욱 빈번히 인용된다. 바이야르 경감이 최종 목적지인 미국 코넬대학에 앞서 방문한 데는 이탈리아 볼로냐대학이었다. 바르트가 죽기 전에 남긴 마지막 말이 "에코"였기 때문이다.

바르트가 도난당한 언어의 일곱 번째 기능의 내용과 그것이 기록된 메모지의 행방을 묻기 위해 찾아간 경감에게 움베르토 에코는 이렇게 대답한다. 만약 살인을 불사할 만큼 중요한 언어의 기능이라면 그것은 오스틴이 언급한 언어의 청자행위효과 기능 때문일 것이다. 기호학자인 롤랑 바르트에게는 거리에서 눈에 띄는 사물, 사람의 옷차림, 자동차마저도 모두 의미가 있는 해석의 대상인데 그가 문학을 선호한 것은 문학이야말로 하나의 의미로 확정할 필요가 없는 분야이며 유독 일본을 즐겨 찾은 것은 그곳에서의 문화적 의미를 해석하는 데 필요한 코드가 그에게 없어 호기심이 증폭되었기 때문이었다는 것이 에코의 설명이었다. 에코의 말을 인용하자면 이렇다. “아테네는 세 개의 기둥이 지탱했지요. 체육관과 극장과 수사학 학교가 그 세 기둥인데 스펙터클 사회인 현대에도 그 삼분법은 유효해서 스포츠 스타, 배우(혹은 가수이지요, 고대연극에서는 가수와 배우를 구분하지 않았으니까요), 그리고 정치인입니다. 이 세 부류 중 현재까지도 여전히 세 번째 부류가 가장 강력합니다. 왜냐하면 그들은 언어라는 가장 강력한 통제 무기를 다룰 줄 알기 때문이죠. (……) 공포와 사랑을 유발하는 능력을 통해 언술을 통제할 수 있는 사람은 잠재적으로 세계의 주인입니다.” 그리고 그 언어의 능력을 훈련하고 검증하고 겨루는 비밀 결사가 기원전 3세기부터 지금까지 존재하는데 그것이 바로 “로고스 클럽”이라는 것도 에코가 일러주었다. 로고스 클럽은 피라미드 형태로 조직되어 그 정점에 한 명의 “프로타로라스 마구누스”가 있고 그 아래로 여러 등급의 회원이 있었다. 바둑처럼 하수는 고수에게 논쟁을 청해 고수를 꺾으면서 급수를 올리게 된다. 여러 명의 심판자 앞에서 주어진 주제로 논쟁을 벌여 우승자를 가리는데 만약 도전에 패할 경우 도전자는 손가락 하나를 잘라야 한다. 로고스 클럽 회원 중에서 롤랑 바르트가 발견한 언어의 기능을 터득한다면 손가락을 간직한 채 고수의 자리로 올라갈 수 있을 것이다. 따라서 도난당한 문서, 혹은 롤랑 바르트의 죽음을 교사한 사람을 찾으려면 로고스 클럽에 잠입해야만 했다. 바이야르 경감과 기호학 강사인 시몽 중에서 로고스 클럽에 잠입하기에 적당한 사람은 시몽이었다. 시몽은 베니스에서 개최된 논쟁대회에 참가했고 과연 상대방을 압도하는 승리를 거둔다. 다만 패자가 나폴리의 거물 정치인이자 검은 세력과 연루된 자였던지라 승리자 시몽에게 앙심을 품고 깡패를 동원하여 시몽의 손가락이 아니라 팔 하나를 잘라버린다. 프랑스 소설가 필립 솔레르스는 하수부터 차례로 논쟁을 치르는 것은 자존심이 허락하지 않아서 아예 로고스 클럽의 최고수에게 도전한다. 그는 손가락이 아니라 남성의 중요한 신체 부위를 걸고 그의 부인 크리스테바가 보는 앞에서 논쟁에 임했다가 보기 좋게 패배한다. 낭심 두 개를 절단당한 솔레르스는 베니스에 자신의 신체 부위를 매장하는 장례식을 치른 후 매년 두 차례 베니스를 방문하여 자신의 잃어버린 남성에 대한 조의를 표한다. 소설 속 시몽이나 에코가 펼치는 기호학 강의, 로고스 클럽에서 클래식과 바로크의 차이를 두고 벌어지는 논쟁 등이 독자에게 지적 즐거움을 제공한다.

에필로그

외팔이가 된 시몽은 파리로 돌아와 텔레비전으로 생중계되는 대선토론을 시청하다가 사회당 대선 후보인 미테랑이 예전과 달리 능숙하게 현직 대통령을 곤경으로 모는 장면에 주목한다. 시몽은 미테랑이 언어의 일곱 번째 기능을 입수하여 터득했다고 확신한다. 과연 미테랑은 선거에서 승리하여 프랑스의 대통령직에 오른다. 시몽은 대선 승리를 축하하는 사회당 파티에 찾아가 문화부 장관으로 임명될 자크 랑을 만나 바르트의 죽음, 사라진 문서에 대해 질문한다. 자크 랑은 롤랑 바르트를 식사에 초대한 후 그가 소지한 메모지를 빼돌렸다고 고백했다. 그리고 덧붙이기를 원본은 미테랑에게 전하고 철학자 데리다에게 원본과 흡사한 가짜 서류를 빠른 시간에 작성하도록 부탁했다, 바르트의 원본과 데리다의 위서를 바꿔치기한 후 그 위서를 경쟁 상대가 입수하도록 꾸몄다는 것까지 털어놓았다. 에코가 짐작했듯이 언어의 일곱 번째 기능은 단 한 사람이 알아야만 그 진가가 발휘될 것이며 여러 사람이 두루 사용한다면 결국 그 무기는 무용지물이 되기 때문에 미테랑은 그 자료를 암기한 후 폐기했다. 그러나 그들이 미처 인지하지 못한 것이 하나 있었으니, 그것은 롤랑 바르트의 동성 애인 아랍인 아메드가 미테랑에 앞서서 그 내용을 암기하고 있었다는 점이다. 아메드는 아랍인으로서 밑바닥 생활을 전전해야만 했던 프랑스가 지긋지긋해서 보다 큰 나라인 미국에 갈 것이라고 시몽에게 털어놓았다. 그리고 그곳 대학에서 정치학을 공부한 후 그가 염두에 둔 정치인 하나를 도와주고 싶다고 덧붙였다. 미국에서도 흑인 대통령이 하나쯤 나올 때가 되지 않았느냐는 아메드의 말을 시몽은 반신반의했다.

이 소설을 쓴 로랑 비네는 1974년 파리에서 태어나 문학 교수 자격시험에 합격하여 파리 8대학과 3대학에서 강의를 하며 2000년부터 소설을 발표했다. 2010년에 발표한 『HHhH』가 〈공쿠르 처녀상〉 부문의 대상을 받았고 2015년에 발표한 『언어의 일곱 번째 기능』은 〈프낙상〉을 받았다. 대형 서적상 체인인 프낙에 소속된 서점상 400명과 일반 회원 400명이 250권의 소설을 대상으로 심사하여 선정하는 〈프낙상〉을 받음으로 일반 독자의 호응은 확인된 셈이고 가을을 맞아 본격적으로 시작되는 각종 주요 문학상에서도 주목을 받고 있다. 관례상 중복 수상의 가능성은 희박하지만 월간 문예지 『마가진 리테레르』도 금년에 발표된 589종의 국내외 소설 중 로랑 비네의 작품을 다섯 손가락 안에 꼽고 있다. 추리소설처럼 조밀한 구성과 기호학에 대한 해박한 지식을 곁들였고 액션영화의 한 장면 같은 긴박한 추격과 도주가 이어지며 적당한 성과 폭력을 곁들인 이 작품은 잘 만든 할리우드 영화를 보는 느낌을 준다. 정계, 학계, 문학계의 유명 인사를 실명으로 등장시키는 네이밍 기법은 근래 들어 프랑스 소설에서 자주 동원되어 독자의 호기심과 웃음을 자아낸다. 특히 이 소설을 통해 작가는 솔레르스나 크리스테바를 희화시켜 당사자에게 불쾌감을 자아낼 법도 하지만 그에 대한 뒷소문은 들리지 않는다. 작가는 프랑스 철학이 기호학을 비롯하여 구조주의나 해체주의로 세계 지성계에 큰 영향력을 행사했던 시절을 배경으로 비록 희화화의 소지가 없지 않지만 크게 본다면 그 황금기의 주역들에 대한 경의를 표하고 있다. 예컨대 시몽이 강의한 제임스 본드의 분석은 움베르토 에코에 대한 헌사로 읽힐 수도 있다. 구조주의 비평의 선언서로 읽히는 『코뮈니카시옹』 8권에 움베르토 에코가 기고한 글의 제목이 바로 '제임스 본드, 서사적 조합'이다. 하긴 이미 미셸 우엘벡이 『지도와 영토』 『복종』 등에서 정치인이나 동료 소설가를 다수 등장시켜 웃음거리로 만들었지만 당사자들이 명예훼손을 공개적으로 운운한 적은 없었다. 다만 그레구아르 들라쿠르가 2013년에 발표한 『우리가 바라보는 첫 번째 것』에서 실명으로 등장시킨 미국 여배우 스칼렛 요한슨은 변호사를 통해 거액의 소송을 진행 중이고 『뫼르소, 살인사건』을 발표한 카멜 다우드는 이슬람을 모독했다는 이유로 생명의 위협을 받고 있다. 이 소설에서 주제로 활용한 것처럼 언어가 지시, 명명, 표현과 같은 기능뿐 아니라 행동을 유발한다는 것이 현실에서 작동하고 있다는 증거이다.

어렵고 위험한 일

소설을 쓰는 일은 더럽지는 않더라도 힘들고 위험한 일이다. 우선 글쓰기 자체가 장시간의 고된 작업을 요구하며 게다가 생각의 흐름이 꽉 막히거나 아예 첫 문장부터 손에 잡히지 않으면 작가는 백지의 공포에 사로잡힌다. 그럼에도 불구하고 프랑스에서 매년 수백 편의 소설이 발표되니 공포를 극복하는 것도 아주 불가능하지 않다는 것이 입증된 셈이다. 그런데 발표한 소설로 인해 위험에 처하는 경우도 있는 모양이다. 우리에게 영화로 더 잘 알려진 스티븐 킹의 소설 『미저리』에서 작가는 어느 애독자에 의해 생명의 위협까지 당한다. 델핀 드 비강이 2015년에 발표한 『실화를 바탕으로』라는 무뚝뚝한 제목의 소설에서는 백지의 공포에 대한 묘사가 절반을 차지하고 나머지 절반은 애독자의 집착에 의해 곤경에 처하는 과정이 그려졌다. 그녀의 작품은 주인공을 포함한 등장인물의 이름만 바꾸었을 뿐 현실의 인물을 그대로 옮겨놓은 자전적 소설, 혹은 요새 유행하는 표현으로 오토픽션autofiction에 해당된다. 특히 어머니의 삶을 기록한 『내 어머니의 모든 것』(프랑스어 원제를 직역하면 '아무것도 어둠에 대들지 않는다'쯤이 될 것이다)은 델핀 드 비강이 백만 독자의 주목을 받게 된 결정적 계기가 된다. 어머니와 그 형제들이 겪은 비극, 그리고 어머니의 방황과 자살 등을 기록한 『내 어머니의 모든 것』이 자료와 증언, 그리고 자신의 기억에 충실하려고 애쓴 자전적 작품이었다면 『지하의 시간들』은 체험과 상상이 적절히 뒤섞인 것이라 할 수 있다. 예컨대 뒤늦은 나이에 사회생활에 뛰어든 여자가 직장 상사로부터 받는 부당한 압박을 그린 대목은 작가의 체험에 바탕을 둔 반면, 답답한 지방도시 병원을 견디지 못해 파리에 올라온 후 개인병원을 열지 않고 비상연락을 통해 왕진만 다니는 파리의 순회의사가 겪는 소외와 고독은 취재와 자료조사를 바탕으로 허구적 인물을 창조한 것으로 짐작된다. 서로 병행하며 진행된 두 사람의 삶은 소설의 끝부분에서 잠깐 마주칠 뿐 아무런 인연을 맺지 못하는 것으로 마무리된다. 물론 그녀의 작품뿐 아니라 모든 소설에서 진실과 허구, 체험과 상상을 구분하는 일은 불가능할뿐더러 무의미하다. 델핀 드 비강의 『실화를 바탕으로』는 이 불가능하고 무의미한 문제를 집요하게 파고든 소설, 혹은 소설에 대한 소설이다. 체험과 상상, 현실과 비현실의 구분에 대한 작가의 관심은 독자의 반응에서 비롯된 것이다. 그녀가 만나는 평론가와 독자는 주로 소설 속의 내용이 사실인지 아닌지의 여부를 따져 묻고 소설의 화자가 당연히 작가라는 전제로 그녀를 대했기 때문이다. 그래서 직역하자면 소설 제목에서 아예 "실제로 일어난 사건에 입각해서"라고 못을 박았지만 독자의 의문은 과연 현실과 상상의 경계선은 어디일지에 모아질 것이다. 현실과 비현실의 경계, 그 사이의 긴장이 이 작품의 주제인 셈이다. 소설은 우선 백지의 공포로부터 시작된다.

마지막 소설이 출간되고 몇 달 후부터 나는 글쓰기를 멈췄다. 그리고 거의 3년 동안 나는 한 줄도 쓰지 않았다. 상투적 표현일지라도 가끔은 문자 그대로 해석되어야 하는 경우도 있다. 즉 나는 글이라고는 행정적 서류, 감사의 답신, 휴가 중에 보내는 그림엽서, 장을 봐야 할 목록에 이르기까지 단 한 줄도 쓰지 않았다. 문장으로 만들어야 하는 노력을 요구하거나 어떤 형식에 대한 배려에 따라야만 하는 그 어떤 것도. 단 한 줄, 하나의 단어도 쓰지 않았다. 노트나 수첩, 메모지만 보아도 구역질이 났다. 처음에는 글 쓰는 것이 간헐적으로 머뭇거리던 행동이었다가 나중에는 반드시 두려움이 동반되는 일이 되어버렸다. 손에 연필을 드는 것조차도 내게는 점차 어렵게 되었다. 그리고 컴퓨터 문서 파일을 열자마자 공포에 사로잡혔다. (……) 자판기에 손을 가까이 대면 손이 떨리기 시작했다. 편지나 이메일에서 원고 청탁이라는 단어만 봐도 가슴이 턱 막혔다. 글쓰기, 그것은 더 이상 내가 할 수 있는 일이 아니었다.

위의 인용문처럼 여러 문학상 수상과 대중적 성공을 거둔 『지하의 시간들』을 발표한 후 작가는 긴 공백기를 가졌다. 그러나 이 작품보다는 『내 어머니의 모든 것』에서 밝힌 그녀의 가족사는 독자들에게 깊은 인상을 남겼고 그 후유증은 오래 지속되었을 것이라 짐작된다. 어머니가 빈집에서 홀로 죽은 지 사흘이 지난 후에야 시체를 발견한 작가는 오랜 망설임 끝에 어머니의 삶을 전기 형식으로 옮기기로 결심한다. 『실화를 바탕으로』는 이 작품이 발표된 후 작가가 겪은 사건을 그린 것이니 일종의 연작 정도로 볼 수 있다. 어머니의 이야기는 조부 세대로 거슬러 올라간다. 작가의 외할머니 뤼실은 아홉 남매 중 셋째 딸로 태어났다. 증조부 조르주가 거느린 그 대가족에게는 인간사에서 상상을 초월하는 다양한 비극이 끊이질 않았다. 우선 넷째 아들 앙토넹은 어린 나이에 우물에 빠져 죽었고, 그 상실감을 보상받으려고 입양한 장 마르크는 훗날 비닐봉지를 뒤집어쓴 채 시체로 발견되었다. 비닐봉지를 써서 약간의 질식상태에서 자위 행위를 해야만 극치감을 맛보았던 장 마르크의 죽음은 일종의 사고사였다. 예술가를 꿈꾸었던 다섯째 아들 밀로는 깊은 숲 속까지 찾아 들어가 권총으로 자살했고 7년간 임신을 피했음에도 불구하고 실수로 태어난 막내아들 톰은 치유 불가능한 정박아로 판명되어 평생 누군가의 도움을 받아야만 살 수 있었다. 작가는 톰만이 가족에게 내려진 저주에서 벗어난 가장 온전한 존재라고 생각한다. 어머니의 삶을 추적하던 작가는 이렇게 말한다. "때로는 픽션으로 돌아가는 꿈을 꾼다. 그 안에서 뒹굴고 창작하고 만들어내고, 가장 소설답고 가장 있을 법하지 않을 것들을 선택하고, 몇 가지 돌발적 사건을 곁들이고 과거와 불가능한 진실에서 해방된다. 때로는 이 책에서 해방되고 난 다음에 새로운 책을 쓰는 꿈을 꾼다." 그러나 일단 시작된 글은 고통을 감수하며 진전되었고 그것을 읽는 독자도 그녀의 신산한 삶에 꼼짝없이 동참할 수밖에 없다. 어머니의 이력을 추적하던 작가는 어머니가 남긴 글에서 끔찍한 진실을 발견한다. 어머니는 어린 시절 자신의 아버지로부터 지속적으로 성폭행을 당했다. 그는 다른 딸들에게도 수면제를 먹이고 성폭행을 시도했는데 작가는 어머니가 정신이 온전치 못한 상태에서 남긴 글이라 그 신빙성을 확인해야만 했다. 어머니의 자매, 그 친구들의 증언은 일치했다. 어머니의 아버지는 딸들의 친구들을 포함, 눈에 띄는 어린 소녀들을 끊임없이 유혹하고 덫을 놓아 먹잇감을 찾았다고 작가는 결론 내린다. 근친상간의 상처에서 벗어나지 못한 어머니는 결혼과 이혼, 만남과 이별을 반복하다가 마약중독에 빠져 정신병원에 드나들고 마침내 작가마저도 대학생활을 시작할 무렵 거식증에 걸려 175센티미터의 키에 37킬로그램의 몸으로 남게 된다. 글쓰기가 어머니에게 일종의 치유과정이었다면 작가가 된 델핀 드 비강은 어머니의 삶을 반드시 짚고 넘어가야 할 의무, 혹은 해결해야만 할 문학적 부채라고 느꼈다. 그리고 글을 통한 해원解冤을 이룬 후 작가는 긴 침묵, 백색의 공포에 빠져들어간 반면 『내 어머니의 모든 것』은 프랑스에서만 백만 독자의 공감을 자아냈다. 전작을 능가하지 못해 독자의 기대를 저버릴지 모른다는 부담감 탓에 그녀는 출판사의 독촉에도 불구하고 차기작을 내지 못했다. 주변 사람들에게도 이와 같은 부담을 호소했지만 이전까지의 문학세계를 마무리하고 새로운 지평을 열겠다는 의욕을 펼치기도 했다. 그러나 그녀는 "그토록 오랫동안 나의 시간을 할애했고 그토록 깊숙하게 나의 존재를 변화시켰으며 그토록 내게 소중했던 글쓰기가 이제는 공포를 일으킨다는 것을 인정할 수밖에 없는" 지경에 이르렀다. 그런데 수많은 자료와 메모를 축적해서 새로운 지평을 열 만한 신작을 준비하던 그녀가 겪은 공포와 무기력은 전작에 대한 부담뿐 아니라 어떤 만남에서 기인한 것이라고 작가는 고백한다. "L만이 나의 무기력에 대한 유일한, 하나뿐인 이유인 것을 이제 나는 안다. 우리가 인연을 맺었던 그 두 해가 자칫하면 나를 영원히 침묵하게 할 뻔했다." 그녀에게 무슨 일이 벌어진 것일까?

L

소설에서 L로 지칭되는 인물은 유명 인사의 자서전이나 전기를 써주는 대필 작가이다. 일인칭 화자이자 주인공은 소설은커녕 잡다한 서류나 이메일도 쓰지 못할 정도로 백지 공포에 사로잡힌 소설가이다. 게다가 자신을 비난하는 익명의 편지도 작가를 더욱 위축시켰다. 원래 성격이 소심하고 원고 독촉에 시달려 심리적으로 탈진된 주인공은 파티 석상에서도 한쪽 구석에 몸을 숨기고 대화를 피하고 있었다. 그때 누가 보아도 당당하고 세련된 차림의 여인에게 시선을 빼앗긴다. '유혹'이란 소제목이 붙은 1장에서 화자는 "L이 어떤 상황에서 어떻게 내 인생에 등장했는지 이야기하고 싶다"라고 말문을 연다. L은 그녀의 인생에 등장해서 "천천히, 깊숙이, 확실하고 은근하게 그녀의 삶을 뒤집어놓았다"고 기술한다. L은 외모나 태도에서 자신감과 섬세함이 넘쳐흐르는 매력적인 여자였다. 어린 시절부터 닮고 싶은 여인상인 L에게 호감을 느낀 작가는 점차 그녀와 가깝게 지냈고 마침내 L은 작가가 속내를 털어놓는 유일한 말상대가 된다. 작가는 L에게 문학적 실어증에 빠진 처지를 호소하였고 L은 작가에게 충고와 격려를 아끼지 않고 곁을 지켜주었다. 천신만고 끝에 자서전의 굴레에서 벗어나 소설을 쓰려는 작가에게 L은 진실만이 독자를 감동시킬 수 있다고 충고한다. 처음에는 친절한 충고였으나 나중에는 점차 단호한 주문, 논리적 명령으로 변해간다. 이제는 소설의 시대, 픽션의 시대가 지났다는 그녀의 주장이 작가에게도 설득력을 발휘했다. TV에서도 영화나 드라마보다는 소위 리얼리티 쇼가 압도적으로 대중의 관심을 독점하는 시대라는 것을 작가도 수긍할 수밖에 없었다. 일반 남녀 지원자들을 일정한 공간에 가두고 그들 사이에서 벌어지는 감정의 변화를 중계하는 프로그램에 대중이 열광하며 그들의 생생한 진실, 각본 없는 반전을 대중들은 숨죽이고 엿보았다. 배우나 가수와 같은 유명인의 노래와 연기보다 그들이 겪은 은밀한 사생활을 고백하는 프로와 기사에 몰두하는 시대에 과연 소설이 무슨 힘을 발휘할 수 있겠는가. 그렇다면 작가는 이전 소설, 그리고 결정적으로 『내 어머니의 모든 것』에서 모든 글의 밑천을 소진한 터였다. L은 소설은 접어두고 하찮은 글조차 쓰지 못해 컴퓨터도 켜지 못하는 작가를 돕겠다며 간단한 서류 처리를 대신해주고 사소한 이메일에도 작가를 대신해 답장을 썼다. 대필 작가인 L은 직업적 능력을 한껏 발휘하여 작가보다 능숙하고 말끔하게 모든 서류를 처리해주고 원고 청탁도 정중히 거절하는 필력을 과시했다. 특히 작가에게 악담과 저주를 퍼붓는 익명의 이메일도 자신이 읽고 대신 반박해주었다. 거의 매일 오후 같은 시간에 작가의 집에 들러 작가의 이메일 계정에 접속하여 작가를 대신하던 L은 어느새 작가의 분신 같은 존재가 되었다. 심지어 의상이나 말투까지 점점 작가와 닮아갔다. 매일 작가의 집을 드나들던 L이 이사를 가야 할 처지인데 거처를 구하기 어렵다는 하소연을 하자 작가는 그녀를 자기 집에 머물도록 허락한다. 짐을 싸 들고 작가의 집으로 들어온 L은 유독 서재를 가득 채운 책에 관심을 보이며 틈틈이 책장에 가득 꽂힌 작품들을 꺼내 자기 방으로 들어갔다. 작가는 날이 갈수록 L에게 심리적으로 의존한 나머지 L이 없는 생활은 상상할 수 없을 정도로 L은 작가의 삶에 깊숙하게 파고들었다. 대필 작가인 L은 마침 프랑스 유명 배우의 자서전을 집필 의뢰받을 뻔했으나 경쟁 작가에게 빼앗긴 터라 시간적 여유가 많다고 했다. 그리고 어느 유명 인사의 자서전을 막 탈고해서 마지막 문장 뒤에 〈끝 *〉를 쓴 후 원고를 송고했다는 말도 덧붙였다. 작가가 책의 마지막 부분에 '끝'을 쓰는 것도 철 지난 관행이고 게다가 * 표시가 이상하다고 지적하자 L은 자신은 비록 이름을 밝힐 수 없는 유령 작가지만 *는 자신만의 필적, 고유한 작가 사인과 같아서 어느 원고에나 흔적을 남긴다고 했다.

분신

작가는 모파상 소설의 서문을 써야만 했으나 컴퓨터를 켜고 자판에 손을 대자 구역질과 현기증이 나서 욕실로 달려가 토악질을 해야만 했다. 창자까지 게워낼 만큼 토악질을 하고 거의 실신 지경에 이르자 L에게 도움을 청했다. L은 출판사에 마감의 연기를 부탁하는 편지를 쓰고 차분히 앉아 모파상 소설의 서문에 어떤 내용을 쓸 것인지 작가의 의도를 경청했다. 그리고 L은 작가의 말을 세련된 문장으로 정리한 후 큰 소리로 읽어주었다. 남의 생각을 듣고 그것을 글로 옮기는 것, 그것이야말로 대필 작가인 그녀의 주된 특기이자 곧 직업이었다. 작가에게는 만족스럽기 그지없는 내용이었다. 자신의 생각을 그대로 글로 옮긴 것이니 자기 글이나 진배없다는 생각이 들었다. L을 제외하곤 거의 외부 접촉을 끊고 살던 작가에게 또 다른 고민거리가 생겼다. 오래전에 약속했던 강연을 더 이상 미룰 수 없게 되었는데 대중 앞에서 강연하고 토론하는 것은 상상만으로도 진땀이 나고 숨이 막혀 불안에 떨자 L은 묘수를 제안한다. 작가를 대신하여 자신이 강연과 대담을 할 수 있다는 것이다. 신문이나 인터넷에서 확인한 작가 사진은 대체로 흐릿하고 제각각이라 자신이 대신해도 구별할 수 없을 것이며, 작가의 작품을 샅샅이 꿰뚫고 있고 그간의 대화를 통해 서로 이심전심으로 통하니 자신이 강연을 가겠다고 제안한 것이다. 게다가 작가와의 만남이 지방의 고등학교가 주최한 것이니 L이 만날 교사나 학생은 작가를 직접 만난 적이 한 번도 없을 것이므로 추호의 의심도 받지 않을 것이라고 장담했다. 처음에는 반신반의했으나 대중과 대면할 자신도 없고 그녀의 장담에 설득당한 작가는 제안을 받아들였다. 과연 L은 지방 고등학교 행사에 참석해서 모든 이를 감쪽같이 속이며 작가 행세를 해냈다. 심지어 작가보다 더욱 작가다운 말투와 자세로 청중의 마음을 사로잡았다. 이제 L은 명실상부하게 작가의 분신으로 변신을 끝낸 것이나 마찬가지였다. L은 작가에게 앞으로 잡다한 답장뿐 아니라 작가와의 대담, 강연과 같은 일에 신경 쓰지 말고 오로지 신작에 몰두하라고 충고했다. 그 신작이란 당연히 소설이 아니라 허구가 아닌 진실, 상상이 아닌 작가의 현실만을 담은 진실의 글이어야만 했다. 그러나 작가는 L의 배려에도 불구하고 여전히 컴퓨터의 파일조차 열지 못하는 공포증에서 벗어나지 못했고 묘하게도 L의 존재는 그녀에게 위안과 평화, 나아가 마취적 안락함까지 제공했다. L이 작가의 삶에 등장한 이후로 묘하게 이전에 알고 지내던 인맥은 거의 끊어지고 안부조차 묻는 이가 없어졌다. 그러던 중 L과 외식하러 식당에 갔다가 우연히 만난 친구의 아들로부터 기상천외한 소식을 듣는다. 작가가 주변 사람들 모두에게 이메일을 보내 이제 신작 집필에 몰두할 예정이니 가급적 불필요한 연락을 자제해달라고 정중한 부탁을 했다는 것이었다. 친구가 받았다는 이메일을 확인해보니 L이 자신의 이름을 도용하여 주변 사람들에게 똑같은 부탁을 했고 그래서 주변 사람들은 그녀에게 전화조차 걸지 않았다는 것을 알게 된다. 그렇다고 L이 이런 짓을 저지른 것이 오로지 L만의 책임일지 작가는 자문했다. "이러한 동거를 통해 L이 나를 완전히 장악한 것은 사실이지만 그렇다고 해서 내가 그런 사실에 커다란 저항을 했는지도 확신할 수 없다. 내가 그녀에게 대들고 투쟁하고 그녀로부터 벗어나려고 애썼다고 쓰고 싶다. 그러나 나는 L에게 투항한 것이나 다름없다. 왜냐하면 L만이 나를 이 곤경에서 꺼내줄 유일한 사람처럼 보였기 때문이다. 비록 낡은 비유지만 가끔 그녀가 끈기 있게 거미줄을 치는 거미, 혹은 무수한 흡반을 지닌 문어 같다는 생각이 머리에 떠오른다. 그러나 그것과는 다르다. L은 내 영혼의 일부분을 덮고 있는 가볍고 투명한 해파리 쪽에 가까웠다."
해파리 같은 L과 만나고 함께 생활한 후부터 작가에게는 이상한 증세가 생겼다. 예전에도 모든 일에 서툴고 자주 부딪치고 넘어지던 작가였지만 부쩍 그런 증세가 심해진 것이다. "내 육체가 속해 있는 환경에 대한 부적응 증세"가 깊어져 걸핏하면 넘어지고 부딪쳐 쓰러져서 "내 몸을 수직으로 유지하는 것이 자연스런 기득권이 아니라 싸워서 쟁취해야만 하는 현상"이 되고 만 것이다. 그래서 해파리를 집에서 내쫓고 해방감을 누린 것도 잠시뿐이었다. 그녀가 계단에서 굴러떨어져 길바닥에 쓰러진 순간, 어디에서 나타났는지 L이 그녀 곁에 있었다. 응급차를 부르고 병원에 데려가 보호자 역할을 한 것도 그녀였다. 발목이 부러져 석고 붕대로 감싸고 목발을 짚어야 할 처지가 되자 L의 존재는 더욱 간절해졌다. 몇 달간 발이 묶인 작가는 집으로 퇴원하기보다는 계단이 없는 시골 별장으로 향한다. 작가를 부축하며 별장에 들어선 L은 들쥐가 뒤끓는 곳에서 가장 먼저 할 일은 쥐약을 구하는 거라며 약국부터 찾았다.

미저리

L과 함께 지낸 시간 동안 작가는 L의 곡절 많은 삶도 알게 되었다. 어린 시절 낭만적 사랑에 빠져 결혼했지만 남편이 죽자 그 충격으로 실어증을 겪고 그것을 극복하며 대필 작가가 되기까지 그녀의 삶 자체가 한 편의 소설이었다. 본의와 달리 그녀와 또다시 동거생활을 할 수밖에 없던 작가는 그럴 바엔 그녀의 삶을 소설의 소재로 삼을 계획을 품게 된다. 각자 방에 틀어박혀 원고를 쓰다가 틈틈이 그녀의 기억을 건드려 과거를 캐내 매일 밤 그것을 컴퓨터에 축적해서 소설 재료로 삼을 셈이었다. 게다가 그것이야말로 삶, 현실을 가공하지 않은 진실의 글만이 독자를 감동시킨다고 주장하던 L의 문학관에 일치하는 것이 아니던가. 작가는 L의 환심을 사고 속내를 털어놓도록 유도한 후 그녀의 삶을 매일 기록했다. 그런데 L이 털어놓은 단편적 추억, 그 편린을 자연스럽게 연결할 줄기, 하나로 묶을 고리가 잡히지 않아 여전히 암중모색하던 중 작가가 자료를 모으고 있는 것을 L이 눈치채고 말았다. 내색은 하지 않았지만 L이 자신을 대하는 태도

가 달라졌음을 작가는 감지할 수 있었다. 작가가 자꾸 현기증으로 중심을 잡지 못하고 침대에 누워 있는 시간이 길어지자 L은 작가에게 수프를 끓여 먹여주었는데, 작가는 점차 의식이 혼미해지고 몸이 마비되는 것을 느끼며 L이 자신에게 독약을 먹이려 한다고 의심한다. 생명의 위협을 느낀 작가는 폭우를 무릅쓰고 별장을 빠져나와 길가에서 의식을 잃고 만다. 이웃 사람의 도움으로 가까스로 구조되어 병원에 옮겨진 작가는 회복 후 집으로 돌아오지만 L은 아무런 자취도 남기지 않고 연기처럼 작가의 삶에서 사라졌다. 그렇게 흔적을 남기지 않고 사라졌다고 믿고 있던 차 오랫동안 송고를 연기하며 연락을 끊고 살았던 출판사로부터 연락이 왔다. 델핀, 축하해요. 기발하고 멋져요, 라는 극찬의 문자메시지를 받은 작가는 의아해서 편집자를 만났다. 편집자는 이메일로 송고한 작가의 신작 원고가 이전 작품들을 훨씬 능가하는 걸작이라고 찬사를 아끼지 않았다. 편집자의 안목을 의심할 수 없으니 그녀의 평가가 빈말은 아닐 테지만 작가는 신작을 보낸 적이 없었다. L이 작가의 계정을 이용해서 작가의 이름으로 원고를 보낸 것이다. 그것은 작가의 작품이 아니라 L이 쓴 것이었다. 작가는 고민 끝에 세상을 깜짝 놀라게 할 작품이라는 편집자의 희망과 기대를 저버리고 원고 파일을 폐기해달라고 부탁한다. 그리고 L

의 원고를 읽다가 묘한 기시감에 빠진다. L이 작가의 서재에 유난한 관심을 보이며 매일 책을 꺼내 방에 홀로 틀어박혀 있었다는 것이 떠올라 작가는 기억을 더듬어 L이 꺼내 갔던 책들을 골라내어 꼼꼼히 읽었다. 편집자가 걸작이라 극찬했던 L의 작품은 모두 다른 소설의 교묘한 도용, 표절이었다. 그토록 진실을, 허구를 배제한 현실을 주장하고 작가의 체험만이 독자를 감동시킨다고 주장했던 L이 쓴 원고가 몽땅 허구의 표절인 셈이었다. 작가는 L의 정체가 궁금했다. 그러나 어디에서도 그녀의 흔적을 찾을 수 없었고 곰곰이 따져보니 작가와 L이 함께 한 자리에 합석했던 증인이 단 한 명도 없었다. L을 처음 만났던 파티에 동석했던 사람들에게 수소문해도 작가와 대화를 했던 L을 기억하는 이가 어디에도 없었다. 주변 사람들에게 자신이 별장에서 겪은 두 달간의 기막힌 사연을 털어놓아도 모두 미심쩍어했다. 심지어 작가가 너무 오랜 시간 동안 칩거한 탓에 환상에 빠진 것이 아닌지 의심하는 눈치라서 더 이상 강변하기도 곤란할 지경이었다. 하긴 작가는 자신에게 약간의 정신과 치료 병력이 있다는 것을 슬쩍 고백했다. 그래도 작가는 L이 어디엔가 존재하고 언제인가 다시 나타날 것을 믿어 의심치 않았다. 어느 강연장 청중석에서 그녀의 두 눈이 자신을 노려볼 것만 같았다. 그러던 중 작가는 L이 쓴 원고의 모든 문장의 원전을 찾아냈지만 한 장면만이 서재의 책들에 없다는 것을 깨달았다. 그것은 L이 열네 살 무렵 아버지에게 꾸중을 듣고 학교에서 풀죽어 앉아 있는 모습을 본 국어 선생이 그녀를 불러 혹시 무슨 문제가 있는지 조심스레 묻는 장면이었다. L이 묵묵부답으로 고개를 들지 않자 선생은 자상하게 충고했다. 말이 싫다면 글을 쓰면 어떻겠느냐고. 너는 글 쓰는 것을 좋아하잖아. 그녀는 속으로 생각했다. "내가 그렇게 못생기고 그토록 우스꽝스럽고 그토록 꾸부정하고 나쁜 아이일까? 나는 내가 미칠 것 같아서 두렵다. 나는 이 두려움이 존재하는지조차 알 수 없고 이 두려움을 뭐라고 불러야 할지도 모르겠다." 이것이 『실화를 바탕으로』의 마지막 문장이다. 정확히 말하면 이 소설은 〈끝 *〉로 끝난다. 덧붙이자면 가을에 본격적으로 시작되는 프랑스의 각종 문학상 후보에서 현재 첫 손가락에 꼽히는 소설이 델핀 드 비강의 『실화를 바탕으로』이다. 물론 언론의 예측이 빗나가는 경우도 흔하지만.

노숙자와 유기견

따로 떼어놓으면 평범한 두 물질이 한데 뭉치면 무서운 불길이 솟구친다. 혹은 둘을 섞어도 아무 변화가 없을 경우, 주변 환경을 바꾸거나 또 다른 물질을 섞으면 예기치 못한 변화가 일어나기도 한다. 구조주의 문학이론은 우리가 흔히 접하는 모든 서사를 이와 비슷하게 설명한다. 겉으로는 남과 다름없어 보이는 두 인물이 만나서 비극(혹은 희극)적 상황이 벌어지고 제각기 건잡을 수 없는 운명에 빠져들곤 한다. 서사 이론에서는 그 변화를 촉진시키거나 저해하는 인물을 보조자, 적대자란 용어로 부른다. 예컨대 화창한 봄날에 두 청춘이 눈이 맞고 그 사이에서 방자와 향단이가 화학적 반응을 부추기면 사건이 벌어진다. 그리고 그들 사이에 춘향에게 수청을 강요하는 탐관오리가 끼어들면 이야기의 즐거움은 배가된다. 서사의 줄기를 설명하기에는 편리하지만 예술의 향기는 첫날밤의 환희를 노래한 「사랑가」나 산발의 춘향이 부르는 처절한 「옥중가」에서 구사되는 언어에서 피어오른다. 서사와 문체 중에서 어느 쪽이 더 중요한지를 가르는 것은 무의미하지만 순서로 치자면 일단 포석 단계가 앞설 수밖에 없다.

소설가 디디에 반 코블라르Didier Van Cauwelaert는 온도와 촉매제를 적절히 조절하며 즐거운 이야기를 주조하는 연금술사이다. 2015년에 발표한 소설 『쥘*Jules*』에서 그가 동원한 촉매제는 특이하게도 '개'이다. 개 중에서도 시각장애인을 돕는 맹도견이다. 맹도견은 본연의 야성을 최대한 억제시키고 오로지 인간을 위해 헌신하도록 훈련된 독특한 개이다. 개가 동물 중에서 인간과 더불어 살 수밖에 없도록 진화된 자연, 일종의 문명화된 자연이라면 그중에서도 맹도견은 문명과 자연의 역할이 거의 역전된 독특한 위상을 지닌다. 몸에 "나는 맹도견입니다. 내게 장난을 걸거나 먹이를 주는 것을 사양합니다"와 같은 문구가 적힌 조끼를 입은 채 항상 근엄하고 신중한 자세로 근무에 임하는 맹도견은 인간이 감히 흉내 낼 수 없는 충성과 인내 그 자체이다. 그는 주인의 마음을 미리 읽어 한 발짝 먼저 길을 열고 주변에 동족 강아지가 나타나도 한눈파는 법이 없다. 먹고 마시고 배설하는 것마저 절제하고 항상 긴장해 있는 탓에 그들의 수명은 다른 개들에 비해 현저히 짧다고 알려졌다. 『쥘』에서 쥘과 주인공이 등장하는 첫 장면을 살펴보자.

쓰레기와 장님

나는 경험상 첫눈에 반하는 일을 경계해야만 한다는 것을 안다. 그러나 인파 속에서 그녀를 발견한 순간 돌연 기억상실증에 걸렸다. 노란색 하이힐, 빨강색 미니스커트, 파란색 짧은 셔츠 차림이니 짙은 안개 속에서도 차에 치일 걱정은 없겠다.

비록 재치가 반짝거리지만 『쥘』의 첫 문장은 진부한 소설 구조를 예고한다. 첫눈에 반한 남녀의 이야기는 소설의 낡은 인치피트라지만 코블라르의 문학을 두고 진부한 이야기를 재치 있는 말재주로 감싸는 것만으로 정의하는 것은 성급한 예단이다. 우선 남녀가 "눈이 맞는" 상황이 상궤에서 조금 비틀어지고 그 어긋남에서 독자는 이 이야기가 이채롭게 전개되리라 기대한다. 그들이 만나는 장소인 공항도 이별과 해후, 미지에 대한 기대와 막연한 두려움이 교차하기에 드라마의 공간으로 적격이다. 게다가 두 사람이 그 공간에서 첫눈에 반한다는 진부한 설정도 소설을 더 들여다보면 평범한 상황과는 조금 어긋난다.

문제의 여자는 장님이기 때문에 남자와 눈빛을 마주칠 수 없다. 일인칭 남성 화자는 생물학 박사학위를 준비하며 여러 직업과 사업을 전전하다 마흔두 살에 이르러 공항 가판대에서 과자를 파는 궁색한 처지이다. 우스꽝스러운 점원 복장 차림이 그녀에게 보이지 않는 것이 오히려 다행이다. 여자는 과자가 풍기는 달콤한 향기에 이끌려 가판대로 갔으니 그들은 눈이 맞은 것이 아니라 남자의 시각과 여자의 후각이 맞은 셈이다. 그리고 두 사람 사이에는 의젓한 개 한 마리가 끼어 있었다. 여자가 찾는 과일향의 과자가 마침 떨어진 터라 남자는 다음번에 들르면 준비해놓겠노라 약속하고 딸기향 마카롱을 내놓는다. 결제 카드에 적힌 그녀의 이름을 훔쳐보며 그는 자크 브렐의 노래를 떠올린다. “당신 손의 그림자, 당신 개의 그림자라도 되고 싶어라.” 짧게 끝날 수도 있었을 첫 만남은 맹도견 쥘 덕분에 조금 길어진다. 쥘의 인도를 받아 니스행 비행기에 탑승하려던 여자가 곤경에 처하기 때문이다. 공항 경찰이 튀어나와 개는 승객들 사이에 탈 수 없다며 강제로 쥘을 끌어내려 이동용 케이지에 따로 가두었다. 주인 곁을 잠시도 비울 수 없도록 훈련된 쥘은 케이지에서 벗어나려 안간힘을 쓰고 여자는 직원에게 항의를 해보지만 헛수고였다. 그 순간 남자가 끼어들어 “2008년 제정된 유럽규약에 따르면 맹도견은 어떤 경우라도 주인과 떼어놓을 수 없다”는 조항을 들먹였고 공항 경찰과 멱살잡이를 무릅쓴 끝에 쥘을 해방시켜 여자 곁으로 돌려준다. 검은 선글라스를 낀 미녀와 해변의 고운 모래 색깔의 털을 지닌 개는 무사히 비행기에 오르나 남자는 그녀를 잊지 못한다. 보름이 넘도록 니스발 파리 도착 개찰구를 노려보았지만 그녀와 개는 나타나지 않는다. 마흔두 살의 가판대 점원인 데다가 아랍인 외모를 지닌 남자와 아름답지만 장님인 프랑스 여인, 이 기묘한 조합에 개를 더해서 작가는 흥미로운 사랑 이야기를 조제한다.

남자 주인공은 출생부터 기구했다. 그는 시리아 주재 프랑스 대사관의 쓰레기통에 버려진 아기였다. 이를 발견한 대사관 여직원이 아기를 입양하여 지발Zibal이라 불렀다. 그의 이름이 아랍말로 "쓰레기"를 뜻한다는 것도 화자는 덧붙인다. 양어머니는 문학적 상상력을 발휘하여 아기가 아랍 왕족 출신이지만 불륜의 자식이라 버려졌고, 입양 가족의 사랑을 듬뿍 받고 성장하여 외교관이 되어 시리아 대사가 된다는 소설을 써서 큰 성공을 거둬 〈페미나상〉까지 받는다. 그러나 양어머니의 상상과 달리 그는 외교관은커녕 이름 그대로 사회의 쓰레기로 전락한다.

코블라르에게 〈공쿠르상〉을 안겨준 『편도승차권』의 주인공 아지즈Aziz도 사정이 비슷하다. 교통사고로 부모를 한꺼번에 잃은 아지즈는 떠돌이 집시들에게 입양되어 좀도둑질로 연명한다. 어릴 적 동료 집시의 도둑질에서 망보는 일부터 시작해 조금 자라선 자동차에서 라디오를 떼어 훔치고 성인이 되자 본격적으로 자동차를 통째로 훔치는, 어찌 보면 논리정연하고 자연스러운 성장 과정을 겪는다. 지발과 유사하게 그의 이름 아지즈도 교통사고를 당했던 자동차 차종인 "아미 시스Ami 6"에서 유래했다. 집시들은 폐차장에서 주워 온 아기의 이름을 따로 짓지 않고 차종으로 호명했다. "아미 시스"마저 너무 길었던지 그냥 짧게 아지즈로 불렀는데 아지즈가 흔한 아랍 남자 이름인지라 그는 저절로 아랍인이 되어버렸다. 지발이건 아지즈건 간에 프랑스에서 아랍 이름으로 불리며 살아가는 일은 그다지 녹록치 않다.

쓰레기가 한눈에 반한 장님 여인 알리스의 지난 시절도 신산하기는 마찬가지이다. 열일곱 살에 성폭행을 당한 후 가해자들이 추적을 피하려고 그녀의 눈을 멀게 했다. 그 잔인한 충격으로 알리스는 남자를 멀리하고 후견인을 자처하는 프레드라는 여자와 8년째 동성애 관계를 유지한다. 눈은 멀었지만 마음에 떠오르는 심상을 그리는 화가, 라디오 방송국에서 날씨나 교통정보를 전하는 성우로 살아가는 그녀는 각막 이식수술을 통해 눈을 뜨기를 꿈꾼다. 그녀는 공항에서 만났던 아랍인 지발을 프랑스 사회의 변두리를 맴도는 이주노동자가 아니라 아라

비아 왕자라고 상상하며 희미하게나마 그를 그리워한다.

이 소설 속 두 인물은 쓰레기이지만 향기로운 마카롱으로 인식된 남자, 장님이지만 화가인 여자이다. 달리 말하면 이들의 정체성은 눈먼 화가, 향기로운 쓰레기처럼 형용모순으로 규정된 셈이다. 또한 두 사람 모두 사회적, 신체적 상처를 지닌 주변인이란 것도 겹치는 부분이다. 그러나 그들을 이어주는 인연의 끈은 알리스가 니스에 도착한 후 각막 이식수술을 통해 시력을 되찾으면서 끊어진다. 정상인으로 돌아온 알리스는 후견인의 도움으로 사회 중심부로 이동할 참이다. 7년간 충성을 다해 곁을 지킨 주인이 눈을 뜨자 쥘은 존재 이유를 상실한다. 주인의 개안은 맹도견 입장에서는 상상할 수 있는 것 중 최악의 재앙이다. 잠시도 주인 곁을 떠나지 않고 일거수 일투족을 도와줌으로써 당당히 자신의 존재를 과시했던 쥘은 한순간에 평범한 개로 전락한 것이다. 이식수술 날짜가 잡힌 몇 주 전부터 쥘의 행동은 이미 변해 있었다. 아니, 그는 주인의 변화를 이해하지 못했다. 알리스는 수술에 일말의 희망을 걸며 동시에 불안해했고 그러한 주인의 태도는 쥘에게 매우 낯선 것이었다. "나의 수술 날짜가 잡히고 그가 항상 내게서 느꼈던 긍정적 체념이 희망과 불안으로 바뀐 후부터 쥘은 이상한 행동을 했다. 그는 나의 불안을 애무로 완화하려고 애썼지만 맹도견은 인간의 희망에 어떻게 대처해야 할지 훈련받지 못했다. 장님이 어느 날 눈을 뜨게 될 경우 어찌해야 할지를 누구도 맹도견에게 가르쳐주지 않았다." 설상가상으로 쥘은 더 이상 주인과 함께 살 수조차 없게 되었다. 훈련된 맹도견은 그를 필요로 하는 장애인 숫자에 비해 턱없이 부족해서 정상인으로 돌아온 알리스는 쥘을 다른 장님에게 양보해야만 했다. 난처한 상황에 빠진 알리스는 "쥘에게 존재 이유를 다시 부여하기 위해 내가 장님으로 되돌아갈 수는 없는 노릇" 아닌가, 라고 반문한다.

알리스는 수의사 오스만 박사에게 도움을 청한다. 수의사는 "인간을 경멸할 수 있는 온갖 이유를 개에게서 찾는 인간혐오증 환자"였다. "충직성, 공감능력, 헌신, 주인의 감정을 감지하는 능력에 이르기까지 어떤 이족류"가 개만큼 뛰어나게 인간을 행복하게 할 수 있느냐고 반문하는 오스만 박사는 쥘의 심리치료를 담당한다. 그의 진단에 따르면 맹도견은 주인을 잃으면 "자기가 낳은 새끼를 잃는 것만큼이나 커다란 상실감"에 빠진다고 한다. 오스만의 진단이 아니더라도 쥘은 눈에 띄게 주눅이 들어 꼬리가 처져 있었다. 억지로 입양된 쥘은 신경질적인 새 주인에게 학대당한 나머지 그 집에서 도망친다. 녹내장으로 장님이 된 75세의 퇴역 군인이 쥘을 훈련소에 갓 입소한 신병처럼 호되게 다루었기 때문이다. 옛 주인에게 버림받고 새 주인에게 폭행을 당한 쥘은 마지막 희망을 남자에게 건다. 그가 강제로 알리스 곁을 떠나야 했던 순간 백마 탄 기사처럼 등장하여 자신을 알리스에게 돌아가게 해준 은인임을 기억하고 공항으로 냅다 달린다. 이번에도 그는 남자가 자신을 알리스 곁으로 돌려보내 줄 것이라고 믿었던 것이다.

노숙자와 유기견

공항 가판대에서 눈이 빠지게 기다려도 검은 안경의 여인은 나타나지 않았다. 대신 어느 날 느닷없이 개가 들이닥쳐 그에게 격렬한 애정공세를 퍼붓는 바람에 가판대가 뒤집어지고 공항이 난장판이 되어버렸다. 주인보다 앞서 개가 찾아온 것이라 믿은 지발은 맹도견을 데리고 있으니 보호자는 공항 사무실로 찾아오라는 방송을 해보지만 그녀는 나타나지 않았다. 꿩을 대신한 닭이 아니라 함흥차사가 된 여자를 대신해서 개가 등장하여 그의 삶이 쑥대밭이 되었다. 그 탓에 졸지에 실업자가 된 남자는 개를 그의 좁은 하숙집으로 데려간다. 제 한 몸 눕히기에도 좁은 공간에 쥘이 들어차니 그의 방은 터질 것 같았고 집주인이 나타나 개와 사람을 한꺼번에 거리로 내쫓는다. 지발은 개의 등장으로 인해 삽시간에 실업자에서 노숙자로 전락했다. 노숙자와 유기견의 조합은 가장 절절한 밑바닥 삶을 연출한다. 게다가 몸에 맹도견의 장구를 걸친 쥘은 행인들의 눈길을 끄는 탓에 지발은 남의 이목이 불편해서 장님 행세라도 해야 할 판이다. 알리스의 길을 인도하던 쥘은 이제 지발의 운명을 안내하는 새로운 임무를 맡는다.

쥘의 속셈을 알 수 없었던 지발은 상상의 날개를 편다. 혹시 알리스가 납치되었거나 위기에 빠져 그에게 도움을 청하려고 쥘이 나타난 것은 아닐까. 슬픔에 찬 눈빛, 분노, 상실감, 이 모든 것이 짙게 밴 쥘의 모습이 그의 상상력에 불을 지핀다. 알리스의 행적을 추적한 끝에 지발은 오스만 박사를 만나 그녀의 근황을 접한다. "알리스의 행복과 쥘의 비극"을 일으킨 개안 수술 소식을 들은 것이다. 쥘은 뜬금없이 역으로 가더니 열차에 올라탄다. 플로베르가 평생 잊지 못했던 운명의 여인을 만난 노르망디의 해변도시 투르빌로 향하는 열차였다. 개의 안내 덕분에 남자는 드디어 검은 안경을 벗은 아름다운 여인을 해변에서 만난다. 그런데 눈을 뜬 알리스는 지발의 상상과는 달리 그다지 행복하지 않았다. 그녀의 눈에 들어온 세상은 그사이에 달라져 있었다. "도시는 서로를 쳐다보지 않고 혼잣말을 중얼거리는 자폐증 환자로 가득

차 있었다." 알리스가 암흑세계에 빠져 있던 세월 동안 세상은 저마다 핸드폰을 귀에 댄 채 떠드는 사람들, 나르시시즘에 빠진 SNS 중독자들만 가득한 이상한 곳으로 변해버린 것이다. 장님 시절에 화가이자 성우로 활동하는 그녀를 보고 사람들은 그녀의 용기와 의지에 감탄사를 연발했다. 그런데 눈을 뜬 후 찾아온 무기력과 우울은 과연 다른 사람 눈에 자신이 어떻게 비칠 것인지에 대한 염려에 더해져 그녀의 우울증을 부채질한다. 그리고 무엇보다도 개안과 더불어 찾아온 쥘의 부재는 그녀의 가슴에 채울 수 없는 구멍을 남겼다.

쥘에 이끌려 바닷가 휴양지까지 오게 된 노숙자 지발도 그녀 못지않게 고민이 깊어갔다. 사랑하는 여자가 동성애자라면 그보다 더 큰 절망이 어디 있을까. 맹도견 쥘에게도 여전히 변하지 않은 어려움이 있었다. 주인 곁으로 찾아왔지만 주인은 예전과 달리 딱히 그의 도움이 절실하지 않은 눈치였다. 과자 장수가 공항에서처럼 그에게 여주인을 돌려줘서 행복했던 과거로 돌아가리란 기대가 어긋나자 쥘은 다시 자신의 존재 의미를 찾아야만 했다. 성폭행의 상처, 장님이라 후견인에게 의지할 수밖에 없던 처지가 복합적으로 작용하여 동성애에 빠졌던 알리스가 지발의 배려 깊은 접근에 마음의 문을 열고 두 사람이 사랑에 이른다 해도 쥘의 문제까지 해결될 수는 없었다. 소설가는 얽히고설킨 실타래를 때론 섬세하게 풀고 때론 간단하게 잘라버려 소설을 해피엔딩으로 마무리한다.

베니스의 두 남자

혼자 밥 먹고 혼자 술 마시고 홀로 여행하는 것을 딱히 나무랄 수는 없으나 여행지가 베니스라면 조금 어색하다. 2009년 작 『빛의 집』에서도 작가는 첫 문장부터 두 인물을 독특한 상황에 처하게 만들어 독자의 호기심을 사로잡는다.

> 내가 필립 네케르를 만난 것은 곤돌라가 접촉사고를 일으켰기 때문이다. 상처喪妻를 해 상중이거나 방금 여자에게 버림받은 표정의 두 남자가 제각기 홀로 베니스에 있다면 두 사람 사이에 필연적으로 끈이 생기게 마련이다. 두 뱃사공이 보험 서류를 작성하는 동안 우리는 몇 마디 이야기를 나누었다. 그는 파리 출신이고 나는 아르카숑 지방 출신이다. 그는 직업적 이유로 24시간 이곳에 머물러야만 했고 나는 2인용 여행권을 경품으로 받아 베니스에 왔다.

물의 도시 베니스에는 바퀴 달린 운송 수단이 없다. 거기에서 버스라 불리는 것은 다인승 보트이고 택시는 소형 모터보트이다. 뱃사공이 느릿느릿 젓는 곤돌라는 대체로 관광객, 혹은 연인이나 타는 것이다. 인용문 중 "방금 여자에게 버림받은" 남자가 이 소설의 일인칭 화자이다. 그는 어린 시절 화려한 조명을 받던 아역 스타였지만 그 조명은 금세 꺼졌고 스물다섯 살에 이르러 조그만 지방 소도시에서 제빵사로 전업한 처지이다. 게다가 그의 애인 캉디스가 점차 변심하여 차갑게 굴게 되면서 그는 더욱 구렁텅이에 빠지고 그 밑바닥이 베니스이다. 경품행사에 참가해서 2인용 여행권을 상품으로 받았지만 캉디스가 동행을 거부한다. 여비뿐 아니라 체류비 일체가 포함된 2인용 경품권이 휴지 조각이 될 터라 그는 홀로 여행에 나서서 베니스를 배회한다. 그의 발길을 끈 곳은 마그리트의 그림 「빛의 제국」이 소장된 구겐하임미술관이었다. 그의 연인 캉디스가 유독 사랑했던 작품이라 자기 눈으로 직접 보고 싶었기 때문이다. 그림의 내용은 파란 하늘에 흰 구름이 떠 있는 상단부와는 달리 하늘 아래의 집과 나무와 거리는 초저녁 무렵의 어둠이 깔려서 집 앞 거리 한가운데 가로등이 환히 켜져 있는 풍경이다. 그리고 그 집 2층 좌측 두 개의 창문에만 오렌지빛 불이 켜져 있다. 미술관이 문 닫는 시각을 알리는 종을 울릴 때까지 그림 앞에 서 있던 화자는 기묘한 환상을 체험한다.

폐관을 앞두고 미술관 실내등이 하나둘씩 꺼져가는데 두 개의 창문을 밝히던 오렌지 불빛이 저절로 꺼지는 것이었다. 그는 마그리트가 천재성을 발휘하여 그림 뒤에 조명 장치를 했거나, 아니면 미술관을 세운 페기 구겐하임의 아이디어일 것이라고 추측하고 다시 남성 성기 부분을 탈부착 가능하도록 만들어서 유명해진 마리노 마리니의 조각을 보려고 발길을 돌린다. 그리고 곤돌라 사고로 인연이 닿은 필립 네케르가 주인공에게 전화를 걸어와 두 사람은 함께 술을 마신 후 네케르의 초청으로 그의 궁전 같은 집까지 동행한다. 자신을 "연구원"으로 소개한 네케르도 주인공이 짐작했던 것처럼 사랑을 잃은 터였다. 다만 전후 사정이 다소 달랐다. 지갑에서 꺼내 보여준 사진 속에는 네케르와 연인이 있었지만 여자의 얼굴 부분은 도려내져 있었다.

> 그녀 이름은 마리 루이즈였지요. 그녀를 버리고 다른 여자를 사랑했는데 그 다른 여자가 마리 루이즈를 내 삶에서 지워버리려고 했기 때문에 사진이 이 꼴입니다. 그런데 마리 루이즈가 죽었어요. 결단코 그녀를 떠나지 말았어야 했는데. 지금 내 곁에는 아무도 없고 사진도 남아 있지 않아요.

나는 그에게 연민을 느꼈다. 죽은 여인의 얼굴을 재구성하려고 애써 기억을 뒤적거려야만 하는 쪽, 그리고 나를 거부하는 여자에 대한 수만 가지 추억을 떼어놓지 못한 채 주렁주렁 달고 살아야 하는 쪽 중에서 어느 쪽이 더 불행한지 알 수 없었다.

필립 네케르는 원래 과학자였지만 점차 초자연적 현상에 끌려 연구소에서조차 따돌림당했던 이력을 지녔다. 전자기파를 측정하거나 지하에 흐르는 수맥을 분석하는 등 자신의 일을 "측정"이라고 칭하는 그는 유령의 증거를 찾는 데에까지 관심을 넓힌다. 아마도 사랑의 회한이 깊어 죽은 여자와 소통하고픈 간절한 소망이 그를 초자연 현상을 탐지하는 일로 이끌었을 것이다. 죽은 자가 보내는 작은 신호를 잡으려고 첨단 과학 지식을 동원했건만 핸드폰이 보급된 이후부터는 죽은 자가 산 자에게 보냈던 희미한 신호마저 몽땅 엉망이 되었다고 네케르는 불평한다. 주인공은 그에게 마그리트의 「빛의 제국」에서 겪었던 기이한 체험을 털어놓았다. 네케르는 르네 마그리트와 같은 대가가 그런 조잡한 장치를 했을 리 없다고 의심하며 함께 그림을 조사해보자고 제안한다. 얼마 후 주인공과 함께 과학자의 눈으로 꼼꼼히 그림을 살펴본 네케르는 그림에는 그 어떤 조명 장치도 없으며 아마 착시였을 것이라고 결론 내린다. 그래도 미심쩍어

주인공은 그림 속의 오렌지빛 창문을 손가락으로 살짝 긁어본다. 그러자 이상한 일이 벌어진다.

주변이 어두컴컴해지고 자기가 작아졌는지, 그림이 커졌는지 분간할 수 없는 상태에서 주인공은 마그리트의 그림 속에 들어가 있었다. 「빛의 제국」에 그려진 집 앞에 선 그 앞에 "들어오세요"라는 말과 함께 아름다운 여인이 등장한다. 그녀의 안내로 집 안에 들어간 그는 마그리트의 그림에 등장했을 법한 남녀들을 지나쳐 방으로 안내되고 마침내 꿈에 그리던 캉디스를 만나게 된다. 그녀를 만나 처음 사랑을 나눴던 그때의 상황이 정확하게 재현되었다. 패배한 바둑을 복기하며 실착을 되씹듯 그는 3년 만에 파경에 이른 사랑이 시작된 첫 지점으로 되돌아와 말과 행동을 조금씩 바꾸며 캉디스와 사랑을 나눈다. 과거에 잘못 끼운 첫 단추를 바로잡으면 현재가 달라질 것 같았기 때문이다. 주인공이 눈을 떴을 때 네케르가 그를 근심 어린 눈으로 내려다보고 있었고 그는 금세 들것에 눕혀져 응급실로 실려 갔다. 그의 곁을 지켰던 네케르에게 전후 사정을 묻자 "4분 30초간 사망했었다"는 정황을 듣게 된다. 그가 의학적으로 완전히 죽은 상태였다가 다시 살아났으며, 「빛의 제국」에서 겪었던 일은 일종의 "임사 체험"이라는 것이 네케르의 과학적 설명이었다. 소설의 후반부에서는 죽음을 무릅쓰고 다시 그림

속으로 들어가 사랑을 되찾으려는 주인공과 임사 체험을 과학적으로 입증하려는 네케르가 마치 2인용 자전거를 타고 미로를 헤쳐 가듯 이야기가 전개된다.

발현

초자연적 현상을 과학적 입장에서 설명하려는 인물이 겪는 우여곡절은 2001년 작 『발현*L'Apparition*』의 뼈대가 된다. 멕시코의 과달루페성당에 보관된 성모 형상을 중심으로 과학과 믿음, 교황청과 세속 정치 사이의 갈등을 흥미진진하게 엮어낸 이 소설은 프랑스를 비롯한 가톨릭 전통이 잔재한 나라들 곳곳에 남아 있는 성모 발현 기념지를 소재로 삼고 있다. 프랑스 피레네산맥 근처의 루르드라는 작은 시골이 전 세계에서 몰려온 순례자로 북새통을 이루는 것도 그곳 동굴에서 성모 마리아가 나타났고 동굴 바위틈에서 솟는 샘물이 수많은 기적을 일으켰다는 소문 덕분이다. 그곳에는 기적을 증거하는 목발과 휠체어가 산처럼 쌓여 있다고 한다. 이 소설의 주인공인 안과 여의사 나탈리는 그런 기적에 코웃음 치는 철저한 무신론자이다. 심지어 얼음물에 빠져 실명했다가 성모의 은총으로 시력을 되찾았다고 기적을 주장하는 환자를 검진한 후 그를 과학적으로 설명하여 신자들의 분노와 실망을 불러일으킨 전력도 있다. 어느 날 그녀의 진료실에 "자동차 뒷좌석에 떨어져 햇볕에 노랗게 변한 오래된 신문지"처럼 누렇고 푸석푸석한 얼굴의 노인이 찾아왔다. 옷차림으로 보아 성직자였다. 바티칸에서 파견된 신부는 그녀에게 멕시코로 가서 과학자이자 무신론자의 입장에서 어떤 물건을 분석해달라고 요청한다.

그의 말에 따르면 1531년 12월 9일 토요일 아침, 3년 전 부인을 잃고 유일한 친척인 숙부마저 병에 걸린 한 농부의 눈앞에 성모 마리아가 나타나 자신이 발현한 자리에 성당을 세우라는 말을 대주교에게 전하라고 했다고 한다. 일자무식에다가 원주민 출신의 가난한 농부가 대주교를 만날 수도 없을 테고 설령 만났다 하더라도 자신의 말을 믿어주지 않을 것이라고 감히 반박하자 성모는 농부가 입은 허름한 옷에 자신의 모습을 새기는 기적을 일으켰다. 그 옷을 본 대주교와 신부들은 농부의 말에 따라 성모 발현지에 성당을 세웠고 그 후 신자들에게 지금까지 수많은 기적이 일어났다.

교황청은 이 기적을 둘러싸고 오래도록 이어진 논란에 종지부를 찍기 위해 과학자의 견해를 요청한 것이다. 정밀한 안과 진단 장비를 이용해서 성모의 눈동자를 검사해 일부 기적주의자들이 주장하는 것처럼 과연 성모의 동공 속에 당시 멕시코 농민의 특유한 고깔모자를 쓰고 수염이 덥수룩한 남자가 존재하는지 밝혀달라는 것이었다. 성직자 중에는 기적이 믿음의 본질이 아니며 심지어 가급적 신도들을 기적으로부터 보호하고 복음에 귀 기울이게 하는 것이 옳다는 입장도 있으니 "틸마Tilma"라 불리는 농부의 옷을 분석해달라는 것이다. 교황청, 지역 교회, 정치인, 신도 등 여러 입장과 이해가 얽혀 있는 현지에서 벌어지는 안과의사의 이야기는 추리소설처럼 전개되고 중간에 일인칭 화자가 여러 번 등장한다. 일인칭 화자는 바로 기적의 당사자 후안 디에고이다. 그는 자신이 보고 겪은 일을 증언하면서 동시에 그 기적으로 인해 수많은 사람이 자신에게 기도를 드리고 소원을 비는 바람에 남들처럼 온전히 저승에 가서 먼저 죽은 아내와 만날 수 없으니 제발 자신을 산 자의 소원에서 풀어내어 평범한 사자死者가 되게 해달라고 간청한다. 또한 민심을 종교 쪽에 돌리는 것이 유리한 멕시코의 일부 정치인들도 나탈리의 분석 결과에 촉각을 곤두세우는가 하면, 기적의 성지로 알려지면 예외 없이 성물을 빙자한 관광 상품 업자와 숙박업자의 탐욕으로 상업화된다며 나탈리의 개입에 반대하는 순수주의 성직자들도 목청을 높인다.

실제 벌어진 사건을 뼈대 삼아 소설을 쓴 코블라르는 소설 후기에 과달루페 기적을 소재로 삼았으나 세세한 사건과 인물은 가공임을 부기했다. 작가 후기에 따르면 2002년 7월 31일 교황 요한 바오로 2세는 후안 디에고를 성자로 공식 선포했지만 반대파 신부들은 여전히 그런 기적은 없고 심지어 후안 디에고조차 가공의 인물이라고 주장했다. 반대파는 바티칸이 프랑스 소설의 주인공을 시성화했다고 비판하기까지 했다. 디디에 반 코블라르는 1960년 7월 29일 벨기에인 부모 사이에서 태어났다. 작가는 어린 시절 몸이 허약했던 탓에 주변 친구들의 주먹질에 시달렸다. 그러던 어느 날 친구들에게 재미있는 이야기를 들려주니 주먹질이 잦아들고 인기도 높아지자 끊임없이 흥미진진한 이야기로 사람들을 사로잡는 데에서 삶의 길을 찾았다. 이야기의 힘으로 폭력을 이겨낸 현대판 셰에라자드인 셈이다. 스물두 살의 나이로 1982년 첫 소설 『20년과 그 부스러기』로 등단하여 서른여섯 편의 소설을 비롯해서 희곡, 만화, 영화, TV 연속극, 뮤지컬 등 여러 장르를 넘나드는 다작의 작가로 입신했다. 열댓 차례 주요 문학상을 수상했고 그중에서 1994년 소설 『편도승차권』으로 〈공쿠르상〉, 1997년 희곡 「천문학자」로 〈아카데미 프랑세즈 희곡 부문 대상〉을 수상한 것이 주목할 만하다. 『발현』의 뒷표지에 인용된 평론가의 말에 따르면 기적을 다룬 이 책의 진정한 "기적, 그것은 한번 책을 펼치면 도저히 손에서 뗄 수 없도록 쓴 것, 그것이 기적"이라 할 만큼 그의 소설은 재미있다. 예술에서 재미와 재치는 독도 되고 약도 되는데 이 평론가는 후자에 방점을 찍은 것처럼 보인다. 우리에게도 잘 알려진 할리우드의 배우 리암 니슨이 주연한 영화 「언노운Unknown」도 그의 소설을 각색한 것이다.

대동강과 한강

새로운 누보로망, 미뉘학파, 포스트모더니즘, 미니멀리즘, 하이퍼 리얼리즘, 1980년대의 풍경화, 패러디와 파스티슈의 거장 등, 장 에슈노즈를 규정하는 수식어를 나열하자면 끝도 없다. 어떤 학자는 아예 그를 프랑스 현대문학에서 "분류될 수 없는 작가"로 분류했다. 이토록 정체불명의 작가는 1979년 등단작 『그리니치 자오선』으로 〈페네옹상〉을 받았고, 1983년 『체로키』로 〈메디치상〉, 그리고 1999년 『나는 떠난다』로 〈공쿠르상〉을 받으며 이제 프랑스 현대소설가 중에서 확고한 위치를 차지했다. 그의 작품은 일반 독자보다도 평론가, 특히 영미권 대학에서 소설에 대한 소설, 새로운 소설 문법을 모색하는 작가로 흥미를 끌며 연구논문의 주제로 각광받았다. 그의 소설은 외형상 추리소설, 모험소설, 스파이소설, 영화나 만화를 패러디한 형식을 띠며 정교한 묘사와 문체로 주목받았지만 2006년 『라벨』을 기점으로 음악가, 마라토너, 발명가 등 생존인물을 소재로 한 전기형 소설을 연이어 발표하여 이전 작품세계에서 벗어나 변화를 꾀했다. 그러다가 2012년 1차 세계대전을 배경으로 한 역사소설 『14』로 잠깐 방향을 틀더니, 2014년에는 일곱 편의 짧은 이야기를 묶은 『왕비의 변덕*Caprice de la reine*』으로 다양한 문체를 시도했다. 추리소설, 탐험소설, 스파이소설, 전기소설, 역사소설, 그리고 그간 구사했던 문체, 특히 집요한 묘사력을 마음껏 발휘한 『왕비의 변덕』을 발표한 후 2016년 초에 발표한 『특파원*Envoyée spéciale*』은 이제 노년에 들어선 작가가 신발끈을 조이고 다시 출발선으로 돌아온 느낌을 준다. 『특파원』은 초기에 집중적으로 다뤘던 탐정소설과 스파이소설을 정교하게 합성한 이야기처럼 보이기 때문이다. 이 소설로 그가 젊은 시절로 퇴행한 것이 아니라 또 다른 새로운 길을 더듬고 있는 것이라 짐작된다.

넬슨 제독

신작 『특파원』에 앞서 그가 2014년에 발표한 단편집 『왕비의 변덕』을 살펴보자. 이 작품 중 가장 빛나는 보석은 첫 번째 실려 있는 「넬슨」이다. 어쩌면 앞선 전기소설의 연장이라 할 수 있는 이 작품은 7페이지 남짓의 텍스트로 넬슨의 말년을 그려냈다. "1802년 겨울, 영국 시골의 어느 대저택에 넬슨 제독이 저녁식사를 하러 왔다." 그는 막 코펜하겐전투에서 돌아와 피곤에 지친 모습이었다. 넬슨은 "열세 살에 처음 전함에 탔을 때 속이 울렁거리는 불편함을 느꼈고 시간이 지나면 사라지리라 믿었는데 배를 탄 지 30년이 지났어도 매일 하루도 빼지 않고 끔찍한 뱃멀미에 시달렸다". 작가가 넬슨이란 역사적 인물에 주목한 것 중 하나가 바로 이 대목일 것이다. 넬슨은 인류 역사에 길이 남은 전설적 해군제독이지만 평생 뱃멀미에 시달렸을 뿐 아니라 만찬 석상에서 포크를 쥔 손마저 떨었다. "20년 전 인도에서 말라리아에 걸린 이후 두통과 다발성 신경염과 온갖 경련이 그를 떠나지 않았다." 멀미, 두통도 부족해서 "얼굴 정면에 포탄 파편을 맞아 오른쪽 눈의 기능을 상실했고" 산타크루즈 선상에서 화승 총알이 "그의 상박골 여러 군데에 상처를 남겨 오른팔의 사용이 불편해서 나중에는 절단해야만 했다". 왼손으로 쓰고, 먹는 불편한 일상에 두통이 더해져서 아편을 입에 달고 살았다. 바다를 집 삼아 평생을 살았던 그였지만 유달리 숲과 정원을 사랑했다. 육지에 내리면 그의 호주머니는 항상 두둑했는데 동전이 들었으리라는 짐작과 달리 그 속에는 떡갈나무 씨앗이 그득했다. 그는 흙에 발이 닿으면 물뿌리개를 손에 들고 파종하기 좋은 장소를 물색하는 데에 많은 시간을 보냈다. 넬슨은 멀리 내다보았다. 수많은 해전에서 파손된 배를 다시 건조하려면 튼튼한 나무가 필요하다는 것을 알고 있었기에 효용이 언제가 될지 모르지만 흙 속에 씨앗을 뿌리고 다녔다. 그런데 넬슨이 기대했던 나무의 용도는 딱히 선박건조에 한정되지 않았다.

그런데 서포크 숲의 커다란 참나무는 배를 건조하는 데만 쓰인 것이 아니라서 사람들은 그 나무로 크고 작은 나무통을 만들기도 했다. 그리고 그 통을 배에 싣고 다니며 앞서 언급한 그런 용도로도 사용했다. 트라팔가해전에서 빅토리호의 갑판을 누비고 다니는 넬슨을 프랑스 수병 기마르가 조준하고 쏜 총알이 제독의 왼쪽 어깨로 들어가 견봉肩峯돌기, 그리고 두 번째 갈비뼈와 세 번째 갈비뼈에 골절을 일으키고 폐를 통과하면서 폐동맥 한 자락을 절단하고 마침내 척추를 분지르자 사람들은 이 시체를 어떻게 처리할지 고민했다. 일반적으로 수병의 시체는 바다에 던지는데 제독은 고향의 땅에 묻히길 원했다는 것을 사람들은 기억했다. 그래서 영국까지 귀향하는 동안 사람들은 그를 나무통에 넣고 브랜디를 채운 후 갑판 주 돛에 매달아놓은 다음 무장 병사가 엄중히 경호했다.

이 작품과 나머지 여섯 편의 짧은 글에서 에슈노즈 문학의 몇 가지 특징을 엿볼 수 있다. 그는 누보로망을 연상시킬 만큼 사물이나 일상적 풍경을 지나치게 상세히 묘사한다. 그는 문학에서 흔히 사용하지 않는 전문어휘도 동원하고 언어의 의미와 더불어 음악성도 고려한다. 그리고 인간이 처한 희, 비극적 상황을 이야기할 때에도 그의 언어는 사물을 묘사할 때와 차이를 두지 않고 무심하게 그려냄으로써 얼핏 베케트의 그로테스크한 분위기마저 연출하지만 대체로 음산하기보다는 무표정한 유머가 곁들여진다. 그리고 소설 중간에 작가 에슈노즈가 민낯을 들이밀고 천연덕스럽게 끼어들기도 한다. 예컨대 아무 줄거리도 없이 눈앞에 펼쳐진 풍경을 마치 줌 렌즈로 끌어당겼다가 뒤로 미는 식으로 대상을 묘사하다가 대뜸 작가가 모습을 드러낸다.

단편적으로만 파악할 수 있는 건물은 식물에 가려져 겨우 보일락 말락 해서 나중에 이야기하겠다. 나중에 이야기해야겠지만 아마 처음부터 식물에 대한 이야기로 시작할 수도 있었고 그랬어야 했을지도 모른다. 그건 아무도 모른다. 조셉 콘래드가 『운명의 미소』에서 지적했듯이 묘사나 서사에서 각 요소를 정확히 제자리에 배치하기란 매우 어려운 일이다. 한꺼번에 모든 것을 서술하며 그와 동시에 묘사할 수는 없는 노릇이고, 그렇지 않겠는가, 어떤 순서를 세우고 우선순위를 수립해야 하는데 그것이 자칫 이야기의 요지를 산만하게 만들 위험도 뒤따른다. 그래서 문명의 산물보다 앞서서 식물, 자연이라는 큰 틀에 대한 이야기로 돌아가서 목록을 만들어야만 한다.

문학을 포함한 모든 예술작품에서 창작 과정은 오로지 예술가의 몫이고 독자나 관객은 그 결과물만 대할 뿐이다. 그런데 에슈노즈는 작가가 화자로 등장하여 창작 과정을 드러낸다. 예컨대 관객이 사극 영화에 몰입하고 있는데 불쑥 양복 차림의 감독이 화면에 등장하여 제작의 어려움을 토로한다면 관객은 그 낯섦에 당황하게 될 것이다. 이것은 전통적 영화문법에 어긋나지만 그 일탈을 작가가 구사하는 일종의 유머로 해석할 수 있다. 소설가 에슈노즈를 축구 선수에 비유한다면 그는 공을 골대에 넣는 데에 뛰어난 선수라기보다 게임의 규칙에 시비를 걸고 규칙을 비틀어보려고 애쓰는 쪽에 가깝다. 축구계에서는 쓸모없는 선수이지만 예술에서는 이런 선수를 흔히 전위라고 부른다.

너무해

2013년 11월 13일 장 에슈노즈는 내게 이메일을 보냈다. 앞뒤의 의례적 표현을 빼고 용건만 요약해서 옮기면 다음과 같다. "나는 지금 소설을 쓰고 있는 중인데 거기에서 노래 제목이 언급된다. 텔레비전이나 라디오에서 흔히 들을 수 있는 아주 대중적인 노래이며 이 노래의 프랑스어 제목은 '너무해Excessif'이다. 상상의 제목이며(소설 속에 나오는 것이니 당연지사) 이 제목은 과장되다, 상궤에서 벗어나다, 균형이 맞지 않다, 너무하다 등과 같은 의미로 이해되어야 한다. 나는 이 프랑스어 제목의 한국어 번역이 필요하다. (이 제목을 한국어로 번역해서 한국에서 부를 경우) 한국어 제목이 딱히 형용사 excessif를 문자 그대로 직역한 것일 필요는 없다. 하나, 둘 (혹은 셋) 정도의 단어로 이런 내용을 암시할 수 있으면 된다. 인기가요 순위에 등장할 정도로 잘 팔리는 '대중적' 제목이어야 한다. 그리고 이 제목을 번역해서 쓴 한국어 활자체도 필요하다." 나는 오래 고민하지 않고 "너무해"라고 번역해서 한글체도 함께 넣어 답장했다. 그는 다시 간단한 답장을 보냈고 지금 쓰고 있는 소설이 혹시 나중에 한국어로 번역된다면 한 단어가 이미 번역된 셈이니 역자의 수고를 덜어준 것이라고 싱거운 농담을 곁들였다. 그리고 2016년에 그의 신간 『특파원』이 발표되었다.

나는 여자 하나를 원해, 라고 장군이 내뱉었다. 내게 필요한 건 여자야. 그렇지. 그런 처지에 있는 사람이 당신 하나만이 아니죠. 폴 오브자가 싱글거렸다. 그런 생각은 집어치우게, 오브자. 장군의 표정이 굳어졌다. 나는 이런 문제를 가지고 농담하지 않는다네. 조금 진지하게 생각해보라고. 제발. 오브자의 미소가 흐릿해졌다. 죄송합니다, 장군님. 더 이상 이야기하지 말고 이제 생각 좀 합시다.

3부 42장으로 구성된 『특파원』은 언필칭 이런 자유간접화법으로 시작된다. 무수한 인물이 등장하는 복잡한 줄거리를 요약할 만한 단어는 납치와 침투이다. 납치, 실종과 같은 주제는 탐정소설, 침투와 첩보를 둘러싼 이야기는 스파이소설의 단골 메뉴이다. 소설의 첫 문장에 대뜸 나타나는 여자라는 단어가 이 소설의 주인공이 될 것이다. 장군이라 불리는 남자는 프랑스 대외 첩보국에서 은퇴했지만 여전히 일의 끈을 놓고 싶어 하지 않는 노인이다. 장군에게 필요한 여자는 과거에 세계적 유명세를 떨친 여가수였으나 현재는 무명에 가까운 콩스탕스라 불리는 여자이다. 콩스탕스의 남편이자 작곡가인 루 투스코도 아내의 인기 하락과 더불어 자신도 곤경에 처한다. 여가수 콩스탕스의 이력을 설명하며 "너무해"가 해외에서도 인기를 끌어 번안되었다고 소개하는 대목에서 한국어 활자체가 등장한다. 알파벳을 사용하는 언어권뿐 아니라 아랍어, 중국어 사용 국가에서 번안된 노래 제목은 해당 국가의 활자체를 그대로 사용했고 중국에서는 "太邪乎", 일본에서는 "激烈", 한국에서는 "너무해"로 번안되었다는 설명을 곁들인다. 소설 한구석에 여러 나라 활자체를 그대로 옮겨놓은 것은 에슈노즈 식의 가벼운 농담처럼 보인다. 그런데 "너무해"는 소설의 후반부에서 중요한 역할을 한다. 나도 에슈노즈를 흉내 내어 한꺼번에 모든 것을 동시에 이야기할 수 없으니 우선 소설 전개 순서에 따라 요약한다면, 거리에서 길을 묻는 남자에게 친절을 베풀던 콩스탕스에게 다른 두 명의 남자가 달려든다. 그리고 자동차에 실려 위치를 알 수 없는 산속으로 납치, 감금된다. 여기까지가 흔한 추리소설과 유사하게 전개되는 부분이다. 이제 조금씩 서사를 뒤틀어 독자의 기대를 저버리고 에슈노즈의 고유한 특징인 "한눈팔기digression" 기법이 발휘된다. 얼핏 상투적으로 보이는 위기상황에 인물을 몰아넣은 후 작가는 서사전개에 거의 불필요한 묘사를 위한 묘사에 집중한다.

공공기관으로 짐작되는 단체가 특수임무를 위해 여자를 납치하여 살인병기로 훈련시키는 대목은 프랑스 영화로는 꽤나 인기를 얻은 「니키타」를 연상시킨다. 프랑스 감독 중 가장 할리우드 문법에 충실한 뤽 베송 감독이 만든 「니키타」에서는 여주인공이 모처에 감금되어 고된 훈련을 받는다. 그런데 콩스탕스는 시골 농가에 감금되지만 세 남자의 감시만 받을 뿐 아무런 일도 벌어지지 않는다. 농가에 비치된 백과사전을 알파벳 순서로 읽으며 소일할 뿐이다. 심지어 자신을 납치한 남자들에게 호감까지 느낀다. 작가는 이런 심리가 스톡홀름증후군이라며 장황하게 설명한다. 콩스탕스의 남편도 사정은 비슷하다. 아내가 실종되었는데 명색이 남편이라는 그의 불안과 초조는 막연하고 희미하다. 기껏해야 의붓형이자 변호사인 위베르를 찾아가 자문을 구하는 것이 전부이다. 바람둥이에다가 꾀바른 변호사인 형이 동생에게 건넨 자문이란 고작 "절대 아무 짓도 하지 말라는 것"이다. 『특파원』에서는 여러 사람이 분주히 움직이고 사건이 발생하는데 정작 사건의 당사자들은 "절대 아무 짓"도 하지 않는 이상한 상황이 전개된다.

대동강과 한강

오랫동안 감금되었던 여가수 콩스탕스가 마침내 자신

의 납치를 주도했던 장군과 만난다. 그는 콩스탕스에게 북한에 침투하라고 명령한다. 작가는 3대째 세습 정권을 이어가는 북한의 정치상황, 김정은이 장성택을 처형하고 측근들에게 공포정치를 펴는 것, 그리고 특히 핵개발과 관련된 정보를 늘어놓은 뒤 북한 정권을 전복시킬 만한 사람으로 "당신이 적임자"라며 콩스탕스에게 침투 명령을 내린다. "당신도 모르는 사이에 당신 노래는 북한 고위층 사이에서 큰 인기를 끌어 지금도 당신은 그들의 우상"이라는 것이다. 북한 고위층은 만찬 석상에서 콩스탕스가 부른 노래를 한국어로 번안해서 애창하며 특히 김정은도 그 노래를 좋아한다고 했다. 그리고 김정은과 더불어 스위스에서 유학하고 돌아온 인물이 북한 정권의 중요인사가 되었으니 그를 타깃으로 삼으라는 말까지 덧붙인다. 강은억이란 그 남자가 틀림없이 당신과 사랑에 빠질 것이고 나머지 임무는 차후에 전달하겠다는 말을 남긴 채 장군은 자리를 뜬다. 콩스탕스는 감금 시절에 인연을 맺은 두 남자를 경호원 삼아 함께 고려항공을 타고 평양에 들어간다.

"순안공항은 낡고 낮은 건물에 불과했지만 유일한 장식품은 화려하고 눈부신 대형 초상화들이었다." 그녀는 평화자동차 회사에서 만든 준마 승용차를 타고 평양 시내로 들어간다. "준마는 남한이 만든 쌍용 체어맨의 복제품이며 체어맨 역시 메르세데스의 복제품"이라는 한 눈팔기 식 설명도 곁들인다. "평양은 모든 것이 평화롭고 정상적이며 새로운 것뿐이었다. (……) 대로변의 잔디밭에는 남녀가 쪼그리고 앉아 잡초를 뽑는지, 나물을 캐는지 알 수 없는 동작을 하고 있었다." 그녀가 도착한 양각도호텔은 시내 중심 대동강 변에 위치한 고급 호텔이었다. "50층 건물이었지만 상층부 여섯 개 층만 사용하는 것 같았고 밖에서 보면 분명히 존재했지만 엘리베이터에는 5층을 누르는 단추가 없었다." 콩스탕스가 초대된 평양의 만수동은 고급저택이 즐비하여 "팜비치와 모나코"의 중간쯤 되는 모습이었다. 콩스탕스를 만난 강은억은 대번에 그녀와 동침하고 파리에서 소식을 기다리던 장군은 "성공이다, 24시간도 지나지 않아 강은억이 여자와 동침했군. 시작이 좋아"라고 환호한다. 평양에서 닷새를 보낸 후 콩스탕스는 원산으로 이동한다. 그리고 콩스탕스는 호화 요트에 마련된 저녁 만찬 석상에서 김정은을 만난다. 김정은의 뒤를 이어 등장한 그의 부인과 여동생에 대한 묘사와 설명도 길게 이어진다. 줄담배를 피우며 위스키를 들이켜는 김정은은 스위스 맛에 길들여졌는지 낙농 전문가를 프랑스 브장송에 파견하여 치즈 제조기술을 익히게 했건만 국내산 치즈가 마음에 들지 않는지 얼굴을 찡그렸다.

강은억은 콩스탕스와 함께 북한을 탈출하려고 했지만 중국 국경선의 감시가 강화되어 월경은 불가능했고 차라리 비무장지대를 통과하기로 결심한다. 비무장지대에는 남쪽으로 통하는 비밀 통로가 있다고 했다. "그것을 아는 사람은 많지 않지만 분명히 존재한다"고 강은억은 장담한다. "남쪽으로 도망치는 과정을 상세히 묘사하는 것은 길고, 고통스러운 일이 될 것이다. 그 과정 자체가 도무지 끝날 것 같지 않고, 아주 고통스럽기 때문이다"라며 소설가는 불평을 늘어놓는다. 몇 주 후, 남쪽으로 넘어온 콩스탕스는 "대한민국 국가정보원"(작가는 이것도 프랑스어와 더불어 한글 활자체를 그대로 옮겼다)의 지루한 심문을 받은 후 도산공원 근처를 산책한다. 그리고 파리로 무사히 귀환한다. 스파이도 그리 나쁜 직업 같지 않고 흥미도 생겼지만 더 이상 그녀에게 접촉해오는 이가 없었다. 하릴없이 길을 걷는데 이번에도 거리의 도로표지를 유심히 보면서 두리번거리며 길을 찾는 남자가 눈에 띄었다. 남자가 그녀에게 다가와 혹시 길을 안내해줄 수 있냐고 묻는다. "당연히 그래야죠"라는 콩스탕스의 대답과 함께 소설은 마무리된다.

『삼총사』나 『암굴왕』과 같은 소설은 어린 시절 시간 가는 줄 모르고 읽었던 작품이었다. 개성 있는 등장인물과 그들이 겪는 파란만장한 사건 등 대중소설의 요건을 두루 갖춘 흡인력 강한 소설이었다. 에슈노즈는 대중소설을 누보로망 식으로 재구성한다는 평가를 받았다. 그의 소설은 대중소설에 대한 헌사이자 유희적 비틀기이다. 소설 중간에 "사랑에 빠진 니키타"란 언급을 슬쩍 내비치며 영화에 대한 암시도 빼놓지 않았다. 그리고 농담 삼아 자신의 소설을 지리소설이라고 정의하기도 했다. 그의 소설의 주인공들은 실종, 도피, 추적 등을 핑계 삼아 끊임없이 돌아다닌다. 유명 배우라는 신분을 감추고 프랑스 전역을 떠돌아 인도까지 도망친 금발의 여인이나 살인 사건에 연루될 것이 두려워 가출 후 노숙자 신세가 되어 1년 동안 프랑스 전역을 떠도는 여자, 심지어 보물을 찾아 북극까지 돌아다니기도 한다. 이번 소설에서는 프랑스 소설의 주인공 중 누구도 가보지 않았던 평양과 비무장지대를 헤매고 다닌다. 서사는 일반적으로 공간보다 시간성, 즉 인과율에 따른 전후관계를 기반으로 구축되지만 장 에슈노즈는 공간을 중심으로 이야기를 풀어낸다. 센강 변에서 시작해서 대동강과 한강까지 섭렵한 여주인공이 다시 원점으로 돌아와 어쩌면 있을지 모를 또 다른 모험을 암시하며 소설은 마무리된다. 한국을 둘러싼 동아시아의 근대사와 국제정치 현안도 건드리고 비무장지대의 식물군, 동물군에 대한 묘사나 무장

상태도 빠뜨리지 않는다. 평양의 거리나 지하철, 주체탑과 동상에 대한 상세한 묘사는 프랑스 독자에게는 매우 낯선 이국정서를 유발할 수도 있겠다. 등단 무렵에 그에게 붙여졌던 미니멀리즘 학파라는 딱지는 이제 거의 사용되지 않고 그는 어느 유파로도 분류될 수 없는 개성적인 문학세계를 구축했다. 이번 소설이 우리 눈길을 끄는 것은 북한이란 공간적 배경이 큰 비중을 차지했기 때문이다. 프랑스 신문 서평은 이번 소설의 발간일이 마침 북한이 미사일을 시험발사한 날과 같다며 흥미로운 우연의 일치라고 논평했다.

에슈노즈 소설은 우리말로 번역되면서 손실되는 부분이 많다. 그의 독특한 유머와 언어감각은 언어가 바뀌면서 상당 부분 지워지거나 훼손되어 제대로 음미할 수 없는 모양이 된다. 그런 탓에 자칫 엉성한 추리소설, 삼류 스파이소설로 취급되기 십상이다. 그의 인물은 세상 구석구석을 누비고 심지어 DMZ도 넘나드는데, 그의 소설은 번번이 언어의 장벽에 부딪힌다.

콩고 이야기

백인들이 몰려와 성경을 손에 쥐어주고 눈 감고 기도하라고 했다. 눈을 뜨고 나니 그들은 우리의 땅을 빼앗아 갔고 우리 손에는 성경만 남아 있었다. 아프리카 사람들의 뼈 있는 농담이다. 콩고 출신의 소설가 알랭 마방쿠Alain Mabanckou가 2015년에 발표한 『작은 고추*Petit piment*』는 검은 대륙에서 태어난 아이의 성장소설이다. 엄밀히 말하면 성장이 멈춰버린 아프리카의 이야기이다. 소설의 에피그라프에 따르면 주인공은 "현실 속에 존재하는 것에 진절머리가 나서 가공의 인물로 남기를 원하는" 아이이다. 29장으로 이뤄진 소설은 지명을 중심으로 '로앙고' '푸앵트누아르' '모로코 사람' 그리고 다시 '로앙고'라는 소제목으로 나눠졌다. 콩고의 항구도시 푸앵트누아르, 그리고 그 인근 마을인 로앙고가 이 소설의 주된 공간적 배경이다. 소설의 화자는 부모에게 버려진 고아이다. 고아원 앞에 버려진 아이에게 이름을 지어준 사람은 원생들에게 가톨릭 교리를 가르치는 무플로 신부였다. 아이의 이름은 "토쿠미사 느잠베 포 모즈 야모인도 아보다미 남보카 야 바코코"이며 이는 "신에게 은총을 돌려라, 검은 모세는 조상들의 땅에서 태어났다"라는 뜻이다. 부모도 모른 채 버려진 아이는 신부의 손에서 자랐지만 아이에게 기독교는 백인이 남긴 쓸모없는 유산에 불과했다. 그는 긴 이름 대신에 성서적 이름인 "모세"라고 불렸는데 모세 역시 히브리어로 "물에서 건진 아이"란 뜻이니 버려진 아이란 의미를 돌려 말한 것에 다름없다. 무플로 신부는 주말마다 "만성 천식에 걸린 낡은 차"를 몰고 고아원에 찾아와서 교리를 가르치기보다는 원생들과 어울려 부족의 춤과 노래를 즐겼다. 그러나 평일에는 원장과 "복도 감시원"이라 불리는 어른들에게 학대당하는 것이 고아원생들의 일상이다. 원장은 거의 절대적 권력을 행사하고 그 수하의 감시원은 대개 원장의 친인척으로 채워져 있다. 모세가 사는 작은 공간은 가난과 비리와 폭력으로 얼룩진 현실의 축소판이다.

이름이 너무 길어서 제대로 불러주는 사람이 없다고 불평하자 무플로 신부는 모세의 이야기를 들려주며 아이에게 희망을 준다. 사람은 이름에 걸맞게 운명이 정해지는 법이라서 예컨대 무플로란 이름도 콩고 말로는 '사제'를 뜻하는 것이고, 모세는 구약에 나오는 모든 선지자들이 발끝도 따라갈 수 없는 으뜸 선지자이며 주님께서 이집트에 갇힌 이스라엘의 어린 양들을 구출하여 약속의 땅에 인도하는 임무를 맡겼다고 어린 모세를 위로했다. 이제 모세의 눈에 어린 원생들을 탄압하는 원장은 이집트의 파라오처럼 보였지만 무엇 때문인지 몰라도 천사는 나타날 기미도 없고 따라서 언제 탈출의 임무를 맡길지도 알 수 없었다. 모세는 성서를 구석구석 읽어 자신의 이름에 깃든 운명을 찾고 자신의 "세계 속 존재"가 무슨 의미가 있는지 이해하려고 애썼지만 그의 의문을 시원스레 풀어줄 답이 성서에는 없는 것 같았다. 뿌리를 상실한 열세 살의 고아에게 일주일에 한 번씩 만나는 무플로 신부만이 그의 정체성과 미래를 알려줄 수 있는 유일한 의지처였다. "그런데 무플로 신부는 푸앵트누아르, 침밤바, 혹은 느고요 등 다른 고아원도 돌보고 있었다. 그래서 나의 이름이 지닌 독창성에 대해 의심을 품지 않을 수 없었다. 내가 수백 명의 모세 중 하나에 불과하다"는 생각이 들면 질투심이 불타올라 정체성에 대한 꼬마의 고민은 갈수록 깊어지기만 했다.

낫과 망치

고아원의 원생 중 모세와 가장 가까운 친구는 동갑

내기 보나방튀르였다. 수다스럽고 겁이 많은 친구였지만 고아원의 정세에 가장 밝은 소식통이기도 했다. 어느 날 그의 입을 통해 무플로 신부가 죽었다는 청천벽력 같은 소식을 듣는다. 그리고 주말이면 신부가 머물던 방에 "콩고 사회주의 혁명의 개척자들을 위한 국립 운동지부"라는 새로운 간판이 붙었다. 신부 밑에서 고아원을 운영하던 원장은 아이들에게 붉은 머플러를 나눠주며 목에 두르라고 명령했다. 연단에 올라선 원장은 가슴에 콩고 노동당을 상징하는 붉은 배지를 달고 있었다. 그는 아이들의 목에 두른 머플러에 그려진 문양과 색깔을 설명했다. "붉은색은 1960년대 우리나라의 독립을 위한 투쟁을 상징한다. 초록색은 우리 전원의 울창한 자연을, 노란색은 유럽이 끊임없이 훔쳐 가고 약탈한 우리의 자연자원을 상징한다. 노란색의 낫과 망치는 우리에게 노동과 육체적 활동을 권장하는 것이며 노란 별은 미래를 바라보며 반혁명분자를 축출하라는 것을 뜻한다."

가톨릭 고아원을 운영하던 원장은 하루아침에 사회주의 혁명가로 변신하여 제국주의자의 끄나풀을 색출하고 발본색원하는 운동에 앞장선다. 새 시대를 선포하고 소련 연방공화국으로부터 펼쳐진 무지개가 콩고의 하늘에도 떠올랐다고 주장하며 글머리에서 인용한 아프리카의 농담을 다시 인용한다. "백인들이 아프리카에 왔을 때, 우리는 땅을 가졌고 그들은 성경을 들고 있었다. 그들은 우리에게 눈을 감고 기도하는 법을 가르쳐주었다. 우리가 눈을 떴을 때 백인들은 우리 땅을 가져갔고, 우리는 성경만을 들고 있었다." 모세와 그의 친구들은 무플로 신부의 운명이 궁금했지만 원장의 장광설에서 신부의 이름은 한 번도 언급되지 않았다. 그리고 시간이 흘러감에 따라 무플로 신부의 설교나 성경은 아이들의 머릿속에서 서서히 지워졌다. 원장은 말끝마다 "변증법적"이란 단어를 사용했고 복도 감시원들은 도시로 가서 사회주의 사상을 학습하고 돌아왔지만 아이들을 대하는 그들의 태도, 그 폭행과 비리는 조금도 달라지지 않았다. 교실에 들어가기 전 반드시 읽어야 하는 신문에 실린 삽화에서 신부는 아이들에게 마법을 걸어 지옥으로 이끄는 마술사로 희화되었고 그 밑에는 굵은 활자로 "종교는 인민의 아편이다"라는 주석이 달려 있었다. 그런데 혁명가로 변한 역사 선생 하나가 아이들에게 노예의 역사를 가르치며 백인들이 오기 훨씬 전부터 한 부족을 다른 부족의 노예로 삼아 학대했던 아프리카의 역사를 털어놓았다.

노예는 백인이 오기 전부터 아프리카 부족들 사이에서 흔히 거래되던 품목이라 노예 상인은 거래처만 바꾸었을 뿐이며, 오히려 식민지가 된 이후에도 그들의 사업은 더욱 번창했다. 서구 제국주의에 의해 아프리카 대륙의 국경선이 자를 대고 그은 듯 반듯하게 정해졌지만 한 국가 안에서도 다른 언어와 풍습을 지닌 수많은 부족들이 뒤엉켜 살며 잔인한 부족 전쟁이 끊이지 않았다. "빌리부족이 우리 부족을 노예로 잡아다가 이웃의 다른 왕국에 팔아먹었어! 그러니 그들이 노예 장사의 수법을 백인에게서 배운 것이란 말은 제발 하지 말기를! 그 시절 백인은 우리나라에 있지도 않던 때거든!" 이런 수업을 하던 흑인 역사 선생은 어느 날 고아원에서 사라졌다.

작은 고추

알랭 마방쿠의 『작은 고추』는 제국주의와 피식민지, 흑인과 백인, 자연과 문명 등 아프리카의 현실을 흑백논리로 묘사하지 않았다. 아프리카가 자연의 순수함을 간직한 낙원이고 그 낙원을 황폐한 문명으로 오염시킨 악의 근원으로 백인을 지목하지도 않았다. 서구 문명이 아프리카로 전해지기 이전의 콩고가 자연과 더불어 평화와 풍요를 누리던 천국이 아니었음을 거침없이 지적하고, 식민지의 잔재인 기독교가 떠난 빈자리를 채운 사회주의 혁명이 결코 행복과 평등을 안겨주지 않았던 뼈아픈 역사도 직시한다. 과학적 사회주의를 표방하는 어른들은 고아원에서 탈출해 대도시로 나가려는 아이들에게 아프리카 전설과 괴담을 들려주며 협박한다. 반인반수의 괴물들이 아이들을 잡아먹고 조상을 괴롭혔던 악령들이 대도시에 출몰하니 고아원이야말로 세상에서 가장 안전한 곳이라고 강조한다. 과학적 사회주의자로 자처하는 선생들마저도 여전히 조상신과 토속신앙에서 벗어나지 못한 셈이다. 백인의 어떠한 종교, 어떠한 이념도 그들의 의식 저변에 깔린 아프리카 정신을 지우진 못했다. 아이들에게 빌리부족의 만행을 전해준 역사 선생은 백인 선생으로 교체되었다. 그런데 백인 선생은 아이들에게 콩고 역사가 아니라 프랑스 역사를 가르칠 뿐이었다. 흑인 민족의 독립과 사회주의 혁명을 부르짖는 원장에게도 "백인" 혹은 "프랑스 대학 출신"은 모든 지혜와 과학의 상징이자 권위를 보장하는 최고의 가치였다. 공산당이 파견한 장학사나 강사들은 부족의 언어를 경멸하고 가급적 어렵고 현학적인 프랑스어를 구사하여 자신들의 권위를 드높였다. 300여 명의 원생은 그들 조상의 신화와는 어긋나는 성서를 외우다가 이번에는 대통령의 연설문을 암기해야 했고 그것을 게을리하는 아이들은 휴일을 박탈당한 채 마당 청소를 도맡아야 했다.

고아원생들의 사연은 하나같이 신산했던 콩고인의 삶의 전형이다. 역사의 혼란기에 가장 깊은 상처를 입은 피해자는 여자와 어린아이들이다. 예컨대 보나방튀르를 낳아 고아원에 맡길 수밖에 없었던 그의 어머니의 삶을 살펴보면, 어린 시절 만난 남자는 전기 수도국에서 일하는 공무원이었다. 버젓이 가정을 거느린 유부남인 그는 가난한 여자가 사는 집의 계량기를 조작해서 전기와 수도를 무료로 쓰게 하는 조건으로 어린 여인을 두 번째 부인으로 삼았다. 주말마다 찾아와 남편 행세를 했지만 주중에는 집안을 보살피지 않았으니 가난한 여인은 트럭 운전수인 또 다른 남자로부터 물질적 도움을 받아야만 했다. 그러던 중 덜컥 임신한 어린 여자는 떠돌이 운전사보다는 공무원인 전기 수도국 직원에게 도움을 청하지만 그는 매정하게 거절하고 심지어 전기와 수도를 도둑질한 여자라고 경찰에 신고한다.

만삭의 여자가 피고석에 선 법정에는 마을 여자들이 벌 떼처럼 몰려왔다. 그녀들 역시 남자의 도움으로 전기와 수도를 훔친 공범자였기에 피고의 운명이 궁금했기 때문이다. 재판 결과 어린 여자는 방면되었지만 이제 그녀는 물과 전기가 끊긴 캄캄한 집에서 보나방튀르를 낳아야만 했다. 보나방튀르는 비록 고아원에서 살지만 모세와 달리 자신의 생부가 공무원이었다는 것에 은근한 자부심을 느낀다. 그리고 하늘에 비행기가 지나갈 때면 언젠가 비행기가 고아원 운동장에 착륙하여 자신을 데리고 갈 것이란 환상을 버리지 못한다.

주인공 모세를 혈육처럼 보살피는 고아원 여직원의 삶도 기구하긴 마찬가지이다. 국경을 넘나들며 과일과 야채를 팔던 한 여자는 쿠바인에게 농락당한다. 앙골라를 돕기 위해 파견되었던 쿠바 군인들은 선진국에서 온 구원자 행세를 하며 아프리카 여인들을 성적 노리개로 삼았다. "피델 카스트로의 명령으로 앙골라에 파견된 15000명의 군인"은 아프리카 여인들에게는 이국에서 온 문명인, 하얀 제복을 입은 멋쟁이 해군이었다. 비록 쿠바인의 사생아라고 손가락질 받으며 컸지만 그녀는 남들보다 "덜 까만 것에 우월감"을 느꼈다. "어리석은 생각이지만 그것은 백인들에 대한 열등감의 발로였다. 모든 하얀 것은 우수한 것이며 까만 것은 모두 저주받고 미래가 없고 내일이 없는 존재라고 생각"했다. 그러나 모세에게 그녀는 "엄마"나 다름없었다. 무플로 신부가 아버지였다면 그녀는 엄마였다. 그러나 그녀는 어느 날부터 더 이상 고아원에 나타나지 않았다.

출애굽기

나는 13년을 보낸 이 건물을 마지막으로 돌아보았다. 우리가 빠져나온 기숙사의 불빛이 흐릿하게 보였지만 빠끔히 열린 창문 뒤로 보나방튀르의 윤곽이 보였다. 그는 무거운 철문을 닫고 어둠 속으로 뛰어드는 우리의 모습을 지켜보았다.

모세는 드디어 고아원을 탈출한다. 고아원생들 사이에서 공포의 대상이었던 쌍둥이 형제를 따라 고아원을 나와 인근 도시 푸앵트누아르에 입성한 것이다. 쌍둥이 형제는 말다툼 끝에 상대방의 눈알을 뽑아버릴 정도로 폭력의 화신이었다. 그들이 동료 원생을 괴롭히고 특히 보나방튀르에게 폭행을 가하자 힘으로는 당할 수 없었던 모세는 친구의 복수를 위해 쌍둥이 형제의 음식에 매운 고춧가루를 섞었다. 복통과 설사로 사경을 헤맸던 쌍둥이 형제는 모세를 그들의 부하로 받아들인다. 그 후부터 모세는 "작은 고추"로 불리게 된다. 작은 고추는 고아원에서 보았던 할리우드 탈출 영화처럼 쌍둥이 형제의 뒤를 따라 항구도시 푸앵트누아르로 간다. 구걸, 좀도둑질, 소매치기 등 생존을 위해 발버둥 치지만 작은 고추는 다른 어린 거지들과 마찬가지로 쌍둥이 형제에게 세금을 내야 하는 좀도둑단의 일원이 된다. 그곳에서 원래부터 터를 잡고 살던 깡패 두목 "무서운 로빈 후드"도 쌍둥이 형제가 눈알을 뽑아 제압했다. 쌍둥이 형제와 작은 고추는 어느새 시장 바닥의 두목이 되었다. 시장과 거리를 떠돌며 고양이와 개를 잡아먹고 연명하던 작은 고추는 어느 날 무거운 장바구니를 들고 가는 여인에게 마음을 빼앗긴다. 그는 다가가서 짐을 들어주겠다고 제안한다. 허름한 옷차림의 작은 고추에게 짐을 맡겼다가는 십중팔구 도둑질을 당할 것임에도 불구하고 여인은 작은 고추의 정중한 제안을 받아들인다. 그녀 역시 험난한 세상에서 멸시만 당하던 창녀였기에 그토록 정중한 제안을 받아본 적이 평생 처음이었기 때문이다.

그녀의 짐을 들고 도착한 곳에서는 열 명의 어린 소녀들이 기다리고 있었다. 10대의 소녀들은 그녀를 어머니라 부르며 좋아했다. 그들이 모여 사는 데는 제각기 기구한 사연을 지닌 여자들이 모여 몸을 팔며 살아가는 유곽이었다. 열 명의 소녀를 거느린 여자 포주는 자신을 "피아트 500"이라 소개했다. 그녀의 본명은 마야 로키토이며, 그녀를 사랑하던 고객 중 하나가 그녀에게 하얀색 자동차 피아트 500을 선물한 후부터 피아트 500이라 불리게 되었다. 그녀에게 자동차를 선물한 남자는 자이레 공화국의 야당 지도자 와봉고-와봉고 3세인데 유럽으로 피신해 벨기에에 살고 있지만 그녀를 잊지 못해 아프리카로 잠입하여 몰래 콩고강을 건너 그녀를 만나러 온다고 했다. 모세는 피아트 500을 새로 생긴 어머니처럼 여졌고 그녀 집에서 잔일을 거들며 살게 된다. 그녀도 모세를 가족처럼 아낀 나머지 고객 중 한 남자에게 부탁해서 항구의 하역 노동자 자리를 알선해주고 강변에 작은 오두막까지 마련해준다. 오랜 방랑 끝에 드디어 모세가 젖과 꿀이 흐르는 땅에 정착한 셈이다. 피아트 500과 열 명의 소녀들이 그에게는 가족이나 다름없었다. "쌍둥이 형제와 코트 소바주의 다른 아이들과는 달리 나는 방랑생활로부터 벗어날 수 있게 해준 양엄마와 안정된 집을 가졌다는 것이 자랑스러웠다."

그러나 그런 행복도 오래가지 못했다. 어느 날 찾아간 피아트 500의 집은 폐허로 변해 있었다. 하루아침에 그의 집과 가족이 사라진 것이다. 선거를 앞두고 유권자의 표심을 얻기 위해 사회악을 일소하겠다는 시장의 정치적 욕심, 혹은 유럽으로 도망쳐서 아프리카의 정치 상황에 대한 비판을 일삼는 야당 지도자와 사랑에 빠진 여자에 대한 보복으로 경찰이 피아트 500의 집을 쓸어버린 것이다. 작은 고추는 피아트 500과 소녀들을 찾아 거리를 헤맸지만 그들은 흔적도 없이 연기처럼 사라졌다. 그 후부터 작은 고추에게 이상한 변화가 일어났다. 과거에 대한 기억력을 상실했고 특히 길을 잃고 헤매는 일이 잦아졌다. 지나는 길바닥에 십자가 표식을 남겼지만 여전히 길을 찾지 못했고 점차 거리를 떠도는 미치광이가 되어버렸다. 그는 옛 친구의 안내를 받아 프랑스에서 의과 대학을 나왔다는 정신과 의사를 찾아갔지만 백약이 무효였다. "백인과 함께 공부했다"는 정신과 전문의도 작은 고추의 기억상실증을 도무지 치료하지 못했다.

작은 고추는 자신의 증세를 이렇게 설명한다. "나의 병은 상황보어에서 비롯된 것이지요." 상황보어는 프랑스 문법에서 주어와 동사를 제외한 부사, 혹은 부사적 역할을 하는 문법 요소를 지칭한다. 그는 주체와 행위는 분명히 기억하지만 동사의 정황을 보충하는 시간이나 공간적 요소를 기억하지 못한다고 설명하고 이런 증세를 상황보어 증세라고 자칭했다. 의사는 환자의 설명을 이해하지 못했고 환자는 의사가 늘어놓는 백인의 의학 용어를 이해하지 못했다. 문장에서 주어와 동사가 중요한 뼈대이지만 상황보어는 그 뼈대를 감싸고 문장에 생명을 부여하는 피와 살과 같은 것이리라. 작은 고추와 정신과 의사가 나눈 긴 대화는 이 소설에서 가장 희극적이며 우의에 가득 찬 장면이다. 백인의 교육을 받은 정신과 의사에게 실망한 작은 고추는 아프리카 전통 치료사를 찾아간다. 완치된 후에야 치료비를 받는다고 완치를 장담하는 치료사는 메뚜기의 오줌과 두꺼비의 침으로 양념한 진수성찬을 차려놓고 작은 고추에게 마음껏 먹으라고 청한다. 며칠간 배불리 먹인 후 치료사는 이제 기억력이 되돌아왔는지 묻는다. 작은 고추의 증세는 여전히 호전되지 않았다. 치료사는 마음의 병에 걸린 대부분의 흑인은 마음껏 먹으면 자연스레 치유되는데 작은 고추가 거짓말을 한다고 화를 낸다. 그 후 작은 고추는 머리부터 발끝까지 초록색 옷으로 차려입고 자칭 로빈 후드가 되어 모로코 상인에게서 날이 시퍼런 칼을 구입한다. 그리고 시장 선거를 앞두고 깨끗한 사회 건설이란 미명하에 피아트 500과 소녀들을 없애버린 정치인을 공격하려다가 실패한다.

미친 사람 취급을 받아 정신병원에 감금된 주인공은 기억을 되살려 자신의 과거를 글로 옮기는 일에 몰두한다. 그는 그곳에서 눈길을 사로잡는 친구를 만나 그에게 자기가 쓴 원고를 읽어보라고 권하기도 한다. 정신병원에서 느데코 나요요칼라로 불리는 남자는 이상한 행동을 반복했다. 그는 항상 창가에 앉아 하늘에 지나가는 비행기를 노트에 그렸다. 작은 고추는 어린 시절이 떠올랐다. 그처럼 항상 비행기를 그리던 친구가 떠올랐던 것이다. 나요요칼라가 "그 사람 이름이 뭔데?"라고 물었다. "보나방튀르"라고 작은 고추가 대답했다. "그는 잠깐 동안 아주 깊은 생각에 빠졌다가 눈을 내리깔고 중얼거렸다. 나는 진짜 비행기가 정신병원 입구에 착륙해서 나를 여기에서 꺼내주는 그날까지 계속해서 비행기를 그릴 거야." 이것이 소설의 마지막 문장이다. 보나방튀르도 험한 성장 과정을 겪다가 기억을 상실했기 때문에 두 사람은 다시 로앙고의 정신병원에서 재회한 것일까.

강단에 선 소설가

콜레주 드 프랑스College de France는 세계에 유례가 없는 독특한 학술기관이다. 1530년에 설립된 이 기관은 일반 대학에서 다룰 수 없는 분야를 자유롭게 탐구하고 가르치는 순수 학술 교육기관으로 출발했다. 입학 절차가 필요 없고 누구나 청강할 수 있되 따로 학위 과정을 두지 않았다. 일반인의 자유로운 청강이 허락되지만 현실적으로는 교수들을 위한 강의라 할 만큼 전문적 강좌가 개설되고 그곳의 교수단은 프랑스 지식계의 최고봉들만 모아놓은 학술기관이다. 이곳 교수진 중 인문학 분야에서 우리에게 익숙한 인물로는 폴 발레리, 레비스트로스, 레이몽 아롱, 미셸 푸코, 롤랑 바르트 등을 꼽을 수 있으며 여러 분야에서 열 명에 달하는 교수가 〈노벨상〉을 받았다. 『작은 고추』의 작가 알랭 마방쿠는 2015년부터 2016년까지 1년간 이곳에서 예술창작 분야의 강좌를 맡았는데 이 기관의 강단에 선 최초의 흑인 교수로 기록된다. 이곳의 현대문학 교수이자 『모더니티의 다섯 개의 역설』의 저자인 앙투안 콩파뇽이 그를 추천했던 터라 전례에 따라 축하연설을 맡았고 소설가가 아프리카 문학의 역사와 의의를 설명하는 개강연설을 했다.

알랭 마방쿠는 1966년 콩고의 푸앵트누아르에서 태어나 그곳 대학에서 법학을 공부했다. 스물두 살에 장학생으로 프랑스에 와서 법학 공부를 마친 후 직장생활을 했지만 시와 소설을 손에서 놓지 않았다. 1998년 첫 소설 『파랑, 하양, 빨강』을 출간하여 〈아프리카 문학대상〉을, 2006년 『가시도치의 회고록』으로 〈르노도상〉을 받았다. 그가 발표한 소설들은 매번 그해의 최고 소설 중 하나로 추천되었고 『작은 고추』도 2015년 프랑스 최대 판매부수 소설 20편 중 하나로 꼽히며 〈공쿠르상〉 후보작에 올랐다. "아프리카 작가의 위험은 프란츠 파농의 말처럼 '검은색' 속에 갇히는 것이다. 검은 문명과 하얀 문명의 기본적 충돌이라는 함정에 빠지지 말아야 한다는 뜻이다. 나머지 세상에 대해 정확한 시선을 돌리고 싶다면 먼저 자기비판이 본질적인 것이다"라는 그의 말이 『작은 고추』에도 적용될 것이다. 뛰어난 서사와 걸쭉한 해학, 웃음 뒤에 숨겨진 날카로운 비판의식 등은 이미 우리말로 번역된 『아프리카 술집, 외상은 어림없지』나 『가시도치의 회고록』에서도 확인된다. 무지한 어린아이가 화자로 설정된 탓인지 『작은 고추』에서는 발견되지 않지만 다른 작품에서는 방대한 프랑스 문학이 희화되어 언급된 것을 보아 작가가 지닌 철학적 배경이 만만치 않음을 짐작케 한다.

근래 들어 부쩍 프랑스 문학이 프랑스를 포함한 유럽계 나라에 한정되지 않고 아프리카를 비롯한 전 세계 프랑스어권 전역으로 그 외연을 넓히고 있음을 느낄 수 있다. 그것은 작가가 지적했듯 식민주의, 탈식민주의, 문화제국주의만으로는 설명되지 않는 새로운 현상이다. 2013년 다니 라페리에르가 프랑스 학술원에 입성하고 2015년 알랭 마방쿠가 콜레주 드 프랑스의 강단에 선 것이 그런 현상의 징후이다. 프랑스 미술과 음악은 일찌감치 아프리카의 원색과 리듬에서 각별한 영감을 얻은 바 있다.

소설가, 대체로 흐림

장폴 사르트르는 삶의 거의 대부분을 비정규직으로 살았다. 책 속에서 태어나 책 속에서 죽었던 그는 학교를 마치고 대학교수 자격시험에 합격한 스물여섯 살이었던 1931년 3월에 지방 항구도시에 소재한 고등학교로 부임하여 첫 월급을 받았다. 그는 학생들에게 번쩍이는 논리와 지식으로 인기를 독차지했으나 평생을 시골 교사로 지낼 생각은 꿈에도 없었다. 지방도시에서 권태와 우울증에 시달리던 시절이 그의 첫 소설 『구토』의 배경이다. 세 번이나 퇴짜를 놓았던 출판사에서 제목을 바꾸고 일부를 삭제당하는 모욕을 겪는 등 우여곡절 끝에 1938년 『구토』를 발표한 후 그의 인생이 바뀌었다. 그 후에도 그는 서너 번 고등학교를 전전하며 철학 교사로 생업을 이어갔지만 그와 동시에 본격적으로 작가의 삶을 시작했다. 2차 대전으로 소집되었다가 포로생활을 겪은 후에도 다시 고등학교로 돌아갔다. 전쟁이 끝나고 실존주의가 부각되자 그는 집필과 강연에 몰두하며 무기한 휴직계를 제출한 후 다시는 교단에 서지 않았다. 그리고 1980년 4월 15일 일흔다섯 살에 죽을 때까지 정기적인 봉급을 받아본 적이 없었다. 그럼에도 불구하고 그는 늘 호텔에서 자고 카페에서 글을 쓰고 멋진 레스토랑에서 식사를 했다. 『구토』가 성공을 거둔 후 출판사는 사르트르가 향후 발표할 모든 작품에 대한 독점계약을 맺고 그의 생계를 도맡았다. 작가는 물질적 속박에서 벗어나 자유롭게 글과 강연으로 전 세계의 독자를 사로잡았다. 출판사가 작가의 씀씀이에 버거워할 무렵, 작가는 자서전 『말』 한 편을 출판사에 넘겨주었고 그것이 〈노벨문학상〉 수상작으로 선정되었으나 작가는 거부했다. 수상 거부 덕분에 책의 판매부수가 부쩍 늘어 작가는 이전의 넉넉한 생활을 유지할 수 있었다. 그를 곁에서 지켰던 친구들은 그의 철학과 더불어 사생활마저도 넉넉한 관용의 실천이었다고 입을 모아 증언했다. 사르트르는 꿈에서 똥을 본다는 것은 곧 돈을 의미한다고 해석하는 프로이트의 정신분석을 비꼬았지만 그에게 돈이란 몸에 지닐 것이 아니라 곧바로 배설해야 하는 똥이었는지도 모른다.

사르트르의 경우는 매우 예외적이다. 대부분의 예술가는 평생 동안 안정된 생활을 영위하지 못했다. 자식이 화가나 시인, 혹은 소설가를 꿈꾼다면 부모는 대뜸 그들의 생계부터 걱정한다. 이 불안한 시대를 겪으며 노년을 바라볼 나이의 부모는 예술가를 꿈꾸는 자식에게 공무원이나 교사의 안정된 미래를 내비치며 그들이 꿈을 거두길 기도할 따름이다. 다니엘 페낙은 '말로센'을 주인공으로 삼은 연작소설로 프랑스에서만 600만 부 이상 판매고를 올리고 20개 이상의 언어로 번역된 베스트셀러 작가이다. 그래도 그는 평생 중등학교 교사직을 버리지 않았고 『학교의 슬픔』은 항상 학생들을 따뜻한 눈으로 바라보며 헌신했던 그의 체험을 기록한 자전적 이야기이다. 첫 대목에서 그는 성공한 작가로 TV 프로그램에 소개되어 "스페인, 이탈리아에서 번역자들과 토론하고, 베네치아의 친구들과 농담하고 (……) 영화인이자 소설가인 다이 시지에, 삽화가 상페, 가수 페르상, 화가 위르그 크라이엔뵐" 등과 어깨를 나란히 하며 등장한다. 100세에 이른 그의 어머니는 TV 방송을 다 본 후에 "재가 언젠가는 궁지에서 헤어날까?"라고 곁에 있던 작가의 형에게 묻는다. 어린 시절 열등생으로 부모의 속을 썩였던 아들이 커서도 여전히 여기저기 떠돌며 이 사람 저 사람과 수다나 떠는 모습이 불안하고 안쓰럽게 보였을 것이다. 어머니의 눈에 비친 아들의 삶은 안정되고 정상적인 것이 아니었다. 대부분 부모들은 아이의 장래희망이 소설가나 시인, 혹은 화가라면 과연 그것이 '직업'이 될 수 있을지 우려하게 마련이다. 프랑스에서는 "국민의 절반은 책을 펴내고, 나머지 절반은 읽지 않는다"는 말이 떠돈다. 우리와 같은 등단제도가 없고 제각기 원고를 출판사에 보낸 후, 그곳 독회위원의 검토를 거쳐 출간하는 것이 일반적인 관행인 프랑스에서는 필부필부匹夫匹婦가 쓴 소설, 시뿐 아니라 일기, 회고록, 여행기 등이 쉽게 활자화될 수 있다. 그러나 정작 오로지 글만 써서 생계를 유지하는 전업작가는 생각하는 것만큼 많지 않다. 시인은 접어두고 소설가만 따져도 "오로지 소설만으로 살아가는 작가는 스무 명이 넘지 않는다"고 한다. 2006년 『문학적 조건—작가들의 이중생활*La condition littéraire : la double vie des écrivains*』을 쓴 베르나르 라이르는 사회과학적 관점에서 객관적 통계와 설문지를 통해 작가와 문학이 처한 현실을 논구했다.

작가란 누구인가

요새는 딱히 책을 출간하지 않더라도 SNS 덕분에 자기 생각을 널리 퍼뜨릴 기회가 많아졌고 심지어 그런 활동이 생계와 이어지기도 한다. 그러나 아직도 책을 출간하는 것이 작가라는 직군에 진입하는 유력한 길이며 "직업으로서의 작가"가 되는 길은 여전히 매우 비좁고 가파르다. 글을 써서 인류에 도움을 주고 심지어 한 권의 책이 나라의 운명을 바꾼 혁명의 도화선이 되기도 했지만 정작 그 작가는 과연 "무엇으로 먹고살았을까"가 사회학자 베르나르 라이르의 주된 관심사이다. 그런데 정작 직업으로서의 예술가를 정의하는 것조차 쉽지 않았다. 그의 관점에서는 프랑스혁명의 사상적 토대를 제공한 장 자크 루소의 주된 직업은 작가가 아니라 악보 필사가였고 스피노자는 철학자라기보다 유리를 깎아 돋보기를 만드는 안경사였다. 카프카는 보험사 직원이고 고트프리트 벤은 의사이다. 프랑스 초현실주의 운동에 핵심적 역할을 담당한 작가의 사례를 들어보자. 필리프 수포는 앙드레 브르통, 루이 아라공과 더불어 초현실주의 운동에 가담했고 스무 살에 첫 시집을 냈으며 소설가, 에세이스트, 신문기자로서 문학사에 남긴 그의 글은 다양하고 풍성하다. 유복한 집에서 태어나 오로지 예술에만 몰두했을 것처럼 보이는 그의 삶을 사회학적 관점에서 보면 다소 차이가 난다. 그는 스무 살에 첫 시집을 냈으나 그것은 235부만 판매되었다. 그래서 그는 건설부 소속 공무원이 되어 석유과에 근무했고 다시 23세부터 26세까지는 철도과에 배속되었으나 경제적 어려움 때문에 장르를 불문하고 수필, 기사, 소설 등을 남발했으니 공무원, 작가, 신문기자도 겸업한 셈이다. 그의 회고록을 인용하자면 이렇다. "그런 일을 수락한 것은 잘못이었지만 솔직히 말하면 거절할 수 있는 여지가 없었다. 나의 아내와 어린 딸을 위한 물질적 삶을 확보하려면 나는 투쟁해야만 했다."

가장 많은 시간과 노력을 투여한 생산 활동영역을 기준 삼아 직업을 정의한다면 과연 '시인'이란 직업군에 포함될 사람이 몇 명이나 될까. 르네 샤르는 자신을 시인으로 규정하는 것을 거부했다. 그 주된 이유가 시를 쓰는 작업과 그것의 출간이 지속적 현상이 아니기 때문이었다. "시인, 그런 사람은 존재하지 않는다. 그것은 일시적 추상화의 결과일 따름이다. 어떤 사람이거나 간헐적으로만 시인이며 나머지 시간에는 외부적으로 부과된 역할을 한다. 본질적으로 시만이 존재하고 시는 완성되자마자 시인으로부터 벗어난다." 필리프 수포의 고백이 주로 경제적 측면을 강조했다면 르네 샤르는 보다 본질적이며 존재론적 입장에서 시인, 혹은 작가를 정의한 것이다. 예컨대 평생 논밭을 가꾸는 농부로 살다가 틈틈이 서너 편의 시를 발표한 사람이 직업란에 시인이라고 쓸 수 있을까. 『문학적 조건』의 부제처럼 작가에게 이중생활, 혹은 다중생활은 거의 숙명이나 다름없다. "글쓰기가 평생 동안 나의 유일한 일"이었다고 자부한 스탕달도 엄격히 말하자면 영국 잡지에 기사를 제공하는 특파원 같은 일을 했고 정부의 자문위, 이탈리아 주재 영사직도 맡았으니 그도 일종의 이중생활자였던 셈이다. 시인 베를렌은 "자신을 몇 단계 낮출지라도 시인이 시로 먹고살 수 있는 방법은 없다"고 말했다. 베를렌은 에드거 앨런 포를 읽으려고 영어를 배운 덕분에 영어 강사로 밥벌이를 할 수 있었다고 고백하며 그것을 후회하거나 부끄럽다고 생각하지 않았다. 1960년 〈노벨문학상〉을 받은 시인 생존 페르스는 외교관 시험에 합격하여 관료로 근무하는 동안에는 알렉시스 르제르란 이름으로 행세했다. 그는 이름까지 구분하여 완벽한 이중생활자로 살아갔던 셈이다.

1년에 한두 편의 시를 발표하는 사람에게 시인이란 정체성을 부여하는 것이 온당한가. 언필칭 예술가라는 사람은 실제 삶의 대부분을 다른 데에 쏟아부을 수밖에 없다. 1년에 한두 번 무대에 오를 뿐 나머지 시간에는 자장면을 배달하는 사람에게 과연 본업이 예술가라고 할 수 있을지 의문이다. 서구에서 시집은 거의 상업적 가치가 소멸된 장르라서 명색이 시인이지만 온전히 시가 전업이라고 내세울 시인은 가뭄의 콩보다 드물다. 예술사회학을 연구하는 학자로서 연구의 대상, 그 범주마저 흐릿하니 연구는 시작부터 제자리걸음이다. 프랑스 역사에서 가장 어두웠던 시절인 2차 대전 점령 기간 중 독일에 협조한 부역 예술가를 연구했던 사회학자도 연구 첫머리에서 이 문제에 봉착했다. 부역이란 행위는 객관적으로 쉽게 정의되지만 과연 예술가의 범주를 어디까지 잡아야 할까. 극단적으로 말하자면 프랑스에는 부역 예술가가 한 명도 없었다고 할 수도 있다. 사르트르의 말처럼 부역한 사람들 중 진정한 예술가란 단 한 명도 없다고 주장할 수도 있기 때문이다. 장場과 아비투스 개념으로 "예술의 규칙"을 정의하려 시도했던 피에르 부르디외도 예술가의 범주는 가장 정의하기 어려운 것이라고 고백했다. 예술가라는 자부심, 즉 주관적 정체성을 인식하는 것만으로도 부족하고 그가 실제 종사하는 직업으로 그의 아비투스를 확정 짓기에도 무리가 따르기 때문이다.

현대소설의 시발점으로 간주되는 플로베르는 평생 오로지 소설만 썼지만 사회학적 관점에서 그는 토지 임대업에 종사한 사람이다. 그가 5년 내내 한 작품만 붙잡고 씨름할 수 있었던 것도 그에게는 부양할 가족도 없고 그의 신분이 상속받은 토지를 임대해서 살았던 지주였기에 가능한 일이었다. 예술가의 범주화에 어려움을 겪은 베르나르 라이르는 프랑스 사회보장국에서 분류한 직업 범주에 속하는 '예술가 분포도'를 차용했다. 다음의 표에서 작가auteur라는 범주에는 시인, 소설가, 희곡작가뿐 아니라 번역가, 안무가, 사진작가까지 포함된다. 사

	1999. 7. 1–2000. 6. 30	%	2002. 7. 1–2003. 7. 30	%	2004. 7. 1–2005. 6. 30	%
작가	1,633	20.9	1,803	20.6	1,770	20.6
번역가	649	8.3	690	7.9	679	7.9
화가	908	11.6	1,051	12.0	1,059	12.3
소프트웨어 제작자	159	2.0	159	1.8	147	1.7
극작가	146	1.9	146	1.7	138	1.6
영상 작가	902	11.6	920	10.5	938	10.9
영화 작가	157	2.0	257	2.9	216	2.5
안무 및 무언극 작가	950	12.2	900	10.3	839	9.7
사진가	2,299	29.5	2,808	32.2	2,837	32.9
전체	7,803	100	8,734	100	8,623	100

회보장국은 국가에서 수입, 세금 납부액, 재산 등을 고려해 개인의 복지수혜 수준을 결정하기 때문에 비교적 엄격한 기준을 적용하여 직군을 분류한다. 여기에서 작가란 저작권이 발생하는 경제행위에 종사한 사람을 뜻한다.

위 표의 직군 중 가장 먼저 눈에 띄는 분야가 사진가이다. 수요가 공급을 창출할 수도 있지만 사진가가 많은 것은 직업의 진입장벽이 낮다는 사실과 관련된다. 밀란 쿤데라의 『참을 수 없는 존재의 가벼움』에서 여주인공 테레자는 시골 마을 카페의 여급이었다. 우연히 시골 카페에서 만나 잠깐 대화를 나눈 사이였을 뿐인데 그녀는 의사 토마시를 만나러 무작정 상경한다. 소설은 그녀를 내치지 못해 망설이는 장면으로 시작된다. 토마시는 인맥을 동원해서 그녀를 잡지사의 사진기자로 취업시켜준다. 그리고 테레자가 웨이트리스에서 사진작가가 되었으니 그녀에게 그것은 일종의 신분 상승이었다고 토마시는 평한다. 소련 탱크가 진주한 "프라하의 봄"을 맞아 테레자는 사진작가의 업무를 훌륭하게 수행하며 자부심마저 느낀다. 나중에 사진 탓에 경찰로부터 심문까지 받았으니 그녀는 명실상부한 사진작가인 셈이다. 일정한 학습 과정이나 오랜 수련 기간을 요해서 진입장벽이 높은 작곡가, 소프트웨어 제작자, 번역가와 비교한다면 테레자의 경우처럼 사진가는 비교적 진입장벽이 낮은 셈이다.

사진 분야 다음으로 큰 비중을 차지하는 데가 글을 쓰는 직군이다. 이 숫자는 조사 연도를 기준으로 세 권에서 여섯 권까지의 단독저서를 발행한 사람을 셈한 것이다. 1년에 서너 편의 시를 발표한 경우라면 사회보장국에서 마련한 작가군 기준에 미달한다. 물론 소설과 시를 쓰고 영화 시나리오, 희곡도 집필하고 직접 연출까지 겸하며 번역까지 손대는 작가도 적지 않다. 장필립 뚜생은 원래 영화감독을 꿈꾸었으나 여건이 허락하지 않자 영화대본과 유사한 소설 『욕조』를 발표한 후 자본이 축적되자 곧바로 영화계에 투신했다. 뿐만 아니라 그는 사진과 설치미술로 여러 차례 전시회도 열었으니 위의 표로 보자면, 여러 군데에 발을 걸치고 있는 셈이다.

작가에게 물질적 편의를 제공하는 '국립도서센터'는

다른 소소한 수익성 직업을 자제하고 자신의 정체성을 일관되게 유지하는 사람을 소설가나 시인으로 간주한다. 그러나 이런 해석은 모두 작품의 수월성, 다시 말해 작품의 문학성은 전혀 고려하지 않는 형식적 규정일 뿐이다. 작가의 정체성을 구성하는 요소로 일관성을 꼽는다면 이와 더불어 특정 직군에 진입하기 위한 수련 과정도 따져야 한다. 음악의 기본이론을 익히고 적어도 연주 실력까지 갖춰야 하는 작곡가의 경우, 하루아침에 문득 결심하여 작곡가가 되기는 어렵다. 그런데 소설가나 시인의 경우 작가를 양성하는 공식적 기관이 프랑스에는 없다. 소위 문예창작학과creative writing는 영미권 나라를 제외하고는 거의 없다고 해도 과언이 아니다. 최근 프랑스에서도 문학 수련 과정을 대학에 설강하려는 움직임을 보이자 소설가 프랑수아 봉François Bon은 빈사상태의 문학세계를 파괴하려는 시도라고 일갈했다. 예술고등학교에서 문예창작을 전공하고 대학에서도 오로지 같은 길을 추구한 예비 작가도 적지 않은 우리네에 비한다면 프랑스 소설가나 시인은 어디에서도 창작기법을 배울 수 없다. 『직업으로서의 소설가』에서 무라카미 하루키의 말을 인용하자면 이렇다.

소설 따위—'소설 따위'라는 말투는 약간 난폭하긴 합니다만— 쓰려고 마음만 먹으면 거의 누구라도 쓸 수 있기 때문입니다. 이를테면 피아니스트나 발레리나로 데뷔하려면 어릴 때부터 길고 험난한 훈련이 필요합니다. 화가가 되는 데도 어느 정도 전문 지식과 기초적인 기술이 필요합니다. 애초에 그림 도구 일습을 장만해야 합니다. 등산가가 되는 데는 남다른 체력과 테크닉과 용기가 요구됩니다.

그런데 소설이라면 문장을 쓸 줄 알고(대개의 일본인은 쓸 수 있지요) 볼펜과 노트가 손맡에 있다면, 그리고 그 나름의 작화作話 능력이 있다면, 전문적인 훈련 따위는 받지 않아도 일단 써져버립니다. 아니, 그보다 일단 소설이라는 형태가 만들어져버립니다. 인문계 대학에 다닐 필요도 없습니다. 소설을 쓰기 위한 전문 지식 따위, 있으나 마나 한 것이니까.

일본뿐만 아니라 프랑스에서도 작가의 수련 과정, 혹은 대학 전공분야로 구분하는 것은 참고사항일 뿐 객관적 기준이 될 수 없다. 수학을 전공하고 대학에서 수학을 가르치는 자크 루보는 시인, 소설가, 에세이스트로 활동하며 조르주 페렉과 더불어 전위적 예술운동인 울리포 그룹에 중요한 이론적 토대를 제공했다. 그의 수학 지식은 울리포에서 추구했던 제약을 통한 창작론에서 여러 가지 형식적 제약을 고안하고 이론을 뒷받침하는 데에 큰 기여를 했다. 몇 해 전 방한한 앙투안 콩파뇽은 프랑스 문학의 저력을 실증하는 사례로 소피 칼을 내세웠다. 내게는 그녀의 예술적 정체성이 모호하고 더구나 그녀의 글이 문학사에 포함될 수 있을지 가늠할 수 없어서 나는 무심코 소피 칼이 대학에서 어떤 전공을 했는지 그에게 물었다. 콩파뇽 교수는 예술가의 대학 전공과 그의 예술적 정체성 사이에는 아무 관련도 없다고 답해서 나는 머쓱해지고 말았다. 하긴 콩파뇽 교수도 원래 공학도였으니 질문 대상부터 잘못 짚었나 싶다. 한마디로 요약한다면 소설가가 되기 위한 어떤 예비 과정도 없으며, 심지어 하루키의 표현대로 "전문 지식 따위, 있으나 마나 한 것"이다. 그는 "소설을 쓰기 위한 훈련이라고는 전혀 받아본 적이 없"고 "작가가 되겠다는 작정도 딱히 없었고 미친 듯이 습작을 써본 적도 없이, 어느 날 불현듯 생각이 나서 『바람의 노래를 들어라』라는 첫 소설(같은 것)을 썼고 그걸로 문예지의 신인상을 탔습니다"라고 회고한다. 앞의 표에서 알 수 있듯 문학 부분의 작가가 압도적으로 많은 이유 중 하나는 진입장벽이 아예 없거나 설령 있더라도 그 문턱이 낮기 때문이다. 프랑스에서는 특별한 등단제도가 없기 때문에 예비 작가는 직접 출판사에 투고하여 개별 출판사에 소속된 독회위원의 판단에 따라 출간 여부가 결정된다. 프랑스 국립통계청에 등록된 출판사가 4167개에 이르고 이 중에서 대충 걸러내도

1000개에서 1200개의 출판사가 실제로 사업을 지속하고 있다. 사정이 이렇다면 "국민의 절반은 책을 펴내고, 나머지 절반은 읽지 않는다"는 농담이 반쯤은 진담으로 들린다. 프랑스 국립통계청에 따른 작가 정의는 "문학적 글, 시나리오, 대화 전문 작가는 다음과 같이 규정된다 : 저서나 다른 멀티미디어의 형태로 출간되거나 현장공연이나 시청각 매체의 제작을 위한 글을 쓰는 사람"이 작가이며 1982년, 1990년, 1999년에 실시한 조사에 따르면 각 해당 연도에 4180명, 5590명, 6550명이 이런 직군에 속한다. 채 20년이 못 되는 기간 동안 프랑스에서 작가의 숫자는 56퍼센트 정도 늘어난 셈이다. 그런데 이 작가들 중에서 정기적인 월급을 받는다고 신고한 사람이 1990년에 1.5퍼센트, 1999년에 0.06퍼센트에 불과하다. 그런데 베르나르 라이르가 배포한 설문지에 응답한 작가들 중에서 84.2퍼센트가 정기적인 월급을 받는다고 답했다는 것이 묘하다. 사회학적 관점에서 전문 작가로 지목한 사람들 중 84.2퍼센트가 다른 직업을 겸업하는 이중생활자란 뜻으로 해석된다.

직업으로서의 소설가

다른 예술 분야와 달리 시인, 소설가라는 직업에는 딱히 공식적 수련 과정도 없고 따라서 어떤 수료 자격증이 없다. 전시회가 화가를 만들고, 연주회가 연주자를 탄생시키지만 출판의 기회가 누구에게나 주어진 상황에서 책의 출간이 곧바로 작가의 탄생으로 이어지기 힘들다. 『문학적 조건』에서 800여 명의 작가에게 설문지를 돌려 뽑아낸 통계에 따르면 작가들은 제각기 735개 출판사에서 자신의 작품을 발표했다. 프랑스의 "파리중심주의"를 고려하면 지방의 소규모 출판사가 이 통계숫자에서 큰 비중을 차지할 것이라고 짐작된다. 작가 중에서 44퍼센트가 파리에 거주하고 파리 인근까지 범위를 넓히면 63.5퍼센트가 수도권에 거주한다. 이 작가들이 발표한 무수한 작품 중에서 문학상 후보에 오르거나 수상작이 되면 직업 작가의 정체성을 굳히는 데에 도움이 된다. 공쿠르, 르노도, 메디치, 아카데미 프랑세즈 등 오랜 역사와 권위를 지닌 문학상 심사위원회에서 부여하는 상패는 소설가에게 문학 공화국에 거주할 수 있는 "잠정적" 체류증과 같은 효과를 발휘한다. 여기에서 "잠정적"이란 단서를 단 것은 문학상이 곧바로 영주권이 되지는 못하기 때문이다.

『문학적 조건』에서 보낸 설문지에 회답한 작가들의 통계에 따르면 작가들은 349개의 각종 문학상을 수상한 바 있다고 답했다. 전 세계 프랑스어권 나라에서 1996년에만 1700여 개의 문학상이 수여되었고, 그중에서 권위가 인정된 것만 추려내면 2004년 기준으로 293개에 이른다. 그중에서 중요한 것을 열 개만 인정해도 10년이 지나면 (중복 수상을 고려해도) 적어도 100여 명의 수상자가 누적된다. 따라서 최고 권위를 자랑하는 〈공쿠르상〉을 받았더라도 하루키가 말하는 "직업으로서의 소설가"가 되는 길이 보장되지는 않는다. 어차피 소설가라는 직업을 인정하는 공식 제도가 없고 그 안정성이 보장되지도 않기 때문이다. 흔히 신인, 중견, 원로 등과 같은 호칭을 붙이지만 문학의 세계에서는 일반 직장처럼 서열이나 등급이 존재하지 않는다. 여러 권의 작품을 거느린 작가라도 기득권, 혹은 안정된 독자층이 보장되지 않는 탓에 작가의 생계는 오로지 우연, 행운에 기댈 수밖에 없다. 하루키가 〈군조 신인상〉을 받은 후에도 이전의 생계 수단이었던 재즈바를 운영하는 "이중생활"을 지속할 수밖에 없었던 것은 예외적 상황이 아니다. 다시 『문학적 조건』에서 조사한 프랑스 문단 현황을 살펴보면 1999년 "오로지 글만 써서 생계를 유지하는 작가는 프랑스에서 스무 명이 넘지 않는다"라고 단언한다. 소설가뿐 아니라 앞의 표에 들어 있는 영상, 희곡작가까지 포함한다면 2000년도 기준으로 만여 명의 작가가 현장에서 활동 중이며 그중에서 600명만이 오로지 저작권 수입으로 살아간다.

2004년 통계에 따르면 그 500여 명의 작가가 매월 평균 1500유로의 저작권료를 받는다. 원화로 따지면 200만 원 남짓한 금액이다. 그 행운의 500여 명 중에서 소설가는 극소수이고 (넉넉히 잡아도 서른 명이 넘지 않을 것이다) 시인은 아예 제외되었다. 2005년 통계는 다른 숫자를 보여준다. 저작, 공연, 연주 등을 포함하여 작가의 월평균 수입은 3330유로(대략 450만 원)에 달한다. 다만 평균치에 가려진 현실을 자세히 들여다보아야 한다. 다른 직군에 비해 작가 간의 빈부 격차가 매우 크기 때문이다. 작가들 중 45퍼센트가 정부가 정한 최저 생계비 수준도 벌지 못하는 반면 4.2퍼센트의 작가가 월평균 10678유로(대략 1500만 원)의 소득을 올리고 있다. 앞서 말했듯 이 4.2퍼센트의 작곡가, 안무가, 사진가 중에서 소설가는 극소수, 즉 스무 명에 불과하다. 그리고 그 스무 명은 매년 절반 이상씩 바뀌고 있다. 매년 꾸준히 베스트셀러를 내는 작가는 없다는 뜻이다. 그것이 다행인지 불행인지 모르겠으나, 서울에서 바라본 프랑스 소설가의 날씨는 '대체로 흐림', 혹은 항구적 빙하기이다.

남의 나라 날씨가 우리에게 위로가 될지 모르겠다. 감히 경제학자 흉내를 내본다면, 책 한 권을 사면 작가가 살고, 번역가가 살고, 출판사의 교정·교열 전문직이 살고, 인쇄소가 살고, 제지업자가 살고, 서점 주인, 도서관 사서가 살고, 내 집 문 앞까지 책을 가져다주는 택배 아저씨가 살 수 있다. 그리고 마지막으로 작가가 살아야 평론가가 그 곁에서 기생하며 겨우 살 수 있다.

항상 행복한 가족

앙드레 지드가 『지상의 양식』에서 "가족들, 너희를 증오한다"라고 부르짖었다면 사르트르는 자서전 『말』에서 "좋은 아버지는 없다. 이것은 철칙이다. 남자들을 탓할 게 아니라 썩어빠진 부자관계를 탓해야 한다"고 단언했다. 사르트르가 다소 의기양양하게 자신의 과거를 털어놓은 것은 그의 아버지가 일찍 죽어 부자관계가 썩을 틈이 없었기 때문이다. 우리의 모든 불행은 가족에 뿌리를 두고 거기에서 뻗어나간 비극의 가지와 결실이 우리의 현재 모습이다. 인간의 추한 모습을 과장되게 드러내는 TV 드라마는 한결같이 가족이라는 울타리 안에서 벌어지고, 신문과 뉴스는 현실이 이보다 더욱 잔인하고 처절하다는 것을 하루가 멀다 하고 증언한다. 동화가 "그래서 두 사람은 결혼해서 오래도록 행복하게 살았습니다"로 끝나지만 소설은 그 이후의 환멸을 그려낸다. 그래서 적어도 유년기부터 가족을 이뤄 살아야 하는 포유류에 속한 인간은 불행하다. 그 진실을 증명하는 데는 세 명의 정족수만 채워지면 충분하다. 프로이트의 오이디푸스 삼각형, 그 꼭짓점에 한 사람씩 앉히는 것이 비극의 필요조건이다. 소설뿐 아니라 그림도 그 비극을 어둡게 보여준다. 예컨대 마네가 그의 부모를 그린 「화가의 부모인 오귀스트 마네 부부」에 표현된 가족의 모습이란 무엇이던가. 매독에 걸려 마비된 상태의 아버지는 뭔가에 분노를 느끼거나 깊은 회한에 빠진 듯 주먹을 움켜쥐고 있고 뜨개질 바구니를 손에 들고 남편을 내려다보는 어머니의 눈빛도 결코 다정하지 않다. 어두운 그림에서 어머니의 손가락에 낀 결혼반지가 준엄하게 반짝거린다. 아버지는 여자 가정교사와 불륜을 저질러 아들을 낳았고 추문을 피하기 위해 그 아들을 아들의 아들로 만들었다. 다시 말해 아버지의 아들인 화가 마네는 아버지의 정부와 결혼했다. 화폭 밖 아들의 눈에 비친 이 그림 속에서 가족의 불행을 읽는 사람은 미술전문 사학자지만 청맹과니가 아닌 이상 두 부부의 사이가 어둡다는 것은 맨눈에도 알 수 있다.

행복의 결심

"나는 죽어도 행복하리라"는 굳은 결심을 하더라도 그

행복에 대한 집착이 곧장 불행의 원인으로 귀착되기 십상이다. 소설 『미스터 보쟁글스』에서 아버지, 어머니, 그리고 아들로 구성된 한 가족은 아버지의 주도 아래 항상 즐겁게 살기를 가훈으로 삼은 듯하다. 아버지는 항상 아들을 포함한 주변 사람들을 농담으로 즐겁게 해주는 것을 즐긴다. "아버지의 직업은 작살로 파리를 잡는 것이었단다. 그런데 그게 벌이가 시원치 않고 힘들지." 이 말을 곧이곧대로 들은 아들은 학교에서 아버지 직업을 파리잡이라고 소개했다가 선생과 친구들의 조롱을 받는다. 아들이 믿었던 것과는 달리 아버지는 파리잡이가 아니라 자동차 정비소를 운영하는 사업가이다. 아버지는 머지않아 프랑스에서 노후 차량의 점검을 강제하는 법규가 제정된다는 친구의 귀띔 덕분에 재빨리 점검 전문 차량정비소를 차려 큰돈을 벌고 마침내 수십 개의 정비소를 거느린 사장이 된다. 차량 정기점검이 법제화된 것이 1992년이고 소설에서 얼핏 베를린 장벽이 무너진 것을 언급한 것을 염두에 두면 대충 1990년대로 시간적 배경을 짐작할 수 있다. 그런데 소설을 읽다 보면 파티, 술, 춤, 재즈 등이 자아내는 분위기 탓에 『위대한 개츠비』와 동시대의 이야기쯤으로 착각하기 십상이다. 성공한 사업가의 모임에서 아버지는 양손에 술잔을 들고 수영장 옆에서 비틀거리는 매혹적인 여자를 발견하고 첫눈에 반한다. 그러나 그녀가 자신의 삶에 들어오는 순간부터 그의 삶은 궤도를 벗어난 열차처럼 탈선과 붕괴로 이어질 것을 예감한다. 절벽의 난간을 뛰어넘는 심정으로 아버지는 어머니의 손을 잡는다. 두 사람은 빈 성당에서 신부도 증인도 없이 「미스터 보쟁글스Mister Bojangles」라는 노래에 맞춰 춤을 추는 것으로 결혼식을 대신한다. 11장으로 구성된 소설은 주로 두 사람 사이에서 태어난 아들의 시선으로 그려지지만 중간에 이탤릭체로 구별된 부분은 아버지의 독백이다. 말하자면 인지 능력이 제한된 어린 화자는 "반쯤만 신뢰할 수 있는 화자"이고 사태의 진행과 심각성을 토로하는 아버지의 이탤릭체 독백이 사건의 전말을 독자에게 성인의 시각으로 전달해주는 셈이다. 아들과 아버지의 눈에 비친 어머니의 모습, 그 사랑스러운 모습이 서서히 무너져가는 과정, 그것을 바라보는 두 화자의 안타까운 심정이 이 소설에서 긴장과 감동을 유발하는 장치이다.

사업이 번창하여 아버지의 귀가가 늦어지자 어머니는 행복한 부부는 한순간도 떨어져 살 수 없다고 불평한다. 아버지는 "일찍 일을 그만두려고 늦게까지 일한다"고 답한다. 부지런히 일해서 충분한 재산을 쌓은 후 일찌감치 은퇴하고 함께 여생을 즐기려고 한다는 뜻이었다. 아버지와 아들은 어머니를 일편단심 여신처럼 숭배한다. 약간 늦깎이 여대생 같은 천진난만한 생기를 풍기는 어머니는 매 순간 행복하기로 결심한 사람처럼 매일 친구와 동네 사람, 심지어 우편배달부까지 초대하여 밤새도록 파티를 즐긴다. 집 안에는 술이 넘치고 특히 춤이 멈추는 법이 없다. 집 안 텔레비전은 고장난 지 오래지만 누구도 수리할 생각을 하지 않아서 텔레비전 위에 모자를 씌워 놓아 가구 노릇만 할 뿐이다. 아버지와 어머니에게는 니나 시몬Nina Simone이 부른 「미스터 보쟁글스」가 삶의 신조이자 등불이었다. 어머니는 아들에게 자주 「미스터 보쟁글스」에 관한 이야기를 들려주었다. 그의 삶은 그 노래처럼 "아름다운 춤 같았고 쓸쓸했다. 부모님이 「미스터 보쟁글스」를 틀어놓고 느린 춤을 추는 것은 그런 이유 때문이다. 그것은 감상주의에 빠진 사람들을 위한 음악이었다. (……) 허름한 옷차림의 보쟁글스는 개를 데리고 다른 대륙의 남부를 떠돌았다. 어느 날 그의 개가 죽자 모든 것이 예전과 달라졌다. 그래도 그는 여전히 허름한 옷을 입고 술집을 전전하며 춤을 추었다. 춤을 추다 보면 개가 다시 돌아오리라 믿었던 것이다". 헐렁한 바지 차림에 낡은 구두를 신은 댄서는 허공으로 아주 높이 뛰어올랐다가 가볍게 착지했다. 그 노래에 맞춰 부모가 한몸이 되어 춤을 추는 모습이 아들에게는 행복 그 자체였다. 다만 어머니는 너무 높이 뛰어올랐지만 가볍게 착지할 줄 몰랐다. 바닥에 닿을 때마다 어머니의 정신은 조금씩 금이 가고 마침내 반짝거리는 사금파리로 분해되어 하늘로 날아가는 것이 이 소설의 줄거리이다.

아버지는 어머니를 매일 다른 이름으로 불렀다. "나는 아버지가 어머니를 이틀 이상 같은 이름으로 부르지 않는 이유를 알지 못했다. 어머니는 어떤 이름은 다른 이름보다 금세 싫증을 냈지만 어머니도 아버지의 그런 습관을 아주 사랑했고 나는 매일 아침 부엌에서 장난기가 가득한 눈빛으로 그릇에 코를 박거나 손으로 턱을 괴고 아버지의 명명식을 기다렸다." 어머니는 간혹 "아, 그런 이름은 싫어요. 오늘만은 르네가 싫단 말이에요. 오늘 저녁 식사에 손님을 초대했는데 그런 이름은 어울리지 않아요"라고 했다. 아버지의 눈에는 어머니는 매일 다른 여자, 새로운 여자였다. 저녁식사 중 누구인가 프랑스 말로 "스페인의 성"이 이루지 못할 꿈, 환상을 뜻한다고 설명하자 어머니는 정확히 1년 후에 스페인 성에 초대해서 샴페인을 함께 마시도록 하겠다는 내기를 건다. 아버지는 어머니의 꿈을 실현해주기 위해 스페인 호숫가에 성을 구입한다. 그리고 이제 아버지는 "빚을 갚기 위해 나의 정비소와 이별하고 모든 것을 처분해야만 하는 것"을 감수한다. 아버지는 처음부터 어머니의 광기가 어느 순간 가족이 견딜 수 있는 한계를 넘어설 것을 알고 있었다. 파멸의 순간이 시시각각 다가오는 것을 감지한 아버지는 그 마지막 순간까지 어머니의 행복을 위해 "우리는 매일 춤을 추고 파티를 열어야만 한다"고 다짐한다. 아들은 어머니의 변신을 조금씩 느낀다. 아버지의 수첩에 적힌 바에 따르면 어머니의 변신은 처음에는 아주 미세했다.

그것은 맨눈으로는 거의 감지하지 못하는 것이었으나 그녀 주변의 공기와 그녀의 기분에 조그만 변화가 생겼다. 우리는 단지 느끼기만 할 따름이었다. 그녀의 행동, 눈썹의 움직임, 약간 박자를 놓친 그녀의 박수 등, 아주 작고 사소한 것들이었다. 거짓말을 보태지 않는다면 처음에 그것은 눈에 보이지 않고 느껴지기만 할 뿐이었다. 우리는 어머니의 독특한 개성이 계속해서 계단을 올라가다가 이제 새로운 계단참에 이른 것이라 생각했다. 그리고 그녀는 보다 자주 신경질을 내기 시작했고 그 상태가 오래 지속되었지만 심각할 정도는 아니었다. 하긴 그녀는 예전에도 항상 툭하면 춤을 추었고 그전보다 더 흥분하고 온몸을 내던졌지만 불안해 보일 정도는 아니었다. 예전보다 조금 더 칵테일을 마셨고 가끔은 아침에 깨어나서도 마셨지만 주량은 거의 비슷했고 그것 때문에 사태가 달라지지는 않았다. 그래서 우리는 우리의 삶, 우리의 축제, 천국으로의 여행을 계속했다.

매 순간 행복하기로 굳게 결심한 가족은 이렇듯 축제와 농담인 삶을 이어가는 듯싶었다. 아들은 집에서 목격하고 겪는 부모의 일상을 학교에서 털어놓지만 아무도 그런 환상적 삶을 믿지 않았다. 그래서 아들은 집과 학교 양쪽에 거짓말을 해야만 했다. 학교의 범속한 진실보다 환상적 이야기를 원하는 어머니에게는 학교 이야기를 거짓으로 꾸미고 규범과 절제를 앞세우는 학교에서는 집안 이야기를 감춘 거짓말을 꾸며내는 아들은 글을 제대로 쓰지 못하는 이상한 증세에 시달린다. 그가 쓰는 글은 모두 거울에 비친 것처럼 좌우가 뒤집혀 있었다. 뿐만 아니라 그는 숫자로 된 시계는 읽을 줄 알지만 시곗바늘이 가리키는 시간을 읽지 못한 탓에 결국 어머니는 학교로 호출된다. 아들이 학교에서 온당한 대접을 받지 못한 것에 분개한 어머니는 아들을 자퇴시킨다. 어머니는 당당했다. 그녀가 보기에 아들의 행복에 이롭지 않은 지식을 강요하는 학교는 굳이 다닐 필요가 없었다. 게다가 아버지는 "이 세상에서 가장 어린 은퇴자가 된 아들"을 축하하며 어머니의 결정에 맞장구를 쳤다.

환멸과 현실

그런 축제에 찬물을 끼얹는 사건이 벌어졌다. 어느 날 그의 집에 세무서 직원이 들이닥친다. 거실 한구석에는 뜯지 않은 우편물이 산더미처럼 쌓여 있었는데 그 안에 오랫동안 밀린 세금을 독촉하는 고지서들이 끼어 있었다. 어머니는 현실을 수긍 못하고 세무서 직원을 호되게 몰아치며 집 밖으로 내쳤다. 세무서 직원은 "당신들의 삶은 곧 지옥이 될 것이다"라고 장담하며 돌아섰고, 결국 아버지는 거대한 저택과 사업체를 정리해야만 했다. 어머니는 불행의 원천이 종이 뭉치에 불과한 고지서라 믿고 거기에 불을 질렀다. 소방차가 출동하여 가까스로 큰불은 막았지만 불길 속에서도 어머니는 니나 시몬의 레코드만은 들고 빠져나왔다. "아버지는 망연자실했고 이제 막 그의 시대는 끝난 것처럼 보였다." 어머니를 정신병원에 입원시키고 아버지와 아들은 작은 아파트에 월세로 들어간다. 그래도 아버지는 "두고 봐라, 이 악몽은 곧 끝날 거야. 어머니는 정신을 되찾고 우리는 예전 삶으로 돌아갈 수 있을 거야"라고 아들을 위로했다. 그러나 의사는 아버지의 낙관에 동의하지 않았고 어머니를 한동안 입원시킨 후 주의 깊은 관찰을 해야 한다고 진단했다.

"저들이 엄마를 며칠 데리고 있겠다는구나. 그게 훨씬 낫지. 그러면 어머니가 완치가 되어 퇴원할 거래. 며칠만 기다리면 다 끝날 일이야. 어머니가 돌아올 때까지 거실을 수리할 시간을 번 셈이지. 네가 거실 벽지 색깔을 고르려무나. 두고 봐라, 아주 재미있을 거야!" 그러나 아버지의 쓸쓸하고 부드러운 눈빛은 정반대의 말을 하는 듯했다. 하긴 그동안 지나치게 행복에 집착한 가족은 항상 어머니의 심기를 보살펴야 했다. 아들이 "그것"이라 지칭한 어머니의 광기는 언제, 어디에서 발현될지 알 수 없었다. "그것은 계획표도 없고, 정해진 시간, 약속도 정하지 않고 무례한 방문객처럼 초인종도 울리지 않고 어느 날 아침, 저녁, 파티 동안, 샤워가 끝난 후, 산책 중간에 어머니를 사로잡았다. 우리는 속수무책으로 한동안 기다려야만 했다." 예컨대 파티 석상에서 논쟁이 벌어지면 어머니는 자기 팬티를 내기에 걸었고, 아무렇지 않게 팬티를 벗어 식탁 위로 날렸다. 밤새 댄스파티로 난장판이 된 집에서 아침이 되면 알몸으로 걸어 나와 해장술을 사러 밖으로 나가기도 했다. 아버지가 어머니를 택한 이유가 바로 이런 아름다운 광기 때문이었다지만 점점 그것이 사회적 용인의 범주를 벗어나기 시작했다. 니나 시몬의 「미스터 보쟁글스」를 들으며 흥얼거리고 춤추는 모습만이 그녀가 가장 행복한 순간이었다.

정신병원에는 자신을 대통령이라 믿는 "야쿠르트"란 별명의 남자, 한 문장에 수십 가지의 외국어를 섞어 사용하는 네덜란드인 스벤, 비닐 포장지의 작은 공기주머니를 강박적으로 터뜨려 "공기방울"이라 불리는 여자 등 여러 부류의 환자들이 어머니를 둘러싸고 있었다. 그 와중에서도 어머니는 여전히 유머감각을 잃지 않았고 면회를 갔을 때에는 대머리 남자를 자신의 새 애인이라고 아버지에게 소개했다. 아버지는 어머니의 새 애인에게 "고마워요, 친구. 내가 계약 하나를 제안하지요. 아내가 비명을 지를 때에는 당신이 보살피고, 아내가 웃을 때에는 내가 감당하지요! 훨씬 득을 보는 쪽은 당신입니다. 왜냐하면 웃기보다는 비명 지르는 시간이 훨씬 많으니까요!"라며 웃어넘겼다.

시간이 지나면서 어머니는 정신병원의 우두머리 행세를 했다. 모든 환자가 손에 온갖 선물을 들고 어머니 병실 앞에 긴 줄을 서서 여왕의 접견을 기다렸다. 어머니가 입원한 후부터 아버지는 아들에게 보다 많은 관심을 기울였다. 복습을 돕고 종종 극장에도 데려갔다. "극장의 어둠 속에서는 내가 보지 않는 사이에 아버지는 실컷 눈물을 흘릴 수 있었기 때문이었다. 그러나 작은 집으로 이사한 후에는 대낮에도 운 적이 두 번이나 있었다. 대낮에 우는 것은 진실로 다른 문제였고 그것은 다른 차원의 슬픔이었다"라고 아들은 해석한다. 다행스럽게도 어머니는 병원생활을 잘 견뎌냈고 심지어 환자들을 마당에 모아놓고 「미스터 보쟁글스」에 맞춰 댄스파티를 열기도 했다.

영원히 끝나지 않을 춤

"엄마가 납치된 지 딱 4년이 지났다. 병원은 큰 충격에 빠졌다. 의료진은 무슨 일이 벌어진 것인지 당최 이해하지 못했다. 도망치는 일은 자주 있었지만 납치는 금시초문이었다. 병실에 난투의 흔적이 있고 외부로부터 유리창이 깨졌고 시트에 핏자국이 있었으나 그들은 아무것도 듣지도 보지도 못했다." 어머니의 애인으로 자처했던 대머리는 모든 게 자기 책임이라고 경찰서에 출두해서 자수했지만 그는 파리 한 마리도 잡지 못할 위인이었다. 경찰이 나서서 샅샅이 수사했으나 아무런 단서도 찾지 못했다. 그럴 수밖에 없었다. 엄마를 납치한 사람은 엄마 자신이었기 때문이다. 어머니는 아버지에게 말했다. "여기에서는 더 이상 견딜 수 없어요. 어쨌거나 나는 더하고 덜하기는 했지만 항상 조금은 미쳐 있었으니까요. 그렇다고 해서 나에 대한 당신의 사랑이 변한 것은 아니잖아요? 아버지와 나는 서로를 바라보며 엄마의 말이 정곡을 찔렀다고 생각했다." 아버지는 다른 환자들의 정신 건강을 위해서라도 어머니를 병원에서 구해야 한다고 판단했다. 그래서 아버지는 어머니를 감쪽같이 납치하여 스페인 호숫가의 별장에 숨겨두었다. 정신병원에서 도망치는 것은 미친 사람이나 저지르는 진부한 짓이었고, 어머니는 무엇보다도 진부한 것을 가장 싫어했다. 그래서 아버지와 아들은 진짜 납치범처럼 머리에 스타킹을 쓰고 병실에 잠입하여 어머니를 구출, 혹은 납치했다.

4년간 스페인의 호숫가에서 그들 가족은 행복했다. 그러나 얼마 후 "엄마의 정신이 간헐적으로 빠져나가기" 시작했다. "하찮은 이유로, 눈 깜짝할 사이에, 슬며시 찾아온 광기는 20분, 한 시간씩 지속되다가 다시 눈 깜짝할 사이에 사라졌다. 그리고 몇 주 동안 내내 아무 일도 없었다." 광기에 사로잡힌 어머니는 종종 아버지와 아들의 이성을 비난했다. 그들의 이성이 비정상이고 자신의 상태가 정상이라 생각한 것이다. 잠시 후 어머니는 광증 상태의 말과 행동을 까맣게 잊었고 아버지와 아들도 그 일을 다시 되묻지 않았다. 자신의 상태를 깨달은 어머니는 홀로 떨어져 울곤 했다. "높은 언덕에서 냅다 뛰어내리는 사람처럼 어머니는 결코 스스로 광기의 속도를 조절할 수 없었다. 어머니의 광기는 당사자를 포함한 가족 모두의 적이었다." 가족이 모여 회의를 열고 어머니의 광기가 시작되면 다락에 감금하기로 결정했다. 어머니 스스로가 광기가 치미는 것을 느낄 때면 가족의 도움을 받아 스스로 다락문을 잠그고 수인이 되었다. "광기가 찾아와 아버지가 어머니를 다락에 데려가는 모습은 차마 눈 뜨고 볼 수 없었다. 어머니는 악을 썼고 아버지는 딱히 다른 방도가 없어서 그저 다정한 말로 구슬릴 따름이었다. 나는 귀를 막았고 그것이 오래 지속될 때면 호숫가로 내려가 삶이 우리에게 안겨준 그 더러운 운명을 잊으려고 애썼다." 어머니는 술을 끊고 간간이 호숫가에 내려가 수영을 한 후 꽃을 꺾어 저녁 식탁을 장식했다. 그리고 책에서 읽은 아름다운 구절을 인용한 쪽지를 식탁에 올려두었다.

마을에서 산호세 축제가 벌어졌다. "마을 사람들은 커다란 목각 성모상을 화환으로 장식했다. (……) 하루 종일 마을 곳곳에서 폭죽이 터졌다." 어둠이 깔리자 불꽃놀이, 잔치, 그리고 댄스파티가 시작되었다. 자정에 이르러 춤과 음악이 절정에 이르자 춤판 한가운데에 어머니가 나타났다. 아들은 어머니의 광기가 도질까봐 더럭 겁이 났다. 그러나 어머니는 아버지와 짝을 이뤄 뭇 사람의 찬탄 어린 시선을 받으며 멋진 춤을 추었다. 어머니 삶에서 가장 빛나는 순간이었다. 아무런 사고 없이 축제를 마치고 가족은 집에 돌아왔다. 침대에 누운 아들 곁에 어머니가 누워 조용히 옛이야기를 들려주었다. 화목한 가족, 오로지 행복만을 위해 사는 가족이 있었는데 그 가족에 난데없이 저주가 내렸다는 이야기였다. 그리고 어머니만이 그 저주를 풀 수 있는 해결책을 찾았다고 아들의 귀에 속삭였다. 다음 날 아침 여느 때처럼 식탁은 어머니가 들에서 꺾어 온 꽃들로 가득 장식되어 있었다. 어머니가 호수로 수영을 하러 나갔을 무렵이었다. 그런데 꽃들 사이에서 어머니가 복용하던 수면제 통이 뚜껑이 열린 채 텅 비어 있는 것이 발견되었다. "아버지는 빛의 속도로 언덕을 뛰어 내려갔고 나는 저 아래에서 벌어진 비극의 의미를 이해하고 싶지 않아서 잠옷 바람에 몸이 마비된 채 앉아 있었다." 물에서 건진 어머니는 하얀 잠옷 차림에 두 손을 모아 가슴에 얹은 자세였다. 아버지는 마치 살아 있는 사람을 대하듯 온갖 사랑의 언어와 위로를 건네며 인공호흡을 멈추지 않고 어머니의 가슴을 눌러 댔다. 어머니의 차가운 손을 잡은 아들은 이미 모든 것이 끝났음을 알았다. 그들은 물에 젖은 어머니의 머리카락과 하얀 옷이 햇살에 바짝 마를 때까지 호숫가를 떠나지 않았다. 어머니의 장례식을 치른 숲 속에서 아버지는 「미스터 보쟁글스」를 틀었다. 그리고 장례식이 끝난 다음 날, 아버지가 항상 앉아 있던 의자가 주인을 잃고 비어 있었다. 아들은 아버지의 빈 의자를 보자마자 그 부재의 의미를 눈치챘다. 아버지는 어머니를 찾아 숲으로 갔고 다시는 돌아오지 않을 것이다. 아들은 두 사람이 하늘에서 「미스터 보쟁글스」를 틀어놓고 영원히 끝나지 않을 춤을 출 것이며 아버지는 매일 어머니를 다른 이름으로 부를 것이라고 생각한다.

프랑스 문학 월간지 『마가진 리테레르』 2016년 6월호는 낯선 얼굴이 표지를 장식했다. 그 얼굴의 주인은 그해에 처녀작 『미스터 보쟁글스』를 발표하여 베스트셀러 작가의 반열에 오른 올리비에 부르도Olivier Bourdeaut이다. 잡지는 표지뿐 아니라 그에게 긴 대담도 할애했다. 게다가 그의 처녀작을 과감히 출판한 편집자의 대담도 곁들였다. 시사잡지에서는 "모든 사람들이 보쟁글스를 읽는다"라는 다소 과장된 제목으로 그의 사례를 소개했다. 어디를 둘러봐도 현실은 각박하고 미래는 어둡고 쓸쓸하기만 한 시절에 동화 같은 이야기가 벌어진 것이다. 출생신고서가 자신의 유일한 증명서라고 밝힌 그는 무학력자가 넥타이를 매고 일할 수 있는 유일한 업종이 부동산중개업밖에 없다는 이유로 10여 년간 이 일에 매달렸다. 결국 첫 직장을 떠난 후, 염전에서 소금 고르는 일, 막힌 수도관 뚫는 일 등 딱히 한마디로 정의하기 어려운 직업들을 전전했다. 어린 시절 성적은 항상 밑바닥이었지만 소설을 즐겨 읽었던 그는 서른다섯 살에 첫 소설을 완성했다. 파리의 여러 출판사에서 번번이 퇴짜 맞은 원고가 빛을 본 것은 보르도 소재의 피니튀드 출판사 덕분이었다. 그리고 동화 같은 일이 벌어진 것이다. 소설 한 편으로 일약 화려한 스타로 떠오른 것은 지난 수십 년 동안 프랑스 문단에서 흔치 않은 사건이었다. 부르도의 처녀작은 하루아침에 베스트셀러 목록의 상위권을 차지했고 여러 문학상을 휩쓸었을 뿐만 아니라 〈공쿠르 신인상〉 물망에 오르고 평단의 반응까지도 호평 일색이다. 서평에 따르면 '재미있고 동시에 쓸쓸하고 한없이 가볍다가 돌연 무겁게 가라앉는 독특한 매력'이라고 요약된 이 작품은 니나 시몬이 부른 「미스터 보쟁글스」를 곁에 틀어놓고 읽어야 제격이다. 편집자의 말에 따르면 유럽뿐 아니라 중국, 한국까지 저작권이 판매되었다니 머지않아 우리말로 읽을 기회가 생길 것이다. 내용뿐 아니라 원작의 표지마저도 아름답다.

소설, 심리적 표절

환갑을 넘긴 부부 앞에 요정이 나타났다. 요정은 금슬 좋게 살아온 부부에게 소원을 하나씩 들어주겠다고 제안했다. 먼저 말문을 연 부인은 세계일주를 하고 싶다고 했다. 요정은 남편과 함께 떠나라며 호화 유람선 표 두 장을 아내에게 건네주었다. 이제 남편이 소원을 말할 차례이다. 남자는 "이런 기회가 두 번 다시 올 수 없을 텐데……"라며 망설이다가 겸연쩍은 표정으로 부인을 쳐다보았다. 그리고 마침내 입을 열고 자기도 여행을 떠나고 싶지만 동반하는 여자가 자기보다 서른 살쯤 연하였으면 좋겠다고 했다. 요정은 고개를 끄덕이더니 남자를 향해 마술봉을 겨누었다. 펑 소리와 함께 연기가 피어올랐다. 연기가 걷히자 남편은 아내보다 서른 살 많은 아흔 살 노인으로 변해 있었다.

2016년 카미유 로랑스Camille Laurens가 발표한 소설 『당신이 믿은 그녀*Celle que vous croyez*』에 삽입된 일화이다. 이 소설은 중년 남녀의 어긋난 욕망을 그리고 있다. 좀 더 자세히 말하자면 연하의 여자를 사랑하는 남자, 반대로 연하의 남자를 사랑하는 여자라는 사태를 이야기하는 것이 이 소설의 주된 줄거리이다. 그리고 똑같은 노화를 겪어도 사랑의 시장에서 여자 쪽이 항상 부당한 처지를 감수할 수밖에 없는 현실을 묘파했다. 여자는 흔히 남성의 시선에 의해 대상화된 처지에서 벗어나 욕망의 주체성을 탈환해야 한다고 외친다. 그러나 남자건 여자건 간에 자신이 욕망의 주체가 되더라도 그 욕망이 온전히 실현되려면 자신이 욕망의 주체이자 동시에 대상이 되어야만 가능하다. 문법적으로 말하자면 능동태 "욕망하다"와 수동태 "욕망되다"라는 두 문장의 주어가 동시에 달성될 경우에만 비로소 욕망의 주체가 된다. 소설의 서문에서 여성 화자는 욕망의 시장에서 "젊고 예쁜 여자"의 가격이 매겨지는 어느 나라의 상황을 언급한다. 화폐 단위로 미뤄보아 이슬람권에서 벌어지는 사례이다.

한 살에서 아홉 살 ; 20만 디나르, 열 살에서 스무 살 ; 15만 디나르, 스무 살에서 서른 살 ; 10만 디나르, 서른 살에서 마흔 살 ; 7만 5천 디나르, 마흔 살에서 쉰 살 ; 5만 디나르. (……) 쉰 살이 넘은 여자는 구매자가 원하는 용도에 부적합하므로 상품화될 수 없다. 그 나이의 여자는 포획한 후 시장까지 배달하는 운송비와 음식비를 감수할 만한 가치가 없다.

이것은 비단 특정 지역에 한정된 상황이 아니라고 화자는 강변한다. 서구에서도 서른 살 연하의 여자와 결혼한 정치인에 관한 신문 기사는 "미녀와 장관"이라는 제목이 붙는 반면, 만약 그 역의 상황이라면 기자나 독자의 반응이 어떠했을지 화자는 상상해본다. 예컨대 권위 있는 정론지를 자처하는 신문조차도 마돈나가 "아직도 여전히 존재하는 것"을 비판한다. "쉰다섯 살이 넘어서도 존재하는 마돈나의 모습이 꽤나 안쓰럽다"고 신문은 빈정거렸기 때문이다.

마흔여덟 살의 이혼녀

소설은 앞뒤로 프롤로그와 에필로그가 붙고 본문은 크게 두 부분으로 나뉜 후, 다시 1부 「죽어버려」에 2장, 2부 「개인적 사연들」에 1장이 포함되어 전부 3장으로 구성된다. 그리고 각 장마다 별개의 화자가 등장하여 동일한 사건을 제각기 다른 관점에서 해석하는 내용을 소개한다.

'의사 마르크 B와의 대담'이란 소제목의 첫 번째 장은 화자가 의사 마르크를 눈앞에 두고 혼자 이야기하는 내용이다. 뒤에 이어지는 다른 텍스트와 마찬가지로 화자인 클레르의 독백만 있을 뿐 의사의 반응이나 대답은 전혀 기술되지 않았으나 독백만으로도 상대방의 질문이나 반응을 추측할 수 있다. 화자는 정신병원에 입원한 환자이고 의사 마르크는 환자의 심리상태를 점검하여 진료와 퇴원을 결정해야 하는 입장이다. 여자는 새로 부임한 의사에게 자신의 과거를 들려준다. 대학교에서 문학을 강의하는 교수였던 화자는 마흔 중반에 남편과 헤어진 후 연하의 남자 조엘을 만났다. "욕망이란 것은 성질이 달라질 수 있는 것이라 믿었죠. 그 뿌리를 뽑아 더 부드럽고 비옥한 새로운 땅에 옮겨 심을 수 있는 것이라 믿었던 거죠." 그런데 그녀의 욕망이 뿌리를 내리고자 했던 토양은 바람 따라 움직이는 모래언덕 같았다. "조"라고 호칭되는 그 남자는 "다른 모든 남자들처럼" 젊고 예쁜 여자를 좋아했다. 구글에서 빈도수가 높은 검색어인 "10대teen"와 "성sex", 이 두 단어가 그의 주된 관심사를 요약한다. 그는 파리에서 음악을 추구한답시고 수선을 피우다가 무일푼으로 귀향하여 부모 집에 얹혀사는 처지이다. 게다가 그와 비슷한 처지의 아마추어 사진작가 크리스까지 데리고 와서 늙은 부모 밑에 기생한다. 그러나 조엘은 나이가 드는 것을 거부하고 바람기를 주체하지 못한다. 화자에 따르면 여자는 나이가 들면 그저 늙었다고 표현되는 데 반해 남자는 노숙함이나 중후함이라는 단어로 노화가 포장된다. 연하 애인 조엘은 클레르가 무엇을 가장 두려워하는지 알고 있었다. 그것은 "버림받는 것"이다. 중년 이혼녀의 급소를 꿰뚫고 있는 남자는 그의 친구 크리스와 함께 시골로 사라진다. 클레르는 마치 특정 물질에 알레르기를 일으키듯 사랑하는 사람의 "부재"를 견디지 못하는 특이 체질이었다. 그녀에게 사랑이란 "곁에 있어주는 것"이었다. 그녀가 즐겨 산책하는 공원묘지에서 그녀의 눈길을 끈 것은 망자의 아내가 쓴 묘비명이었다. 묘비에는 "헨리, 마침내 당신이 어디에서 자는지 알게 되었군요"라고 씌어 있었다. 그녀는 조엘이 누구와 함께 어디에 있는지, 어디에서 자는지가 궁금했지만 전화를 걸어 안부를 묻자 곁에 있는 친구 크리스는 조엘을 대신해서 "당신은 이제 질투할 나이는 지났잖아"라며 "나가 죽어버려요"라고 쏘아붙인다.

부재를 겪으면 마음에 부종이 생기고 흉터가 남는 그녀에게 인터넷은 "난파선이자 동시에 뗏목"이었다. 정보의 바다에서 그녀가 찾은 뗏목은 페이스북이었다. 떠나버린 남자의 근황을 엿볼 수 있는 길을 모색하던 그녀는 옛 애인의 단짝 크리스가 운영하는 페이스북 계정을 찾아낸다. 장래에 사진작가가 되기를 희망하는 크리스가 페이스북에 올린 사진에서 화자는 조엘의 모습을 엿보며 그의 일상을 파악하려 했다. 과연 핸드폰으로 찍어 수시로 게시하는 크리스의 사진 속에는 자주 조엘이 등장했다. 그녀는 인터넷상 친구 관계를 맺어 보다 많은 사진을 보기 위해 가짜 신분으로 계정을 개설한다. 클레르라는 이름은 유지하되 성은 포르투갈 분위기를 풍기는 앙트네즈로 바꾼 그녀는 가상현실에서 젊고 예쁜 여자로 새로 태어났다. 실제 나이 마흔여덟을 숨기고 서른여섯 살의 크리스보다 열두 살이 적은 스물네 살의 젊은 여자로 변신한 그녀에게 크리스는 점차 호감을 드러냈다. 처음에는 애인의 뒷조사를 하려던 클레르는 점차 애인은 뒷전이고 젊은 크리스와 가상세계 속에서 사랑에 빠진다. 연하의 여자를 사랑했던 전애인을 원망하던 그녀도 연하의 남자와 사랑에 빠진 셈이다. 거짓 유혹과 진실한 사랑이 얽히는 복잡한 전개는 작가이자 교수인 카미유 로랑스가 전공한 18세기 프랑스 문학, 특히 마리보의 연극에서 주된 플롯을 가져오고 있다. 다만 이 소설에서는 단순한 연인 관계에 남녀의 나이 차이를 덧붙여서 사랑의 미로를 더욱 어지럽게 만들었다. 클레르는 프로이트 이론으로 무장한 정신과 의사에게 반문한다.

당신이 온갖 양념을 친 오이디푸스 콤플렉스가 우습기 짝이 없어요. 어머니와 결혼하려고 아버지를 죽인다고요? 하하하! 현실에서 벌어지는 것을 묘사하려면 다른 신화를 찾아야만 할걸요. 부인을 죽이고 딸과 동침하는 남자, 이것이 훨씬 더 정확한 이야기일 거예요. 도대체 마흔다섯 살이 넘은 다음부터 여자는 왜 생생한 세계에서 조금씩 발을 빼야 하는 건가요? 남자들은 새 삶을 시작하고, 다시 아기를 낳고, 죽는 순간까지 세상을 다시 만들어가는데 왜 여자는 육체에서 욕망의 가시를 빼야만 하나요? 우리 여자들은 아주 일찌감치, 그것을 체험하기도 전부터 이 부당함을 직감했고 그것에 시달렸어요. (……) 언제인가 텔레비전에 출연한 장 피에르 모키를 보았지요. 그는 여든 살이 넘어서도 여전히 성생활을 한다고 으스대더군요. 그는 증손녀뻘 되는 젊은 여배우를 힐끔 쳐다보며 '나는 아직도 발기하거든'이라고 떠벌렸어요. 그러자 방청객들이 박수를 쳤지요. 80대의 여자가 어린 남자를 바라보며 이런 식으로 말할 수 있을까요? (……) 만남을 주선하는 인터넷 사이트에 따르면 여자 나이 마흔아홉 살과 오십 살 사이의 경계선은 여자들이 추락하는 절벽이라고 했어요. 마흔아홉 살의 여자는 주당 평균 40회의 방문접속이 있는 반면, 오십 살이 되면 주당 3회를 넘지 않는다더군요. 하지만 여자는 여전히 그대로, 똑같은 여자란 말이에요. 딱 한 살만 더 먹었을 뿐인데. (……) 여자는 하루아침에 유통기한이 끝나버리는 통조림 같은 것인가요?

크리스가 점차 그녀에게 빠져들어 사진을 전송해달라고 하고 실제 현실에서 만나자고 간청하자 클레르는 여러 핑계를 대며 피하다가 결국 남의 사진을 보낸다. 크리스가 사랑에 빠진 사진 속의 젊고 아름다운 검은 머리의 여자는 그녀의 조카 카티아이다. 크리스가 대화창을 통해 사랑을 고백하면 할수록 묘하게도 그녀는 자신이 창조한 가상 인물에게 질투를 느낀다. 게다가 카티아는 몇 해 전 알 수 없는 이유로 자살해서 더 이상 이 세상에 존재하지 않는 사람이다. 클레르는 자신의 조카, 그녀가 재창조한 죽은 인물에게 질투를 느끼는 것이다. 존재하지 않는 여자, 가상의 여자가 그녀가 대적해야 할 최악의 연적, 그래서 패배할 수밖에 없는 연적임을 깨달은 것은 이미 돌이킬 수 없는 지경에 빠진 후였다.

'의사 마르크 B의 청문회'란 소제목이 붙은 2장은 화자, 즉 클레르를 상담했던 의사가 동료 의사들 앞에서 자기 변론을 하는 독백으로 채워졌다. 그는 직업윤리에 반하는 모종의 실수 탓에 클레르의 사례를 의료윤리위원회에서 해명해야만 하는 처지이다. 이 부분에서 마르크는 클레르가 쓴 소설의 일부를 참고 자료로 제시한다. 정신과 치료의 일환으로 클레르는 글쓰기 교실에 참여해서 소설 작법을 배웠다. 글쓰기 치유를 지도하는 교수는 카미유, 즉 이 소설을 쓴 실제 작가와 이름과 신분이 일치한다. 환자 클레르가 쓴 소설은 만약 그녀가 크리스와 현실세계에서 사랑을 실현한다면 어떻게 전개될지를 상상해서 쓴 소설이라는 설명을 덧붙이며 의사는 소설의 일부를 소개했다. '거짓 고백'이란 제목으로 삽입된 부분은 '소설 속의 소설'인 셈이다.

클레르가 쓴 일인칭 형식의 소설에서 주인공은 "크리스와 관계를 끊는다는 것은 삶을 포기하는 것과 마찬가지"라며 크리스를 현실 속에서 자연스레 만날 수 있는 방법을 모색한다. 그러기 위해서 일단 자기가 꾸며낸 가공의 인물과 크리스의 관계를 끊어야만 했다. 그녀는 자신의 분신이 포르투갈로 떠난다고 거짓말을 하고 크리스에게 작별의 메시지를 보내도록 꾸민다. 그러나 훗날 귀국하면 다시 연락하겠다는 말을 덧붙여서 재회의 여지를 남겨두었다. 화자는 크리스의 동선을 파악한 후 지하철에서 우연을 가장하여 그의 앞에 앉아 말을 건넨다. 크리스는 조엘의 옛 애인의 존재를 예전부터 알고 있었던 터라 대화는 자연스레 이어졌다. 교수이자 연극계에도 발이 넓은 클레르는 자신의 인맥을 동원하여 그에게 사진을 팔 수 있도록 돕겠다고 미끼를 던진다. 직업도 거처도 없는 크리스는 쉽게 그녀의 제안을 수락하고 마침내 여자의 아파트 한구석에서 기거하게 된다. 나이 차이에도 불구하고 두 사람은 자연스레 연인 관계로 이어졌지만 여자는 자신이 쿠거cougar에 불과하다는 자괴감에 빠져든다. 젊은 남자에게 용돈을 주며 연인 관계를 유지하는 부유한 중년 부인을 뜻하는 '쿠거'라는 위상을 클레르는 직시할 수 없었다. 게다가 크리스가 가공의 여인 카티아를 여전히 잊지 못한 것이 아닐지, 자신이 허구의 젊은 여자를 대신하는 대용품에 불과한 것은 아닐지 하는 의구심이 그녀를 괴롭혔다. 그녀는 크리스의 사랑을 시험하고자 했다. 페이스북에서 사라지게 만들었던 카티아를 부활시켜 크리스에게 다시 접속을 꾀하고 현실에서 만나자고 제안해보았다. 그녀가 쓴 소설에서 조카 카티아는 자살을 시도했다가 우울증에 빠져 파리에 머무는 중이었다. 클레르는 크리스에게 외식을 제안하고 저녁 무렵 레스토랑에 자리 잡는다. 그리고 근처 다른 카페로 조카 카티아를 불러낸 후 크리스의 핸드폰에 문자 메시지를 보낸다. 포르투갈로 떠났던 카티아가 파리에 들러 지금 근처에서 그를 기다리니 당장 와달라는 메시지를 보낸 것이다. 그리고 클레르는 문자 메시지를 확인하는 크리스의 표정을 살핀다. 크리스는 그녀에게 "곧 돌아올게"라는 말을 남기고 자리를 뜬다. 의사가 소개하는 클레르의 소설은 일단 여기에서 멈춘다. 그녀의 습작 노트는 머뭇거리는 듯한 글씨체와 다시 지운 흔적들이 뒤엉키며 몇 장의 백지로 남았다가 다시 이어진다. 의사 마르크는 뒤에 이어지는 부분의 글씨체가 달라진 것에 주목하면서 습작 소설의 후반부를 다시 소개한다. 그 후반부는 화자가 바뀌어 이번에는 크리스가 화자로 나서는 형식이다.

"이 요정은 허상, 나의 환상, 분신에 불과했다. 나는 바람을 사랑했던 것이다." 크리스는 우여곡절 끝에 페이스북의 여자가 자신의 곁에 있는 클레르임을 확인하고 연상의 여자가 자신을 희롱했다고 분개한다. 아파트에 남겨둔 자신의 짐을 싸 그녀를 떠나려다가 문득 카페에서 자신을 기다린다고 했던 카티아의 실제 모습이 궁금했다. 비록 자신을 속인 마흔여덟 살의 클레르에게는 실망했지만 그녀가 꾸며낸 가상의 여자에 대한 미련은 버리지 못했기 때문이다. 문자 메시지 속의 약속 장소에 나가 보니 클레르가 자신의 모습이라고 찍어 보냈던 사진 속 여자가 현실에서 그를 기다리고 있었다. "클레르?" 하고 물었더니 그녀는 놀란 듯 눈을 치켜뜨고 미소를 지으며 "나는 카티아인데요"라고 대답했다. 여기에서 클레르가 글쓰기 교실에서 시도했던 습작 소설은 끝나고 다시 의사 마르크가 등장하여 그녀의 습작 소설에 나타난 무의식적 욕망, 죄의식 등을 분석하며 "그녀는 심각한 히스

테리 증상을 겪고 있다"고 진단한다. 특히 환자의 자학 증세에 주목하며 자살한 조카를 보호하지 못했다는 죄의식 때문에 자학과 자기 파괴의 욕망에 시달린다고 동료 의사에게 설명한다. 특히 사랑했던 여자가 클레르가 조작한 허구에 불과하다는 사실을 깨닫고 크리스가 자살했다고 믿게 된 뒤로 그녀의 자학 증세는 더욱 악화되었다고 진단했다. 과연 크리스는 가상세계에 갇혀 현실을 직시하지 못한 나머지 자살한 것일까? 클레르는 크리스의 자살 소식을 전애인 조엘로부터 전해 들었다. 의사 마르크는 조엘을 만나 진상을 확인했다. 조엘은 클레르가 가상세계에서 크리스를 농락했으니 그 대가로 이번에는 크리스에게 복수를 하도록 부추긴다. 그리고 조엘은 클레르를 만나 그녀가 꾸며낸 사기극에서 겪은 충격으로 크리스가 자살했다고 거짓말을 전한다. 조엘은 클레르에게 죄의식을 불러일으켜 그녀에게 앙갚음을 했던 것이다. 의사가 파악한 바에 따르면 크리스는 자살은 커녕 멕시코에서 젊은 여자를 만나 행복하게 살고 있었다. 의사는 클레르에게 크리스가 살아 있다는 사실을 밝히면 그녀의 증세가 호전되리라 믿었는데 결과는 정반대였다.

클레르에게는 크리스가 실연의 슬픔을 이기지 못하고 자살했다는 쪽이 그녀의 자존심, 존재 의미를 담보하는 스토리였다. 크리스의 죽음을 통해 그녀는 자신이 여전히 욕망의 대상이 될 수 있다는 환상, 자신의 존재가 한 사람을 죽음에 빠뜨릴 정도로 의미 있다는 환상에 머무는 쪽을 택했기 때문에 의사의 말은 오히려 그녀를 더욱 혼란에 빠뜨렸다. 남자가 다른 여자를 찾아 그녀 곁을 떠난 것보다는 차라리 죽어버리는 쪽이 그녀가 슬픔을 견디는 데에 훨씬 도움이 되었다. 다시 말해 크리스의 죽음이 그녀의 생존을 지키는 방어기제 구실을 했는데 의사가 그것을 허물어뜨린 것이다. 클레르가 마흔다섯 살에 남편과 헤어진 이유는 전남편이 변호사에게 독백하는 내용으로 구성된 그다음 장에서 밝혀진다. 클레르의 전남편은 변호사에게 법적 이혼을 성사시켜달라고 요구하며 판사가 여자이기 때문에 자신이 불리하다고 강변한다. 평범했던 부부가 헤어진 것은 남편이 젊은 여자와 사랑에 빠진 데에서 비롯되었다. 게다가 그 젊은 여자는 아내의 조카 카티아였다. 남편은 변호사에게 자신과 카티아는 아무런 혈연관계가 없으므로 법률적 사랑이 성립될 수 있다고 주장한다. 클레르, 의사, 전남편 그리고 클레르가 쓴 소설을 종합하여 복잡한 연인 관계를 정리하면, 늙은 남자가 젊은 여자, 심지어 인척 관계의 여자를 사랑하는 것은 용인된다고 주장하지만 중년 여인이 젊은 남자의 육체를 갈망하는 것은 추문이 되는 상황으로 모아진다.

소설의 2부는 1부의 내용을 소설로 쓴 화자가 출판사에 보내는 항의 편지의 형식으로 이뤄졌다. 1부에서 클레르로 지칭된 화자는 자신의 본명이 카미유라고 밝힌다. 즉 『당신이 믿은 그녀』의 실제 소설가 카미유 로랑스의 이름이다. 정신병원에 입원한 클레르, 혹은 카미유는 '죽어버려'라는 제목으로 1부의 내용을 출판사에 보냈지만 출판사는 제목이 자극적이고 중년 여자가 연하 남자를 노골적인 성적 대상으로 그린 내용이 부적절하다며 출간을 거절한다. 클레르가 출판사에 보낸 항의 편지에는 남녀 관계가 1부보다 한결 상세히 묘사된다. 실업자인 크리스는 안정된 직업과 물질적 풍요를 누리는 나이 든 여자를 이용하는 기회주의자로 묘사된다. 두 사람의 관계가 점차 소원해지자 여자는 한적한 바닷가 별장으로 여행을 떠나자고 제안한다. 별장으로 가는 도중 차안에서 오래된 유행가를 흥얼거리는 여자를 보고 남자는 나이 차이를 절감한 눈치다. 별장에 도착한 후 남자는 여자에게 온갖 트집과 불평을 늘어놓더니 여자를 외딴 집에 버려두고 혼자 차를 타고 파리로 떠나버린다. 외딴 별장에 홀로 남겨진 여자는 식음을 전폐하고 독서와 공상에 빠져 며칠을 지내다가 실신한 끝에 이웃의 신고로 구급차에 실려 정신병원에 갇히고 만다. 편집자는 클레르가 정신병원의 글쓰기 교실에서 쓴 이 소설이 혹시 다른 환자의 체험담을 마치 자신이 겪은 것처럼 꾸며낸 것은 아닐지 의심하는 눈치였다. 화자는 이렇게 강변한다. "이야기 속의 사건을 작가가 직접 겪었든 아니든 간에 그 체험의 여부는 작품의 미학적 가치와 무관하다." 또한 크리스가 가공의 여자와 사랑에 빠졌더라도 그 순간만은 크리스의 사랑이 진실이었으며 모든 사랑의 진실은 순간 속에 있을 뿐, 지속의 여부는 순간의 진정성을 해칠 수 없다고 주장한다. 여기에서 소설과 작가의 체험과의 관계를 언급한 대목이 유독 눈길을 끈다. 소설가 카미유 로랑스는 바로 이 문제로 인해 몇 년 전 동료 소설가와 날 선 논쟁을 벌인 적이 있기 때문이다.

심리적 표절

1995년 카미유 로랑스가 발표한 『필립*Philippe*』은 아기 잃은 어미가 겪는 참척慘慽의 슬픔을 다뤘다. 이 작품은 아기를 출산한 후 이틀 만에 장례를 치러야 했던 작가의 비극적 경험을 처절하게 기록한 자전적 글이다. 『필립』에서 일인칭 화자이자 작가인 카미유 로랑스는 1994년 2월 7일 첫아이를 낳았다. 산모는 이튿날 시체 안치소에서 아기를 다시 만난다. 아이는 세상에 나온 지 두 시간 남짓 후에 숨을 거두었다. "너의 아버지가 살짝 들어 올린 눈꺼풀 아래에서, 파란 광채, (아, 그가 살아 있기를, 그가 깨어나길, 그가 부활하길! 아들이라면 언제인가 아버지의 눈을 감겨주어야 마땅하지 않은가!) 거기에서 나는 너의 눈을 만나기를 원했었다. 네가 내 배 속에서 움직였던 그 시간에 대한 기억, 시선이 없었던 사랑." 아홉 달 동안 몸에 품었던 아이가 바깥세상에 나와 두 시간 남짓 살다가 죽었다. "사랑하는 남자를 품에 안지 못하는 것보다 무한히 더 고통스러운 것이 하나 있다. 그것은 죽은 아기를 품에 안고 흔드는 것이다. 육체는 아무것도 채우지 못했다, 육체가 결여되었다. 글쓰기, 그것은 구멍을 단어로 메꾸는 것, 때우는 것이다. 단어들마저도 아무것도 채우지 못한다. 단어들도 결핍되었다."

여자만이 누리는 축복이 출산이라면 아기를 잃은 어미의 슬픔은 그 어느 것과도 비교될 수 없다. 아기는 떠났지만 어미의 몸은 아기를 기억했다. "한 달이 지나고 처방약의 복용량을 두 배로 올려도 젖은 계속 솟았다. 젖은 눈물처럼 저절로 솟구쳤고 가슴과 배 위로 흘러내렸다." 이 작품은 「고통받다」「이해하다」「살다」로 나눠져서 마치 프로이트가 분석한 애도 작업을 순서대로 따른 것처럼 보인다. 첫 부분에서는 참척의 고통이 절절하게 묘사되고 특히 출산 과정에서 적절한 의료 대처를 하지 못했던 의사에 대한 원망과 분노가 시퍼렇게 날이 서 있다. 작가는 당시의 의료일지, 의학사전 등을 원문 그대로 인용하며 의사의 안이한 대응을 고발한다. 그 회한과 더불어 아기가 남긴 초음파 사진, 임신 중 느꼈던 육체의 기억을 떠올리며 괴로워한다. 특히 여섯 시간의 출산 과정에서 서서히 죽어가던 태아의 기억이 그녀를 고통스럽게 한다. 주변에서 다른 아기를 갖게 될 거라고 위로할 때마다 그녀는 "다른 아이는 원치 않아요. 나는 같은 아기를 원해요. '그 아이'만을 원한단 말이에요"라고 필립에 대한 애도를 멈추지 않는다. 그리고 삶을 품었다고 믿었던 것이 허상이었다고 깨닫는다. "불현듯 진실이 눈앞에 또렷이 드러났다. 나는 육체가 아니라 무덤이었다." 남편과 미래의 아기에 대해 이야기를 나누다가 남편이 했던 말이 그녀 가슴을 조인다. "아! 이번에는 그 아이가 우리를 묻어줘야 할 텐데."

「이해하다」는 아기의 죽음에서 한 발짝 물러나 출산의 앞뒤 정황에 대한 성찰로 이뤄졌다. 서른여섯 살에 첫아이를 가진 화자는 태아의 건강보다도 자기가 이 아기를 사랑할지가 더 궁금했다. 1월 26일 마지막 초음파 검사에서도 "모든 게 정상이고 아기는 2.8킬로그램"이며 예정된 출산일이 일주일 정도 앞당겨질 것이란 것만 확인되었다. 출산 당일 산모의 체온이 37.6도로 오르자 산파는 이것은 정상이 아니라며 당장 조치를 취해야 한다고 판단해 담당 의사에게 연락한다. 아기의 맥박 수가 비정상으로 파악되었지만 담당 의사는 정상 분만을 장담하고 자리를 떴다. 「이해하다」 부분에서 화자는 진료기록, 의학서적, 백과사전 등을 총동원하여 조그만 행동 하나, 의사의 조치 하나가 필립을 살릴 수도 있었다는 가능성, 그 아쉬움을 강력하게 피력한다. 모니터에 나타난 태아의 서맥 증세를 확인한 화자가 의사에게 이상 증세를 알렸지만 의사는 "괜찮아요, 나아질 겁니다. 아무 문제 없어요!"라고 퉁명스레 대답할 뿐이었다. 화자는 "우리 모두는 타인의 고통을 견딜 만큼 충분한 힘을 가지고 있다"고 말한 라 로슈푸코의 잠언을 떠올린다. 특히 의사가 응당 그런 힘을 지녀야 할 것이다. 모든 환자의 고통에 일일이 공감하고 함께 고통스러워한다면 이성적 판단이 흐려지거나 진료뿐 아니라 사적 일상도 불가능해질지도 모른다. 화자는 자기보다 더 위급한 다른 산모들도 있을 텐데 자신의 상황을 과장하여 의사를 붙잡아두는 것이 부도덕한 행위라 판단했다. 그러나 그녀가 고통을 인내하고 병실에서 홀로 자기만의 불안을 견디었던 것이 결과적으로 필립을 죽게 했다고 자책한다. 산부인과에서 다른 병원으로 이송된 필립은 15시 30분 최종적으로 사망을 선고받는다. 부검을 통해 사인들을 밝히는데 "사인들"이란 복수형을 쓰는 이면에는 마치 사람들이 죽을 이유가 매우 많다는 것을 의미하는지 작가는 되묻는다. 인간이 계속 살아야만 하는 이유는 모호하지만 죽어야 할 이유는 셀 수 없이 많다는 뜻일까. 고통이 가슴의 문제라면 이해는 머리로 해결하는 방식이다. 찢어진 감성을 꿰매는 것이 이성일까. 혹은 이성에 금이 가면 그 틈새를 메꾸는 것이 감성일까. 머리와 가슴은 서로 보완, 위무하며 인간을 살아가게 하는 것은 아닐까.

마지막 장 「살다」는 과연 이틀 만에 잃은 아이를 이토록 애도하는 것이 정당한지 자문한다. 일곱 살, 혹은 스무 살 나이에 이른 자식을 잃었을 경우 부모는 함께 보낸 세월의 무게, 그 추억의 무게에 짓눌려 신음하지만 산부인과에서 묘지로 직행한 아기라면 그 고통의 무게가 덜하지 않느냐고 주변 사람들은 의아해한다. "아기가 죽은 나이는 중요하지 않다. 과거가 짧다면 미래는 끝이 없다"라고 화자는 생각한다. 오히려 참척의 무게를 견디어야 할 시간이 길어진다면 고통 역시 그만큼 길어지지 않을까. 흔히 세월이 약이라는 위로의 말에서 작가는 니체의 경구를 떠올린다. "사람들은 타인이 입은 피해 덕분에 타인과 자신이 '평등'해졌다고 믿고 자신의 질투심을 해소한다. (……) 고소해하는 즐거움은 평등이 수립되고, 승리했다고 믿는 가장 천박한 희열감이다." 마지막 장에서 화자는 주변의 반응을 냉철하게 분류하고 분석한다. 어떤 이들은 화자가 겪은 사산의 슬픔을 언급하지 않고, 마치 필립이 존재하지도 않았던 것처럼 그녀를 대하는 것이 예의라고 생각한다. 화자는 "그가 죽은 후 몇 주 동안 사람들이 내게 매번 '다른 것'에 대해서만 이야기할 때 필립은 다시 한 번 죽었다"라고 느낀다. 「살다」의 마지막 부분에서 작가는 "당신이 그때 비명만 질렀어도!"라는 힐난조의 산파의 말을 기억해낸다. 산고와 더불어 신열에 시달렸던 그녀가 고통을 참지 않고 요란스레 비명을 질러 의사를 붙잡아두었더라면 비극은 피할 수 있었을지도 모른다. 고통을 우회하는 방법으로 비탄만큼이나 아이러니도 꼽을 수 있겠지만 그녀는 불행, 어둠을 직시하고 싶었다. 릴케의 말처럼 "시인은 깊이를 획득해야 하는데 아이러니는 깊이를 얻지 못한다". 어리석음, 무지, 비굴함을 파헤치기 위해서는 아이러니가 아니라 캄캄한 탄광 속으로 들어가는 광부의 머리에 매단 작은 등불이 필요했다. 그리고 그 등불을 통해 어둠을 직시해야만 했다. 그것은 어둠을 글로 옮기는 작업으로 이어진다. 그 글은 반드시 일인칭 화자 "나"로 써야만 했다. 이전까지 작가는 일인칭 화법이 내면의 고백, 일종의 노출증이라서 개인적 연애편지를 제외한 글, 예컨대 익명의 독자들에게 공개되는 글에서는 쓸 수 없다고 생각했다. 그러나 『필립』에서 그녀는 삼인칭의 거리화를 제거하고 허구의 가면을 벗고 일인칭으로 자신의 민낯을 내미는 용기를 발휘했다.

2007년 프랑스의 유명 작가 마리 다리외세크Marie Darrieussecq는 『톰이 죽었다*Tom est mort*』를 발표했다. 그러자 카미유 로랑스는 그녀가 자신의 『필립』을 표절했다고 주장하며 문단에 큰 화제를 불러일으켰다. 단어나 문장, 어투뿐 아니라 글의 호흡과 리듬, 특히 겪어본 사람만이 느낄 수 있는 심리적 상태를 흉내 냈다고 고발한 것이다. 다른 것은 몰라도 참척당한 어미의 슬픔을 흉내 내는 것은 윤리적으로 용납될 수 없는 표절이라고 분개한 것이다. 다리외세크의 『톰이 죽었다』는 로랑스의 체험수기에 비해 다섯 배 정도 긴 장편소설이다. "톰이 죽었다. 나는 이 문장을 쓴다. 톰이 죽은 지 10년이 지났다." 이렇게 시작되는 소설의 일인칭 화자는 500페이지가 넘는 분량의 글에서 죽은 아이를 10년 동안 애도하면서도 그의 사인을 마지막에서야 밝힌다. 그것은 긴 소설을 읽는 독자의 긴장을 유지하도록 작가가 고안한 소설적 장치이다.

네 살 반쯤의 나이의 아이가 죽은 후 화자는 내내 슬픔에서 벗어나지 못한다. 의도적으로 망각을 거부하고 슬픔을 지속시키는 어미는 소위 심리적 "애도 작업"이 아이를 완전히 죽이는 일이라고 믿기 때문이다. 마음의 상처를 입은 사람들이 모여 토론하고 서로를 위로하는 모임에 참가했던 화자는 "그들이 묘사하는 애도는 역겨운 신체적 과정이었다. 하나의 소화 작용이었다"고 느낀다. 고통을 삼킨 사람들끼리 모여 토론하는 자리는 마치 고통의 크기를 자랑하는 경연대회 같았다. 그리고 배 속의 고통을 천천히 소화시키는 것, 그것이 프로이트가 말한 애도 작업이라고 작가는 생각했다. 큰 고통은 소화 시간이 길고 사소한 고통은 금세 배설되는 것일까. 마리 다리외세크는 "두 시간만 살다 간 아기가 있다면 그 부모는 한 시간만 괴로워하면 고통에서 벗어날까"라고 자문하는데 이 구절은 영락없이 카미유 로랑스의 『필립』을 떠오르게 한다.

> 죽은 아이, 그것은 (그 고통을) 측량할 수 없다. 부모의 죽음을 앞지른 죽음, 이 경우는 그 어느 것도 측량불가하고, 제대로 견디는 것이 없다. 뒤집어진 세계이다. (……) 나는 마흔다섯 살이고 이 아기는 내 삶의 4년 반을 차지하고 거기에다가 임신 아홉 달을 더해야 한다. 이런 것이 무엇을 의미하는지 나는 알 수 없다.

화자에게는 죽은 톰 외에도 두 아이가 더 있었지만 무

엇도 죽은 아이를 대신할 수는 없었다. "톰이 죽었을 때 벵스는 일곱 살, 스텔라는 생후 18개월이었다. 가끔 나는 벵스, 스텔라, 톰 그리고 죽은 톰까지 합해서 네 아이를 둔 느낌이 들었다. 그때 나는 서른다섯 살이었다. 그 후로 시간은 기원의 자리로 역행했다." 다리외세크가 창조한 인물이 갖는 독특한 시간관이다. 소설 내내 화자는 시간의 방향과 역행해서 의도적으로 톰이 죽었던 시간으로 돌아간다. 진정한 고통의 가장 무서운 점은 그 반복적 성격, 회귀성에 있다. 그리고 큰 슬픔은 시간을 증발시켜서 시간감각을 무디게 만든다. 무엇도 다시 시작할 수 없었고 "나의 머리에서는 모든 것이 톰에 대한 생각으로 귀결되었다. (……) 나의 삶은 톰의 기억에 바쳐질 것이다"라고 화자는 다짐한다. 톰의 장례 과정에서 화자는 죽음, 혹은 고통의 상업화에 분노한다. 그리고 화자와 같은 고객을 지칭하는 단어가 없다는 데에 놀란다. "미망인"이나 "고아"와 같은 단어는 있지만 아이를 잃은 어미를 지칭하는 단어는 이 세상 어디에도 없다. 소설의 주인공은 영국인 남편과 결혼하여 호주에 사는 프랑스 여자이다. "시드니에 도착했을 때, 톰에게는 이제 석 주밖에 살 날이 남지 않았다는 것을 전혀 예감하지 못했다." 어미는 터무니없는 상상도 해본다. 죽음이 톰을 데려갔지만 가끔 그의 사후 소식을 전해주거나 혹은 다 컸을 때쯤 한번 만나게 해주겠다는 약속만 해준다면 죽음을 견딜 수 있으련만……. 톰을 다시 볼 수 있다면 "내 팔다리를 내줄 수도 있고 심지어 벵스나 스텔라도 주어버렸을 것이다". 남편 스튜어트는 아내의 고통이 강박적이며 병적이라 생각하고 그녀의 정신 건강을 우려한다. 그러나 아기 잃은 어미의 고통은 무엇으로도 위로되거나 덜어질 수 없고 측량될 수 없다. 화자는 심리학회에서 발표한 고통지수를 비웃는다. 심리학회는 배우자의 죽음을 100으로 상정하고, 이혼 73, 별거 65, 감옥에 수감되는 체험 63, 가까운 친척의 죽음 63, 사고나 질병으로 인한 신체 훼손 53 등, 인간의 고통을 계량화했다. 화자는 자식을 잃은 어미의 고통은 어떤 숫자나 기호로도 표현될 수 없고 다른 언어, 다른 기호를 만들어야 한다고 주장한다. 모든 것이 톰을 떠오르게 하는 기호들이었다. "기호들. 모든 것이 내게 말을 건넨다. 혹은 모든 것이 갑자기 침묵하고 나는 완벽한 공허와 침묵 속에 빠진다. 그래서 내게는 차라리 슬픔이 더 낫다." 아이의 머리카락을 쥔 늙은이를 그린 「아브라함의 희생」이란 작품을 보면서도 그녀는 희생당한 쪽은 아브라함이 아니라 이삭이니 제목이 이삭의 희생, 혹은 톰의 죽음이라야 한다고 생각한다. 자신을 그리스 신화에 등장하는 니오베라고 여기기도 한다. 다산을 자랑했다가 신의 저주로 아기를 차례로 잃은 니오베, 그 슬픔으로 인해 돌로 변해버린 니오베. 이미 신화의 세계에서도 참척의 슬픔을 언급했을 뿐 아니라 성서에서도 라헬은 위로받기를 원치 않았다. 독자는 소설을 읽는 내내 위로와 애도 작업을 거부하는 어미의 고집스러운 슬픔에 동참해야만 한다.

카미유 로랑스가 보기에 다리외세크의 주인공은 어설픈 연기와 어색한 대사를 흉내 내는 삼류 배우였다. 톰의 어미가 표현하는 고통은 소설가의 상상과 언어유희가 만들어낸 추상적 은유나 과장으로 채색된 위조품에 불과했다. 로랑스는 대학교수 자격시험을 통과하여 강단에서 문학이론을 가르치는 교수였고 다리외세크는 소설가이지만 '현대 자서전의 위기의 순간 : 세르주 두브로브스키, 에르베 기베르, 미셸 레리스, 그리고 조르주 페렉의 비극적 아이러니와 자서전과 오토픽션'이라는 긴 제목의 박사학위 논문을 쓴 학자였다. 체험과 상상력, 허구와 실재, 표절과 모방 등 문학의 첨예한 문제를 둘러싼 두 작가의 날 선 논쟁을 이 자리에서 상세히 논구할 수는 없지만 두 작가를 거느리고 있었던 출판사는 다리외세크의 손을 들어주었다. 참척이란 주제가 한 소설가의 독점물이 아니라고 덧붙이며 출판사는 더 이상 로랑스의 작품을 출간하지 않겠다고 선언했다.

두 작가의 논쟁의 핵심이 된 '오토픽션'을 주제로 개최된 2008년 학술회의 보고서에는 두 작가가 제각기 자신의 논지를 펼친 논문이 게재되었다. 로랑스는 이 사건 이후에 발표한 작품에서도 다리외세크의 표절 건을 거듭 언급하며 그녀의 부당한 소설작법을 고발했다. 동료 소설가들도 양분되어 두 작품, 두 작가를 비교하며 소설의 근본적 문제, 창작윤리 등을 활발하게 토론했다. 특히 로랑스를 옹호한 마리 은디아이는 "아기의 죽음은 서스펜스로 이용될 수 없다"며 다리외세크를 윤리적 이유로 단죄했다. 다리외세크를 옹호하는 평자들은 소설가란 경험한 것만을 쓸 수 있다는 전제, 즉 아기를 잃어본 경험이 있다는 것이 로랑스에게 예술적 특권을 부여하는 것은 아니라는 원론적 주장을 반복했다. 그리고 로랑스가 언급한 "심리적 표절"이란 개념을 두고 여러 이론가가 갑론을박을 이어갔다.

영미권에서 팩션faction이라 부르는 장르는 현실과 가상을 함께 아우르는 작품을 지칭하고 프랑스에서도 이와 유사한 오토픽션이란 용어로 소설적 자서전, 자전적 소설과 같은 전통적 장르를 넘어서는 새로운 문학의 지평을 모색하지만 이 개념의 외연이 모호하고 용어 자체가 모순 어법이라 항상 논쟁의 불씨를 품고 있다. 두 작가의 논쟁에서 모두가 수긍할 만한 결론이 도출된 것은 아니지만 그것을 통해 작가는 자신의 문학관을 되돌아보는 계기를 갖게 되고 작품이 보다 탄탄하고 치밀해졌으리라 짐작된다. 2016년에 발표한 카미유 로랑스의 『당신이 믿은 그녀』는 그런 논쟁과 숙고, 그리고 일신의 결과일 것이다.

궁핍한 시대의 희망

『궁핍한 시대의 희망, 영화』라는 책을 펼치면 어디에서고 재미있는 문구를 만나게 된다. "순결하고 고독한 그 처녀에게 꽃 피는 봄은 왔건만! 눈물의 종막을 가져온 운명은 누구의 죄이렸던가?" "피비린내 나는 포화 속에서 한 포기 꽃처럼 피어난 국경을 넘은 인간애, 여기에 적나라한 인간의 모습과 숭고한 휴매니즘 정신이 개화한다" "왕년의 명우 신일선 여사 돌연 은막에 캄빽!!" "의리에 살고 의리에 죽는 파리짠의 적나라한 생태!! 「현금에 손대지 마라」, 주연 잔 갸반" "카니발제의 인파에 밀려간 단장의 비극!! 거장 마르셀 카르네 감독"

부제 '1950년대 우리 잡지에 실린 영화 광고'가 말해주듯 이 책은 한때 우리네 극장가에 내걸렸지만 지금은 만날 기회가 없는 옛날 영화에 대한 자료집이다. 그 자료집에는 신일선, 전옥 같은 주연급 배우의 이름뿐 아니라 이제는 기억에서 사라진 조연, 촬영감독, 조명기사 등의 이름도 기록되어 있다. 엔딩 크레디트의 끝자락에 겨우 이름을 올릴 뿐 큰 별에 가려 빛을 발하지 못했던 그들은 세월에 마모되어 이제 먼지로 흩어졌고 그들의 안부가 궁금한 사람은 거의 없다. 이 책을 넘기다 보면, 혹은 TV에서 옛날 영화를 보다 보면 문득 나의 생각은 실제로 목격했을 리 없는 어떤 장면으로 이어진다. 그 시절, 헐렁한 양복에 맥고모자를 쓴 한 남자는 물방울무늬 원피스를 차려입고 양산을 든 여자와 함께 저 영화를 보았을 것이다. 아마 그 신사의 호주머니에는 은단갑이 들어 있었을 것이다. 옛날 영화는 지금은 흙 속의 형해形骸가 되었거나 혹은 거동이 불편한 노인이 된 사람의 젊은 시절을 떠오르게 한다. 그들에게도 흑백영화 속 주인공처럼 맘보를 추고 사랑을 속삭였던 꽃다운 시절이 있었을 것이다. 에릭 포토리노Éric Fottorino가 2007년에 발표한 소설 『영화의 입맞춤*Baisers de cinéma*』은 옛날 영화를 찾아 보며 그 은막 속에서 젊은 시절의 부모 모습을 잡으려고 애쓰는 한 남자에 대한 이야기이다. 작가는 독자의 이해를 돕기 위해 서두에 다음과 같은 짧은 해설을 곁들였다.

이 이야기는 20세기에 속한다. 그 시절에는 거리에서 전화를 걸고 싶으면 공중전화기에 프랑으로 표시된 동전이나 카드를 넣어야 했다. 혹은 카페에 들어가 전화용 동전을 요구하는 쪽을 택할 수도 있다. 또한 그 시절에는 우체국에서 편지를 수령할 수도 있었는데 그것은 우편배달부의 배려가 있거나 악천후가 아니었을 경우에만 해당된다.

소설에서는 남녀가 전화, 특히 공중전화로 사랑을 속삭이고 만남을 약속하는 장면이 반복된다. 통화가 연결되지 못하면 잠시 후 자동응답기에서 안내 목소리가 나오고 발신자의 음성 메시지를 남기기도 했다. 요새처럼 공중전화기가 사라지고 핸드폰이 신체의 일부가 되어 손에 달고 살거나 수시로 문자 메시지를 주고받으며 사랑을 확인하는 세대들이 공감하기 어려운 그 시절의 연인을 그렸기 때문에 작가는 굳이 서문을 덧붙인 것이다. 여기에 우리네 독자를 위한 사족을 달자면, 프랑스에서는 옛날 영화를 상영하는 소규모의 영화관이 여기저기 흩어져 있어서 안내 책자를 들고 돌아다니면 어렵지 않게 옛날의 명화를 감상할 수 있다. 또한 국제전화는 주로 우체국을 이용했는데, 창구에서 신청하면 지정된 조그만 부스에 들어가면 나라에 두고 온 가족이나 애인과 통화할 수 있었다. 일반 우체국이 문을 닫는 한밤중이라면 24시간 열려 있는 중앙우체국으로 가야 했다. 그곳에서는 시차를 고려해서 한밤중에 국제전화를 거는 이방인들의 애절한 목소리가 전화부스 바깥으로 새어 나왔다. 바벨탑 이후 혼란스러워진 언어의 야시장 같은 분위기는 새벽까지 이어졌다.

빛의 여인들

나의 아버지는 촬영장의 인물 사진작가였다. 1960년대 불로뉴 촬영장에서 꿈을 먹고 살려고 애쓰는 젊은 사람들 틈에서 그를 마주칠 수 있었다. 거기에는 네스토르 카풀로스, 장 루이 위세트, 에릭 드 막스, 뮈시르, 그리고 당연히 가비노엘처럼 엔딩 크레디트의 애호가들에게만 알려진 사람들도 있었다.

여기에서 언급된 인물은 지금은 누구도 기억하지 못하는 배우들이다. 화자의 아버지는 촬영장에서 배우들의 스틸컷을 찍는 사진작가였고 동시에 조명기사나 촬영기사를 겸하기도 했다. 아버지가 찍은 사진은 영화잡지에 실리거나 극장 입구 벽면의 유리관에 진열되어 관객의 눈길을 끌었다. 그가 공개하지 않고 자신만을 위해 간직한 흑백영화 시절 여배우들의 스틸컷은 옛 시절을 증언하는 화석처럼 그의 서랍 속에 차곡차곡 쌓여 있었다. 성공한 변호사인 주인공은 아버지가 죽은 후에도 아버지가 참여했던 1960년대의 영화를 보기 위해 틈을 내어 훤한 대낮에 컴컴한 극장을 줄기차게 찾아가곤 했다. 주로 트뤼포, 로메르 등 소위 누벨바그에 해당하는 영화를 상영하는 소극장에서 그는 아버지의 흔적을 더듬었다. 보다 정확히 말하면 아버지의 영화에서 어머니의 흔적을 찾으려 했다. 어머니는 화자를 낳자마자 자신만의 삶을 찾아 두 남자를 버려두고 떠났고, 아버지는 평생 어머니의 존재에 대해 함구한 채 죽은 터였다. 화자는 아버지와 어머니의 만남이 영화판에서 이뤄졌을 것이며 그렇다면 어머니가 여배우였으리라 짐작할 뿐이다. 흑백 영화에 등장하는 환상적 여인이 자신의 어머니일지도 모른다는 행복한 상상에 사로잡혀 그는 중독자처럼 극장 근처를 떠나지 못했다. 여주인공의 얼굴에서 자신과 닮은 모습을 찾으려고 애쓰다 보니 유사한 점도 없진 않았지만 주인공은 너무 평범하게 생긴 나머지 모든 사람과 비슷할 수도 있겠다는 점을 자인한다. 주인공은 아버지가 죽은 날에도 영안실로 곧장 가지 않고 트뤼포 감독의 「쥘과 짐」을 보러 극장으로 갔다. 여주인공은 아닐지라도 어머니가 그 영화의 어느 장면에 나타나리란 묘한 직감을 버리지 못했기 때문이다. 흘러간 옛날 영화만 상영하는 파리 소극장의 대낮 분위기는 적요했다.

내가 유일한 관객인 터라 매표원은 영사실에 쌓여 있는 납작한 금속 원반 중에서 아무 영화나 고르라고 했다. 원래 상영 프로그램에는 「모의 집에서 보낸 나의 하룻밤」이 예고되어 있었다. 나는 잔 모로가 나의 어머니가 아니라는 것을 확신했지만 그녀 얼굴을 보며 몽상에 빠지기 위해 루이 말 감독의 「연인들」 쪽을 선택했다. 나는 앞줄 근처에 앉았다. 영화가 시작되고 몇 분 후 뒤에서 인기척이 느껴졌다. 고개를 돌렸더니 풍성한 머리카락과 날씬한 몸매의 윤곽만 보였다. 객석이 어두웠지만 얼굴은 초현실적인 광채로 반짝거렸다. 영화가 끝나고 객석의 실내등이 희미한 빛을 비추자 나는 말년에 아버지가 했던 말에 온몸이 사로잡혔다. 아버지가 말하길 여배우는 마치 렘브란트 그림에서처럼 내면으로부터 빛이 나오기 때문에 굳이 조명을 더할 필요가 없다고 했다. 내 뒤에 있는 여자가 바로 빛을 육화하고 있었다. 그녀는 빛의 근원이자 종착지였다. 아버지가 그녀에게 나를 눈부시게 하라고 부탁한 것일까?

영안실에 누워 있는 아버지의 존재까지 잠깐 잊게 할 정도로 빛을 발하는 여자에게 이끌린 주인공은 그녀에게 자신의 전화번호를 건네주었다. 피사체를 신비로운 빛으로 감싸는 모습은 아버지가 평생 추구했던 아름다움의 극치였다. 나비 날개에 묻은 가루를 모아 얼굴 근처에 뿌리면 그 가루가 반짝거리며 반사되어 흑백영화의 여주인공이 신비롭게 보인다는 것도 아버지에게서 들은 그만의 촬영 비법이었다. 시선을 사로잡은 여자가 거리의 인파 속으로 사라지는 순간, "그녀를 잃을 수도 있다는 두려움이 생긴 것은 바로 그 순간이었다"고 주인공은 깨닫는다. 어머니로부터 버림받아 생긴 상처가 다시 도지고 이제 아버지마저 잃은 주인공은 누군가를 잃는다는 두려움에 사로잡혀 살고 있는 것이다. 주인공이 처한 상황을 정리하자면, 아버지가 사라진 그날, 오래전에 사라진 어머니를 찾아 극장에 들어간 남자 앞에 새로운 여자가 등장한 셈이다.

41장으로 구성된 『영화의 입맞춤』은 빛을 육화한 여인과의 사랑, 아버지가 남긴 영화와 스틸컷을 통해 어머니의 정체를 찾는 과정, 이렇게 두 개의 축으로 전개된다. 그러나 정작 아버지조차도 주인공은 온전히 알지 못했다고 고백한다. 아버지는 어디에도 매인 데 없이 평생을 부유하듯 살았다. 아들은 아버지의 고향, 친척 등 그 어느 것도 제대로 알지 못했다. 아버지는 마치 완전범죄에 성공한 범죄자처럼 그의 정체에 관한 어떠한 단서도 남기지 않았다. 주인공의 어머니 찾기는 영화관 순례뿐 아니라 아버지가 살았던 옛 아파트를 뒤지는 것으로 이어진다. 아버지가 인화한 사진 뒷면에 적혀 있는 수수께끼 같은 메모를 해독하거나 작업 수첩을 연대순으로 읽으며 자신의 출생과 관련된 단서를 찾는 것이다.

나는 내 출생에 대해 아무것도 모른다. 나는 파리에서 미지의 어머니에게서 태어났고 아버지는 영화의 여주인공의 사진을 찍는 일을 했다. 죽기 얼마 전에 아버지는 영화의 입맞춤 덕분에 내가 존재하게 된 것이라고 했다.

아버지는 여배우의 모습에 빛을 입혀 그들의 존재에 후광을 부여했고 아들의 눈에는 그 신비로움을 간직한 여인들이 모두 잠재적 어머니로 보였다. 어둠 속에서 빛을 발하는 멜리스라는 여인은 은막에 갇혀 있던 비현실적 존재가 그의 눈앞에 나타난 것과 다름없었다. 이야기가 전개되는 내내 주인공은 아버지와 함께 보낸 시절을 회상하며 그의 초상화를 재구성하고 그의 과거와 자신의 현실을 비교한다. 스틸컷을 찍던 아버지는 점차 빛에 매료되어 카메라마저 버리고 인물과 풍경을 비추는 빛, 그중에서도 "정확한 빛"을 찾는 일에 골몰했다. 아버지는 조명감독이란 호칭 대신 "빛의 장인" 혹은 "빛의 대가"로 대접받았다. 그가 그토록 빛에 매달리는 것은 "고아원"의 어둠 속에서 보낸 어린 시절의 악몽에서 비롯되었다. 성인이 되어서도 불을 끄면 잠들지 못했던 아버지에 반해 아들은 그 빛이 불편해서 안대를 하고서야 겨우 잠이 들었다. 그럼에도 불구하고 변호사가 된 아들은 "우리는 결국 같은 직업을 택한 것이다. 아버지는 램프로 얼굴을 해명했고 나는 언어로 얼굴을 밝혔다"라고 생각하며 아버지와 자신의 동일화를 모색한다.

심리적 연대감은 여기서 멈추지 않는다. 주인공은 아버지가 단골로 들르던 카페에서 그가 앉았던 자리에 앉아 그가 마시던 커피를 마시고 그가 살았던 아파트를 처분하지 않고 그곳에 찾아가 위안을 얻고 급기야 그곳을 여인과의 밀회의 장소로 삼기도 한다. 아버지의 재를 강에 뿌렸지만 주인공은 도처에서 아버지를 만나고 그의 음성을 듣는다. 그리고 "아버지가 남긴 유일한 유산은 빛에 대한 감수성이다. 나의 삶에서 일어났던 어떤 사건을 회상하면 내 머릿속에 떠오르는 것은 얼굴이나 음성이 아니었다. 나의 기억은 흑백사진의 필름이었다"고 고백한다.

두 여자

화자에게 어머니가 흑백영화에서 빛으로만 재현된 존재였던 것처럼 그의 애인 멜리스도 빛의 존재였다. 멜리스를 극장 밖에서 처음 만났을 때 그녀를 보고 「카이로의 붉은 장미」에 출연했던 미아 패로를 떠올렸을 만큼 주인공은 현실과 영화가 중첩된 세계에서 살았다. 만남이 지속되자 처음에는 비현실적인 존재였던 여자에게서 피와 살을 지닌 육체를 느끼고 그녀의 과거에 대해서도 알게 된다. "결혼을 했나요?" "네, 매우 결혼한 사람이지요. 아홉 살 난 아들이 있고, 밤에는 피아노를 치지요." 자신을 "매우 결혼한 여자très mariée"라는 묘한 표현으로 소개했던 멜리스는 남편과 아홉 살 난 아들을 둔 유부녀였지만 주인공의 집착은 날이 갈수록 더해갔다. 멜리스의 직업은 통역가이자 번역가였으나 1960년대 말부터 유명 디자이너의 의상을 선전하는 모델이었다는 사실도 알게 된다. 몇 해 전 이혼한 주인공과 달리 멜리스는 남편의 눈을 피해 만나야 했고 통역가였던 탓에 해외 출장이 잦았다. 두 사람의 만남은 전화 통화에서 시작되는데 앞서 저자가 굳이 '일러두기'로 부연설명을 했듯이 공중전화와 자동응답기가 그들의 은밀한 통로였다.

주인공은 자신이 멜리스라는 여인에게 중독되었거나 취했다는 표현을 즐겨 사용했다. 그래서 그녀와 떨어져 있는 동안에는 금단증세에 시달렸고 헤어진 다음 날 아침에는 숙취에서 벗어나지 못했다. 떨어져 있는 동안에도 그녀가 사용하는 향수는 그에게 끊임없이 멜리스의 존재를 환기시켜주었다. 만화방초의 화원을 뜻하는 향수 자르뎅 드 바가텔jardins de Bagatelle은 그녀의 분신과 같은 감각적인 대체물이었다. 거리에서 이 향기가 코를 스치면 그는 고개를 돌려 주변 여자를 쳐다보지 않을 수 없었다. 방콕으로 출장 간 그녀와 전화로 통화를 하다가 자꾸 대화가 끊기자 그는 우체국이라면 통화 상태가 양호하리란 기대로 한밤중에 중앙우체국으로 달려가기도 한다. 마침내 로마로 비밀 여행을 떠났을 때 그는 「로마의 휴일」의 오드리 헵번을 떠올린다. 아버지가 한번 얼핏 언급했던 그녀가 혹시 자신의 생모가 아닐지 의심하면서 곁에 있는 멜리스에 흠뻑 도취된 그는 여느 관광객처럼 성당에 들렀다. 그러나 신성한 성당에서 동정녀 마리아에게 불륜의 사랑을 이루게 해달라고 기도할 수는 없는 노릇이었다. 어둠 속에서 빛으로만 존재하는 어머니를 찾는가 하면 현실에서 허락되지 않는 여자에 매달려 있는 그에게 동료 변호사는 "두 여자를 동시에 추구하는 것은 건전하지 않다"고 충고한다. 어머니와 애인에 매달려 사는 주인공의 처지를 딱하게 여긴 것이다.

멜리스와 열애에 빠진 와중에도 주인공은 아버지가 남긴 사진을 단서로 삼아 어머니 찾기를 멈추지 않는다. 에릭 로메르 감독의 「모의 집에서 보낸 나의 하룻밤」에 관련된 사진에서 아버지가 남긴 "N. V.는 영원하리라"라는 메모 속 N. V.가 그 영화에 출연한 여배우의 이름이라 착각했다가 나중에야 그것이 누벨바그의 약자임을 깨달을 정도로 그는 어머니에 대한 환상에 사로잡혀 있었다. 아버지의 유품을 뒤지던 중 그는 마침내 어머니를 찾을 실마리를 얻는다. 수첩에서 1964년 봄에 해당되는 메모를 읽은 것이다. "2인용 방을 예약할 것. 니스" 그는 이것을 단서로 니스의 촬영장을 찾아가고, 이제는 폐쇄되어 겨우 관광지로 명맥을 유지하는 옛 촬영소에서 아버지를 기억하는 노인을 통해 어머니의 정체에 성큼 다가간다. 그리고 아버지의 서랍에 숨겨진 8mm 필름과 메모를 통해 코시몽 박사란 인물을 발견하고 그가 근무했던 정신병원을 찾아 나선다. 또한 아버지가 촬영한 개인용 필름에서 쇠창살이 쳐진 창가에 모습을 드러낸 어머니일 법한 여인을 발견한다. 충격적인 것은 영상 속의 여자가 멜리스와 놀랍도록 닮아 있다는 점이다. 무슨 마술을 부려서 멜리스가 40년 전으로 돌아가 아버지의 애인이 될 수 있었을까? 주인공이 멜리스에게 첫눈에 반한 것은 그녀가 어머니를 빼닮았기 때문일까? 한 번도 본 적 없는 어머니의 모습이 그의 무의식에 남아 어머니를 찾아갔던 극장에서 그녀를 닮은 멜리스에게 첫눈에 반한 것일까? 멜리스는 그에게 한 번도 부모에 대한 언급을 한 적이 없는데 혹시 그녀가 어머니의 딸, 그러니까 주인공의 누이동생은 아닐까?

주인공은 마침내 사진 속의 여자가 정신병원에 입원했다가 병원에 불을 지르고 사라졌다는 증언을 듣게 된다. 그녀는 정신착란을 일으켜 자신을 유명 여배우라고 자처하며 일상생활에서도 항상 카메라 앞에 선 듯 연기를 멈추지 않았다는 말도 전해 들었다. 어머니는 예술가의 꿈을 이루기 위해 주인공과 아버지를 버렸던 것이 아니었다. 오히려 아버지가 과대망상, 정신분열에 빠진 아내로부터 아들을 지키기 위해 어머니를 어느 산골 마을의 한적한 요양병원에 격리시켰던 것이다. 두 여자 중 한 여자의 정체가 밝혀지고 영화에 대한 집착이 사라지자 묘하게도 멜리스에 대한 사랑도 희미해져 갔다. 니스에서 돌아온 화자는 일주일간의 금연 끝에 흡연 욕구가 막연해지듯 멜리스에 대한 간절한 욕구도 희석되었다는 사실을 깨닫는다. 그는 추억이 깃든 파리의 거리를 그녀와 함께 택시를 타고 순례한 후 그녀를 가정으로 돌려보낸다. 멜리스를 떠나보낸 후 아버지의 옛 아파트로 찾아간 주인공은 검은 연기에 휩싸인 건물 앞에서 망연자실한다. 목격자의 증언에 따르면 어떤 노파가 아파트로 찾아와 "내 아기! 내 아기!"라고 부르짖다가 아파트에 불을 지른 후 사라졌다고 한다. 노파에 대한 인상착의는 니스의 정신병원에 방화했던 여자와 일치했다. 그가 그토록 집착했던 흑백사진 속의 여인들은 모두 연기가 되어 사라졌고 아버지의 재를 뿌린 센강만 어둠 속에서 반짝거렸다. 너무도 담담한 표정으로 악수를 건네는 주인공의 모습에 놀란 경찰관은 "집까지 태워다 드릴까요?" 하고 제안한다. "나는 크게 숨을 들이켜며 잠시 앉아 있었다. 공기는 진정 감미롭게 따스했다. 저 멀리 마리다리는 마치 아버지가 자신의 재로 광채를 발산하는 듯 환하게 빛났다. 나는 일어나서 힘차게 걷기 시작했다. 왜냐하면 나는 사는 데에 바빴기 때문이다"라는 문장으로 이 소설은 마무리된다.

시간의 지배자

1960년 니스에서 태어난 에릭 포토리노는 프랑스 일간지 『르몽드』의 경제, 환경 분야에서 활동했던 기자이며 취재 경험을 기록한 회고록과 정치평론도 여러 권 발표했다. 비교적 늦은 나이에 소설을 쓰기 시작했지만 여러 문학상을 받았고 2007년에 『영화의 입맞춤』으로 〈페미나상〉을 받으며 더욱 주목받았다. 2009년에 발표한 자서전 『은밀하게 나를 사랑한 남자』에서 "내 소설의 출발점은 무엇보다 출생에 관한 것"이라고 자신의 소설세계를 요약했다. "2008년 3월 11일 날이 저물 무렵, 라로셸 북쪽 어느 구역에서 아버지는 엽총으로 목숨을 끊었다"로 시작되는 자서전에서 작가는 일찌감치 생부와 이별하고 아홉 살에 맞이한 의붓아버지로부터 각별한 사랑을 받았던 추억을 털어놓았다. 그에게 포토리노란 이름뿐 아니라 축구와 자전거에 대한 열정도 물려준 의붓아버지는 일흔 살이 넘어 노화가 몸을 침식하기 전에 자살을 택했다. 알제리 전쟁을 겪은 후 물리치료사가 되어 아픈 몸을 치료했던 아버지는 누구보다도 활력 넘치고 출중한 외모를 자랑했으며 삶 자체를 만끽한 멋진 인물이었다. 다만 관공서에 대한 불신과 혐오가 지나쳐서 평생 자기에게 발송된 공문서를 뜯어보지 않았다. 흔히 인간이 피할 수 없는 숙명으로 죽음과 세금을 꼽는데 말년의 아버지는 밀린 세금 탓에 파산에 이르렀고 세금은 피하지 못했지만 죽음은 스스로 선택한 셈이었다. 자서전에서 작가는 자신의 출생 배경을 이렇게 설명했다.

> 열일곱 살에 임신하고 미혼모가 된 어머니. 자기 딸이 보르도의 모로코 출신 유대인 의대생의 아내가 되는 걸 받아들일 수 없었던 보수적인 가톨릭 신자인 외할머니에게서 엄격한 교육을 받은 어머니. 그건 내 어머니에게는 끔찍한 이야기였고, 산부인과 의사 학위를 손에 넣고 모로코로 돌아가야만 했던 모리스에게도 끔찍한 이야기였다. 모리스는 수천 명의 아이들을 자기 손으로 받아냈지만, 정작 나에게는 백신을 맞힌 후 장난감을 손에 쥐어주었던 그 한 번을 제외하고는 더 이상 다가설 수 없었다.

생부와 이별한 어머니는 망명한 튀니지인 미셸 포토리노와 재혼했다. 작가는 미셸을 새아버지로 받아들인 날이 자신의 삶이 새로 시작된 날이라고 기억한다. 건장하고 낙천적이며 스포츠를 좋아했던 새아버지는 자서전 제목처럼 의붓아들을 사려 깊게 사랑했다. 물리치료사였던 미셸은 자전거 경기에 참가해서 딱딱하게 뭉친 아들의 근육을 따뜻한 손으로 주물러 치료해주던 자상한 아버지였다. 소설의 출발점이 출생에 관한 것이라 고백했듯 그의 소설에는 개인사가 짙게 깔려 있다. 앞서 살펴본 『영화의 입맞춤』은 출생과 관련된 강박을 주로 어머니에게 집중했고 과거에서 벗어나 새로운 삶에 집중하리란 다짐으로 마무리되었다.

마지막 대목에서 작가는 과거를 청산하고 현실로 돌아오겠다는 의지를 표명했지만 2016년에 발표한 『노먼 제일과 함께 보낸 사흘*Trois jours avec Norman Jail*』은 그의 주된 관심사가 여전히 과거의 상흔, 정체성의 문제에 머물고 있음을 보여준다. 이 소설의 주인공 노먼 제일은 스무 살에 첫 소설을 발표한 후 일흔이 넘도록 후속작을 쓰지 못한 소설가이다. 2차 대전 직후 스무 살에 딱 한 편의 작품만 발표한 후 한적한 바닷가 마을에서 칩거하는 노작가를 20대의 클라라란 여인이 찾아가 두 사람 간의 대화가 시작된다. 문학이란 무엇이냐는 거창한 질문부터 언어, 시간, 글쓰기의 동기, 작가가 누리는 자유에 이르기까지 중구난방 두서없는 주제로 나열된 작가의 세계관이 소설의 절반 이상을 차지한다. 돌올한 줄거리나 일관된 주제가 없는 전반부가 독자를 지루하게 만들기 십상이지만 간간이 심오한 직관을 요약한 경구가 독자의 관심을 붙잡아두는 구실을 한다.

사흘간 이어진 대화는 작가의 미완성 원고를 받아 들고 집으로 돌아온 클라라가 홀로 그 작품을 읽고 논평하는 것으로 이어진다. 클라라가 입수한 그의 습작품은 계속해서 1장만 반복되는 소설이었다. 70대의 노먼 제일이 젊은 시절로 돌아가 자신의 젊은 모습을 바라보거나 주변 사람과 대화를 하는 이상한 줄거리는 매번 시점과 화자가 바뀌며 비슷하게 변주된다. 이 습작품은 2차 대전 중 유대인이 겪었던 비극, 그중에서도 사랑하는 여인과 아기를 유기한 남자의 죄의식을 짚어낸 것이었다. 스무 살의 노먼 제일은 문학사에 길이 남을 걸작, 세상을 깜짝 놀라게 할 대작을 쓰려는 야심 찬 소설가였다. 독일 점령 기간 중 친독 작가들로부터 인정을 받았던 그는 유대인 여배우 클라라와 사랑에 빠진다. 1942년 반유대법이 제정되어 클라라와 그녀의 가족이 생명의 위협을 받지만 야심 많은 작가는 주야로 글쓰기에만 몰두했다. 독일 당국과 밀접했던 노먼 제일이 조금만 노력했더라면 클라라가 자유지역으로 도피할 수 있었을 텐데도 그는 문학을 제외한 세상사에 철저히 무관심했고 클라라가 임신하자 아기를 지워버리라고 강요하기까지 한다. 유대인 아기가 살아가기에 험한 세상이란 이유를 둘러댔지만 사실은 작가생활에 아내뿐 아니라 아기도 그저 거추장스러운 혹에 불과하다고 생각했기 때문이다. 클라라는 작가가 애지중지 아끼던 원고를 훔쳐서 그의 곁을 떠났다. 작가의 두 아이, 배 속의 아이와 그의 원고를 갖고 사라진 것이다. 친정에서 아기를 낳은 클라라는 작가를 찾아가 "아기 클라라가 당신에게 안부를"이라는 쪽지를 남겼다. 그러나 여전히 작가는 아내와 아기를 찾지 않았다. 소설 속의 클라라를 아름답게 쓰는 데 몰두한 나머지 현실의 클라라를 버린 것이다. 클라라는 독일군에게 체포되어 수용소로 끌려갔고 어린 딸만이 양아버지에게 입양되어 간신히 목숨을 건졌다.

작가는 눈앞에서 벌어지는 비극적 현실에 개입하기보다는 그 비극을 문학적 소재로 삼아 훌륭한 작품을 쓰는 일에 매달렸다. 클라라의 가족이 유대인 식별 표시인 노란 별을 달아야 했어도 그는 "독일은 괴테, 쉴러, 릴케, 베토벤 등을 거느린 위대한 문화를 지닌 나라이니 우리는 두 발 뻗고 잘 수 있다. 게다가 나는 시간을 낭비할 수 없다. 이 시대의 가장 위대한 작가가 되겠다고 클라라에게 약속했다. 그 약속을 지켜야 하는 내가 어찌 한눈팔 수 있겠는가"라며 스스로를 기만했다. 클라라의 처지를 딱하게 여긴 작가의 친구가 그녀를 숨겨준 덕분에 클라라는 겨우 목숨을 건졌다. 클라라는 노먼의 딸을 낳아 자신의 이름을 딸에게 물려주었고 그 딸 역시 딸을 낳아 할머니의 이름을 물려주었다. 수십 년이 지난 후 작가 앞에 과거의 클라라 모습을 판박이처럼 닮은 젊은 여자가 나타나 도대체 당신에게 문학이란 무엇인지를 따져 묻는다. 몸에 불이 붙어 생사의 기로에 놓인 어린 여자를 구해주는 대신 그 모습을 찍어 특종을 잡은 작가는 과연 위대한 예술가였을까. 문학은 아내와 자식을 버릴 만큼 가치 있는 일이었을까. 작가의 손녀 클라라는 "모든 성격의 드라마와 감정 앞에서 작가는 나의 소설을 위해 이것을 어떻게 써먹을 수 있을까, 그것만을 생각한다"고 예술가를 비난한다.

소설 속의 소설, 즉 노먼 제일이 미완성으로 남긴 작품 속에서 화자는 정신과 의사를 찾아간다. 과거의 여자가 나타나 그녀와 대화까지 나눈 것이 가능한 일인지, 그것이 환상이라면 정신과적 입장에서 어떤 설명이 가능할지 궁금했기 때문이다. 의사는 과거에 대한 깊은 회한은 우리의 상상을 자극하여 실제로 겪지 않은 과거를 만들어내고 그것이 마치 실제 추억인 것처럼 착각하게 된다고 설명하고는 상상이 기억에 개입하여 기억을 왜곡하고 현실인식마저 혼란시킨다는 진단을 내렸다. 의학적 설명에 만족하지 못한 화자는 물리학자의 강연에 참석하여 시간의 상대성, 사건의 지평선, 블랙홀과 같은 현대 물리학 이론을 청강한다. 그리고 물리학자에게 과연 시간여행이 가능한지 묻는다. 물리학자는 우리의 경험칙에는 위배되지만 현재로부터 과거, 혹은 과거로부터 현재로 이동하는 것이 얼마든지 가능하다고 강변한다.

"당신은 실수로 블랙홀에 빠진 거요. 그게 어떻게 가능한 건지 나도 모르니 더 이상 묻지 마시오. 당신이 거기에 한쪽 발을 들여놓은 것이고 나머지 모든 것이 함께 따라 들어간 셈이죠."

"나머지 모든 것이라니요?"

"자세히 설명하기는 어렵고 게다가 난해하기까지 합니다. 인간의 발이 머리보다 빨리 늙는다고 해둡시다. 이 블랙홀에서 당신은 무한대의 시간을 보기 시작한 것이오. 처음부터 끝까지, 혹은 그 역으로 끝에서 처음까지. 블랙홀은 아주 이상한 이야기죠. 어린 왕자가 하룻밤에 지는 해를 마흔세 번씩 볼 수 있었던 것처럼 당신은 시간의 관람객이 된 것입니다. 믿기 어렵지만 시간의 화살이 역전된 것입니다. 바다의 연어가 강을 따라 수원지로 올라가듯 시간이 그 기원으로 거슬러 올라간 겁니다. 당신이 길을 잃은 것은 당연하지요. 당신의 시간이 방향을 틀어서 더 이상 앞으로 흐르는 게 아니라 말하자면 과거로 전진했다고나 할까요. 보다 간단히 말하면 당신은 시간이 그 궤적을 바꾼 순간에 처해 있는 것입니다. 우리와 블랙홀 사이에는 사건의 지평선이라 부르는 경계선이 존재합니다. 그게 어떻게 가능했는지 모르지만 당신은 그 경계선을 넘어서 불귀환의 지점에 서게 된 거죠. 블랙홀 덕분에 당신은 시간의 총체적 흐름을 보게 된 겁니다. 과거와 미래의 모든 것을 볼 수 있는 겁니다."

작가의 손녀 클라라는 할아버지의 글에서 그의 회한과 고뇌를 읽는다. 그리고 할머니가 그의 글을 읽고 할아버지를 용서했으리라 생각한다. 왜냐하면 그 누구도 쓸 수 없었던 사랑의 소설을 쓴 할아버지는 결국 할머니 클라라와의 약속을 충직하게 지켰기 때문이다. "나의 할머니는 노먼 제일의 소설을 읽고 비할 데 없는 충격을 받았다. 태어나서 처음으로 그녀는 사랑받았다는 느낌이 들었던 것이다. 다른 어떤 남자도 노먼만큼 자신을 열렬히 사랑할 수 없었다고 생각했다." 할머니 클라라는 인생의 가장 아름다운 순간만 기억했고 그것이 기록된 문학 덕분에 죽는 마지막 순간 떠올린 얼굴도 노먼 제일이었으리라 손녀는 상상한다. 문학의 힘이 비열한 현실을 이겼다고 생각한 것이다. 그러나 손녀 클라라는 여전히 작가인 할아버지를 용서하기 어려웠다. "노먼 제일은 부역자 명단에 오르지 않았다. 그는 수많은 사람을 죽음으로 내몬 적도 없다. 그는 아무런 나쁜 짓도 하지 않았다. 그가 유죄인 점은 바로 아무런 짓도 하지 않았다는 것이다. 그는 하찮은 자기 자신, 그 자신보다 더욱 하찮은 자기 작품에 몰두한 나머지 배가 부풀어 오른 스무 살의 여인이 세상에서 사라지도록 방치했다." 손녀 클라라가 소설가를 정죄한 죄목은 일종의 무작위의 범죄, 유기죄와 같은 것이다. 비참한 현실을 외면하거나 침묵한 죄, 예술을 빙자하여 불의 앞에서 눈 돌린 죄는 문학의 이름으로 용서받을 수 없었다. 그런 의미에서 순수예술이야말로 가장 불순했다. "글쓰기는 분열될 수 없고 가족, 아기, 그 어떤 것으로도 나눠질 수 없다. 글, 아니면 무無"라 주장하며 노먼 제일은 글쓰기란 삶의 전부를 요구하기 때문에 삶의 일부를 할애하는 게 아니라 삶을 통째로 바쳐야 한다고 주장했지만 손녀에게 그것은 공허한 변명으로 들릴 뿐이었다.

소설의 마지막 장에는 대서양의 외딴 섬에서 홀로 사는 어머니 클라라가 등장한다. 그녀는 드물게 찾아오는 우편배달부에게서 소포를 받는다. "일흔일곱 살에도 철부지 소녀의 감성"을 지닌 그녀가 두근거리는 가슴을 안고 소포를 뜯으니 '노먼 제일과 함께 보낸 사흘'이란 제목의 원고가 나왔다. 이전까지 독자가 읽었던 소설, 혹은 소설 속의 소설까지도 모두 노먼 제일이 쓴 것이었다. 한때 노먼 제일을 사랑했지만 유대인 학살을 피해 다른 남자와 도망쳤던 것까지만 사실이고 임신한 적도, 딸을 낳은 적도 없었던 클라라가 노먼 제일의 원고를 읽은 후 바닷가 바위에 서서 바람에 원고를 날려 보내는 것으로 소설은 마무리된다. 두 사람이 헤어진 것은 독일군 탓이 아니었다. 그녀가 작가를 떠난 것은 그의 삶에 자신의 자리가 없었기 때문이었다고 회상한다. 삶보다 글이 중요하다고 여긴 그가 두려웠기 때문이라고. 젊은 노먼 제일은 끊임없이 완벽한 문장을 추구한 나머지 쓰레기통은 구겨진 원고 뭉치로 넘쳐났고 더 이상 고칠 구석이 없는 완벽한 글, 그 완벽성의 추구가 그녀를 숨 막히게 했다. 그녀는 "뭔가 거슬리는 구석이 있는 문장 하나 때문에 삶을 망치는 데에 천부적 재간이 있는" 남자를 견딜 수 없어서 도망친 것이다. 그녀는 그가 보낸 원고 뭉치를 바닷바람에 맡겼고 바람에 날려 하늘 높이 치솟은 원고는 "작은 하얀 점으로 변해버렸다"라는 데에서 소설은 끝이 난다.

생부로부터 유대인의 피를 물려받은 에릭 포토리노는 이 작품에서도 여전히 혈통과 출생에 관련된 문제에서 크게 벗어나지 못했음을 보여준다. 작가는 노먼 제일의 입을 빌려 시간의 불가역성을 거부할 수 있는 소설가의 특권에 대해 장광설을 늘어놓는다. 수십 년 전 자신이 버렸던 클라라가 젊은 모습 그대로 눈앞에 나타났으니 아마도 시간을 얼마든지 멈추거나 되돌릴 수 있다고 생각했는지도 모른다. 그러나 알다시피 시간은 돌이킬 수 없으며 아무리 애쓴다 해도 꽃다운 청춘으로 돌아갈 수 있는 사람은 아무도 없다. 다만 서사를 구축하는 소설가는 시간을 고무줄처럼 늘이거나 과거의 시점으로 돌아가 과거의 기억을 윤색하거나 아예 바꾸기도 한다. 현대물리학을 동원하며 시공간의 변형을 강변하는 작가는 우리에게 보편적으로 내재한 슬픈 욕망을 건드린다. 화자는 과거의 한 시절이 영화의 한 장면처럼 펼쳐지는 현장 속에 들어가는 묘한 환상에 빠진다. 그리고 현재의 늙은 내가 젊은 시절의 나를 물끄러미 바라보거나 심지어 과거 속에 개입하여 역사의 흐름을 바꾸려고 애쓰기도 한다. 현실에서는 불가능한 꿈이지만 시간을 마음껏 주무를 수 있는 창작자의 권리가 실현되는 공간이 바로 소설이란 생각은 『영화의 입맞춤』에서도 엿볼 수 있다.

행복한 순간, 영원히 지속되길 간절히 원하는 순간을 잘게 나누어 무한히 길게 서술할 수 있는 권리, 그것이야말로 소설가만이 누릴 수 있는 자유이자 특권이라는 생각은 서사학을 이론적으로 파고든 학자들이 누차 주목한 독특한 소설의 시간개념이다. 서사학자 G. 주네트는 호머의 예를 들어 사건을 진술하는 작가는 절대로 시간의 순서에 따라 이야기를 전개하는 것이 불가능하다고 주장했다. 사건의 전개를 전달하려면 시간의 순서에 따라 진술하는 것이 쉽고 자연스럽다고 생각하지만 실제로 사건의 순서와 발화의 순서가 일치하는 경우는 없다는 것이 주네트가 발견한 서사의 특징이다. "이야기"를 한다는 발화 행위는 시간을 앞뒤로 거스르거나 특정 순간을 마음대로 줄이거나 늘여야지만 가능하다. 우리가 흔히 창작자를 조물주에 비유한다면 그것은 세상에 없는 새로운 것을 만들어내는 능력보다는 작품 속에서 시간을 마음대로 주무를 수 있는 가능성 때문이다. 영화로 기록된 청춘스타가 우리 기억에서 영원히 늙지 않는 것처럼 글로 기록된 아버지의 청춘 또한 책을 통해 영원히 지속된다고 작가는 주장한다.

서사학 강의실에서 이론적으로 논의되는 서술의 시간과 사건의 시간, 기계적 시간과 창작의 시간 등 지루한 이론을 문학적으로 풀어놓은 듯한 그의 작품은 근래 유행하는 복고 취향과 맞물려 독특한 매력을 발휘한다. 다만 그가 작품에서 언급한 수많은 옛날 영화, 지금은 고인, 혹은 노인이 된 여배우들에 대한 기억을 공유하지 못하는 독자는 그의 작품이 환기하는 매력에 빠져들기 어려울 터이다. 예컨대 그의 여러 작품에서 누차 언급된 마를렌 조베르를 기억하는 우리네 독자가 얼마나 있을지. 그녀를 기억하는 독자라면 짧은 머리에 주근깨가 가득한 천진스러운 그 얼굴을 떠올리며 단숨에 옛 시절로 돌아갈 것이다. 아니 에르노는 최근 어린 나이에 죽은 언니에 대한 글을 발표하며 "죽은 자들의 장수"란 역설적 표현을 썼다. 죽은 자는 죽은 순간의 모습으로 영원히 산 자의 기억 속에서 청춘을 구가한다. 에릭 포토리노의 글을 읽다 보면 임검석이 비는 시간을 노려서 도둑처럼 어두운 극장에 스며 들어갔던 어린 시절, 지금은 형해가 된 어머니가 밝은 웃음으로 내 손을 잡고 매표소 앞에 서 있던 장면, 지금은 거동조차 어려운 이모가 꽉 끼는 바지를 입고 맘보를 추던 모습이 떠오른다.

카불의 로자

『죄와 벌』이 러시아에서 단행본으로 발간된 것은 1867년의 일이다. 프랑스에서는 그로부터 거의 20년 후인 1886년에야 첫 번역본이 빛을 보았고 그 후 이 작품을 원작에 가깝게 옮기려는 여러 번역자들의 노력은 지금까지 이어지고 있다. 처음 출간되었을 당시 『죄와 벌』을 읽은 학술원 회원은 "작가가 발휘하는 긴장의 힘이 너무 강렬해서 일반적인 독자는 정신적으로 견디기 어려울 것"이라고 평했고 어떤 소설가는 내리 닷새 동안 이 작품을 읽은 후 초인종 소리만 들어도 라스콜니코프의 환영에 시달렸다고 고백했다. 2011년판 『죄와 벌』을 번역하고 해설을 붙인 P. 파스칼은 위의 사례를 들어 과거 독자들의 당혹과 충격을 전하면서 이 작품은 도스토옙스키의 다른 소설에 비해 주제의 집중도가 높아 독자의 긴장감을 유지하는 장점이 있다고 평했다. 하긴 『카라마조프가의 형제들』을 읽은 독자라면 조슈아 장로의 장광설에 부딪쳐 잠시 숨을 고른 기억이 있을 것이다.

평자에 따르면 『죄와 벌』의 경우 극적 긴장도가 팽팽하게 유지될 수 있었던 데에는 그리스 비극의 원리와 유사한 삼일치의 법칙, 다시 말해 시간, 공간, 행위를 집중시킨 것도 한몫했다는 지적이다. 닷새에 걸쳐 읽어야만 하는 긴 소설의 주요 사건이 사흘 만에 벌어지고 최종 마무리까지 채 보름이 걸리지 않으며, 소설의 마지막 부분에 덤으로 붙은 수용소 장면에 가서야 시간대가 1년 반 이후로 건너뛸 정도로 작가는 시간적 배경을 압축했다. 또한 라스콜니코프가 몽롱한 상태에서 배회하는 공간도 한 도시로 한정되었을 뿐만 아니라 지방에 흩어져 있던 나머지 인물들도 여러 이유로 모두 주인공을 중심으로 순식간에 몰려든다. 이러한 시공간적 압축과 더불어 사건의 집중은 비좁은 방에서 소냐가 로쟈에게 성경의 나사로 대목을 읽어주는 장면에서 절정을 이룬다. 살인자와 창녀와 성경을 질식할 것만 같은 좁은 공간에 몰아넣은 작가의 치밀한 계산이 돋보이는 대목이다.

"죄는 빠르게, 벌은 복잡하고 길게"라는 P. 파스칼의 요약처럼 『죄와 벌』은 도입부에서 벌어지는 살인은 긴박하게 전개되지만 그 뒤로 이어지는 주인공의 내면 갈등과 혼란의 묘사는 심리소설의 극치라고 불려도 손색이 없다. 이러한 극적 요소 덕분에 『죄와 벌』은 소설로만 끝나지 않고 연극이나 영화로 여러 차례 각색되었다. 서사학에서는 한 작품이 다른 작품과 맺는 관계에 주목하여 초(超, méta), 간(間, inter), 변(邊, para), 통(通, trans)과 같은 다양한 접두사를 이용한 개념용어를 만들어냈다. 한 작품이 다른 장르로 변신할 수 있는 유연성, R.생즐레의 정의에 따르면 "같은 작가이건 혹은 각기 다른 작가이건 최소한 그들의 두 편 이상의 작품이 등장인물을 재사용하거나, 선행한 줄거리를 연장하거나, 허구세계를 공유함으로써 동일한 허구 작품에서 서로 겹치는 현상"을 일컬어 통通-허구성transfictionnalité이라 한다. 예컨대 우리는 빅토르 위고의 『파리의 노트르담』처럼 하나의 소설이 영화, 만화, 연극, 뮤지컬 등 여러 장르로 변신한 경우를 떠올릴 수 있다. 이 개념을 문학 영역에만 한정한다면 연작, 속편 등과 같은 소설 형식도 여기에 포함시킬 수 있지만 한 작가의 작품이 다른 작가에게 영감을 불러일으킨 것도 넓은 의미로 여기에 속한다. 이것은 아주 새로운 현상이라기보다 오래전부터 존재했으나 근래 들어 부쩍 주목받는 문학의 한 갈래이다. 과거 실증주의 연구처럼 텍스트의 기원과 영향 수수관계를 따지는 것과는 이론적 구별이 필요하지만 최근의 경우만 살펴보아도 『마담 보바리』의 자살을 재수사한 형사의 관점에서 원작을 재미있게 구성하거나, 『이방인』을 아랍인 관점에서 새롭게 해석한 『뫼르소, 살인사건』과 같은 소설은 넓은 의미에서 통-허구성의 사례로 보아도 무리가 없고 "포스트모던 방식의 다시 글쓰기"라고 분류되기도 한다. 좋은 작품은 일차적으로 많은 독자를 모아들이지만 궁극적으로 많은 작가의 관심을 끌고 그들에게 영감을 불러일으킨다. 거칠게 말해 작가란 독자들이 좋아하는 작가와 작가들이 좋아하는 작가로 나눠서 따질 수도 있으나 대중작가는 독자의 작가일 수는 있어도 작가의 작가이기는 어렵다. 『죄와 벌』은 독자와 작가에게 공히 사랑받는 작품이지만 굳이 따지자면 작가들에게 더욱 광범위하게 영향을 끼친 사례로 꼽힌다. P. 파스칼의 2011년 불역본 『죄와 벌』에는 역자 해설 외에도 소설가 장필립 뚜생의 글이 실려 있어 눈길을 끈다.

나는 1979년 포르투갈에서 누이의 권고로 이 책을 처음 읽었다. 당시 나는 스물한 살이었고 그 전까지 카프카의 『변신』이나 카뮈의 『이방인』과 같은 몇몇 희귀한 진주를 제외하곤 문학작품을 전혀 읽지 않은 상태였다. 당시에는 『죄와 벌』이 딱히 흡족하지 않았다. 아니다, 그것은 어떤 책을 좋아했다, 혹은 감탄했다는 것과는 차원이 달랐다. 간단히 말해 나의 눈이 떠진 것이다. 그것은 개안이었다. 한 달 후, 나는 책을 쓰기 시작했다.

앞서 언급한 작가의 작가, 혹은 작가의 책이란 뚜생의 경우에 적합한 표현이다. 문학과 무관한 삶을 이어오던 청년을 순식간에 소설가로 만들어버린 책, 마치 아침에 눈을 뜨니 사람이 벌레로 변한 것만큼이나 극적 변신을 유발한 책이 『죄와 벌』이었다. 이런 변신을 뒷받침하려는 듯 뚜생은 『욕조』 『망설임』 『마리의 진실』 등 처녀작에서 최근작에 이르기까지 그의 작품에 깔려 있는 도스토옙스키의 흔적을 상세한 인용을 곁들여 고백했다. 돌이켜보면 과연 그의 전작에 등장하는 주인공의 일관된 모습은 우울한 표정을 짓고 도시를 배회하는 라스콜니코프와 흡사하다. 뿐만 아니라 뚜생은 묘사의 핍진성이나 예변법, 묵언법과 같은 수사학적 기법을 모두 『죄와 벌』에서 배웠다면서 긴 문장을 인용하며 꼼꼼히 설명했다. 특히 우리말로 '망설임Réticence'으로 번역된 제목은 라틴어 어원이 '집요한 침묵reticentia'에서 비롯된 것으로 『죄와 벌』의 인물들이 중요한 대목을 결코 언어로 직접 지칭하거나 설명하지 않았다는 점을 지적했다. 특히 로쟈가 소냐에게 범행을 고백하는 장면에서도 죄, 살인과 같은 직접적인 단어를 피하면서도 소냐에게 진실을 짐작하게 만드는 기법을 구사하는 데에 감탄한 뚜생은 아예 그 수사적 기법을 본인 소설 전체 줄거리를 구성하는 원리로 삼았다. 그는 평범한 독자에게 낯설게 보일 법한 학술용어를 애써 피하고자 미국 TV 연속극 「형사 콜롬보」를 사례로 들었다.

오래전 인기 드라마였던 「형사 콜롬보」는 매회마다 같은 구성과 전개 방식을 취했다. 첫 장면에서 살인 사건의 전모를 보여주기 때문에 시청자는 누가 범인이고 그 범행 동기나 방식은 무엇인지를 아는 상태에서 이야기를 따라간다. 낡은 코트 차림에 어눌하고 수줍은 형사 콜롬보는 주먹 한번 쓰지 않고 서서히 용의선상의 인물을 코너에 몰아넣고 순식간에 범인을 언어의 그물로 낚아 올린다. 그가 구사하는 화법도 매번 반복되는데 범인과의 대화는 "당신을 의심하는 것이 아니라 그저 절차에 불과하다"고 말문을 연 뒤 중간에 자신의 마누라에 대한 이야기를 꺼내거나 금연의 어려움을 들먹이며 담배를 입에 문다. 대화를 마치면 정중한 감사의 말을 건네고 돌아서다가 돌연 뒤돌아보며 "잠깐 하나만 더"라며 그냥 스쳐 지나가는 말인 양 툭 한마디 던진다. 앞서 오고간 모든 대화는 마지막 스쳐 지나가듯 던지는 말을 위한 마중물, 장식, 길 닦기에 불과하다. 뚜생은 『죄와 벌』에 등장하는 예심판사 포르피리와 형사 콜롬보의 유사성으로 "인자한 성격, 뒤로 느릿느릿 늦추는 전법, 주제와 벗어난 딴말을 하는 예리한 언어감각" 등을 꼽았지만 그보다 넓은 관점에서 소설 전체가 콜롬보 방식으로 구성되었다고 설명한다. 센 불로 단숨에 끓이지 않고 약한 불로 천천히 졸여서 마침내 하얀 입자만 남기는 방식, 도스토옙스키처럼 소설에서 번뇌와 환영과 불면으로 주인공뿐만 아니라 주인공과 동행하는 독자마저도 탈진하게 하는 방식을 취하는 것이다. 예컨대 『죄와 벌』의 6부 2장에서 주인공을 맞이한 예심판사는 이렇게 말문을 연다.

"사실 말이지 이 담배라는 건!" 담배를 한 대 피우고 나서 마침내 포르피리가 말하기 시작했다. "해로운 물건이오. 정말 해롭지만 끊을 수가 없어! 기침도 나고 목이 타오르고 숨이 가빠져요. 나는 오전에 겁이 나서 B 씨한테 진찰을 받으러 갔었습니다만, 그는 환자 한 사람을 진찰하는 데 최소한 반시간은 걸립디다. 나를 보자 웃기까지 하더군요. 몸을 두들겨보기도 하고 청진기를 대기도 하더니 당신은 폐가 확장되어 있으니까 특히 담배가 해롭다는 겁니다. 그렇다고 어디 끊을 수가 있어야지! 뭣하고 바꾸지요? 술도 마시지 못하는 처지에. 헤, 헤, 헤. 마시지 못하는 것도 불행한 일입니다. 모든 건 다 상대적인 것입니다. 모든 것이 상대적이란 말입니다!"

6부 2장의 초반부에서는 살인자를 앞에 두고 딴청을 부리는 예심판사의 장광설이 이렇게 길게 이어진다. 그는 도장공 니콜라가 이미 범행을 자백했으니 당신은 용의자 선상에서 벗어났다고 주인공을 안심시킨 후 주인공이 예전에 발표한 소논문을 읽은 소감을 슬쩍 털어놓으며 천천히 라스콜니코프의 목을 조이기 시작한다. 이 세상에 새로움을 선사하는 비범한 사람은 규범을 위반할 수 있는 권리, 소위 범죄권을 지닌다는 주장을 펼친 주인공의 소논문을 찾아 읽고 언필칭 심리학적 분석을 시도한 결과를 나열하는 예심판사는 마침내 주인공을 굴복시키고 넌지시 자수를 한다면 감형의 혜택을 누릴 수 있다는 설명을 곁들인다. 그러나 감형에 대한 판사의 부연설명을 수용한다는 것은 범행 자백이나 다름없기에 주인공은 끝내 전당포 노파의 살해를 고백하지 않고 버틴다. 발길을 돌리는 주인공에게 판사는 혹시 자살을 할 생각이라면 범행을 자백하는 유서를 남겨 수사에 협조하라는 지극히 행정편의주의에 입각한 관료의 입장을 정중하게 표하는 것도 잊지 않았다. 그리고 자수하기 전까지 그는 주인공을 기소하지 않겠다는 배려도 베풀 줄 아는 인자한 모습도 보였다. 비록 몇 페이지에 불과한 대목이지만 뚜생이 감탄한 작가의 콜롬보 방식을 엿볼 수 있는 사례이다.

수십 년 동안 먼지가 쌓인 채 서가에 꽂혀 있던 세계문학전집의 『죄와 벌』을 꺼내 읽고 다시 프랑스판까지 들춰가며 비교한 것은 아련한 어린 시절의 독서 체험을 떠올리며 추억에 빠지기 위한 것이 아니라 2011년 아티크 라히미Atiq Rahimi가 발표한 소설 『저주받을 도스토옙스키*Maudit soit Dostoïevski*』 때문이다.

살인과 배신

1962년 아프가니스탄에서 태어난 아티크 라히미는 1984년 프랑스로 망명한 후 2008년 프랑스어로 쓴 첫 소설 『인내의 돌』로 〈공쿠르상〉을 받았다. 두 줄로 요약한 건조한 약력 뒤에는 아마도 필설로 다하지 못할 그의 인생 역정이 숨겨져 있을 것이다. 마지막 부분의 반전에서 독자를 화들짝 전율케 하는 『인내의 돌』이 이슬람 세계에서 핍박받고 희생되는 여자를 주인공으로 내세운 수작이었다면 『저주받을 도스토옙스키』는 내전상태의 아프가니스탄에서 오로지 생존만을 위해 발버둥 치는 한 지식인 남자의 이야기이다.

주인공 라술Rassoul은 『죄와 벌』의 주인공 이름 라스콜니코프Raskol'nikov를 프랑스식으로 짧게 표기한 것과 유사하고, 그의 약혼녀 수피아Souphia는 소냐Sonia, 주인공을 돕는 사촌 라즈모딘Razmodin은 라스콜니코프를 헌신적으로 돕고 나중에 그의 여동생 두나와 결혼한 라주무힌Razoumikhine과 호응하는 등 제목부터 주요인물의 이름까지 라히미의 소설은 『죄와 벌』의 연장선으로 읽히도록 유도한다. 『죄와 벌』의 공간적 배경인 페테르부르크는 아프가니스탄의 수도 카불로 바뀌었고, 『저주받을 도스토옙스키』의 주인공 라술도 라스콜니코프와 마찬가지로 며칠째 굶은 상태에서 소설 첫 장면에 등장한다. 아프가니스탄의 친소 왕정 시절 주인공은 공산주의자 아버지의 권유로 레닌그라드, 즉 예전의 페테르부르크로 유학을 떠났다가 친소 정권이 무너지고 이슬람 세력이 득세하자 카불로 귀국한 처지이다. 유학 시절 『죄와 벌』을 읽고 감동을 받았지만 정작 러시아 대학교수들이 하나같이 도스토옙스키는 반공주의자이며 그 작품도 반동적이라고 시큰둥한 반응을 보이는 데에 실망한다. 라술은 카불의 대학 도서관에서 사서로 근근이 일하다가 여학생 수피아에 반해 공책에 그녀에 대한 사랑을 글로 남기는 것으로 글쓰기에 대한 갈망을 채운다. 10여 년간 소련과 전쟁을 치른 후 다시 부족 간의 갈등과 종교적 갈등이 겹친 내전상태에 빠진 카불은 문자 그대로 카오스, 아비규환이다. 페테르부르크가 대낮에도 술 취한 거지들이 유령처럼 떠돌고 하수구 냄새가 코를 찌르는 곳이라면 카불은 수시로 포탄이 떨어지고 불에 그을린 시체의 탄내가 피어오르는 곳이다. 소냐의 아버지 마르멜라도프가 생활비를 들고 나가 몽땅 술을 퍼마셨던 반면 금주의 이슬람 세계로 바뀐 세상에서 라술과 그의 친구들은 술 대신에 수시로 끽다방喫茶房에 들러 차를 마신 후 대마초를 피웠다. 과거에 소련군을 상대로 성전을 벌였던 이슬람 형제들이 이제는 서로에게 총부리를 겨누는 골육상잔의 참극을 겪다 보니 무신론적 공산주의자였던 지식인들에게는 자신의 신념을 유지하며 목숨을 부지하기는 힘든 상황이었다. 이런 정신적 혼란은 영국식 자본주의, 프랑스의 진보적 사회주의, 러시아 정교 사이에서 갈팡질팡하던 19세기 중반 러시아 지식인이 처한 상황과 유사하다. 그리고 첫 장면에서 주인공의 손에 도끼가 들려 있는 것도 비슷하다.

라술이 노파의 머리를 때리려고 도끼를 치켜 올리는 순간 대뜸 『죄와 벌』의 줄거리가 그의 뇌리를 스치고 지나갔다. 머리에 벼락을 맞은 것 같았다. 팔이 떨렸다. 다리가 후들거렸다. 그리고 도끼가 손아귀에서 빠져나갔다. 도끼가 그녀의 두개골을 가르며 박혔다. 노파는 비명 한마디 못 지르고 검붉은 양탄자 위로 허물어졌다. 사과꽃 무늬 베일이 허공에서 너풀거리다가 물컹하고 뚱뚱한 그녀 몸 위로 떨어졌다. 그녀의 몸이 경련을 일으켰다. 그리고 다시 긴 한숨. 아마도 두 번일지도. 그녀는 눈을 크게 뜨고 방 한가운데에 선 채로 숨을 헐떡이고 시체보다 창백해진 라술에게 시선을 고정시켰다. 그는 몸을 떨었고 파투(이슬람 남자 교도가 머리에 두르는 두건)가 뼈만 앙상한 그의 어깨 위에서 떨어졌다. 겁에 질린 그의 시선은 노파의 두개골에서 흘러내려 양탄자의 검은 줄무늬를 뒤덮으며 붉은색과 하나를 이루면서 지폐 다발을 움켜쥔 여자의 통통한 손 쪽으로 천천히 흐르는 피, 그 피의 물결에 빠져들었다.

돈은 피로 얼룩질 것이다.

튀어, 라술, 도망치란 말이야!

완전한 무기력.

라술?

그에게 무슨 일이 벌어진 것일까? 무슨 생각이 든 것일까?

죄와 벌, 그렇다, 라스콜니코프, 그의 운명에 대해 생각한 것이다.

그러나 이 죄를 저지르기 전에, 이를 사전 모의하기 전에 그는 한 번도 이것에 대해 생각한 적이 없었을까?

겉으로 보기엔 그렇다.

혹은 그의 마음속 깊은 데에 파묻혀 있던 그 이야기가 그로 하여금 살인을 저지르도록 유도했을 수도 있다.

범행 순간 『죄와 벌』을 떠올리며 노파의 돈과 패물을

챙기지 못한 채 머뭇거리던 라술은 때마침 문을 두드리는 여자의 목소리를 들으며 다시 소설과 현실이 겹치는 기연에 몸서리친다. 그리고 살인 후 내면적 고통에 시달리는 라스콜니코프의 전철을 답습하게 되리란 예감에 사로잡힌다. 게다가 라스콜니코프의 첫 번째 살인은 그 대상이 인류에게 백해무익한 벌레였다는 것으로 억지로나마 정당화되지만 순진무구한 목격자 리자베트마저 죽인 것은 어떤 명분으로도 용서받을 수 없었다는 것을 라술은 떠올렸다. 라술은 용서받지 못할 그 두 번째 살인을 피하려고 돈도 챙기지 못한 채 서둘러 노파의 집에서 도망쳤다. 집 안에서는 시체를 발견한 여자의 날카로운 비명이 울려 퍼졌다. 포연과 흙먼지로 자욱한 카불 거리를 헤매다가 포격으로 무차별하게 살해당한 처참한 시신들을 목격한 라술은 급히 빠져나오느라 미처 확인하지 못한 두 번째 여자의 정체가 궁금해졌다. 아프가니스탄의 여자들은 눈만 빼고 온몸을 가리는 옷을 입기 때문에 그녀의 정체를 파악하는 일은 거의 불가능에 가까웠다. 범죄의 장소로 되돌아간 라술은 노파의 시체와 더불어 금품이 감쪽같이 사라진 것을 발견한다. 사라진 시체와 돈, 여인의 정체는 소설 내내 주인공을 괴롭히는 수수께끼로 남는다. 라술은 집에 돌아와 악몽을 꾸다가 한밤중에 들이닥친 이슬람 민병대에 의해 끌려간다. 민병대장 앞에 선 라술은 살인이 발각된 것이라 짐작했지만 실은 그의 집에 러시아어로 쓰인 책들이 쌓여 있어서 공산주의자로 고발된 것이었다. 소설을 통해 라스콜니코프가 겪었던 길고 긴 고통을 추체험했던 라술은 민병대장에게 살인을 고백한다. 그러나 이슬람 전사 무자헤딘 무리는 살인죄에는 무관심했고 라술이 알라를 배신한 무신론자, 공산주의자인지만을 따져 물었다. 그들 눈에는 살인은 대수롭지 않았고 배교背敎 여부만이 단죄의 핵심이었다. 신, 조국, 부족, 가족을 배신한 것은 중대한 죄였지만 살인은 그들의 일상적 다반사에 속하는 일이었기 때문이다. 양심의 가책과 피곤한 거짓말과 도피에서 하루빨리 벗어나고 싶었던 라술은 죄를 지었기에 벌을 받고 싶었지만 시체마저 사라진 살인은 죄로 인정되지 못하므로 처벌을 받을 수 없었다. 카불에서 신의 이름으로, 혹은 가족의 명예를 지킨다는 명분으로 사람을 죽이는 일은 지극히 정상적인 행위로 통했다. 오히려 무자헤딘 전사들은 노파를 죽인 후 자발적으로 벌 받기를 자초하는 라술을 미친 사람 취급했다. 장님 나라에서는 애꾸가 장애인이다. 주변 사람들로부터 정신적 장애인 취급을 받은 라술은 소냐가 라스콜니코프의 갱생을 도왔듯 수피아에게 범행을 고백하지만 그녀의 반응도 마찬가지였다.

"사원으로 갑시다." 그런데…… 거기엔 왜? "우리 둘이 함께 가서 기도해요. 알라에 대한 믿음을 되찾으세요. 그리고 알라신의 이름으로 그녀를 죽였다고 말하시면 신이 용서하실 거예요. 그의 이름으로 살인을 저지른 사람들이 너무도 많으니까요. 당신도 그들 중 하나에 불과할 따름이에요." 나는 알라신의 이름으로 죽이지 않았다. 그래서 알라신이 나를 용서할 필요가 없다.

사원에서 만난 노인은 라술에게 아프가니스탄 사람들이 겪는 역설을 들려준다. 수년간 소련군과 공산당은 아프간 사람들에게서 알라신을 멀리하게 하려고 애썼지만 결국 실패했다. 그리고 이슬람 정권이 들어선 지 1년 만에 이 나라에서 알라신이 떠났다는 것이 노인의 주장이었다. 자칭 이슬람의 수호자 무자헤딘은 낮에는 신에게 기도하는 척하지만 해만 지면 "시체의 춤"을 즐긴다고 했다. 그들은 무신론자를 잡아 목을 벤 후 상처에 뜨거운 기름을 부었다. 목 잘린 시체가 버둥거리는 모습을 보며 시체가 춤을 춘다고 희희낙락거리는 그들을 이야기하며 노인은 무자헤딘의 잔인성을 개탄했다. 또한 라술은 사원에서 기도하던 약혼녀가 문지기에게 창녀 취급을 당하고 내쫓겼다는 소리를 듣는다. 분개한 라술은 명예살인을 위해 권총을 들고 문지기를 찾아간다. 선잠에서 깬 문지기는 태연스레 죽음을 받아들이는 태도를 취해 라술을 당혹하게 만든다. 문지기는 어차피 카불에서는 머지않아 눈먼 포탄에 죽을 텐데 그럴 바엔 사원을 지키다가 순교자가 되는 편이 낫다며 어서 방아쇠를 당기라고 재촉한다. 라술은 그를 순교자로 만들어 편안한 죽음을 선사할 수는 없다 생각하고 권총을 거둔다. 그가 목격하고 겪은 카불의 현실은 생과 사, 선과 악, 죄와 벌, 믿음과 불신 등 모든 규범과 가치가 착종된 괴기스러운 모습이었다. 앞서 살펴보았듯 라술은 얼른 죗값을 치르고 마음의 짐을 덜고 싶었지만 결국 그 누구도 벌을 내리지 않는다.

『죄와 벌』의 주인공은 자신을 비범한 사람으로 간주하여 초인의 범법권을 운운하며 무죄와 무처벌을 내세웠지만 라술의 생각은 지나칠 정도로 평범했다. 그는 자신의 살해 동기가 그저 밀린 월세, 굶주린 부모, 여동생 도니아, 약혼녀 수피아를 위해 돈을 구하려는 것이었음을 소설 속에서 명쾌하게 자인한다. 『죄와 벌』에서 빠른 죄와 느린 벌이 전개되다가 1년 반 후 유형지에 이르러서야 비로소 주인공이 평온과 부활을 찾는 이야기를 읽은 라술은 콜롬보처럼 서서히 목을 조이는 방식보다는 시베리아 유형지의 평화를 찾은 라스콜니코프의 신세를 부러워했지만 매번 실패한다. 천신만고 끝에 재판장을 설득해 코란에 입각하여 먼저 도둑질한 손을 절단한 후 교수형에 처하라는 선고를 받고 감옥에 들어가서야 라술은 그가 겪은 이야기를 공책에 쓰기 시작한다. “라술이 노파의 머리를 때리려고 도끼를 치켜 올리는 순간 대뜸 『죄와 벌』의 줄거리가 그의 뇌리를 스치고 지나갔다. 머리에 벼락을 맞은 것 같았다. 팔이 떨렸다. 다리가 후들거렸다. 그리고 도끼가 손아귀에서 빠져나갔다. (……)” 소설은 앞서 인용한 인치피트를 그대로 반복하는 것으로 마무리된다. 좋은 작품은 독자의 감동에서 그치지 않고 다른 작가의 창작으로 이어지는 법이다.

국가이성과 개인윤리

프랑스에서 가장 권위 있는 문학상은 단연 〈공쿠르상〉이다. 수상작 중 대체로 장편소설만 주목을 끌지만 실은 단편소설, 시, 전기와 같은 장르에도 상이 수여되고 특히 소설부문에서 그해 등단작만을 대상으로 수여하는 〈올해의 첫 소설〉은 여러모로 흥미롭다. 장편소설 수상작의 경우 작가가 독자들에게 익히 알려진 탓에 의외성과 신선함이 주는 독서의 즐거움이 떨어지는 데 비해 〈올해의 첫 소설〉 수상작을 마주하면 글쓴이의 생물학적 나이와 무관하게 한 예술가의 탄생에 동참하는 설렘과 기대를 갖게 되기 마련이다. 그런데 축하와 기대를 받아야 마땅할 수상 작가의 첫걸음이 휘청거리고 있다. 예컨대 2015년 『뫼르소, 살인사건』으로 이 상을 받았던 알제리 출신 카멜 다우드는 이슬람교를 모욕했다는 혐의로 명예살인의 대상으로 지목되었다. 종교 지도자가 이런 결정을 내리면 이는 곧 모든 회교도에게 카멜 다우드를 죽여야 하는 의무가 부과되는 것을 의미한다. 이는 곧 작가에게 공개적 사형선고가 내려진 것과 다름없다. 카뮈의 소설 『이방인』에서 살인자 뫼르소가 주인공으로 부각된 반면 정작 피해자는 아랍인으로만 지칭되며 익명으로 남은 점에 착안하여 상상력을 발휘한 카멜 다우드는 살해된 아랍인의 이름과 삶을 상상의 세계에서 복원함으로써 여러 문학상 후보로 올랐고 마침내 〈올해의 첫 소설〉 수상작의 명예를 얻게 되었다. 나와 같은 평범한 독자는 이 작품을 통해 작가가 죽음을 감수해야 할 만한 죄를 저질렀다는 것은 꿈에도 상상하지 못했다. 우연찮게도 2016년 수상작 『상처받은 나의 형제들에 대해서*De nos frères blessés*』의 배경도 알제리이다. 그리고 1984년에 태어났다는 것만 알려진 작가 조제프 앙드라스Joseph Andras는 유구한 전통을 자랑하는 공쿠르 위원회가 선정한 문학상을 거부한 최초의 작가로 기록되었다. 자신이 생각하는 문학은 그 어떤 경쟁, 혹은 그 경쟁에서 이겨 얻게 되는 명예와 거리가 멀다는 것이 수상 거부의 이유이다. 〈공쿠르상〉의 경우 금전적 보상은 우리 돈 2만 원에도 못 미치는 10유로에 불과하고 오로지 명예만 따르는 것인데 그마저도 사양한 것이다. 이 작품은 한때 제국주의 프랑스가 식민지를 경영하며 저지른 역사의 치부를 파헤친 문제작이다. 지금까지도 프랑스 정부는 알제리 전쟁과 관련된 공식문서를 일반인뿐만 아니라 역사가에게도 공개하지 않고 있을 정도로 이 대목을 국가 기밀에 부치고 있다. 비밀은 추측과 소문을 낳게 마련이라 지금도 걸핏하면 프랑스 정치인을 포함한 유명인이 알제리에서 저지른 과거 행적이 언론에 폭로되어 구설수에 오르기도 한다.

알제, 1956년. 페르낭 이브통이 공장에 폭탄을 설치했을 때 그의 나이 서른 살이었다. 독립주의자 노동자였던 그는 이 상징적 행동을 위해 작업장에서 멀리 떨어진 장소를 택했다. 정신을 표현하려는 것이었지 육체에 상해를 입히려는 것은 아니었기 때문이다. 폭탄이 터지기 전에 체포되었기 때문에 그는 아무도 죽이거나 상처를 입히지 않았고 따라서 사보타주 의도 외에는 죄를 짓지 않았다. 그러나 그에게는 최고형이 언도되었다.

『상처받은 나의 형제들에 대해서』는 여느 소설과 달리 본문에 앞서 위에서 인용한 「편집자의 관점」이란 서문이 실려 있다. 첫 단락에서 요약했듯이 이 작품은 1956년 알제리의 수도 알제를 배경으로 페르낭 이브통이란 실존 인물을 소재로 한 이야기이다. 그리고 서문은 "정의가 정의롭지 않은 모습을 보였을 때 문학은 그 회복을 요구할 수 있다"로 마무리된다. 이 문장에서 추상명사 "정의"는 당시의 사법당국, 국가, 혹은 공식적 역사로 바꿔 읽어야 쉽게 뜻이 통한다. 그래서 '한 시절의 정권이나 사법부가 독점한 정의가 올바르지 않다면 문학이 앞장서서 바로 잡아야 한다'고 읽혀야 한다. 이 문장을 조금 더 거칠게 말하면 국가가 불의를 저지르면 국가에 자성과 고백을 요청하는 것이 문학의 역할이라고 해석된다. 제국주의와 식민지 경영은 서구 제국이 감당해야 할 역사적 원죄에 가깝고 특히 자유와 인권을 근대국가의 이념으로 표방하는 프랑스로서는 곤혹스러운 과거사이다. 프랑스는 1830년대부터 북아프리카 지중해 연안 지역에 군대를 파견하여 식민지 경영을 시작했다. 그 과정에서 프랑스가 저지른 야만적 폭력은 접어두고라도 양차 대전 중 북아프리카에서 징집된 병사들은 항상 돌격대의 맨 앞에서 죽어갔다. 그러나 1차 대전의 참전 작가 H. 바르뷔스, 혹은 드리외 라 로셸의 소설에서 언급된 "모로코 돌격대"는 대개 프랑스 병사가 밟고 지나가는 시체로 얼핏 묘사될 뿐이었다. 2차 대전과 더불어 제국주의 시대가 끝날 줄 알았던 알제리는 여전히 식민지 지위에서 벗어나지 못했고 1954년부터 시작된 독립전쟁은 1962년에야 종결되었다. 소설의 시간적 배경인 1956년은 독립주의자의 테러와 프랑스 당국의 탄압이 고조된 시기이다. 소설의 도입부를 읽어보자.

솔직하고 당당한 그런 빗줄기가 아니었다. 찌찌한 비. 빈약한 비. 인색하다. 통이 좁게 노는 비. 페르낭은 포장도로에서 2, 3미터 떨어진 삼나무 아래에서 기다렸다. 그들은 13시 30분이라고 했다. 4분을 넘기지 말라고 했다. 13시 30분, 그렇다. 이런 은근한 빗줄기를 견딜 수 없었다. 비다운 비, 용맹한 장대비가 아니라 손끝으로 목덜미만 살짝 적시고 사라지는 인색한 물방울을 견딜 수 없었다. 3분이 지났다. 페르낭은 손목시계에서 눈을 떼지 못했다. (……) 자클린은 혼자 왔다. 그녀는 차에서 내리며 좌우 주변을 살펴보았다. 자, 여기 설명서가 있어요. 탈레브가 미리 다 준비해두었으니까 당신은 걱정할 것 없어요.

페르낭에게 시한폭탄과 명령문을 전달한 자클린은 "두말할 나위 없는 미녀"였다. 시내 곳곳에 설치된 검문소를 통과하고 순찰 중인 사복경찰의 불심검문을 피하기 위해서는 여자, 특히 미녀여야만 했다. 『검은 피부, 하얀 가면』의 저자 프란츠 파농 역시 효율적 혁명 전략을 설파하면서 여성의 역할을 강조했다. 『알제리 혁명 5년』의 1장 소제목 '알제리가 히잡을 벗다'에서 그는 "권총, 수류탄, 수백 개의 위조 신분증이나 폭탄을 지니고 히잡을 벗어던진 알제리 여성은 서구의 대양 속 물고기처럼 물살을 헤치고 나아간다. 지나가던 프랑스 군경은 그녀를 향해 미소 짓고 외모에 대한 칭찬이 여기저기서 터져 나온다. 하지만 그 누구도 그녀의 가방 안에 소형 기관총이 들어 있고, 조금 후 그 총으로 경찰관 네다섯 명을 쓰러뜨릴 것이라곤 생각지 못한다"고 했다. 알제리 여인이 두른 히잡이 서구 문화에 대한 이슬람의 견고한 성채라면 그것을 벗어던진 여자는 프랑스 문화에 물든 개방적 인물, 다시 말해 프랑스에 호감을 가진 여자로 해석되었다. 페르낭은 여자에게서 전달받은 폭탄을 가방에 숨기고 공장으로 들어갔다. 그리고 무고한 인명의 살상을 피하려고 빈 창고에 폭탄을 설치하고 폭발 시간도 근무 시간이 끝난 후로 맞춰두기로 마음먹었다. 이 대목은 프랑스의 정의가 바르게 실현되지 못했다는 점을 지적하는 유력한 논거로 작용한다. 가스 공장에서 선반공으로 근무했던 터라 그가 가스 저장소에 폭탄을 설치했다면 그 파급효과는 컸을 테지만 그는 빈 창고를 택했다. 폭탄 가방을 든 그의 머릿속에는 어떤 생각이 일렁거렸을까. 일단 몸을 피해 알제를 떠나야 할 테고 지하 저항단체에 합류하려 했을까. 그렇다면 그의 아내 엘렌은 남편에 대해 어떻게 생각했을까. 아내에게조차 테러 계획을 숨긴 것은 잘한 일이었을까. "투쟁 앞에서는 사랑도 머리를 숙여야 한다"는 것이 과연 옳은 판단일까. 온갖 상념에 사로잡혀 있던 그는 등 뒤에서 자신의 이름을 부르는 소리에 고개를 돌렸다. 경찰이었다. 그는 묵묵히 아무 저항도 하지 않았다. 경찰은 공장을 폐쇄하고 안팎을 수색한 끝에 폭탄을 찾아냈다. 페르낭의 호주머니에서 찾아낸 명령서에 따르면 폭탄은 두 개가 있어야 했지만 경찰이 찾아낸 것은 하나였다. "어디 있지? 하나뿐입니다. 명령서가 잘못된 겁니다." 경찰은 곧바로 그를 알제 중앙경찰청으로 압송했다. 경찰차 안에서 고개를 숙인 채 그는 '자, 너는 다 큰 어른이야. 네가 한 행동에 대해 책임을 져야만 한다. 알았지?'라고 혼자 다짐한다. 폭탄을 설치한 사람을 신고하고, 신고받은 경찰이 혐의자를 체포하여 경찰서에 끌고 가는 부분까지는 동서고금의 정의에 그다지 어긋나지 않을 것이다.

동지의 이름

"고문의 목적은 동지의 이름을 대라는 것, 그것이 유일한 목적이다"라고 F. 파농이 말했다. 그는 폭탄을 넘겨준 자클린의 이름을 발설하지 않으려고 구타를 감수했다. 고문자들은 그를 발가벗기고 무차별 구타를 가했다. 그는 손발이 묶여 긴 의자에 눕혀졌다. "견디어야만 한다. 엘렌을 위해, 앙리를 위해, 나라를 위해, 동지들을 위해. 페르낭은 온몸을 떨었다. 가릴 것이 없는 알몸, 그를 배신하고 버리고 적에게 팔아먹을 것처럼 보이는 자신의 알몸이 부끄러웠다. 네가 지닌 종이에 적혀 있었어. 두 시간 후에 터진다고 적혀 있는데 그걸 어디에 숨긴 거야?" 그 시간에 페르낭 집에는 경찰이 들이닥쳤다. "경찰이다! 문 열어! 엘렌은 대번에 페르낭을 잡으러 온 것이라 짐작했다. 그들이 왔다는 것은 페르낭이 아직 잡히지 않았다는 것을 의미했다. 도망친 것일까? 그가 무슨 짓을 한 것일까? 그녀는 침실로 달려가 머리맡 탁자 아래에 숨겨둔 서류를 잘게 찢었다. 문 열어! 페르낭은 단호히 말했었다. 갑자기 무슨 일이 벌어지면 1초도 머뭇거리지 말고 이 종이를 찢어버려야 해. 알았지? 그녀는 화장실로 가서 종이를 변기에 넣고 물을 내렸다. 수면에 여전히 조각이 떠 있었다. 그녀는 다시 물을 내렸다."

이 소설은 비교적 짧은 장면이 빠르게 교차하며 진행된다. 예컨대 폭탄을 주고받는 장면에 이어 곧바로 테러를 준비하는 과거를 회상하는 장면이 묘사되고, 다시 문단이 바뀌며 아무런 설명 없이 곧바로 폭탄을 설치하는 장면으로 넘어가면서 현재와 과거가 빠르게 전환되는가 하면 페르낭의 고문 장면은 다시 동시간대에 엘렌이 처한 상황 묘사로 이어진다. 독자는 이러한 빠른 장면 전환에 점차 익숙해지면서 교차 편집된 영화에서 느끼는 것 같은 긴박감에 빠져들게 된다. 역사는 테러 시도와 검거, 그 뒤를 이은 재판과 사형 집행에 연루된 테러리스트에 관심을 한정하지만 문학은 공산주의 활동가 페르낭 이면에 숨겨진 인간 페르낭, 편집자 서문에 따르면 "그의 나라와 아내와 친구와 삶, 그리고 모든 인류형제를 위한 자유를 사랑했던 이상주의자 인간 페르낭"을 조명하려고 애쓴다.

> 망할 놈, 폭탄이 어디 있어, 말해! 전기단자는 그의 목빗근이 있는 목덜미에 설치되었다. 페르낭은 비명을 질렀다. 자신의 비명이 자기 것 같지 않게 들렸다. 전류가 그의 살을 태웠다. 피부가 탔다. 말하면 당장 멈출게.

고문 장면을 묘사하는 이 대목은 바로 페르낭의 동지에 관한 이야기로 넘어간다. 자클린과 그 남편 지알리는 소란스러운 도심 한복판을 걷고 있다. 예나 다름없이 자동차와 전차의 소음이 가득한 거리에서 아이들은 공놀이를 하고 전통 복장의 어머니는 어린아이를 품에 안고 지나가지만 그들 눈에 비치는 도시는 예전과 달리 보였다. 민족해방전선 FLN이 저지른 폭발물 테러 이후 도시는 신경이 곤두선 것처럼 보였다. "아무도 입에 올리려 하지 않았고 '사건'이란 완곡한 표현으로 에둘렀지만 그것은 바로 '전쟁'이었다. 9월 말, 밀크바와 카페테리아 사건, 미쉘레가 사건, 그리고 이틀 전의 위셍 메 기차역 사건, 메종 카레의 슈퍼마켓 사건, 버스와 기차, 마스카라와 부지에 소재한 카페……." 알제에서 소위 "유럽인"이 거주하는 지역에서 무차별한 폭발물 테러가 이어지고 있었다. 다시 고문 장면으로 넘어간다.

왜 그들을 숨기는 거야, 그게 무슨 소용 있어? 빨리 털어놓으면 우리가 잡아들이잖아. 전기단자는 그의 고환에 부착되었다. 원형의자에 앉은 경찰 하나가 발전기를 돌리고 있었다. 여전히 눈이 안대로 가려진 페르낭은 다시 비명을 질렀다. 견디어야 한다. 잘 버텨야지. 적어도 동지들이 은신할 시간을 줘야만 한다. 그런데 내가 잡힌 것을 그들이 어떻게 알 수 있을까? 지금 몇 시쯤 되었을까?

페르낭이 모진 고문을 견디며 보호하려 했던 자클린은 누구일까. 동지들은 그녀의 명예를 기리기 위해 폭탄에 그녀 이름을 적었었다. "알제리를 위해 목숨을 건 투사를 위한 헌사였다. 그녀는 회교도도 아니고 아랍인도 아니었다. 그녀는 유대인이었다." 페르낭은 그제야 고문의 본질을 깨달았다. "그는 고문이 이런 것이란 것을 결코 믿지 않았을 것이다. 그것은 그 악명 높은 질문, 변함

없이 똑같은 답변을 기다리는 질문. 그것은 동지의 이름을 대는 것이었다. 그것이 이토록 잔혹할 줄은 예전에 미처 몰랐었다. 아니다, 말로는 표현할 수 없다. 언어마저도 고문 앞에서는 얼굴을 붉힌다. 총구가 배에서 느껴졌다. 배꼽으로 1, 2센티미터쯤 파고들었다. 불지 않으면 구멍을 낼 거야."

장면은 다시 교차 편집되어 그의 아내 엘렌의 방으로 이어진다. 집 안을 수색하던 경찰은 엘렌의 아버지 요세프가 쓴 편지를 발견한다. 엘렌의 가족은 원래 폴란드에서 프랑스로 넘어와 정착한 이민계 출신이었다. 장면은 다시 페르낭의 고문실로 전환된다. 전기고문은 물고문으로 이어진다. 얼굴에 물수건을 덮고 그 위에 물을 뿌리며 페르낭을 지옥에 빠뜨리는 고문은 전기로 그을린 몸을 흠뻑 적셨다.

> 우리도 좋아서 하는 짓인 것 같아? 네놈들의 바보짓으로부터 무고한 사람을 보호하기 위한 거야. 그게 전부야. 이게 우리의 일이고 우리의 임무란 말이야. 우리의 임무란 시민을 보호하는 것이야. 말해, 그러면 편하게 해줄게. (……) 모든 고문자들의 음성은 한결같았다. 페르낭은 누구의 음성인지 구별할 수 없었다. 페르낭이 모르는 것이 있었다. 바로 두 시간 전 알제의 경찰서장 폴 테장은 그를 건드리지 말라고

> 명시적으로 명령했었다. 폴 테장은 독일군에 의해 체포되어 고문당한 적이 있었기 때문에 경찰, 자신이 거느린 경찰, 볼테르와 위고, 클레망소의 나라, 인권의 나라인 프랑스, 그가 몸 바쳐 싸운 프랑스 공화국의 경찰서에서 고문이 자행되는 것을 원치 않았다.

프랑스가 알제리 전쟁사에서 느끼는 통점이 바로 여기에 있다. 2차 대전 중 레지스탕스에 가담했던 역사를 자랑스럽게 여기는 프랑스, 나치의 모진 고문으로 숨진 애국자를 기리고 존경하며 가해자에게 공소시효를 적용하지 않는 단호한 인도주의를 고수하는 프랑스가 바로 몇 년 후, 동일한 애국자들이 알제리에서 악독한 고문자로 변신한 것을 어떻게 설명해야 할까. 지금은 고령으로 세상을 뜬 사람이 많지만 얼마 전까지만 해도 프랑스의 유명 정치인들은 알제리 전력을 감추었고 언론이나 국민 여론도 구태여 그 부분만은 파고들고 싶어 하지 않는 눈치였다. 프랑스 정계에서 무섭게 성장한 극우파 세력의 수장이 알제리에서 저지른 전력이 언론에 폭로되고 수시로 재확인되었지만 그에 대한 지지도에는 거의 영향을 끼치지 못했다.

국가이성

소설 본문 첫머리에는 『프랑수아 미테랑과 알제리 전쟁』이란 책의 한 부분을 인용하는 에피그라프가 실려 있다. 1981년 사회당 대통령 후보로 대선에 나선 프랑수아 미테랑은 당선된 후 연임에 성공하여 1995년까지 14년 동안 대통령직을 맡았다. 어쩌면 그는 프랑스 좌파의 도덕성과 능력, 혹은 그 한계를 입증한 사례로 꼽힐 수도 있지만 페르낭 사건이 진행되던 시기에 짧게나마 프랑스 관료를 지낸 경력도 갖고 있다. 소설의 에피그라프에서 이 책의 저자는 알제리 전쟁 시기에 미테랑이 취했던 태도가 과연 사회주의 정신, 혹은 사회주의에 대한 그의 개인적 신념과 일치했는지를 물었던 모양이다. 에피그라프 전문을 옮겨보자.

> 이브통(페르낭의 이름)은 저주받은 이름으로 남아 있다. (……) 미테랑이 어떻게 이를 감당했는지 궁금하다. 나는 그의 이름을 미테랑 앞에서 서너 차례 언급한 적이 있었고 그럴 때마다 이 이름은 그에게 항상 끔찍한 불편함을 유발했고 그 불편함은 깊은 숙고로 이어졌다. (……) 그는 국가이성과 정면충돌한 것이었다.

미테랑이 이 사건과 연루될 수밖에 없는 것은 페르낭이 수감되어 사형선고를 받았을 당시 그가 사면 여부를 결정할 수 있는 중요한 위치에 있었기 때문이다. 고문으로 만신창이가 된 페르낭은 군사재판에 회부되었다. 앞질러 결말부터 말하면 그는 사형선고를 받고 단두대에서 숨을 거두었다. 알제리 출신의 카뮈는 사형제도에 반대했고 특히 「단두대에 대한 성찰」에서 아버지의 목격담을 곁들인 단두대 처형의 잔혹성을 언급하는 것으로 말문을 열었다. 그는 사형제도의 비윤리성과 비효율성을 역설하면서 특히 사형을 언도받은 시점과 집행 시점 사이에서 죄수가 겪는 심리적 고통은 이미 그의 죗값을 다할 만큼 격심하다고 지적했다. 또한 사형선고를 받았지만 사면에 대한 희망의 끈을 놓지 않은 상태가 한결 잔인하다고 했다. 카뮈는 "머지않아 죽는다는 사실을 안다는 것은 아무것도 아닙니다. 장차 살게 될지 어떨지 모른다는 것이야말로 끔찍하게 두렵고 괴로운 일입니다"라는 퀴렌감옥 사형수의 말을 인용했다.

고문보다 끔찍한 상황에 처한 것이 바로 페르낭이었다. 소설은 범행과 사형 집행에 할애된 부분보다 재판 과정을 길게 설명했다. 감옥에 갇힌 페르낭에게 곧바로 변호사가 선임되었다. 세 명의 변호사 중에는 공산주의를 신봉하는 자도 끼어 있었다. 그들은 당시 알제리 상황이 페르낭에게 불리하게 돌아갔지만 폭탄이 터지지도 않았고 따라서 아무런 살상도 저지르지 않은 미수 사건이라 적어도 최고형은 면할 수 있다는 희망을 불러일으켰다. 피고와 변호사의 기대와 달리 재판 결과는 사형이었다. 그러나 변호사는 재판보다는 대통령의 사면에 기대를 걸었다. 여론은 페르낭 사건의 추이에 관심을 보였지만 언론은 이 사건을 짧게 보도하는 데에 그쳤다. 무엇보다도 공산당을 대변하는 일간지 『위마니테』가 침묵으로 일관한 것이 특이했다. 면회실에서 만난 엘렌은 "모든 사람들이 당신에 대해 이야기해요. 그러면 프랑스 본국에서는? 당신의 『위마니테』는 극도로 조심하더군요. 그들은 손에 물을 묻히기 싫은 눈치였어요. 당신이 부담스러운 모양이에요. 그저 몇 줄, 그게 전부예요. 『르몽드』도 테러리스트 페르낭 이브통 운운하며 몇 문장 정도"라며 바깥소식을 전해주었다. 엘렌 역시 대통령의 사면에 기대를 걸었다. "최근 다섯 달 동안 르네 코티는 사형선고를 받은 테러리스트 다섯 명을 사면했어요."

페르낭이 속한 가스, 전기 분야 노동조합을 비롯한 각종 노동단체에서 대통령에게 사면 청원서를 제출했고 변호사는 파리로 가 "형사 사건 및 사면권 보좌관 미테랑과의 면담도 잡아두었다"고 했다. 자클린도 체포되어 법정에 섰지만 페르낭은 폭발 과정에서 그 누구도 살해하고 싶어 하지 않았다고 증언했다. 이 모든 것이 사형수를 고통에 빠뜨리는 그 저주받을 희망의 끈이었다. 변호사를 맞은 대통령 르네 코티도 이 사건을 숙지한 상태였고 페르낭의 행동에서 어떤 용기와 의지를 엿보았다고 고백했다. 그런데 여기에서 1차 대전 때 겪었던 자신의 체험담을 덧붙였다. "1917년 나는 초급 장교였지요. 서른세 살이었어요. 그때 내 눈으로 두 명의 젊은 프랑스 사병이 총살되는 장면을 보았습니다. 그중 한 명이 사형대에 끌려갈 때 장군이 그에게 했던 말이 또렷하게 기억납니다. 젊은이, 자네도 프랑스를 위해 죽는 것이다, 라고 했지요."

그 순간 변호사는 대통령이 회고한 젊은 프랑스 병사의 운명에서 페르낭을 보았다. 대통령은 알제리에서 올라온 청원서 중에는 그의 사면을 요청하는 것보다 즉시 사형을 실행하라는 요구가 더 많다는 말도 덧붙였다. 변호사는 페르낭이 감옥에서 겪었던 일화를 대통령에게 전했다. "우리 의뢰인은 감옥에서 간수 중 한 명에게 모욕을 당했습니다. 그러자 그가 뭐라고 대꾸했는지 아십니까? 멍청아, 내가 여기 있는 것이 모두 너를 위해서야, 라고 했지요. 대통령 각하, 이 점을 주목해주십시오. 우리의 의뢰인은 자기 자신보다 나라를 위해 투쟁한 겁니다." 페르낭은 그를 고문한 경찰, 그를 조롱한 간수를 포함한 모든 프랑스인이 보다 높은 차원의 자유와 평등을 누리게 하려고 싸운 것임을 변호사는 강변했다. 프랑스의 정의를 묻는 변호사에 대한 대답은 대통령의 입에서 이미 나온 터였다. 젊은 병사처럼 그도 프랑스를 위해 죽어야 한다는 것이었다. 페르낭 이브통은 단두대에서 목이 잘렸다. 칼날을 떨어뜨리는 장치를 작동하는 집행관의 이름도 우연찮게 페르낭이었다. 그는 알제리 전쟁 중 단두대에서 처형된 198명의 사형수 중 유일한 유럽인, 즉 비非아랍인이었다. 사회당 의원이자 외무부 장관을 지낸 롤랑 뒤마는 회고록에서 "미테랑은 대통령직에 오르자마자 알제리 전쟁 중에 내린 그의 결정, 그중에서도 페르낭 이브통의 처형에 대한 것을 '속죄'하기 위해 사형제 폐지에 집착했다"고 증언했다. 페르낭의 공범 자클린도 사형선고를 받았지만 드골 대통령에 의해 사면되었다. 소설의 말미에 언급된 자클린의 삶은 2015년 1월 20일자 일간지 『위마니테』에 실린 부고 기사로 보완할 수 있다.

1919년 루앙의 유대계 집안에서 태어난 그녀는 철학과 법학을 전공했다. 1942년 나치에 의해 체포되어 투르에 수감되었으나 남프랑스 자유지역으로 탈출하여 가스실과 수용소에서 벗어날 수 있었다. 알제리의 초등학교 교사로 부임한 그녀는 1951년 압델카데르 구루즈와 결혼했다. 역시 교사였던 남편은 알제리 공산당 당원이었다. 이 시절 열성 투사였던 그녀는 자유수호위원회에 가입한 후 1956년부터 국민해방군 지휘부 연락관의 일원으로 국민해방전선에 뛰어들었다가 1957년 체포되어 사형선고를 받았다. 그녀는 처형은 면했으나 그녀의 투쟁 동반자이자 조합 노동자는 그녀의 청원과 지속적 노력에도 불구하고 단두형에 처해졌다. (……) "나치 점령기에 나는 유대인이기 때문에 비록 짧은 기간이었으나 가족과 더불어 수용소에 수감되었다. 당시 나는 아무런 정치의식도 없었고 정치적 활동도 하지 않았지만 프랑스 레지스탕스의 도움을 받아 목숨을 건졌다. 그제야 나는 어떤 입장이고 취하지 않는 것이 불가능한 상황이 있으며 내가 어떤 빚을 졌다는 것을 깨달았고 기회가 생기면 그 빚을 갚으리라 다짐했다. 나의 호감은 공산주의 쪽으로 흘러갔지만 내가 불의에 항거하여 효과적으로 투쟁을 시작한 것은 알제리에 정착한 이후부터이다. 내 눈앞에서 항구적으로 자행되는 불의에 나는 저항했다."

알제리 전쟁은 드레퓌스 사건과 유사하게 지식인, 혹은 작가에게 곤혹스러운 질문을 제기했다. 개인의 윤리를 앞세워 집단의 불의, 특히 국가의 비윤리를 가차 없이 단죄하는 쪽에 설 수도 있고 집단의 질서와 안녕을 위해 개인적 신념을 뒤로 미룰 수도 있다. 훗날의 역사는 주로 국가이성에 맞선 개인의 결단, 그 과감한 용기와 대쪽 같은 지성의 손을 들어주었다. 『뿌리 뽑힌 사람들』을 쓴 모리스 바레스는 국가와 민족을 앞세워 드레퓌스 반대파 입장에 서는 바람에 그의 문학적 성과가 평가절하되었다고 한다. 알제리 문제를 둘러싼 지식인의 논쟁에서 선명하게 독립을 지지했던 사르트르에 비해 고뇌에 찬 섬세한 논리를 구사했던 카뮈는 일반 독자의 눈에 난해하게 보였다. 드골에게 거의 부자지간의 친밀감을 표시했던 로맹 가리가 〈노벨문학상〉 후보에 오르던 시절, 좌익 지성인들은 짐짓 그의 문학성을 외면하거나 깎아내렸다. 오래전 알제리 출신 교수와 카페에서 나누었던 대화가 떠오른다. 사르트르를 설명하던 그는 문득 젊은 시절을 추억하며 이곳과 비슷한 분위기의 카페에서 폭탄이 터져 죽을 뻔했다고 털어놓았다. 그리고 그런 체험은 딱 한 번뿐이었다고 했다. 알제리 전쟁을 두고 하는 말이었다. 나는 퉁명스럽게 죽는 것은 대개 딱 한 번으로 충분하다고 대꾸했다. 그는 내가 식민 역사를 겪은 나라 출신인 것이 떠올랐는지 식민주의는 원칙적으로 잘못된 역사이지만 현재의 알제리가 그때보다 더 행복한지는 모르겠다고 중얼거렸다. 나는 프랑스 사람으로부터 비슷한 이야기를 여러 차례 들었다. 식민주의는 원칙적으로 비윤리적이었지만 그래도 철도와 도로도 깔고 병원도 세웠다는 말도 덧붙인다. "그래도 잘한 것이 없진 않다"는 말은 이 소설의 한 인물의 입에서도 나온다. 알제리 문제는 식민주의와 독립주의라는 두 개의 선택지밖에 없는 문제일까. 개인윤리와 국가이성이 충돌할 경우에 정답은 어느 쪽일까. 답은 뻔하지만 뻔한 것일수록 그 자명성이 의심스럽다.

에필로그

미리 읽는 고전

남들에게 마음 놓고 권할 수 있는 책은 시간의 검증을 거친 고전에 속한다. 고전은 불멸의 생명을 얻었지만 저자의 육신은 대부분 지상을 떠난 지 오래되었다. 그리고 마차, 고작해야 증기기관차가 달리는 고전의 세계는 지금의 시대감각에는 어긋나기 일쑤이다. 전편과 마찬가지로 『소설, 때때로 맑음 2』에 소개된 작가는 우리와 같은 시대를 호흡하고 차기작을 기대할 수 있는 경우에 속한다. 그러나 동시대 문학을 골라 읽고 나아가 평가까지 곁들이기에는 다소 불확실성이 따를 수밖에 없다. 현지 문단의 반응이나 수상 경력 등 객관적 요소를 고려하여 작품을 골랐지만 어쩔 수 없이 필자의 개인적 취향도 개입했다. 또한 엄밀히 따지면 전기 (「화양연화」「노인의 연적들」), 사회학적 보고서(「소설가, 대체로 흐림」)로 분류되는 글도 다뤘지만 나머지는 넓은 의미에서 소설이라 불릴 수 있는 터라 책 제목에서 크게 벗어나지 않는다고 생각된다. 가급적 중복을 피하려 했으나 중요 작가가 발표한 신작은 그냥 지나칠 수 없었다. 매번 새로운 작품의 첫 문장을 대할 때마다 먼 훗날 고전으로 대접받을지도 모를 보석을 미리 읽는다는 작은 흥분이 동반되었다.

프랑스 소설에 대한 짧은 글을 별도의 책으로 묶을 만큼 지속할 수 있었던 것은 오로지 『현대문학』의 덕분이다. 그리고 신작을 비교적 빨리 접할 수 있었던 것은 전자책에 의존했기에 가능했다. 다만 전자책은 작품 분량이 육체적으로 실감 나지 않았다. 그래서 여러 작품을 뒤적이다가 겨우 하나를 고른 후 읽다 보면 마감이 턱밑까지 차올라 숨이 가빠지는 경우가 허다했다. 더욱이 한 작품만으로 미진하여 같은 작가의 다른 소설까지 기웃거리다가 번번이 원고가 지각한 탓에 편집부가 교정과 인쇄를 겸했을 때도 많았고 아예 연재를 건너뛰기도 했다. 고개 숙여 사죄하고 감사를 표하는 것이 도리이나 정작 『현대문학』을 만나면 투덜거리기만 했다. 주어진 한 달의 시간은 깊게 숙고하며 다듬어 쓰기에는 부족했고 대상 작품이 신간이기 때문에 믿고 기댈 만한 자료도 드물었다. 훗날 고치고 덧붙일 요량이었으나 막상 지난 원고를 한꺼번에 읽다 보니 엄두가 나지 않았다. 어느 작품을 다룰 때에는 신바람이 났고 어떤 작가는 마뜩지 않아 건성으로 대한 것이 느껴졌다. 포괄적 주제를 염두에 둔 것이 아니라 제각기 독립적인 글이니 독자는 골라 읽어도 무방할 것이다. 늦되고 성글고 거친 글을 참고 다듬어준 『현대문학』이 고맙기 짝이 없다.

2018년 1월

이재룡

참고 문헌

뱀, 코끼리, 그리고 나귀

- Romain Gary, *Le Sens de ma vie*, Gallimard, 2014.
  로맹 가리, 『내 삶의 의미』, 백선희 옮김, 문학과지성사, 2015.
- Romain Gary, *Le vin des morts*, Gallimard, 2014.

사랑의 적정가

- Blaise Pascal, *Pensées*, 1670.
  블레즈 파스칼, 『팡세』, 하동훈 옮김, 문예출판사, 2009.
  블레즈 파스칼, 『팡세』, 이환 옮김, 민음사, 2003.
- Blaise Pascal, *Discours sur les passions de l'amour*, 1843.
- Brigitte Giraud, *L'amour est très surestimé*, Stock, 2007.
  브리지트 지로, 『사랑은 대단한 게 아니다』, 배영란 옮김, 솔출판사, 2010.

두 죽음을 둘러싼 재수사

- Philippe Doumenc, *Contre-enquête sur la mort d'Emma Bovary*, Actes Sud, 2007.
- Kamel Daoud, *Meursault, contre-enquête*, Actes Sud, 2014.
  카멜 다우드, 『뫼르소, 살인사건』, 조현실 옮김, 문예출판사, 2017.

어머니의 청춘

- Lydie Salvayre, *Pas Pleurer*, Seuil, 2014.
  리디 살베르, 『울지 않기』, 백선희 옮김, 뮤진트리, 2015.

이상한 사건

· Emmanuel Carrère, *La Moustache*, P.O.L, 1986.
엠마뉘엘 카레르, 『콧수염』, 전미연 옮김, 열린책들, 2001.
· Emmanuel Carrère, *L'Adversaire*, P.O.L, 2000.
엠마뉘엘 카레르, 『적』, 윤정임 옮김, 열린책들, 2005.
· Emmanuel Carrère, *Le Royaume*, P.O.L, 2014.

화양연화

· Dominique Bona, *Berthe Morisot : Le Secret de la femme en noir*, Grasset, 2000.

노인의 연적들

· Dominique Bona, *Je suis fou de toi : le grand amour de Paul Valéry*, Grasset, 2014.

객관적 우연

· Georges Perec, *Je me souviens*, P.O.L, 1978.
· Adrien Bosc, *Constellation*, Stock, 2014.

죽은 자의 이름

· Louis Althusser, *L'avenir dure longtemps*, Stock /IMEC, 1992.
루이 알튀세르, 『미래는 오래 지속된다』, 권은미 옮김, 이매진, 2008.
· David Foenkinos, *Charlotte*, Gallimard, 2014.
다비드 포앙키노스, 『샬로테』, 권기대 옮김, 베가북스, 2016.

언어의 일곱 번째 기능

· Laurent Binet, *La Septième fonction du langage*, Grasset, 2015.

어렵고 위험한 일

· Delphine de Vigan, *Rien ne s'oppose à la nuit*, JC Lattés, 2011.

델핀 드 비강, 『내 어머니의 모든 것』, 권지현 옮김, 문예중앙, 2013.
· Delphine de Vigan, *D'après une histoire vraie*, JC Lattés, 2015.
델핀 드 비강, 『실화를 바탕으로』, 홍은주 옮김, 비채, 2016.

노숙자와 유기견

· Didier Van Cauwelaert, *Jules*, Albin Michel, 2015.
· Didier Van Cauwelaert, *La Maison des lumières*, Albin Michel, 2009.
디디에 반 코뷀라르트, 『빛의 집』, 성귀수 옮김, 문학동네, 2016.
· Didier Van Cauwelaert, *L'Apparition*, Albin Michel, 2001.

대동강과 한강

· Jean Echenoz, *Caprice de la reine*, Les Éditions de Minuit, 2014.
· Jean Echenoz, *Envoyée spéciale*, Les Éditions de Minuit, 2016.

콩고 이야기

· Alain Mabanckou, *Petit piment*, Seuil, 2015.

소설가, 대체로 흐림

· Bernard Lahire, *La condition littéraire*, La Découverte, 2006.

항상 행복한 가족

· Olivier Bourdeaut, *En attendant Bojangles*, Finitude, 2016.
올리비에 부르도, 『미스터 보쟁글스』, 이승재 옮김, 자음과모음, 2016.

소설, 심리적 표절

· Camille Laurens, *Celle que vous croyez*, Gallimard, 2016.
· Camille Laurens, *Philippe*, Gallimard, 1995.
· Marie Darrieussecq, *Tom est mort*, P.O.L, 2007.

궁핍한 시대의 희망

· Éric Fottorino, *Baisers de cinéma*, Gallimard, 2007.
· Éric Fottorino, *L'homme qui m'aimait tout bas*, Gallimard, 2009.
에릭 포토리노, 『은밀하게 나를 사랑한 남자』, 윤미연 옮김, 문학동네, 2015.
· Éric Fottorino, *Trois jours avec Norman Jail*, Gallimard, 2016.

카불의 로쟈

· F.M. Dostoevskii, *Crime et châtiment*, Pierre Pascal 번역, Flammarion, 2011.
도스토옙스키, 『죄와 벌』, 김연경 옮김, 민음사, 2012.
도스토옙스키, 『죄와 벌』, 홍대화 옮김, 열린책들, 2009.
· Atiq Rahimi, *Maudit soit Dostoïevski*, P.O.L, 2011.

국가이성과 개인윤리

· Joseph Andras, *De nos frères blessés*, Actes Sud, 2016.

소설, 때때로 맑음 2

초판 1쇄 펴낸날 2018년 2월 12일

지은이 이재룡
펴낸이 김영정

펴낸곳 (주)현대문학
등록번호 제1-452호
주소 06532 서울시 서초구 신반포로 321(잠원동)
전화 02-2017-0280
팩스 02-516-5433
홈페이지 www.hdmh.co.kr

ISBN 978-89-7275-870-9 04810
세트 978-89-7275-734-4

* 책값은 뒤표지에 있습니다.